BASTEI LÜBBE
TASCHENBUCH

Weitere Titel der Autorin:

Aus der Reihe um Liv Lammers
Schwarze Brandung

Historische Romane
Hansetochter
Das Geheimnis von Stralsund
Die Feinde der Hansetochter
Die Tochter des Fechtmeisters
Die Arznei der Könige

Über die Autorin:

Sabine Weiß, Jahrgang 1968, arbeitete nach ihrem Germanistik- und Geschichtsstudium als Journalistin. 2007 veröffentlichte sie ihren ersten Historischen Roman, der zu einem großen Erfolg wurde und dem viele weitere folgten. Sie liebt es, im Camper auf den Spuren ihrer Figuren zu reisen, um direkt an den Schauplätzen zu recherchieren. Nach SCHWARZE BRANDUNG ist BRENNENDE GISCHT ihr zweiter Kriminalroman. Sabine Weiß lebt mit ihrem Mann und ihrem Sohn in der Nähe von Hamburg.

Sabine Weiß

BRENNENDE GISCHT

Sylt-Krimi

BASTEI LÜBBE TASCHENBUCH

BASTEI LÜBBE TASCHENBUCH
Band 17667

Dieser Titel ist auch als E-Book erschienen.

MIX
Papier aus verantwortungsvollen Quellen
FSC® C083411

Originalausgabe

Textredaktion: Stefanie Kruschandl, Hamburg
Das Gedicht auf S. 195f. sowie seine Übersetzung wurden mit freundlicher Genehmigung zitiert nach: Nils Århammar: Die Syltringer Literatur. In: Margot und Nico Hansen (Hrsg.): Sylt. Geschichte und Gestalt einer Insel. Itzehoe-Voßkate 1967, S. 220-230, hier S. 226.
Titelillustration: © Nejron Photo/shutterstock; © set/shutterstock; © Nejron Photo/shutterstock; © 44111/shutterstock; © Lightboxx/shutterstock; © stefan johansson/shutterstock
Umschlaggestaltung: Manuela Ständele-Monverde
Satz: Urban SatzKonzept, Düsseldorf
Gesetzt aus der Garamond
Druck und Verarbeitung: CPI books GmbH, Leck–Germany
Printed in Germany
ISBN 978-3-404-17667-0

5 4 3 2

Sie finden uns im Internet unter www.luebbe.de
Bitte beachten Sie auch: www.lesejury.de

Prolog

Eine letzte Berührung noch, dann war es getan. In seinen Adern prickelte es, als der Körper unter ihm erkaltete. Es war ein köstliches Gefühl, ganz so, als ob der Lebensgeist des anderen auf ihn übergehen würde. Mit dem Absterben der letzten Körperzelle war dieses mickrige Leben vorbei. Er hingegen blühte auf. Nie hätte er für möglich gehalten, was mit ihm geschah. Jeden anderen hätte das, was er in den letzten Stunden erfahren hatte, zerschmettert. Aber ihn hatte es befreit. Endlich hatte sich ihm die Wahrheit offenbart. Ihn traf keine Schuld – tief in seinem Inneren hatte er es schon immer gewusst.

Solange es ging, genoss er die Nähe des Toten. Befriedigt bemerkte er, dass sich auf Hals und Nacken Leichenflecke bildeten. Es fiel ihm schwer, sich von dem Leichnam zu trennen. Er wollte zusehen, wie sein Opfer sich zersetzte, wie es verfaulte, verging. Dieser Tote war sein Werk. Er war der Schöpfer seines Schicksals. Von nun an würde es für ihn keine Grenzen mehr geben.

1

Braderup, Donnerstag, 13. Oktober, 19:26 Uhr

Im letzten Augenblick schnappte die Zentralverriegelung zu. Der Mann hämmerte von außen gegen das Glas – so heftig, dass das Autofenster knirschte. Der Schlüssel klirrte in ihren Fingern. Ihr Herz stolperte. Panik trieb ihr Tränen in die Augen. Sie trat das Gaspedal durch. Aufheulend bäumte der Wagen sich auf und holperte über die Feldmark. Heidekraut und Buschwerk kratzten am Unterboden. Der Lichtregler, sie fand ihn nicht. Unvermittelt schrammten die Scheibenwischer über das Glas. Endlich flammten die Scheinwerfer auf. Da war der Pfad! Erleichterung durchströmte sie.

Sie wusste, dass es besser wäre zu bleiben. Es über sich ergehen zu lassen. Die Sache hinter sich zu bringen. Aber das war leichter gesagt als getan. Sie hatte seine Wut bereits erlebt. Andere Menschen konnten sich so etwas schwer vorstellen.

Hinter sich hörte sie ihn schreien. Sie trat das Gaspedal durch. Der Wagen schlingerte, ehe er in ein Schlagloch krachte und stecken blieb. Sie zuckte zusammen, als die Faust erneut das Dach traf. Da war er wieder. Sein Schattenriss zeichnete sich bedrohlich vor dem Nachthimmel ab. Hassblitzende Augen. Geiferbeschlagene Scheiben. Todesangst schnürte ihr den Atem ab. Wenn er sie jetzt in die Finger bekäme, würde es übel enden, das wusste sie. Die Reifen drehten durch, aber der Wagen kam nicht vom Fleck. Ihr

Atem zitterte, und beinahe musste sie erbrechen. Die Luft war dick, sie stank nach Schweiß und Sperma, nach Abgasen und Gummi. Jetzt bückte er sich. Was hatte er vor? Beim Hochkommen wog er einen Stein in der Hand. Verzweifelt stemmte sie erneut den Fuß auf das Pedal. »Allmächtig Göt ön Hemel, biwaari üüs«, stieß sie hervor.

2

Flensburg, 19:55 Uhr

Es klingelte.

Schon wieder.

Liv ließ ihre Großmutter mit den Fernsehnachrichten allein und öffnete.

»Können wir zu Sanna?« Zwei Mädchen, hibbelig von einem Fuß auf den anderen tretend. Hochgebundene Zöpfe, dezent geschminkt, in den Händen Smartphones und Chipstüten.

»Na, ihr lasst es ja zum Ende der Ferien nochmal so richtig krachen.« Liv ließ die Freundinnen ihrer Tochter herein und verbiss sich ein Grinsen. »Bleibt ihr über Nacht, oder werdet ihr nachher von euren Eltern abgeholt?«

Die Mädchen kicherten verschwörerisch. »Das ist doch keine Übernachtungsparty, Frau Lammers.«

Liv rief nach ihrer Tochter. Natürlich hörte Sanna nichts. Wie auch, bei der lauten Musik und dem Gelächter? Wie viele Freundinnen waren inzwischen in Sannas kleinem Zimmer? Sechs? Acht? Ob die Jugendlichen daran dachten, zwischendurch auch mal das Fenster zu öffnen? Oder brauchten Vierzehn- und Fünfzehnjährige keine Luft?

»Wir wissen ja, wo sie ist.«

Schon stürmten die Mädchen die Treppe hoch. Unter großem Hallo wurden sie begrüßt. Irgendjemand drehte die Musik noch etwas lauter, und nun sangen die ersten mit. Das überdrehte Gackern der Jugendlichen war bis ins Wohnzimmer zu hören. Unwillkürlich musste Liv lächeln. War sie auch so gewesen? Sie konnte sich nicht daran erinnern, obwohl ihre eigene Jugend noch nicht so lange her war; sie war ja erst neunundzwanzig. Die Mädchen hatten auf jeden Fall Spaß. Und was noch besser war: Sie hingen nicht irgendwo herum.

Nach der Achterbahnfahrt der letzten Monate war es außerdem schön, dass Sanna mal wieder gute Laune hatte. Liv war mit sechzehn Mutter geworden und hatte ihrer Tochter verschwiegen, wer der Vater war. Erst vor drei Monaten hatte sie es Sanna notgedrungen erzählen müssen – und seitdem hing der Haussegen noch öfter als sonst bei einer pubertierenden Tochter schief. Liv hatte auf die Sommerferien gehofft, auf die gemeinsame Fahrt mit dem VW-Bus durch Schottland, aber ständiger Regen hatte dazu geführt, dass sie sich nur noch mehr auf die Nerven gegangen waren. Der Herbst bot die Zeit für einen Neuanfang.

Nun scheuchte Liv liebevoll ihren Hund vom Sofa und setzte sich neben Elise. Die alte Dame konsumierte die Nachrichten wie ein Hörspiel, strickend und ohne auf die Bilder zu achten, was wohl auch besser für das seelische Gleichgewicht war.

»Bist du sicher, dass ich dich mit diesem Hühnerhaufen allein lassen kann?«, fragte Liv.

Ihre Großmutter schmunzelte. »Mit denen werde ich schon fertig, die sind doch drollig. Außerdem hat es auch Vorteile, wenn mit Mitte siebzig das Gehör nachlässt.«

Liv drückte ihr einen Kuss auf die Wange. Elises Humor und Toleranz waren einfach großartig. Was wäre sie nur ohne ihre kleine Familie, die lediglich aus Tochter und Großmutter bestand? An der Garderobe band Liv ihre langen blonden

Haare zum Chignon und schlüpfte in Bikerboots, bevor sie ihre Jacke und die Tasche mit den Drumsticks holte. Sie freute sich auf die Bandprobe.

In diesem Augenblick klingelte es wieder. Dieses Mal war es jedoch nicht die Tür, sondern ihr Handy. Ihr Kollege Hennes.

Liv pfefferte in düsterer Vorahnung die Schlagzeugstöcke in die Vitrine und nahm das Gespräch an. Ihre Bandkollegen würden wenig begeistert sein, wenn die Schlagzeugerin vor ihrem ersten Konzert die Probe ausfallen ließ.

»Was ist los?« Sie lauschte konzentriert. »Gib mir fünf Minuten, um ein paar Sachen zusammenzupacken.« Als sie geendet hatte, sah ihre Großmutter sie fragend an.

»Ich muss nach Sylt, heute noch«, sagte Liv.

»Ach je, der arme Mensch«, meinte Elise bedrückt. Liv tat es leid, dass ihr Job die alte Dame belastete, aber sie arbeitete nun mal bei der Mordkommission. »Und dann noch auf Sylt, wenn das man gut geht!« Elise schüttelte die flott gestuften Haare und fing sich wieder. »Wohin musst du genau?«

»Nach Braderup.«

»Wenigstens besteht da keine Gefahr, dass du Ocke über den Weg läufst ...«

Liv lächelte bemüht. Ihr Vater war nicht mehr sehr mobil. Was ihn nicht weniger gefährlich machte. Und dann war da noch ihre Schwester, die ebenfalls in Morsum lebte.

Als sie aus dem Haus trat, lag Flensburg unter ihr wie eine Spielzeugstadt. Die bunten Lichter der vielen Bars und Restaurants am Hafenrand funkelten im Dunkel. Eine späte Yacht lief in die Förde ein. Über Jürgensby lag der Herbstdunst. Vor den alten Kapitänshäusern nickten die letzten

Dahlien im Wind. Sie lief ein paar Schritte den Stadthügel hinunter, doch da holperte der Dienstwagen der Flensburger Polizei schon über das Kopfsteinpflaster auf sie zu. Der Einsatz konnte beginnen.

Auf Sylt gab es zwar eine Kriminalpolizei, wenn es jedoch um Verbrechen gegen das Leben ging, rückten K1 und K6, Mordkommission und Kriminaltechnik, aus der Fördestadt an.

»Na, das muss ja ein Freudentag für dich sein. Endlich wieder in die alte Heimat«, begrüßte Hennes sie und gab Gas, kaum, dass Liv saß.

»Ich würde es keinen Freudentag nennen, wenn ein Mensch umgebracht wurde«, sagte Liv trocken. Sie war zwar auf Sylt geboren worden und dort aufgewachsen, hatte aber ein gespaltenes Verhältnis zu der Nordseeinsel. Vor Jahren hatte sie sich geschworen, keinen Fuß mehr auf Sylter Boden zu setzen. Aber dann war sie im letzten Mai zu einem Mordfall gerufen worden, und Sylt hatte sie erneut in seinen Bann geschlagen. Schnell schnallte sie sich an; bei dem Tempo, das Hennes an den Tag legte, schien er den letzten Autozug noch erreichen zu wollen. Ansonsten blieb ihnen nur ein Bummelzug – und dann mussten sie den Wagen auf dem Festland stehen lassen.

Hennes klemmte sich eine selbstgedrehte Zigarette hinter das Ohr. Im Zwielicht warfen die schulterlangen, dünnen Haare und die huckelige Nase Schatten auf das Gesicht des Endfünfzigers.

»Botersen-Evers und die anderen Spusis sind unterwegs. Ich hab schon am Bahnhof angerufen, ein paar Minuten wird der Zugführer auf uns und die Kriminaltechniker warten. Der Klugscheißer von der Rechtsmedizin kommt mit dem Bummelzug nach.«

Liv wollte keine Zeit mit Hennes' Vorurteilen verplempern und kommentierte diese abfällige Bemerkung nicht. Als sie in Handewitt auf die Landstraße rasten, telefonierte sie mit Uwe Brigleb; der Kommissar von der Kripo Sylt leitete den Ersten Angriff. Doch die Durchführung der ersten kriminalistischen Maßnahmen gestaltete sich dieses Mal schwierig. Abgesehen davon, dass der Tote, der in einem Haus in Braderup entdeckt worden war, keines natürlichen Todes gestorben war, wussten sie bislang wenig. Selbst der Anrufer, der den Notruf abgesetzt hatte, war anonym geblieben. Und noch etwas erschwerte den Einsatz: »Ist das Feuer schon unter Kontrolle?«, wollte Liv von dem Sylter Kollegen wissen.

3

Braderup, 22:16 Uhr

Der Leuchtturm ließ seinen bleichen Finger über Inselgeest und Hügelgräber streichen. Er vermischte sich mit dem Schein der Polizeilampen und riss sich wieder los, unberührt von dem, was dort zutage gefördert wurde. Sie parkten am Rand eines Feldwegs in einem durch Plastikbänder abgetrennten Areal. Um sie herum verloschen die Lichter der Einsatzwagen. Die nächtliche Landschaft wirkte friedlich, aber Livs Herz schlug Sechzehntel, wie immer, wenn sie zu einem Einsatz gerufen wurde. Der Beginn einer Ermittlung war wie Jazz, man wusste nie, was einen erwartete.

Beim Aussteigen riss der Wind Liv beinahe die Autotür aus der Hand. Die Haare schlugen ihr ins Gesicht. Noch schnell in den Wollpulli schlüpfen und den selbstgestrickten Loop überziehen – es würde eine lange, kalte Nacht werden.

Der Geruch nach Krähenbeeren, Kühen und Watt schlich sich in ihr Bewusstsein – und der Gestank des Brandes. Die qualmende Ruine der Reetdachkate duckte sich zwischen krummen Kiefern und zerzausten Heidehügeln, als scheue sie das Licht der Polizeistrahler. Ein Schauder kroch über Livs Rücken. Nur ein paar Mauern waren noch übrig. Verkohlte Überreste eines Lebens. Vernichtet, was jemandem lieb und teuer gewesen war. Sie gingen den abgesperrten Pfad entlang. Neben Liv klickte es.

»Ich könnte hier nicht leben. Würde mich beobachtet fühlen, von dem da.« Das Glühen von Hennes' Zigarette wies auf den Leuchtturm, der zwischen Braderup und Kampen wachte.

Liv hatte keinen Kopf für Plauderei, wollte ihren Kollegen aber bei Laune halten. Hennes' Stimmungstiefs waren nicht nur innerhalb der Mordkommission gefürchtet. »Wir können nur hoffen, dass jemand etwas beobachtet hat. Allerdings sind die nächsten Häuser weit weg.«

»Und ich dachte, hier auf der Insel ist bald jede Ecke bebaut.«

Sie unterdrückte ein Seufzen. »In Braderup stehen die Gebiete um die vielen Hügelgräber unter Naturschutz. Der Besitzer dieser Kate muss eine Ausnahmegenehmigung bekommen haben.«

»Gekauft haben, meinst du wohl«, murmelte Hennes. »Auf Sylt ist doch alles käuflich. Wobei, wenn ich so viel Kohle hätte, würde ich mich nicht mit so einer Hütte abgeben. Schon gar nicht in diesem verlassenen Kaff. Kaum Einwohner, nur Zweitwohnungsbesitzer, den finsteren Buden nach zu urteilen.«

»Braderup war früher nicht mal ein Dorf, bloß eine Ansammlung von Bauernhöfen. Hat auch keinen echten Dorfkern«, musste Liv ihm recht geben.

Und dennoch war Brererep, das Dorf am Abhang, wie es auf Nordfriesisch hieß, begehrt, weil Heide, Watt und Weißes Kliff einfach grandios waren. Die schwarz glitzernden Heidebuckel mit den zerzausten Kiefernhecken wirkten jetzt jedoch unheimlich. Die Sagen, die mit Braderup verbunden waren, gehörten zu den düstersten Sylts. Liv erinnerte sich an Geschichten über verborgene Goldschätze und tödliche Rachsucht. Bevor sie weiter abschweifen konnte, erdete der

Gedanke an die Kläranlage, den Flughafen und ehemalige Kieskuhlen in der Nähe des Ortes sie schnell wieder.

Beinahe hatten sie den Einsatzort erreicht. Tatsächlich wirkten die rußigen Mauerreste der Reetkate auch auf Liv kümmerlich; das Haus war winzig gewesen. Der Wahnsinn um das Kampener Waterküken fiel ihr ein, das teuerste Haus auf Sylt, für das vor einigen Jahren jemand sage und schreibe knapp fünf Millionen Euro hingeblättert hatte – für dreißig Quadratmeter.

Die Kommissare ließen die Kriminaltechniker an sich vorbeiziehen und nahmen die Szenerie in sich auf. In dem knappen Jahr, in dem Liv beim K1 war, hatte sie versucht, ihre Wahrnehmung zu trainieren; jedes Detail konnte wichtig sein. Ein einsames Haus. Keine direkten Nachbarn, aber Wege und Trampelpfade, abgebrochene Äste und Fußspuren. Hunde japsten aufgeregt. Vermutlich waren die Hundeführer mit ihren Suchhunden angekommen. Die Johanniter auf Sylt hatten eine sehr erfahrene Rettungshundestaffel, die die Brandruine und die Umgebung nach Spuren absuchen würde.

Etwas Weißes flatterte im Wind: Über dem Fundort der Leiche wurde das Polizeizelt aufgebaut. Denn die Reetkate wirkte von außen zwar klein, hatte aber trotzdem einen Keller. In diesem befand sich noch immer die Leiche, in Löschwasser schwimmend, das in die Vertiefung abgeflossen war. Diese Lage war der reinste Horror für jeden Kriminaltechniker, weil Flammen und Wasser die Spuren gleichermaßen vernichtet haben könnten. In einiger Entfernung wurde ein Feld abgesperrt und ausgeleuchtet. Was hatte man dort gefunden? Ein Wagen der Kampener Feuerwehr wachte neben der Brandruine. Liv sah Schutzpolizisten, die Schaulustige, Journalisten und Fotografen an der Absperrung zurückhielten. Ein Mordfall auf Sylt versprach hohes Klatschpotenzial, fette Schlagzeilen und exorbitante Zeitungsauflagen.

Hinter ihnen stolperte jemand heran. Auch Momke Nebber kam spät. Der Sylter Kommissar trug unter dem Mantel einen Anzug aus Rohseide. Lederslipper hatte er sich unter den Arm geklemmt, die Hosenbeine bauschten sich über den Gummistiefeln. Der dreißigjährige Musterfriese – blond, rotbackig und blauäugig – wirkte wie ein stylisher Bauer auf dem Weg zum Schützenball. Sein Gesicht hellte sich bei Livs Anblick auf.

»Moin, Lammers. Heute mal nicht mit dem Wagen über den Hindenburgdamm gerast?«, begrüßte Momke sie grinsend.

Liv lächelte dünn. »Bietet sich ja nicht immer an.« Seine gute Laune schien ihr unpassend für den Anlass. Sie konnte auch nicht sicher sein, dass es wirklich ein Scherz war. Als im Mai, bei ihrem letzten Fall auf Sylt, Gefahr im Verzug gewesen war, hatte Liv sich zu diesem ungewöhnlichen und verbotenen Anreiseweg genötigt gesehen, was zu einigem Aufsehen geführt hatte. Zudem hatte Liv eine Sicherheitslücke bei der Sylter Kripo ausfindig gemacht, was ihre Beliebtheit nicht gerade gesteigert hatte; der Maulwurf war nicht dingfest gemacht worden. Gerade mit Momke hatte es wiederholt Streit gegeben. Ohnehin hatte Liv ein reserviertes Verhältnis zu Momke, wie zu allen ehemaligen Schulkameraden, was mit ihrer Hassliebe zu Sylt zu tun hatte. Als sie als Jugendliche von der Insel geflohen war, hatte sie sich geschworen, nie zurückzukehren. Es war anders gekommen … Andererseits hatten Momke und Hennes ihr geholfen, als sie im Mai in eine lebensgefährliche Situation geraten war. Viel Last für einen lockeren Umgang.

»Und du? Feiner Zwirn – auf einem Ball gewesen?«, fragte sie höflich.

Momke lächelte beseelt. »Ich mache mit meiner Verlobten einen Tanzkurs, möchte mich ja in ein paar Monaten bei der Hochzeit nicht blamieren. Eigentlich habe ich keine Bereitschaft. Die Nachricht habe ich erst nach dem dritten Walzer gehört.«

Hennes gab ein ersticktes Stöhnen von sich. »Ich geh schonmal vor. Hab Besseres zu tun, als über Anfahrtswege und die extravagante Kleidung der Sylter Kommissare zu quatschen. Du musst ja Unsummen verdienen, Momke, dass du dir den Fummel leisten kannst.«

»Na, für die Hochzeit …«, wollte Momke sich rechtfertigen, aber Hennes war schon losgestapft.

Liv respektierte Momkes Engagement. Auch beim K1 gehörte die stille Bereitschaft zum Ehrenkodex, was bedeutete, dass man sich in der Freizeit bereit- und beim Alkohol zurückhielt. »Lustig, dass du gerade jetzt hier bist, Liv«, fuhr Momke fort und strahlte sie an. »Unser informelles Ehemaligentreffen ist nächste …«

Davon wollte Liv nichts hören. Als sie sah, dass Hennes mit dem Leiter der Spurensicherung und Rabia, einer Sylter Kommissarin, zusammentraf, beschleunigte sie ihren Schritt. Die Kollegen standen vor einem Einsatzwagen der Polizei, in dem nun das Equipment für die Spurensicherung vorbereitet wurde. Unter dem argwöhnischen Blick von Karlpeter Botersen-Evers, dem Leiter der Spurensicherung, drückte Hennes die Zigarette an seiner Schuhsohle aus; den Stummel ließ er in seiner Jeansjacke verschwinden. Botersen-Evers leuchtete mit der Taschenlampe das Areal vor der Brandruine ab.

»Wer ist denn hier so rumgetrampelt? Sind das Ihre Fußspuren? Tsstss«, zischte er die Deutsch-Syrerin Rabia an. Kopfschüttelnd bedeutete er einem Mitarbeiter, dass er Rabias Sohlenprofil sichern sollte, um später Trugspuren auszuschließen. Liv tat die Kollegin leid. Sie hatte mit dem obersten Spurensicherer auch schon zu kämpfen gehabt.

»Der Erste Angriff ist vorschriftsmäßig angelaufen«, verteidigte Rabia sich. »Wir haben zwei Areale abgesperrt. Auf einem befinden sich Reifenspuren. Zwei Wagen, vermutlich. Es sieht aus, als ob einer der Wagen länger gestanden hätte. Polizisten und Suchhunde überprüfen die Gegend auf Spuren.«

»Hoffentlich machen die nicht noch mehr kaputt«, fauchte Botersen-Evers und rieb sich die Hände mit Desinfektionsspray ab, bevor er Handschuhe anzog und einen durchgekauten Kaugummiklumpen einsammelte, den er in einen Asservatenbeutel fallen ließ.

»Wie sieht es am Fundort aus?«, wollte Liv von ihren Kollegen wissen.

Rabia blinzelte nervös. »Schlimm, glaube ich. Eng, nass, schwierig. Ich habe nur von Weitem einen Blick darauf geworfen. Die Leiche liegt am Kellereingang im Löschwasser. Je weniger da herumlaufen, desto besser. Ich bin froh, dass ich anderen Spuren nachgehen kann«, gestand sie ein. »Uwe kommt gleich, der weiß sicher mehr.«

In diesem Augenblick trat Uwe Brigleb hinter den Mauerresten hervor und näherte sich ihnen. Er sprach mit einem Feuerwehrmann und tippte gleichzeitig eine Notiz in sein Smartphone. Wegen seiner peniblen Art war Uwe der perfekte Aktenführer – und was noch besser war: Er übernahm die undankbare Aufgabe willig.

Uwe begrüßte die Flensburger Kommissare formlos, schließlich hatten sie vom Autozug aus noch telefoniert: »Die letzten Glutnester sind unter Kontrolle. Wenn die Feuerwehr nicht so schnell alarmiert worden und noch schneller hier gewesen wäre, sähe es anders aus. Die Identität des Opfers steht noch nicht fest. Wir haben auch kein Fahrzeug gefunden, nur Reifenspuren Richtung Golfplatz.«

»Und ich dachte, ihr hättet den Mord aufgeklärt und wir könnten gleich wieder verschwinden«, meinte Hennes.

Liv nahm einen Schutzanzug und reichte ihrem Kollegen einen weiteren. »Nice try. Du kommst um dein Lieblingsoutfit nicht herum«, sagte sie und wandte sich an Uwe: »Also fassen wir zusammen: Ein anonymer Anrufer hat um 19:38 Uhr einen Notruf abgesetzt. Gleich darauf hat eine gewisse Frau Opahk den Brand gemeldet. Beim Löschen fanden die Feuerwehrleute die Leiche.«

»Das ging dann ja schnell. Ich dachte, bei der Sylter Freiwilligen Feuerwehr hapert's, weil es in den Dörfern kaum noch Einwohner und nur noch Touristen gibt«, sagte Hennes und hüpfte auf einem Bein, als sich sein Fuß bei dem Versuch, den Schutzanzug über sein ausgebleichtes Jeansensemble zu ziehen, vertüdelte.

»In Kampen läuft alles ein bisschen anders«, meinte Uwe.

Liv war bereits fertig umgezogen. »Am Telefon sagtest du, der Besitzer der Reetkate könne es nicht sein.«

»Herr Zurssen ist vor vierzehn Tagen gestorben, er war schwer krank. Wir haben in der Kürze der Zeit noch nicht herausfinden können, wer seitdem Zugang zu dem Haus hatte. Ich erreiche Zurssens Anwalt einfach nicht.«

Sie beobachtete, wie erste Spurenkarten befestigt wurden, Botersen-Evers den Einsatzleiter der Feuerwehr befragte und der Polizeifotograf Aufnahmen machte. »Weiß man schon etwas über die Brandursache? Könnte das Feuer gelegt worden sein, um den Mord zu verschleiern?«, fragte Liv.

»Die Untersuchung wird wohl eine Weile dauern. Den Brand könnte alles Mögliche verursacht haben. Brandstiftung ist nicht auszuschließen. Wir werden nacheinander gehen müssen, der Fundort ist eng. Schmale Kellertreppe. Kleiner Treppenfuß mit einer Tür, die in den Keller führt. Die Leiche bietet keinen schönen Anblick. Wir haben uns bislang davon ferngehalten, weil das Löschwasser kontrolliert abgepumpt und gefiltert werden muss, damit keine Spuren verloren gehen.« Uwes Stimme klang etwas heiser.

Liv wusste, dass Mordfälle viele Kommissare belasteten. Sie konnte das nachvollziehen, doch bei ihr überwog der Wille, diese furchtbarsten aller Verbrechen aufzuklären und den Opfern Gerechtigkeit widerfahren zu lassen. Dennoch schien sich eine eiserne Klammer um ihre Brust zu legen, als Uwe sie zur Leiche führte.

Blutige Furchen an den Wänden verrieten, dass der Mann verzweifelt um sein Leben gekämpft hatte. In einer dunkelroten Scharte glaubte Liv das abgebrochene Stück eines Fingernagels zu erkennen. Schon markierte einer der Spusis den Sachbeweis mit einer Spurentafel. War der Mann gestürzt und hatte versucht, sich an den Wänden hochzuziehen? Der Körper trieb bäuchlings auf einer Lache Löschwasser. Die Beine wiesen auf eine massive Tür, der Kopf war schief auf die unterste Stufe gesackt. Haare und Kleidung klebten an der Haut des Mannes. Die sichtbare Seite seines Gesichts war eine blutrote, blau geschwollene Masse. Die Kommissare nahmen aus sicherer Entfernung die Wunden in Augenschein. Der Schädel schien gebrochen, das Jochbein zerschmettert. Aber es gab auch Kratzer am Hals, Prellungen, hellrote Flecken.

Liv machte sich Notizen in einem alten Schulheft und versuchte, ruhig weiterzuatmen, aber die Eisenklammer ließ kaum eine Regung zu. Dass hier kein natürlicher Tod vorlag, war offensichtlich. *Ablauf???*, schrieb Liv und überlegte zugleich. Der Mann war gestürzt, hatte versucht, die Treppe hochzutaumeln, doch dann waren ihm die Flammen entgegengeschlagen. Immer näher war das Feuer gekrochen, bis … Der Gedanke schoss ihr durch den Kopf, dass der Mann ja noch Glück gehabt hatte: Verbrannt war er nicht. Die Rußfinger der Flammen auf der Holztäfelung endeten etwa einen Meter von ihm entfernt. Bei lebendigem Leibe zu verbrennen, wie die Hexen im Mittelalter, war für Liv eine Schreckensvorstellung. Was für eine irrationale Überlegung, denn welche Ermordung war nicht grausam?

Liv spürte das Pochen ihrer Halsschlagader und sog verhalten die Luft ein. Hennes warf ihr einen kritischen Blick zu. Sie würde sich nie an den Anblick von Leichen gewöhnen. Warum auch? Wäre es nicht schrecklich, so abgestumpft zu sein, dass sie der gewaltsame Tod eines Menschen nicht mehr berührte? Sie fragte sich, welcher Weg den Mann hierhergeführt und was sein Leben vorzeitig beendet haben mochte. Hatte er falsche Entscheidungen getroffen, sich Feinde gemacht, oder war er einfach zur falschen Zeit am falschen Ort gewesen?

Die Kleidung des Mannes waberte im Wasser, das noch immer kontrolliert abgepumpt wurde. Liv hielt ihren Blick an den sanften Bewegungen der dunklen Hosenbeine und des grauen Hemdes fest. Etwas Halbmondförmiges zeichnete sich nun unter dem Mann ab. Ein Fremdkörper …

»Was ist im Keller?«, wollte Hennes in diesem Augenblick wissen.

»Vorratsräume, Abstellkammern und eine Garage, meint Helene Opahk. Aber das Garagentor ist von außen mehrfach gesichert …«, sagte Uwe in einiger Entfernung.

»Und ihr seid nicht die Panzerknacker, schon klar.«

Frau Opahk – hatte sie nicht die Feuerwehr gerufen? Was hatte sie hier im Haus zu suchen?

»Was hat die denn damit zu tun?«, kam Hennes ihrer Frage zuvor.

»Das können wir doch auch oben klären«, meinte Liv. Auf dem Weg treppauf sprach sie eine Mitarbeiterin des K6 an – wie hieß sie noch: Ute, Uta? »Könnt ihr den Gegenstand unter der Leiche bergen? Vielleicht gibt er uns einen Hinweis auf die Identität des Opfers.« Die Frau sagte zu, Botersen-Evers darauf hinzuweisen.

Liv schob sich etwas gefasster die schmale Treppe hoch. Oben angekommen bot sich ihr erneut der Schauder erregende Anblick: Die geschwärzten Ruinen stachen in den Nachthimmel, unter ihren Füßen schmatzte ein Matschbrei, in dem sich die Lichter der Polizeifluter brachen. Angekokelte Einbände von Büchern und Fotos, ein geschmolzenes Metallstück – es sah aus wie ein Spielzeugauto. Bislang waren sie davon ausgegangen, dass der Besitzer hier allein gelebt hatte. Hatte es doch weitere Bewohner gegeben? Ob das Löschwasser jede Spur unbrauchbar gemacht hatte? Würden sie wenigstens die Tatwaffe finden? So, wie die Wunden aussahen, hielt Liv es für wahrscheinlich, dass der Mann seinen Schädelverletzungen erlegen war.

Polizisten mühten sich weiterhin, das Zelt aufzustellen, das den Fundort schützen sollte, aber die Plane ächzte und bebte im Wind wie ein übergroßes Kite-Segel. Wolkenfetzen verdeckten die Sterne, und das Licht des Leuchtturms wirkte im Dunst weichgezeichnet. Schwarz grenzten sich der Leuchtturm und das Gurt Brönshoog, das größte Hünengrab Sylts, gegen den Himmel ab.

Livs geschärfte Sinne nahmen eine Vielzahl von Geräuschen wahr: das Kläffen der Suchhunde, das Summen der

Lampen und Wasserpumpen, sie glaubte sogar, das auflaufende Meer zu hören. Wieder zog eine Gänsehaut über ihren Rücken, dieses Mal aber war es die Erinnerung, die sie erschauern ließ. Sie brauchte nicht nachzusehen, noch immer konnte sie am Rauschen unterscheiden, ob Ebbe oder Flut war.

Sylt lag ihr in den Genen, ging ihr direkt ins Blut. Mit einem tiefen Atemzug brach sie ihre Beklemmung auf. Sie war überzeugt davon, dass sie herausfinden würden, was dem Ermordeten zugestoßen war, wenn sie nur hart genug dafür arbeiteten – und dazu war sie bereit.

Thermoskannen standen bei den Mannschaftswagen im Heidekraut. Uwe hielt Liv, nachdem sie sich aus dem Schutzanzug befreit hatte, einen Becher hin. Liv lehnte ab; ihr war zu flau im Magen für Kaffee. Sie suchte in ihren Taschen nach einem Kaugummi, fand aber nur ihre fingerlosen Drummer Gloves. In diesem Augenblick wird der Ersatzschlagzeuger das Set für das Konzert einstudieren, dachte sie wehmütig, aber was sie hier tat, war wichtiger. Hennes zog Tabak und Blättchen hervor und drehte eine Zigarette. Stumm ließen sie das Gesehene wirken. Mücken umsirrten sie in der windgeschützten Ecke, ungewöhnlich viele, so spät im Jahr.

Liv holte tief Luft. »Sieht nach erheblicher Gewaltanwendung aus. Eine Beziehungstat?«, brach sie das Schweigen und wedelte eine Mücke weg, die im Landeanflug auf ihre Stirn war.

»Die Treppe heruntergefallen ist er auf jeden Fall nicht«, sagte Hennes und zitierte damit – ob willentlich, wusste Liv nicht zu sagen – eine Ausrede geprügelter Frauen, die sie allzu oft bei Fällen häuslicher Gewalt gehört hatte. »Oder auf jeden Fall nicht nur.«

»Eine Schlagwaffe hat man bislang noch nicht gefunden?« Uwe verneinte Livs Frage. »Könnte der Tote Zurssens Erbe sein? Ein Verwalter oder eine Art Hausmeister?«

»Wir haben nur in die Taschen gefasst, die wir erreichen konnten, ohne die Leiche zu bewegen. Da war nichts. Und Zurssens Anwalt geht einfach nicht ans Telefon.«

Hennes zündete die Zigarette an und rauchte gierig. »Dann müssen wir jemanden hinschicken. Das hättet ihr schon längst tun sollen! Ein brutaler Gewalttäter und Brandstifter läuft hier frei herum!«, platzte er heraus. »Überhaupt – wir sind viel zu wenige! Bente hätte wissen müssen …« Hennes zupfte sich einen Tabakkrümel von der Zunge und schüttelte zornig den Kopf. »Konnte mehr über den Unbekannten herausgefunden werden, der den Notruf abgesetzt hat? Auch noch nicht? Was ist mit den Funkdaten? Wir müssen wissen, wer Zugang zum Haus hatte! Was ist mit dieser Frau Opahk?«, konzentrierte Hennes sich zu Livs Erleichterung wieder auf den Fall.

»Sie hat für Zurssen gearbeitet. Für ihn eingekauft und ab und zu geputzt«, wusste Uwe.

»Und ganz zufällig hat sie als Erste den Brand bemerkt?«, wunderte Liv sich.

»Frau Opahk hat wohl aus Gewohnheit einen Blick auf das Haus.«

»Ist das so? Hat sie jemanden gesehen?«

»Angeblich nicht.«

»Das wäre ja auch zu schön gewesen! Wo ist sie jetzt?«

Uwe drehte das Fitbit-Armband an seinem Handgelenk, das ihm einen jugendlichen Touch gab. »Wir haben sie nach Hause geschickt. Die Ärmste war ganz schlecht beieinander …«

»Nach Hause geschickt?«, fuhr Hennes auf. »Eine Zeugin? Sie könnte sogar die Täterin sein und sich längst aus dem Staub gemacht haben!«

Uwe wurde blass, das war im grellen Licht der Polizeischeinwerfer gut zu erkennen. »Frau Opahk ... Ich glaube kaum ... sie wohnt ganz in der Nähe ... und wo es ihr doch so schlecht ging ...«, stotterte er.

»Gerade diese heftige Reaktion könnte ein Zeichen sein, dass sie in den Mord verwickelt ist«, warf Liv ein.

»Das ist doch reine Spekulation! Statistisch gesehen ist der Mörder jemand aus der Familie oder dem näheren Umfeld. Frau Opahk hingegen ...«, wollte Uwe sich verteidigen.

Ihr Gespräch wurde unterbrochen. Raschelnd näherte sich die Frau aus dem Spurensicherungsteam in ihrem Schutzanzug. »Ich soll euch sagen, dass im Löschwasser unter dem Toten ein Beffchen lag.«

Die Kommissare wechselten überraschte Blicke. Jetzt war Liv der Name wieder eingefallen. »Danke, Oda.« Sie wandte sich an ihre Kollegen. »Ein Beffchen tragen vor allem evangelische Pastoren. Was hat es hier zu suchen? Ist es dem Opfer aus der Tasche gefallen? Ist der Tote ein Pfarrer von der Insel? Hat ihn denn niemand von euch erkannt?«, fragte sie.

»Ich sagte doch, dass wir die Leiche nicht umgedreht haben. Und vom Gesicht erkennt man ja nicht gerade mehr viel.« Uwe zog sein Handy heraus. »Ich versuche noch einmal, Zurssens Anwalt zu erreichen.«

»Du schickst jemanden hin – oder fahr selbst! Wir nehmen uns Frau Opahk noch einmal vor. Wollen wir mal hoffen, dass sie tatsächlich zu hause ist. Sonst gibt es Ärger«, sagte Hennes drohend. Uwe wurde noch eine Spur bleicher.

Vorsorglich rief Liv bei der Zeugin an, aber Helene Opahk war nicht zu erreichen. Hennes telefonierte währenddessen mit Bente, um Verstärkung anzufordern, und Liv hörte, wie die beiden erneut aneinandergerieten. Auch in Flensburg wurde wegen aktueller Einsätze jeder Mitarbeiter gebraucht. Hennes hatte noch immer nicht verwunden, dass Hasselbrecht ihn übergangen hatte. Die Chefin des K1 hatte sich beurlauben lassen, um ihren schwerkranken Mann zu pflegen. Dass sie Bente als ihren Stellvertreter benannt hatte, hatte niemanden aus dem Team überrascht – außer Hennes. Er war zwar älter als Bente, aber durch seine schroffe Art als Teamleiter denkbar ungeeignet. Hasselbrechts Kompetenz und Erfahrenheit fehlten im Team. Das K1 war dennoch zusammengewachsen – nur Hennes nutzte jede Gelegenheit, um Bentes Entscheidungen zu kritisieren. Wenn Hennes jetzt erfahren würde, dass Frau Opahk nicht da war, würde er auch mit Uwe einen erneuten Streit vom Zaun brechen.

»Bente kommt morgen, gemeinsam mit Andreas. Immerhin. Endlich kompetente Kollegen«, sagte Hennes, nachdem er sein Telefonat beendet hatte.

Meinte er mit diesem Gestichel gegen inkompetente Polizisten etwa auch sie? Anfangs hatte Hennes oft über Livs Jugend und Unerfahrenheit geklagt. Sie beschloss, die Bemerkung zu ignorieren. »Helene Opahk geht nicht ans …«

In diesem Moment trat ein Feuerwehrmann zu ihnen, ein kerniger Typ, wie sie auf diesen Feuerwehrleute-Kalendern posierten, die für einen guten Zweck verkauft wurden. »Habe ich richtig gehört – Sie suchen die Dame, die den Brand gemeldet hat?«

»Ja, genau.«

»Frau Opahk ist vor einer Weile wieder hier aufgetaucht. Sie war völlig aufgelöst, deshalb haben wir ihr ein Plätzchen im LF 10 angeboten. Wir halten hier ja ohnehin noch bis in die Puppen Brandwache. Ich kann Sie zu ihr bringen.«

Als Liv und Hennes ihn zum Löschfahrzeug begleiteten, meinte der Feuerwehrmann zu ihr: »Ich habe übrigens die Leiche gefunden. Wenn Sie mich also auch noch befragen wollen, stehe ich zu Ihrer Verfügung.« Es klang, als habe er ganz und gar nichts dagegen, sich eingehend mit Liv auszutauschen.

»Wir wenden uns dann an Sie«, ließ Hennes ihn schroff abblitzen.

Auf der Rückbank des Feuerwehrwagens saß, in eine Wolldecke eingemummelt, eine hochgewachsene Frau um die vierzig. Im Schein der kleinen Autolampe wirkte ihr Gesicht schmal, ein Eindruck, der durch die straff nach hinten gebundenen, rötlich schimmernden Haare noch verstärkt wurde. Ihre Hände umschlossen einen Becher mit dampfendem Inhalt. Neben ihr auf der Rückbank lag ein Dackel, der den Kopf auf ihren Oberschenkel gebettet hatte. Der Hund döste und hob kaum die Augenlider, als sie eintraten.

Liv und Hennes stellten sich vor. Helene Opahk studierte ihre Ausweise so ausgiebig, als würde sie darin eine geheime Botschaft finden, während die Mücken erneut über die Kommissare herfielen; auch sie schienen sich in dem Auto wohlzufühlen.

Mit bebender Stimme begann Frau Opahk zu sprechen: »Ich war vorhin schon wieder zu Hause und wollte gerade bügeln. Das beruhigt mich, wissen Sie … Aber dann musste ich immer wieder an den Brand denken, die vielen Polizisten. Meine Nerven haben verrückt gespielt. Was ist denn nur passiert?«

Liv blickte sie fest und – wie sie hoffte – vertrauenerweckend an. Trotz des Zeitdrucks half es bei einer Mordermittlung nicht, Hektik auszustrahlen; das verunsicherte die Zeugen nur. »Was passiert ist? Genau das wollen wir herausfinden. Sie haben den Brand gemeldet. Erzählen Sie uns bitte, was genau vorgefallen ist.«

Helene Opahks Hände schimmerten gepflegt, als sie den Becher abstellte und ihren Dackel streichelte. »Wir waren spazieren, der Wastl und ich. Es war dunkel, aber wir hatten keine Angst. Es ist ein friedliches Eckchen, hier passiert ja nichts.« Hennes schnalzte leise, woraufhin die Zeugin ihm einen irritierten Blick zuwarf. Liv tat so, als habe sie es nicht gehört. Dass dieser Mann sich nicht ein Mal zusammenreißen konnte! »Da habe ich die Flammen bemerkt und gleich die Feuerwehr angerufen.«

»Haben Sie jemanden in der Nähe der Reetkate gesehen? Waren Spaziergänger oder Jogger unterwegs?«

Frau Opahk schüttelte den Kopf. »In Braderup ist nicht viel los um diese Zeit.«

»Sie waren für Herrn…«, Hennes konsultierte seinen Notizblock, »Zurssen tätig?«

»Ich hab für ihn eingekauft und geputzt. Ein feiner Herr, nur leider sehr krank. Hat das Haus nicht mehr verlassen. Aber was soll das mit dem Brand zu tun haben?« Helene Opahk strich fahrig eine Mücke von ihrer Wange und hinterließ dabei einen Blutstreifen.

»Nichts«, beruhigte Liv sie. »Wir haben uns nur gewundert, wieso Sie so gut über das Innere der Kate einschließlich des Kellers Bescheid wissen. Haben Sie gewartet, bis die Feuerwehr da war?«

»Ich konnte ja nichts tun, das war schlimm! Das schöne Haus, ein Jammer ist es. Die vielen Antiquitäten und Bücher! Das Haus war voll davon, wissen Sie.«

Liv fiel das geschmolzene Spielzeugauto ein. »Laut unserer

Recherche hatte Herr Zurssen keine Kinder. Ist das richtig?«

»Ganz alleine war er, der Arme. Aber er liebte nun mal Antiquitäten.«

»Was im Keller ist, wissen Sie aber nicht?«, fragte Hennes.

»Denken Sie etwa, ich schnüffele herum?« Helene Opahk klang etwas feindselig.

»Als Zugehfrau sieht man ja so einiges ...«

»Was unterstellen Sie mir! Herr Zurssen hat mir vertraut!«

Liv nickte zustimmend. »Sie müssen sehr traurig über seinen Tod sein.«

Die Frau verschränkte ihre Arme und umfasste ihre Ellenbogen. »Das bin ich wirklich«, sagte sie leise.

»Wissen Sie, wer nach dem Tod von Herrn Zurssen Zugang zu dem Haus hatte?«

»Keine Ahnung, der Anwalt, nehme ich an. Ich hatte keinen Schlüssel. Herr Zurssen war da sehr eigen. Er hat mich eingelassen, mir gesagt, was ich für ihn tun konnte, mir genaue Einkaufslisten gegeben. Nordseekrabben, egal, was sie kosten, Krebse, wenn frisch, Hagebuttengelee aus der Sylt-Rose, Morsumer Kartoffeln und Milch vom Wochenmarkt, dazu stilles Mineralwasser – dabei ist das Trinkwasser auf Sylt doch so gut, das habe ich ihm immer wieder gesagt ...«

»Sie haben also ein Auto?«, unterbrach Hennes ihren Redefluss.

»Einen kleinen Ford. Er steht an der Straße. Warum?«

»Wir müssen die Reifenspuren mit denen am Tatort vergleichen.«

Helene Opahk hob verschreckt die Augenbrauen. »Warum das denn? Ich habe nicht … Ich war doch nicht …« Sie knetete ihren Hund mehr, als dass sie ihn streichelte. »Ich wollte doch nur helfen – und jetzt werde ich dafür bestraft. Was ist das nur für eine Welt!«

Liv lächelte sie beruhigend an. »Sie werden doch nicht bestraft. Das ist ganz normale Polizeiarbeit. Reine Routine. Wir müssen sichergehen, dass der Täter gefunden wird«, erklärte sie.

Ein Beben ging durch den Körper der Frau. »Täter? Es hat also nicht nur gebrannt. Jemand ist gestorben. Ich wusste es doch, deshalb sind Sie hier! Ist sie … Wurde sie …« Helene Opahks Stimme brach.

Sie, schrieb Liv und machte dahinter drei Ausrufezeichen.

»Sie? Wen meinen Sie mit ›sie‹?«, fragte Hennes scharf.

Die Zeugin versteifte sich. »Sie … die Leiche – das ist es doch, oder? Ein toter Mensch ist gefunden worden! Oh, Herr im Himmel!« Sie begann zu weinen.

Liv legte ihre Notizen beiseite, konnte die Frau aber kaum trösten. Minutenlang bebte und schluchzte Helene Opahk in ihren Armen.

Als die Tränen versiegt waren, sagte Liv: »Ihre Worte hörten sich so an, als hätten Sie bereits geahnt, dass jemand zu Tode gekommen ist. Als wüssten Sie …«

Helene Opahk tupfte ihre Tränen ab, auch der Blutfleck auf der Wange wurde mit weggewischt. »Nein, ich habe mich nur … missverständlich ausgedrückt.« Sie schwieg und gab auch auf weitere Nachfragen nichts preis.

Hennes wechselte das Thema. »Wer ist der Erbe des Besitzes?«

Die Zeugin mied seinen Blick. »Das müssen Sie den Anwalt fragen.«

»War Herr Zurssen gläubig? Ging er regelmäßig in die Kirche? Bekam er Besuch von einem Pfarrer?«

»Herr Zurssen war ein gläubiger Christ, aber ich glaube nicht, dass er das Haus überhaupt je verlassen hat. Wenn ich ihm erzählte, was ich erlebt habe, hat er sich immer so gefreut. Er konnte gar nicht genug von meinen Berichten bekommen.« Sie schlug die Wolldecke zurück und machte Anstalten, sich zu erheben. Seufzend kam auch der Dackel auf die Beine. Der Hund wirkte altersschwach und reckte sich ausgiebig. »Sind Sie jetzt fertig? Ich habe Ihnen alles gesagt, was ich weiß«, sagte Helene Opahk. Als Liv und Hennes keine Einwände erhoben, nahm die Frau ihren Wastl auf den Arm und kletterte aus dem Wagen. Ohne ein weiteres Wort verschwand sie hinter dem Feuerwehrmann, der geschickt einen Schlauch aufrollte. Auch die letzten Glutnester waren also erloschen.

»War das jetzt unbedingt nötig? Frau Opahk hat den Brand gemeldet und ist keine Verdächtige!«, brach es aus Liv heraus. Sie war froh, aus dem Feuerwehrwagen zu kommen; hier draußen wurden die Mücken wenigstens vom Wind in Schach gehalten.

»Was regt sie sich denn so auf?«

Liv sah Hennes kopfschüttelnd an. »Jemand ist eines unnatürlichen Todes gestorben! Das mag unser Berufsalltag sein, aber für andere Menschen ist es ein Schock!«

Hennes schien das wenig zu beeindrucken. Ungerührt fuhr er fort: »Und warum lungert sie hier herum? Selbst du müsstest mitbekommen haben, dass sie lügt. Das war kein Versprecher!«

»Was meinst du mit: ›selbst du‹?«

»Na, etwas naiv bist du schon.«

»Findest du?! Zumindest habe ich keine Vorurteile.«

»Wie wer?!«

Hennes war noch brummiger als sonst! Zornig ließ Liv ihn stehen und marschierte zum Einsatzwagen, um dort ihre Gesprächsnotizen zu vervollständigen. Einen ausführlichen Bericht würde sie erst später schreiben, aber da Hennes ihr den Papierkram vermutlich sowieso überlassen würde, war es gut, schonmal ein paar Stichpunkte zu notieren, solange die Eindrücke noch frisch waren. Als sie beim Schreiben aufsah, bemerkte sie, dass inzwischen auch Sebastian Gerlich eingetroffen war. Der junge Rechtsmediziner kam aus Kiel und hatte damit einen doppelt so langen Anfahrtsweg. Er war kundig und ehrgeizig, was sie hoffen ließ, dass er ihnen bald eine erste Einschätzung zu Todeszeit und -ursache liefern würde.

Plötzlich stand Uwe vor ihr. Er wirkte noch immer beunruhigt. Vermutlich machte Hennes' Drohung ihm zu schaffen.

Hatte er etwas zu ihr gesagt? Liv war sich nicht sicher, zu sehr war sie auf ihre Arbeit konzentriert gewesen. »Ich will nichts zu Hennes' Verhalten sagen. Du weißt, wie er ist. Es ist besser, ich halte mich da raus«, meinte Liv abweisend.

Uwe zog eine Grimasse. »Hennes ist und bleibt ein Stinkstiefel, aber darum geht es nicht. Es ist deine Schwester. Annika ist hier.«

»Wie bitte?!« Liv fuhr auf und klappte das Notizbuch mitten im Satz zu. Ihre Schwester lebte zwar auf Sylt, aber was zur Hölle hatte Annika hier am Tatort zu suchen?

»Wir müssen ihr einen Platzverweis erteilen, weil sie die Brandruine fotografiert hat und sich weigert, die Fotos zu löschen. Ich dachte, das dürfte dich interessieren.«

Uwe wies ihr den Weg zur fraglichen Stelle in der Nähe der Absperrung. Vor einem Phaeton, einem Luxuswagen, der vor lauter Understatement nach nichts aussah, diskutierte Annika mit einem jungen Schutzpolizisten. Dieser knetete einen Zettel in der Hand und war mit der Situation offensichtlich überfordert. Annika trug unbeirrt ihre gefühlte Überlegenheit zur Schau. Ihr Valentino-Kostüm, das dem jungen Mann seinen Preis förmlich ins Gesicht zu schreien schien, unterstrich ihren Auftritt noch. Liv hatte es schon immer gehasst, wenn jemand glaubte, sich Respekt kaufen zu können.

»Ich übernehme das«, sagte Liv bestimmt und bemerkte, wie der Schutzmann zusammenzuckte. Er war knapp zwanzig, hatte Pausbacken und hektische Flecken auf dem Hals. Im gleichen Moment tat ihr ihre Schroffheit leid. Sie durfte nicht vergessen, dass sie zwar nur einige Jahre älter, aber dennoch durch ihren Posten eine Respektsperson war. Die Mordkommission galt als Paradedisziplin der Polizei, die von den anderen Abteilungen alles sofort bekam, was sie benötigte. Trotzdem konnten sie froh sein, dass die Schutzleute ihre Ermittlung so engagiert unterstützten.

Plötzlich wehte ein Geräusch aus der Ferne herüber. Die Suchhunde schlugen an. Einen Augenblick war Liv abgelenkt. Hatten die Hunde endlich etwas gefunden, das einen Hinweis auf Opfer oder Täter gab? Am liebsten wäre sie sofort hingeeilt. Aber es half nichts – erst musste sie die Angelegenheit mit Annika in Ordnung bringen.

Ihre Schwester begrüßte sie mit einem falschen Lächeln. »Liv. Hätte ich mir ja denken können.«

»Was willst du hier?«, fragte Liv schroff. Zu behaupten, dass das Verhältnis der Schwestern nicht das beste war, wäre untertrieben. Genau genommen hatten sie seit ihrem Bruch vor vielen Jahren kein Verhältnis mehr. Äußerlich boten sie einen scharfen Kontrast, denn Liv trug wie meist Belstaffjacke, Wollpulli, Bikerboots und Jeans.

Der Schutzpolizist hatte nervös ihren Wortwechsel verfolgt. Jetzt reichte er Liv das Formular für den Platzverweis. »Danke für deine Hilfe, Urs«, sagte sie mit einem Blick auf sein Namensschild. Der junge Mann nickte knapp und hatte es dann sehr eilig wegzukommen.

Bevor Liv es verhindern konnte, riss Annika ihr den Bogen aus der Hand und zerfetzte ihn.

Liv schnappte nach Luft. Nur mühsam konnte sie ihre Wut beherrschen. »Was erlaubst du dir?! Das ist ein offizielles Dokument!«

Annika lächelte schmallippig. »Verklag mich doch. Deine eigene Schwester, das wäre ja nichts Neues – nach dem, was du Jan im Frühsommer angetan hast.«

»Ich ... Jan angetan?! Du bist doch verrückt!«

Jan war ihr Neffe und hatte im Mai von sich aus Kontakt zu Liv gesucht, was Annika zu Tobsuchtsanfällen getrieben hatte. Als ältere Schwester hatte Annika immer versucht, Liv zu kontrollieren. Dass sich ihr inzwischen nicht nur Liv, sondern auch ihr eigener Sohn entzog, konnte Annika anscheinend kaum ertragen.

»Nein, ich sehe glasklar.« Annika zupfte eine Strähne ihres blondierten Haares über die Zornesfalte auf ihrer Stirn. »Ich konnte es kaum glauben, als ich gehört habe, dass Zurssens Haus abgebrannt ist. Das musste ich unbedingt für potenzielle Investoren dokumentieren. Hier kann nur noch Tabula rasa gemacht und neu gebaut werden. Das ist unsere Chance.«

Liv war fassungslos. »Eure Chance?! Was für ein Schicksal dahintersteckt, interessiert dich wohl gar nicht!«

Annika überging diese Bemerkung und erklärte mit funkelnden Augen: »Dass Armin Zurssen hier lebte, war tatsächlich eine Überraschung. Niemand wusste davon, nicht einmal Vater.«

Allein die Erwähnung ihres Vaters weckte Livs Fluchtinstinkte, sie riss sich jedoch zusammen. »Zurssen?! Fragst du dich gar nicht, was ich hier tue? Denkst du wirklich nur an deinen Vorteil?«

Annika hatte kaum zugehört. »Ich denke an unseren Vorteil, wie Vater, ja. Das habe ich von ihm gelernt. Dank mir hat unser Unternehmen im letzten Jahr eine Umsatzsteigerung von zweiundzwanzig Prozent verzeichnet. Darauf bin ich stolz. Im Gegensatz zu dir, dem Schandfleck der Familie, weiß ich, was Familiensinn bedeutet. Ich habe natürlich gleich Kontakt zu Pastor Casabione aufgenommen – ein charmanter Mann übrigens. Das Grundstück ist ein echtes Sahneschnittchen. Aber leider Bestandsschutz – das hat sich ja wohl nun erledigt.« Annika betrachtete zufrieden das Foto auf dem Display ihres Handys.

Liv schob die Fäuste tief in die Taschen. Am liebsten hätte sie Annika das Smartphone aus der Hand geschlagen. Gleichzeitig hatten Annikas Worte etwas in ihr ausgelöst, das sich wie ein Stromstoß anfühlte. »Pastor Casabione?«

»Zurssens Nachlassverwalter. Ursprünglich aus Tirol, aber schon lange auf Sylt. Das wusstet ihr noch nicht?« Annika lächelte spöttisch.

Liv simste Hennes den Namen. »Du solltest jetzt besser gehen«, sagte sie. »Du behinderst eine Mordermittlung. Aber vorher löschst du die Fotos.«

»Ich denke gar nicht daran! Das habe ich auch schon diesem kleinen …« Endlich begriff Annika. »Mord?«, echote sie.

»Ja, Mord«, entgegnete Liv grimmig. »Wann hast du zuletzt mit Casabione telefoniert?«

»Wieso? Ist er …?«

»Beantworte meine Frage!«, forderte Liv so scharf, dass Annika zusammenzuckte. Diesen Ton kannte ihre Schwester sonst wohl nur von ihrem Vater. Liv erschauderte bei dem Gedanken. Sie hasste Ocke Lammers für das, was er ihr angetan hatte, hasste jeden Zug dieses Mannes, den sie an sich selbst entdeckte. »Los, sag es mir«, setzte sie etwas freundlicher hinzu.

Nervös drehte Annika einen der Ringe an ihren Fingern. »Vorgestern. Ein Bekannter hatte mir die Information zugespielt. Der Pastor will erst einmal den kompletten Nachlass sichten, bevor er sich an den Verkauf macht. Natürlich haben ihn bereits andere Interessenten kontaktiert. Aber wir haben gute Argumente, um Casabione zu überzeugen, wenn es so weit ist. Nach der Zeitungsnotiz habe ich mich allerdings doch gefragt…«

»Zeitungsnotiz?«, fiel Liv ihr ins Wort. Es nervte sie, dass ihre Schwester einen Wissensvorsprung hatte.

»Heute stand in der Zeitung, dass Zurssen hier in Braderup gestorben ist und Casabione als Nachlassverwalter für das Erbe eingesetzt wurde«, verkündete Annika.

Livs Herz schlug eine Synkope. So eine Notiz sprach sich schnell herum und war eine Einladung für Diebe. Jeder, der die Zeitungsausgabe gelesen hatte, konnte sich auf die Suche nach dem Haus machen, um dort einzubrechen.

»Gib mir jetzt das Handy. Oder lösch die Fotos selbst«, befahl sie ihrer Schwester. Annika lachte gezwungen, tat aber sonst nichts. »Dann werde ich das Gerät wohl beschlagnahmen müssen. Kann ein paar Wochen dauern, bis du es wiederbekommst. Nach Paragraf 164 der StPO ist sogar eine Festnahme von Störern bei der Tatortarbeit möglich.« Erst diese Drohung fruchtete. Unwillig kam Annika Livs Aufforderung nach. »Du wirst von uns hören. Und nun geh endlich«, sagte Liv zu ihrer Schwester.

»Du hast mir gar nichts zu sagen«, zischte Annika.

Würde denn dieser Grabenkampf nie aufhören? Liv sammelte aufgewühlt das Platzverweis-Puzzle ein und wandte sich ab. Sie musste mit Hennes sprechen.

»Hark Casabione, Pfarrer des Kirchspiels Eidum, 38 Jahre alt, verheiratet, zwei Kinder. Ist heute Abend nicht zu Hause aufgetaucht. Seine Frau sagte am Telefon, er würde arbeiten. Bei seinem Handy springt nur die Mailbox an«, berichtete Hennes, als Liv den Mannschaftswagen erreichte. »Ich habe schon jemanden mit einem Foto zu Gerlich geschickt. Vielleicht kann er den Toten mithilfe des Fotos identifizieren.«

Liv hatte inzwischen die Zeitungsnotiz gefunden und las sie von ihrem Smartphone ab:

Wie erst jetzt bekannt wurde, verstarb letzte Woche in Braderup Armin Zurssen. Der mehrfache Millionär gehörte in den Sechziger- und Siebzigerjahren zum Jetset der Insel, bevor er sich ins Privatleben zurückzog. Nicht einmal die direkten Nachbarn wussten, dass er in einer bescheidenen Reetkate am Rande des Naturschutzgebiets Braderup lebte. Sein Vermögen hat Zurssen dem Kirchspiel Eidum vermacht, wo sich Pastor Casabione um die Verwendung kümmern soll. Wollen wir hoffen, dass der Geistliche die Millionen zum Wohle der Insel einsetzen wird.

Nach dem letzten Satz sah Liv in die Runde.

»Ich lese die Zeitung eigentlich immer, aber das muss ich übersehen haben«, meinte Uwe verlegen.

»Ich habe auch nichts davon gewusst. Kenne ihn gar nicht«, sprang Momke ihm bei.

»Man kann ja nicht jeden kennen, auch nicht auf Sylt. Was also ist geschehen? Vermutlich war Casabione mit dem Nachlass beschäftigt und wurde von einem Einbrecher überrascht, der ihn niederschlug«, spekulierte Hennes.

»Oder der Einbrecher war bereits im Haus.« Liv klopfte mit der Fingerspitze einen Rhythmus auf ihren Arm. »Also kein Mord, sondern Totschlag? Oder ein bedauernswerter Unfall? Dieser Unbekannte, der den Notarzt gerufen hat, war vielleicht der reuige Einbrecher?«

»Wie aber brach das Feuer aus? Hat jemand den Brand gelegt, um seine Spuren zu verwischen?«

»Die Hunde haben in einem Gebüsch bei den Wagenspuren ein Fahrrad entdeckt. Wir müssen herausfinden, ob es Opfer oder Täter gehörte.«

»Und Frau Opahk? Hat sie etwas beobachtet, verschweigt es aber? Kannte sie Casabione? Gibt es eine Verbindung zwischen den beiden? Hat sie deshalb bei der Aussage so heftig reagiert?«

Rabia näherte sich aus Richtung der Wagenspuren. Sie lächelte in die Runde. »Habe ich da Casabione gehört? Was ist mit ihm? Wir gehen ab und zu in seinen Gottesdienst«, sagte sie.

Alle Augen wandten sich ihr zu.

Eine halbe Stunde später umringten die Kommissare die Bahre. Der Leichensack war geöffnet. Das Gesicht des Toten hatte im Scheinwerferlicht die Farbe von Meerschaum nach dem Sturm. Liv legte den Arm um Rabia. Ihre Leiche hatte einen Namen.

»Pastor Casabione war ein guter Mensch. Erst neulich waren wir wieder in der Kirche. Seine Predigten waren immer so lebendig, so lebensnah«, brachte Rabia erstickt hervor.

Liv war noch dabei, die Information sacken zu lassen. Ein Pastor hatte naturgemäß mit unzähligen Menschen zu tun, was den Kreis der Verdächtigen noch zusätzlich zur Zeitungsnotiz erweiterte. Spuren hatten sie kaum – Feuer und Löschwasser hatten sicher das meiste vernichtet. Zeugen gab es bislang auch nicht.

Der Rechtsmediziner schloss den Leichensack und machte sich zum Aufbruch bereit. Hennes folgte ihm, und auch Liv löste sich von Rabia.

Sebastian Gerlich wusste, was sie von ihm erwarteten, reagierte jedoch abweisend.

»Es würde unsere Arbeit wirklich sehr erleichtern, wenn Sie …«, begann Liv.

»Die Totenstarre hatte bereits eingesetzt. Wenn man dann noch den Abfall der Körpertemperatur berücksichtigt, trat der Tod vermutlich zwischen 18 und 21 Uhr ein«, sagte Gerlich kühl. Auf seiner runden Lennonbrille spiegelten sich die Polizeifluter, sodass sie seine Augen nicht sehen konnte.

»Der Schlag wurde Casabione anscheinend vor dem Tod zugefügt. Zumindest legen dies die Blutspuren nahe. Können Sie schon eine Einschätzung abgeben, was die Todesur–«, begann Liv.

»Fürs Spekulieren werde ich nicht bezahlt, das wissen Sie ja«, unterbrach Gerlich sie.

»Rechtsmedizin ist keine Hexerei, genauso wenig wie eine Mordermittlung«, knurrte Hennes. Sebastian Gerlich schob statt einer Replik die Brille fest auf den Nasenrücken. Der junge Mann mit den widerspenstigen Locken war empfindlich, was Zweifel an seiner Kompetenz anging – was Liv nachvollziehen konnte. Sie musste selbst gegen Vorurteile ankämpfen, weil manche sie mit ihren neunundzwanzig Jahren zu jung für die Mordkommission hielten.

»Die Todesursache war eine Kohlenmonoxidvergiftung, schätze ich«, setzte Hennes hinzu und genoss das Erstaunen seiner Zuhörer, das auf diese Aussage folgte.

»Eine CO-Intoxikation ist tatsächlich in Betracht zu ziehen, zumal auch die Nagelbetten des Toten hellrot verfärbt sind«, bestätigte Gerlich. »Wenn Sie meinen Bericht partout nicht abwarten wollen und damit die endgültigen Ergebnisse: Der Bruch des Jochbeins war sicher schmerzhaft, aber nicht tödlich. Vor seinem Tod erlitt Casabione etliche Prellungen, die jedoch auch von einem Sturz stammen könnten, zumindest, wenn man die Hutkrempenregel anwendet. Diese Regel besagt …«

»Danke, wir wissen Bescheid«, schnitt Hennes ihm das Wort ab. Auch Liv hatte gelernt, dass Verletzungen über einer gedachten Hutkrempenlinie eher auf Schläge zurückzuführen waren, die darunter eher auf Stürze. Allerdings war die Sachlage, soweit sie sich erinnerte, bei Treppenstürzen schwieriger.

Der Rechtsmediziner fuhr ungerührt fort: »Darüber hinaus finden sich Kratzspuren an Hals und Wangen. Was die Verletzungen und die Schlagwaffe angeht, werden weitere Untersuchungen nötig sein. Auf DNA-Spuren des Täters brauchen Sie vermutlich nicht hoffen«, beendete Gerlich das Gespräch.

Triumphierend sah Hennes Liv an, als der Rechtsmediziner mitsamt der Leiche abgefahren war. »Da habe ich den Klugscheißer ja mal überrascht, was? Aber für diese Diagnose braucht man keine Kristallkugel, die hellroten Flecken sind Anzeichen genug.«

»Die Flecken habe ich auch gesehen, aber wohl nicht richtig eingeordnet«, gab Liv zu.

Hennes sah zufrieden in die Ferne, wo der Leuchtturm die

Landschaft in Scheiben schnitt. »Nicht so einfach, wenn man von einer Todesart nur in Fachbüchern gelesen, sie aber noch nie zu Gesicht bekommen hat, was? Berufserfahrung ist eben unbezahlbar.«

Die Kommissare kamen am Mannschaftswagen für eine Zwischenbesprechung zusammen. Die Nachtkälte hatte sich über sie gesenkt, und Liv war froh über ihren Wollpulli. Vielen Polizisten war inzwischen die Müdigkeit ins Gesicht geschrieben. Gleichzeitig hatte eine fiebrige Anspannung sie erfasst. Der brutale Mord an dem Pfarrer machte nicht nur sie betroffen, sondern würde auch viele Sylter schockieren. Es war ihre Pflicht, diesen Schock durch eine schnelle Aufklärung des Falls zu mildern.

»Die Identität des Toten ist geklärt. Für das, was uns jetzt erwartet, sind wir zu wenige, das ist klar. Flensburg hat die Lage nicht richtig eingeschätzt. Bente hätte gleich ein größeres Team zusammenstellen sollen. Aber wir machen das Beste draus.«

Momke wollte etwas sagen, aber Hennes ließ ihn nicht zu Wort kommen. »Bei der Leiche wurden keine persönlichen Gegenstände gefunden, keine Brieftasche, kein Handy. Beides trug Hark Casabione jedoch immer bei sich, sagte seine Frau am Telefon. Wir müssen die Suche danach fortsetzen, um einen Hinweis darauf zu finden, was er an diesem Abend vorhatte. Wo war er? Wen hat er getroffen? Sein Leben muss durchleuchtet werden. Hatte er Feinde? Hat er sich unbeliebt gemacht? Sind Vorbestrafte auf der Insel, die für diese Tat infrage kommen? Klappert nochmal die Nachbarn ab. Hier standen zwei Autos – wie sahen sie aus, wem gehörten sie? Irgendjemand muss doch etwas gesehen haben!«

Momke tunkte seinen Teebeutel ins Wasser und drückte ihn schließlich am Rand des Bechers aus. Er wollte ihn in einen am Mannschaftswagen angebundenen Müllbeutel werfen, traf aber nur den Reifen. Schnell klaubte er den Teebeutel auf und warf ihn weg. »Das hört sich nach reichlich Arbeit für uns an. Und was macht ihr als Erstes?«, fragte er.

Hennes rieb sich über den Nasenhöcker. »Wir gehen zur Witwe. Oder möchte einer von euch gerne die Todesnachricht überbringen?«

Betretenes Schweigen. Obgleich Liv damit gerechnet hatte, spürte sie, wie sich ihr Magen zusammenkrampfte.

»Jetzt, mitten in der Nacht, wollt ihr die Familie aufsuchen?«, fragte Rabia zweifelnd.

Liv schluckte mühsam und räusperte sich. »Die Gefahr, dass sich die Identität des Toten herumspricht, ist zu groß«, sagte sie. »Habt ihr die Nummer der Seelsorge zur Hand? Des KIT? Ist vielleicht einer der Rettungskräfte in Krisenintervention ausgebildet?«

»Wir reden über eine Pfarrersfrau. Die hat den direkten Draht zu Gott. Brauchen wir da wirklich das Kriseninterventionsteam?«, fragte Hennes zweifelnd.

»Vermutlich kann gerade sie Beistand gebrauchen«, meinte Liv.

4

Westerland, 14. Oktober, 0:38 Uhr

Der Junge schrie. Liv vermutete, dass er ungefähr zehn Jahre alt war. Sein Alter richtig einzuschätzen fiel ihr schwer, weil der Junge behindert oder – besser ausgedrückt – ein Mensch mit Lernschwierigkeiten war. Seine etwa drei Jahre ältere Schwester wollte ihn festhalten, aber immer wieder machte sich der Kleine los. Sein Brüllen war erschreckend und zugleich herzerweichend. Erst seine Mutter konnte ihn durch eine liebevolle Umarmung bändigen.

Im Pfarrhaus, das direkt hinter dem Dünengürtel lag, hatte noch Licht gebrannt, als Liv, Hennes und eine ältere Sozialarbeiterin vor dem Haus vorgefahren waren. Die Pfarrersfrau hatte sofort geöffnet. Carla Casabione war eine rundliche Frau mit blonden Locken, die unter ihrem flauschigen Bademantel offensichtlich nackt war. Mit ihren glitzernden Fingernägeln und dem vielen Schmuck wirkte sie, als wäre sie gerade von einer Party gekommen. So wenig entsprach sie dem Bild einer Pfarrfrau, dass Liv sich noch einmal ihre Identität bestätigen ließ.

Es sei nicht ungewöhnlich, dass ihr Mann spätabends noch unterwegs sei, hatte Carla Casabione bei dem einleitenden Gespräch gesagt. Unbekümmert hatte sie mit der Sozialarbeiterin geplaudert, die sie aus der Gemeinde kannte. Erst langsam war Casabione offenbar klar geworden, dass der Besuch der Kommissare nichts Gutes zu bedeuten hatte. Und dann waren die schlaftrunkenen Kinder aus dem Obergeschoss gekommen. Im Gegensatz zu seiner Mutter hatte der behinderte Junge sofort gespürt, dass etwas Schlimmes geschehen sein musste. Prompt hatte er zu schreien begonnen.

»Können wir uns vielleicht setzen?«, fragte Liv, als das Kind sich einigermaßen beruhigt hatte.

»Setzen? Natürlich.« Carla Casabione nahm ihren Sohn an die Hand und ging voraus ins Wohnzimmer. Es war ein durchgestylter Raum. Abstrakte Gemälde und Fotos hingen neben einem schlichten, geschnitzten Holzkreuz an den Wänden. Neben dem Daybed standen eine Schale mit Salzmandeln, ein Longdrinkglas und eine DVD-Hülle, ein schnurloses Telefon lag auf der Sofalehne. Die Pfarrfrau schaltete den Fernseher aus, der ein Standbild gezeigt hatte. Auf der DVD-Hülle prangte die rote Altersfreigabe: *Ab achtzehn.* »Entschuldigen Sie das Chaos, aber abends habe ich am ehesten die Ruhe, und bei Serien kann ich am besten abschalten.«

»Keine Sorge, das stört uns nicht«, versicherte Liv ihr.

Sie nahmen Platz. Die Kinder drängten sich auf dem Sofa an die Mutter. Es waren gemütliche Sessel, aber Liv war so aufgeregt, dass sie sich nur auf die Kante setzte.

»Hark muss jeden Moment kommen. Sie wollen bestimmt mit ihm sprechen. Er ist oft lange unterwegs. Und gerade jetzt, wo er ständig mit diesem Nachlass beschäftigt ist. Das ist ja so viel Arbeit!«, plapperte Carla Casabione los, aber ihre schreckgeweiteten Augen verrieten, dass sie das Unvermeidliche nur hinauszögern wollte. »Ich habe schon versucht, Hark anzurufen, aber …«

Liv beugte sich nervös vor. Sie hatte noch nicht oft Todesnachrichten überbringen müssen. Die Ratschläge aus den Polizeihandbüchern fielen ihr ein. In Weihmanns *Kriminalis-*

tik hieß es, sie sollte bereit sein, mit offenem Herzen und verletzbarer Seele für die Angehörigen in dieser Situation da zu sein. Liv dachte an ihre Erlebnisse mit Angehörigen von Todesopfern. Ihre eigenen Erfahrungen mit dem Tod. Die abgrundtiefe Verzweiflung. Die Hilflosigkeit. Aber auch die Kraft, die in der Trauer liegen konnte. Trotz dieser Erfahrungen fiel es ihr schwer, jetzt die richtigen Worte zu finden. Musik – ja, damit hätte sie ihre Gefühle ausdrücken können. Sie kannte etliche Lieder, die diesen Zustand beschrieben, und zwar mindestens ebenso gut wie *Stairway to Heaven*, *Verdamp lang her* oder *Paint it Black*. Aber bloße Worte? Das war wesentlich schwerer.

Sie hatte die Geschichte des Toten noch nicht erfahren, wusste nicht, ob seine Ehe gut, ob sein Familienleben harmonisch gewesen war. Plötzlich erinnerte sie sich, dass es in den Handbüchern hieß, Kinder sollten bei dem Gespräch zunächst nicht zugegen sein. Sie konnte sich aber nicht durchringen, die Hinterbliebenen zu trennen.

»Wir müssen Ihnen eine schlimme Nachricht überbringen«, sagte Hennes jetzt. »Wir haben Ihren Mann tot aufgefunden. Er ist Opfer eines Verbrechens geworden.«

Ein wenig war Liv erleichtert, dass ihr erfahrener Kollege ihr zuvorgekommen war. Er hatte professionell gesprochen: sachlich, ohne Umschweife und ohne falsche Hoffnungen zu wecken. Gleichzeitig kamen ihr die Worte so kalt vor. Liv spürte, wie ihr Hals eng wurde. »Wir möchten Ihnen unser herzliches Beileid aussprechen. Das muss ein schrecklicher Verlust für Sie sein«, setzte sie hinzu.

Die Frau begann zu zittern. »Hark? Aber er ist doch gerade…« Ihre Kinder schlangen die Arme um sie und drängten sich ganz dicht an die Mutter, ehe sie weitersprechen konnte. Ersticktes Schluchzen war aus dem Menschenknäuel zu hören. Hilflos sah Liv Hennes an, und sein ruhiger Blick gab ihr etwas Sicherheit zurück. Es war gut, wenn die Hinterbliebenen ihre Gefühle zeigten. Sorgen musste man sich machen, wenn sie wie versteinert wirkten oder allein sein wollten, dann konnte ein Suizid drohen.

Die Sozialarbeiterin sprach leise auf Carla und ihre Kinder ein. Es ging um den Himmel, um Trost im Gebet. Schließlich sammelte sich Carla Casabione etwas.

»Können Sie uns sagen, was Hark zugestoßen ist?«, brachte Carla schniefend heraus. Ihre verschmierte Wimperntusche wirkte beinahe wie ein Gothic-Look.

Bevor die Polizisten etwas erwidern konnten, erhob sich die Sozialarbeiterin und bot an, einen Kakao zu kochen. Dann bat sie die Kinder, ihr zu helfen. Die beiden konnten sich nur schwer von der Mutter losreißen. Aber schließlich folgten sie der Sozialarbeiterin in die Küche. Als sie allein waren, fasste Hennes oberflächlich zusammen, was geschehen war, sagte aber auch, dass man die Obduktion und die Ergebnisse der Spurensicherung abwarten müsse.

»Sie haben Ihren Ehemann sicher sehr geliebt. Erzählen Sie uns etwas über ihn«, bat Liv.

Carla schnäuzte sich. »Jeder hat ihn geliebt! Oder wollen Sie etwa wissen, ob er Feinde hatte?«, fragte sie aufgewühlt.

»Vor allem wollen wir uns ein Bild von ihm machen. Was für ein Mensch war er?«

Zu ihrem Erstaunen huschte ein versonnenes Lächeln über das Gesicht der Witwe. »Hark ist … Er war Geistlicher und Freigeist. Seelsorger und Marathonmann. Fürsorglicher Vater und selbst noch Kind. Das Evangelium war bei ihm wirklich eine frohe Botschaft. Er hat viele Spuren in den Herzen der Menschen hinterlassen.« Sie holte einen Stapel Fotos aus der Schublade und berichtete von den guten Taten ihres Mannes.

Kirchenfeste, Hochzeiten und Taufen waren zu sehen – und Hark Casabione immer mittendrin. Ein wenig klang Carla jetzt selbst wie eine Geistliche, außer, als sie unvermittelt in die Küche hinüberrief: »Piet? Paule? Findet ihr alles? Braucht ihr Hilfe?«

Aber da kam schon Piet herein, die Zungenspitze zwischen den Zähnen, ein Tablett mit Tassen balancierend. Seine Schwester Paule folgte mit der Kanne Kakao, die offenbar so heiß war, dass sie sie mit einem Geschirrtuch umfasst halten musste. Das Mädchen schenkte ein, und die Sozialarbeiterin setzte sich mit den Kindern etwas abseits an den Esstisch.

»Es gab also niemanden, der Ihrem Gatten etwas Böses wollte?«, hakte Hennes nun nach.

Carla Casabione hob die Schultern. »Wegen der Flüchtlingsarbeit unserer Gemeinde haben wir mal einen Drohbrief erhalten, wie so viele Pfarrer, aber das ist lange her.«

»Wissen Sie, wen Ihr Mann heute Abend getroffen hat?«

»Nein. Hark hat … hatte so viele Termine, damit hat er mich nicht behelligt. Gerade durch die Verwaltung des Nachlasses von Herrn Zurssen.«

»Benutzte er einen Terminkalender?«

»Er hatte alles auf seinem Handy. Haben Sie das denn nicht gefunden? Hark hatte so viele Pläne, was man mit dem Erbe von Herrn Zurssen machen kann … so viel Gutes …« Ihre Stimme brach, und ihre Augen füllten sich mit Tränen. Schon kamen ihre Kinder und umarmten sie erneut, ebenfalls weinend.

Liv rieb die Handflächen über die Knie; sie waren schweißnass. Sie verstand gut, dass keiner der Kollegen diese Aufgabe gerne übernahm. Durch die emotionale Anspannung fühlte sie sich ausgelaugt wie nach einem Surftrip bei Sturm. Verstohlen sah sie auf die Uhr. Halb zwei. Seit beinahe zwanzig Stunden war sie auf den Beinen. Sie nippte an dem Kakao und verbrannte sich prompt die Zunge; er war stark und mit Honig gesüßt. Anschließend fiel ihr das Fahrrad ein, das sie gefunden hatten. Sie zeigte der Witwe einige Bilder davon, und Carla Casabione identifizierte es als das Rad ihres Mannes.

Hennes tastete nach seiner Tabakpackung. »Wir werden uns morgen ausführlich unterhalten«, sagte er, als er aufstand.

»Wie wird es weitergehen? Haben Sie jemanden, der Ihnen zur Seite steht? Sollen wir jemanden anrufen?«, wollte Liv wissen.

Carla Casabione drückte ihre Kinder an sich. »Unsere Familien leben im Süden. Wir kommen schon zurecht. Trotz allem sind wir in Gottes Hand.« Die Sozialarbeiterin bot an, über Nacht zu bleiben. Dankend nahm die Witwe das Angebot an, auch wenn sie nur mit halbem Ohr zuzuhören schien. Ihre Aufmerksamkeit galt eher den Fotos, die sie weiter in der Hand hielt. Immer wieder blätterte Carla Casabione die Fotos durch. Der Anblick schien sie zu trösten.

Unwillkürlich folgte Liv ihrem Blick. Das oberste Foto zeigte eine Tombola; der Pfarrer stand zwischen mehreren Frauen und den Gewinnen. Liv schnappte nach Luft. Mit mühsam beherrschter Erregung stieß Liv ihren Kollegen an.

»Ich hatte gleich das Gefühl, dass die Haushälterin lügt!«, schnaubte Hennes und spuckte Kautabak aus dem Autofenster. Liv rebellierte, wenn er im Wagen rauchte, aber eigentlich war das Spucken kaum besser. Immerhin machte der Fahrtwind ihren Kopf wieder klar. Nachdem Liv sie auf das Foto angesprochen hatte, hatte Carla Casabione berichtet, dass Helene Opahk zu den engagierten Gemeindemitgliedern gehörte, die ihren Mann beim Kirchenkreis und bei Veranstaltungen unterstützt hatten. Carlas Trauer hatte echt gewirkt, das Verhältnis zu den Kindern liebevoll. Und doch war da etwas, das in Liv nachhallte, auch wenn sie nicht den Finger darauf legen konnte.

»Helene Opahk wusste, dass der Pfarrer Zurssen regelmäßig in seinem Haus aufgesucht hat. Jeder in der Gemeinde wusste es. Aber warum hat sie es verschwiegen?«, wunderte sich Liv.

»Das ist doch klar: weil sie mehr über Casabiones Tod weiß, als sie zugeben will!«

»Und was für einen Eindruck hattest du von der Witwe?«

»Abgesehen davon, dass ich mit dem christlichen Gerede wenig anfangen kann? Abgründe können hinter der perfektesten Fassade lauern – gerade da. Bin gespannt, was wir finden, wenn wir anfangen, das Leben des Herrn Pfarrers zu durchsuchen.«

Irgendwie hatte Liv diese Antwort erwartet. Gab es überhaupt Menschen, denen Hennes vertraute? Oder war dieses Misstrauen bei ihm schon eine Berufskrankheit? »Es gibt auch Leute, die keine düsteren Geheimnisse haben«, sagte sie aus einem Impuls heraus.

Skeptisch sah Hennes sie an, während sie über den Terp Wai, den Dorfweg, Richtung Braderup rasten. Glücklicherweise war sonst kaum jemand unterwegs. Liv versuchte, Uwe anzurufen, aber der Sylter Kommissar meldete sich nicht. Ob die Spurensicherung oder die Spürhunde schon etwas Brauchbares gefunden hatten?

Einsam wachten der Leuchtturm und die Polizeischeinwerfer über den Landstrich. Nirgendwo sonst in Braderup schien noch Licht zu brennen. Felder und Hünengräber lagen in der Finsternis, geheimnisumwittert und unheimlich. Livs Gedanken schweiften zum Sagenschatz der Insel. In Braderup hatten sich die Önereersken, die unterirdischen Zwerge, mit ihrem König Ole brutale Schlachten gegen die Sylter Riesen unter König Bröns geliefert. Bröns war hier angeblich auf seinem goldenen Schlachtwagen begraben worden, weshalb die Hügelgräber auf der Suche nach Gold aufgebrochen worden waren. Doch auch bei dieser Grabräuberei war es der Legende nach immer wieder zu unheimlichen Vorfällen gekommen.

Ruckartig kam der Wagen zum Stehen und schreckte Liv aus ihren Gedanken. Auf dem Weg zur Villa musste sie sich erst wieder sammeln. Helene Opahk wohnte im Souterrain. Die Jalousien vor den Fenstern waren heruntergelassen. An der Fassade war die Station einer Alarmanlage zu erkennen.

»Ganz sicher und friedlich hier, was?«, brummte Hennes, als sie zur Haustür hinabstiegen. Das Namensschild war getöpfert und mit Möwen und Leuchtturm verziert. Maritimer Kitsch. Auf ihr Klingeln reagierte niemand. »Scheint fest zu schlafen«, meinte Liv.

»Oder sie hat sich aus dem Staub gemacht.«

»Wo soll sie schon hin um diese Zeit? Sie kann die Insel ja nicht verlassen.«

Noch einmal klingelten sie. Nichts.

Aus einiger Entfernung war ein ersticktes Winseln zu hören. Das Klappen einer Autotür. Alarmiert sahen sie einander an. Liv war zuletzt in ihrer Jugend durch Braderup geradelt, aber jetzt fiel es ihr wieder ein – die Grundstücke grenzten auf der anderen Seite an eine Sackgasse. Tatsächlich hatten sie Frau Opahks Ford nicht am Fahrbahnrand gesehen.

Liv sprintete los. »Sie ist nach hinten raus. Ich versuche, ihr den Weg abzuschneiden, geh du durch den Garten!«, rief sie.

Zwei Stufen auf einmal nehmend lief sie die Treppe hoch, hechtete über Gartenweg und Zaun. Deutlich war jetzt ein Motor zu hören. Ein Stück folgte sie der Straße, dann bog sie auf einen Pfad ein. Hatte es diesen Weg früher schon gegeben? Zwischen der Hecke blitzten Autoscheinwerfer auf. Würde sie Helene Opahk aufhalten können? Falls es der Frau gelingen sollte zu fliehen, würde die Polizei morgen sämtliche Autozüge und Fährverbindungen kontrollieren müssen – das war bei der dünnen Personaldecke und den weiteren unaufschiebbaren Aufgaben der Mordermittlung beinahe unmöglich.

Der Pfad machte einen Knick, und Liv rannte beinahe in einen Bauernwall mit Kamtschatka-Rosen hinein. Sie fluchte. Wo kam der Wall denn auf einmal her? Weiß stieg ihr Atem in die Nacht auf. Entschlossen kletterte sie über den Wall, das Kratzen und Stechen der Rosen ignorierend. Der Wagen hatte die Einmündung zur Hauptstraße beinahe erreicht. Sie hastete weiter. Glücklicherweise trainierte sie regelmäßig, wenn auch das beste Workout ein paar anständige Stunden am Schlagzeug waren, wie sie fand. Nun beschleunigte der Kleinwagen die Fahrt. Impulsiv sprang Liv auf die Straße.

5

Wenningstedt, 1:48 Uhr

Langsam fuhr der Mann durch das Wohngebiet. Seine Sinne waren geschärft, als wäre er auf der Jagd. Tatsächlich hatte er außer streunenden Katzen auch einen Fuchs entdeckt, der eine übergelaufene Mülltonne plünderte. Nur schwer hatte er den Drang bezwingen können, die Flinte aus dem Kofferraum zu nehmen und den Fuchs abzuknallen. Niemand würde ihm einen Strick daraus drehen. Schließlich waren diese Schädlinge auf Sylt ganzjährig bejagbar; Vogelschutz.

Seine Hände umkrallten das Lenkrad. Nirgendwo war ihr Auto zu sehen. Sie war schlau, aber ihm würde sie nicht entgehen. Er wusste schon genau, wie er sie bestrafen würde. Immer wieder malte er sich aus, wie der Schmerz und die Angst in ihren Augen ansteigen würden, bis sie … Wo steckte sie nur, verdammt! Er erstarrte. Da – der Balkon im ersten Stock. Ein einzelnes Licht im Appartementblock. War das nicht genau die Wohnung, in der …? Abrupt machte er Anstalten zu parken und rempelte dabei gegen den Kantstein. Er beobachtete die Straße, bis er ganz sicher sein konnte, dass außer ihm niemand mehr unterwegs war. *Alles schläft, einsam wacht.* Sein Zischen klang beinahe zu laut. Von hier aus konnte er nicht in die Wohnung spähen. Mit den geschmeidigen Bewegungen einer Katze stieg er aus und drückte leise die Autotür zu. Schlug die Kapuze seiner Regenjacke hoch. Kreppsohlen auf feuchtem Asphalt. Auf die andere Straßenseite pirschen. Vorhänge vor den Fenstern, nur Schemen zeichneten sich dahinter ab. Seine Kiefer knackten, als er die Zähne vor Wut zusammenbiss, und seine Muskeln spannten sich an. War sie es? An den Haaren würde er sie aus der Wohnung …

»Suchen Sie etwas?«

Er fuhr herum. Ein alter Mann stand vor ihm. Verwirrter Blick.

Was ging den Alten an, was er hier tat! »Sieh zu, dass du Land gewinnst!«

Der Alte wich zurück, aber sein Blick war kiebig geworden. »Passen Sie lieber auf! Die Polizei fährt hier Streife. Die schützt uns vor Gesindel wie Ihnen.«

Eine Schutzbehauptung, natürlich. Dennoch. Seine Wut kochte hoch. Ansatzlos hieb er dem alten Mann die Faust in den Magen.

Die Frau hatte sich auf der Rückbank des Wagens in ihrem Mantel eingerollt und zitterte erbärmlich. Sie fror nicht nur, Angst peinigte sie. Sie hatte alles falsch gemacht. Dieser Tag bestand aus einer Aneinanderreihung fataler Entscheidungen. Sie hatte gesündigt und würde dafür bestraft werden. Das war unausweichlich. Gerecht. Und doch fürchtete sie die Strafe, fürchtete um ihr Leben. Ein Wagen glitt beinahe lautlos vorbei. Panisch kroch sie tiefer unter den Stoff. Das Bündel presste sie an sich. Nur keinen Laut von sich geben! Um keinen Preis durfte er sie finden. Da verstummte das Motorengeräusch.

6

Westerland, 6:34 Uhr

Als ihr Handy sie mit einem Trommelwirbel weckte, wäre Liv beinahe aus dem Bett gefallen. Sie hatte tief geschlafen, das Hemd klebte an ihrem verschwitzten Ramones-T-Shirt. Erst nach einigen Atemzügen fiel ihr ein, dass sie in ihrem Zimmer im Gästehaus der Polizei war. Sie nahm den Anruf entgegen.

»Moin, Mam. Mal wieder auf Sylt? Wie ist es so?«

Sanna. Definitiv sehr munter für diese Uhrzeit. Zu munter für Liv. Zumal durch ihren Kopf noch immer die Bilder der letzten Nacht geisterten: Wie das Auto gerade noch vor ihr zum Stehen gekommen war. Wie eine völlig Fremde sie konsterniert angestarrt hatte – eine Krankenschwester auf dem Weg zum Nachtdienst.

»Mam? Bist du noch da?«

»Ja, entschuldige, Liebes.« Liv gähnte ausgiebig. »Hab gestern nicht mehr viel gesehen von Sylt. Und bei euch? Karaoke-Party gut überstanden?«

»Alles tutti. Wie ist das Wetter?«

Liv stand auf. Es war kalt, aber bei geschlossenem Fenster konnte sie nicht schlafen, schon gar nicht in fremden Zimmern. Vielleicht konnte sie bei ihrer Freundin Katharina in List unterschlüpfen, gestern war es jedoch zu spät gewesen, um anzurufen. Außerdem musste sie erst die Lage sondieren, denn Katharina war frisch verliebt. Sie schob den Vorhang ein Stück beiseite. Mit einem leichten Glimmen kündigte sich der

Sonnenaufgang an. Der klare Himmel und die Fahnen, die steif im Wind standen, hoben ihre Laune. Sie sah die weißen Schaumkronen auf den Wellen förmlich vor sich.

»Super Surfwetter«, sagte sie.

»Ich denke, du bist zum Arbeiten da.«

»Ach ja, stimmt. Danke, dass du mich daran erinnerst.« Liv lachte leise, obgleich der Fall traurig genug war. Ein Leben, gewaltsam beendet. Die schweren Verletzungen. Das Bild der verzweifelten Pastorenfamilie. Aber darüber wollte sie mit ihrer Tochter nicht sprechen. Ihr Handy summte. Eine Nachricht war eingetroffen. »Warum fragst du nach dem Wetter?«

»Nur so.« Sanna zögerte. »Jan hat mich übernächstes Wochenende nach Sylt eingeladen. Er hat doch Geburtstag, du weißt schon.« Nein, Liv wusste nicht. »Da dachte ich, wenn du dann noch auf Sylt bist, könnte ich ja bei dir im Zimmer wohnen.«

»Auf keinen Fall.«

»Warum nicht? Du bist tagsüber doch sowieso nicht da. Und ich werde die meiste Zeit mit Jan rumhängen. Er will mir so viel zeigen. Ich könnte auch bei ihm in Morsum wohnen, hat er gesagt.«

Allein der Gedanke, dass ihre Tochter mit ihrem Vater und Annika unter einem Dach wohnen könnte, war Horror pur. Dass sie überhaupt in deren Nähe kommen könnte. »Nein, sagte ich!« Summen. Noch eine Nachricht. Was war da los?

»Mann, Mam. Du bist voll öde!«, platzte ihre Tochter heraus.

Klar. Liv versuchte, an Sannas Verantwortungsgefühl zu appellieren: »Und wer kümmert sich um Zorro? Außerdem ist Elise dann ganz allein.«

»Ach, Oma kommt schon klar«, erwiderte Sanna, obwohl Elise streng genommen ihre Urgroßmutter war. »Es tut ihr gut, wenn sie sich um den Hund kümmern muss. Dann rostet sie nicht ein.«

»Sei nicht so frech.«

»Wieso – das sagt sie doch selbst! Außerdem ist Oma mit ihrem Computerkurs beschäftigt. Die hat gar keine Zeit für mich.« Elise war eine der letzten Expertinnen für Petuh, einen Flensburger Dialekt, und hatte den – an sich lobenswerten – Vorsatz gefasst, ihr Wissen auf einer Website öffentlich zugänglich zu machen. Da sie aber eine ebenso große Perfektionistin war wie Liv, nahm dieses Vorhaben jedoch viel Zeit in Anspruch.

»Du kannst nicht bei mir wohnen, selbst wenn wir übernächstes Wochenende hier noch ermitteln sollten. Ich bin nicht zu meinem Privatvergnügen hier und damit basta«, sagte Liv.

»Basta! Das sagen Eltern immer, wenn ihnen nichts anderes einfällt!«, protestierte ihre Tochter.

»Genau, eine echte Gemeinheit.« Liv musste lächeln. »Und was hast du heute so vor, Lütte?«, fragte sie gespielt launig, um Sanna auf andere Gedanken zu bringen.

Schweigen. Dann fragte ihre Tochter: »Und was ist mit dem Kite? Ich könnte ihn echt gut gebrauchen, wenn ich nach Sylt fahre.«

»Darüber haben wir doch schon gesprochen. Ein Kiteboard ist zu teuer, um es einfach mal zwischendurch zu kaufen. Vielleicht bringt es ja der Weihnachtsmann.«

»Haha«, sagte Sanna trocken. »Ich geb dir mal Oma.«

Nach einem Rascheln hörte sie Elises Stimme. »Was hat die Lütte denn schon wieder? Pupsertät?«

Liv wurde warm ums Herz. Elise hatte in der schwersten

Zeit ihres Lebens zu ihr gestanden und war eine Art Ersatzmutter für sie. »Die gemeine Mam hat wieder zugeschlagen«, erwiderte Liv selbstironisch. Es tat ihr gut, ein wenig mit Elise zu plaudern.

Nach dem Gespräch rief sie die Nachrichten auf: Die Flensburger Kollegen waren mit dem ersten Zug auf Sylt angekommen. Aber vor allem: Die Suchhunde hatten eine Jacke und ein Handy gefunden. Hennes war in zehn Minuten bereit zur Abfahrt.

Hennes fuhr, während Liv das Brötchen aß, das sie eilig mit Käse und Gurke belegt hatte. In flieder- und lachsfarbenem Licht ging die Sonne über Sylt auf. Leonard Cohen, den Hennes als Begleitmusik ausgewählt hatte, gab dem pastellfarbenen Panorama einen melancholischen Touch. Liv wäre Zucchero lieber gewesen, der ihr beim Duschen Energie für den Tag verliehen hatte und dessen Schlagzeugerin Queen Cara eine Wucht war, sie hatte Hennes jedoch nicht von ihrer Musik überzeugen können.

Das Polizeigebäude war – verglichen mit dem hässlichen Wohnblock gegenüber, auf dem ein riesiger gemalter Leuchtturm prangte – ein echtes Schmuckstück. Das Schild an der Fassade begrüßte die Besucher mehrsprachig, auch auf Sylterfriesisch wurden die Besucher informiert, was sie erwartete: Bütenkantoor und Kriminaalpolitsai. Im herrschaftlich-getäfelten Eingangsbereich des ehemaligen Amtsgerichts war noch alles ruhig. Liv und Hennes stiegen die Treppe hoch zum Kommissariat, wo es nach frischem Kaffee duftete. Neben der Kaffeemaschine standen dänische Plunderteilchen.

»Moin, Bente. Hat die Baggery etwa extra für dich zu

nachtschlafender Zeit geöffnet?«, begrüßte Liv ihren Flensburger Kollegen. Bente Olson war ein kräftiger Mittvierziger mit zotteligen Augenbrauen und verschmitztem Blick, dem sein weißes Hemd und die gebügelten schwarzen Hosen stets etwas Förmliches gaben.

»Wer könnte schon meinem Charme widerstehen?«, sagte er mit dem typischen Akzent der Dänen. »Nein, im Ernst. Ich habe einfach nur gute Beziehungen: Der Bäcker ist ein Kumpel von mir. Bedien dich.«

Liv nahm sich eines der klebrigsüßen Gebäckstücke und registrierte, wie Hennes und Bente sich reserviert zunickten. Ob die Mitarbeiter des Flensburger K1 es wohl irgendwann schaffen würden, als Team zu funktionieren? Liv hoffte es sehr, denn das wäre deutlich stressfreier für alle Beteiligten. Auch der Staatsanwalt Roman Leipoll war aus Flensburg angereist. Gerade unterhielt er sich mit dem Chef der Spurensicherung. Ebenfalls anwesend war der Leiter der Sylter Polizei, der sich jedoch im Allgemeinen aus den Mordermittlungen heraushielt.

Für die Frühbesprechung kamen die restlichen Kommissare und beteiligten Schutzleute hinzu. Liv bemerkte, wie sie verstohlen gemustert wurde. Nach einem unfreiwilligen Nacktauftritt auf einem Tatvideo, das peinlicherweise bei den Kollegen die Runde gemacht hatte, kannte anscheinend jeder der Sylter Kollegen sie.

Der Staatsanwalt berichtete, dass der Rechtsmediziner für den Vormittag die Obduktion plane, an der routinemäßig Vertreter des K1 und der Staatsanwaltschaft teilnahmen.

»Für die Tageszeitungen kam das Verbrechen zu spät, aber die Onlinemedien laufen schon Sturm. Spekulationen machen die Runde, dass der Todesfall im Zusammenhang mit dem riesigen Erbe Zurssens stehen könnte. Immer wenn es um viel Geld geht, schlägt die Fantasie der Leute Purzelbäume. Um sicherzugehen, müssen wir diesen Ermittlungsstrang genauestens überprüfen«, forderte Leipoll.

»Hur Jil es, es di Düüwel«, zitierte Liv ein altes friesisches Sprichwort. »Wo Geld ist, da ist der Teufel.«

»Es hur nönt es, diar es hi taumol. Aber wo nichts ist, da ist er zweimal, so geht der Spruch zumindest weiter«, ergänzte Momke. »Ich nehme an, dass der Teufel in diesem Fall ein Fremder war. Kein Sylter würde einem Seelsorger der Insel etwas antun, davon bin ich fest überzeugt. Vermutlich hat der Mörder die Anzeige in der Zeitung gesehen und vom Festland aus den Coup geplant.«

Liv und Hennes tauschten Blicke. Momkes lokalpatriotische Anwandlungen waren manchmal mehr als seltsam.

Der Sylter Kommissar hob eine Aktenmappe. »Das hier sind übrigens die Nachlassunterlagen, die ich gestern Nacht noch Zurssens Anwalt abgeschwatzt habe.«

»Dann gehen Sie am besten dieser Spur nach«, schlug der Staatsanwalt vor. »Finden Sie heraus, ob es bereits ähnliche Fälle gab, in denen Nachlassverwalter angegriffen wurden, ob polizeibekannte Diebe auf der Insel sind und ob jemand anderes mit dem Erbe gerechnet haben könnte.«

»Was ist mit Helene Opahk?«, wollte Hennes wissen.

»Noch nicht wieder aufgetaucht. Wir haben ihr Kennzeichen an die Streifenwagen und die Kontrollen beim Autozug durchgegeben. Die geht uns auf jeden Fall ins Netz. Sie wird kaum damit rechnen, dass wir sie abfangen«, erklärte Bente voller Überzeugung. »Ansonsten greifen Standardmaßnahmen: Funkdatensichtung, Überprüfung der EC-Karten-Nutzung und Befragung der Nachbarn rund um Zurssens Haus. Ich kann nicht glauben, dass niemand etwas gesehen haben will!«

»Kriegen wir denn wenigstens Verstärkung? Außer dir, meine ich«, sprach Hennes Bente an.

»Andreas nimmt an der Obduktion teil und kommt am Nachmittag auf die Insel.«

»Das ist alles?«

»Mehr geht im Moment nicht. Die Flensburger Kollegen arbeiten uns zu und stoßen später gegebenenfalls zu uns.« Damit war Hennes offensichtlich nicht zufrieden. Auch Liv hätte gern mehr Unterstützung gehabt. Aber die Flensburger Mordkommission war mit ihren zehn Mitarbeitern nun mal für ungeklärte Todesfälle im gesamten Norden von Schleswig-Holstein zuständig, da blieb es nicht aus, dass die Kommissare an andere Fälle gebunden waren. Zur Not konnte man Unterstützung aus anderen Dezernaten anfordern.

Karlpeter Botersen-Evers übernahm das Wort. »Einen Hinweis auf die Brandursache gibt es: Unter dem Brandschutt wurde ein Gasofen gefunden. Wenn man davon ausgeht, dass es in dem ganzen Haus so aussah wie im Keller, könnte es sein, dass ein Bücherstapel umgefallen ist und so den Brand auslöste.« Der rotgesichtige und leicht untersetzte Mann nahm einen Schluck Kaffee und bekleckerte sich dabei. Auch Teigkrümel zierten sein Hemd. Für jemanden, der in seiner Arbeit derart auf Präzision und Sauberkeit angewiesen war, wirkte Botersen-Evers etwas schmuddelig.

Die Öffnung des Kellers hatte Liv verpasst. »Wieso? Wie sieht es in dem Keller aus?«, wollte sie wissen.

Botersen-Evers klopfte die Krümel ab und öffnete ein Computerprogramm. »Ich habe von meinen Mitarbeitern eine 3D-Grafik anfertigen lassen.« Während das Programm lud, führte er aus: »Wie eine Mischung aus Bunker, Schatzkammer und Messie-Höhle. Die Krönung des Ganzen ist ein Rolls-Royce, der in der Garage unter alten Wolldecken verborgen war. Ich glaube, dieser Zurssen hatte völlig den Überblick darüber verloren, was er besaß, vielleicht war er auch dement. Jedes einzelne Teil – vom Kugelschreiber bis zum Auto – war mit Post-its versehen. Wir werden Wochen brauchen, bis wir alles gesichtet haben.«

Die Datei war geladen. Mithilfe der Computermaus machte Botersen-Evers in der dreidimensionalen Ansicht des Tatorts eine Art Ortsbegehung. Der 3D-Laserscanner hatte mit einem rotierenden Laserstrahl die Umgebung abgetastet und eine Punktewolke mit mehreren Millionen Bildpunkten erstellt. Anschließend konnten zusätzliche Fotos in diese Punktewolke eingerechnet werden. Es war wirklich erstaunlich, wie realistisch diese Ansicht wirkte. Dass sie mit dem Programm auch Blickwechsel vornehmen, heranzoomen und Entfernungen berechnen konnten, erleichterte die Arbeit der Polizei ungemein. Zunächst fielen die Klebezettel ins Auge: ein Blätterwald aus Neonfarben. Darunter stapelweise Lebensmittel, Bücher und Zeitschriften, Gemälde, Umzugskartons und die Luxuskarosse. Staubspuren verrieten, dass der Wagen zwar betreten, aber vermutlich seit Jahrzehnten nicht bewegt worden war.

»Im Staub fanden sich einige brauchbare Schuhabdrücke. Die meisten gehören Zurssen, der Schuhgröße 45 hatte. Es ist jedoch auch ein Abdruck der Größe 43 dabei.«

»Casabiones?«

»Nicht unbedingt, er hatte 44. Wir vergleichen aber trotzdem seine Schuhe mit dem Abdruck. Es ist so viel zu tun, ich dürfte gar nicht hier sein«, seufzte Botersen-Evers. »Auch Pastor Casabiones Handy, das die Suchhunde aufgespürt haben, untersuchen wir gerade. Die Eintragungen im Kalender sind eher kryptisch. Viele Abkürzungen. Außerdem Facebook- und Datingseiten-Accounts. Könnte dauern, bis wir an die Zugangsdaten dafür kommen. Das hier müsst ihr allerdings hören.« Er zog Plastikhandschuhe aus der Tasche und holte das Smartphone aus der Asservatentüte. Eine Weile tippte er darauf herum. Die Kommissare wurden schon ungeduldig, aber dann hörten sie endlich doch etwas. Eine Kinderstimme nuschelte: »Gute Nacht, Papa. Schade, dass du nicht hier bist. Ich geh jetzt ins Bett. Mama sagt …« Murmeln und Rascheln. Ein gedämpftes »Geh schon vor, ich komme gleich«, dann eine weibliche Stimme, die vor unterdrückter Wut vibrierte: »Du weißt, ich ertrage viel. Aber das geht wirklich zu weit!« Zufrieden sah Botersen-Evers in die Runde. »Gestern, 20:53 Uhr.«

»Carla Casabione und ihr Sohn«, konstatierte Hennes. »Wie hieß er noch gleich?«

»Piet«, half Liv.

»Wusste doch, dass da nicht nur heile Welt ist. Knöpfen wir uns die Witwe also nochmal vor.«

Sylt schmückte sich in Herbstfarben: Kühlblau spannte sich der Himmel über ihnen, gelborange und tiefgrün winkten die Blätter im Wind, und die Hagebutten in den Hecken setzten knallige Tupfer. Es war ungewöhnlich warm für die Jahreszeit, was auf den Straßen für beinahe sommerliche Atmosphäre sorgte. Urlauber in T-Shirts genossen die Sonne, die Tische vor den Cafés und Restaurants waren voll, Surfer in Neoprenanzügen liefen barfuß und mit ihren Boards unter dem Arm die Friedrichstraße Richtung Brandenburger Strand entlang, dem besten Surfspot der Insel. Auch Liv ließ Wollpulli und Jacke im Auto, als sie Casabiones Kirchengemeinde erreichten.

Blumen und Kerzen, die die Kirchenpforte flankierten, bewiesen, dass sich die Nachricht vom Tod des Pfarrers bereits herumgesprochen hatte. Eine Dame in einem mauvefarbenen Ensemble stellte gerade ein Porträt des Pfarrers auf, gerahmt und mit einer schwarzen Banderole versehen.

Ein großer Mann Ende fünfzig öffnete die Tür des Pfarrhauses. Sein Beffchen schien den kräftigen Hals einzuschnüren; überhaupt wirkten seine Glieder wie aufgeblasen. Entfernt erinnerte er Liv an eine Werbefigur, aber welche nur? Sie zeigten ihre Polizeimarken.

»Frau Casabione ist nicht in der Lage für ein weiteres Verhör«, sagte der Geistliche. »Kümmern Sie sich lieber darum, dass wir Zugang zum Nachlass erhalten. Die Versicherung …«

Die Versicherung? Ging es ihm also um Geld? »Mit Verlaub«, fiel Liv ihm ins Wort. »Wir haben Frau Casabione noch gar nicht vernommen, wir haben sie lediglich über den Tod ihres Mannes in Kenntnis gesetzt. Außerdem ist es sicher im Interesse von Frau Casabione, dass wir herausfinden, was ihrem Mann zugestoßen ist, und dass wir den Verantwortlichen zur Rechenschaft ziehen. Dazu gehört eine ausführliche Spurensicherung des Tatorts. Die Versicherung wird sich noch etwas gedulden müssen.« Demonstrativ zückte sie ihr Notizbuch. »Mit wem haben wir also das Vergnügen? Und werden Sie uns hineinbitten, oder müssen wir uns in aller Öffentlichkeit unterhalten?« Liv wies hinter sich, wo die trauernde Dame sie neugierig beobachtete.

Der Geistliche schien sich noch mehr aufzublasen. Jetzt wusste Liv es wieder, es war die Werbefigur eines Reifenherstellers, an die er sie erinnerte. »Sie haben also tatsächlich nichts Wichtigeres zu tun, als unsere Trauer zu stören?«, fragte der Mann konsterniert, ließ sie jedoch ein und schloss die Tür, als wäre es sein Haus.

»Propst Tückmantel«, stellte er sich vor. »Ich bin heute

Morgen aus Niebüll gekommen und stehe der Familie zur Seite. Bis auf Weiteres werde ich die Aufgaben meines unglücklichen Kollegen übernehmen.«

Carla Casabione saß mit einem Tablet im Wohnzimmer. Zu Livs Überraschung trug sie weiße Kleidung und eine Kette aus würfelgroßen Kristallstücken. Mit ihren blonden Locken und der hellen Kleidung wirkte sie nicht, als wäre sie in Trauer, aber ihr Gesicht und die Trauerkleidung, die sie auf dem Computer betrachtete, bewiesen das Gegenteil. Auf dem Esstisch waren Papiere ausgebreitet. Aus dem Obergeschoss waren die Kinder zu hören. Ein leises Geräusch bohrte sich in Livs Bewusstsein, sie konnte es jedoch nicht lokalisieren.

Der Propst rückte die Papiere zusammen. »Wann können wir die Reste des Nachlasses sichten? Wie ich hörte, ist einiges beschädigt oder gar zerstört worden. Das ist ein großer Verlust für unsere Gemeinde. Ich versuche gerade herauszufinden, ob es bereits ein Bestandsverzeichnis gab und ob und in welcher Höhe die Versicherung für die Brandschäden aufkommen kann. Haben Sie Harks Handy inzwischen gefunden? Seine Tasche? Diese Angelegenheit duldet keinen Verzug. Wir haben große Pläne mit dem Erbe von Herrn Zurssen. Der Anbau für die Kinderkrippe …«

»Große Pläne, wie? Nun mal langsam mit den jungen Pferden. Erst einmal möchte ich wissen, wo Sie gestern Abend gewesen sind«, sagte Hennes seelenruhig.

»Ich? Wieso denn ich?«

Liv hätte voraussagen können, dass der Propst mit seinen Forderungen bei Hennes auf taube Ohren stoßen würde. Auch sie fand das Auftreten des Geistlichen pietätlos. Sie setzte sich zu Carla Casabione, die über das Display des Tablets wischte; Liv bemerkte jedoch, dass sie gar nicht richtig hinsah.

»Wie geht es Ihnen heute?«, fragte Liv.

Die Witwe sah sie aus rot geränderten Augen an. »Paule und Piet sind oben. Ich habe sie zu Hause behalten. In der Schule wird nur ... Den ganzen Morgen schon klingelt das Telefon. Das halte ich allein nicht aus.«

Liv folgte ihrem Blick und bemerkte jetzt, dass der Telefonhörer neben der Station lag; daher das durchdringende Summen. Auch dem Propst, der Hennes gerade von irgendwelchen wichtigen Kirchensitzungen in Niebüll berichtete, an denen er gestern teilgenommen hatte, fiel es jetzt auf. Tückmantel ging hinüber und steckte den Hörer in die Ladestation. Prompt begann das Telefon wieder zu klingeln.

Carla Casabione zog, ganz in Gedanken, die Stirn kraus. »Ich muss immer an Harks letzte Minuten denken. Was ihm wohl durch den Kopf ging?« Grob wischte sie die Tränen ab. »Ich sollte nicht weinen. Seine Seele war zum Aufbruch bereit, auch wenn ich es nicht verstehe. Aber ... es ist so wichtig. Die letzten Gedanken eines Menschen lenken sein weiteres Schicksal. Sie bestimmen seine nächste Geburt.« Aus dem Mund einer Pfarrfrau erschienen Liv diese Worte ungewöhnlich. Carlas Unterlippe bebte. »Wissen Sie, ob Hark ...«

In diesem Augenblick näherte sich Propst Tückmantel und legte die Hände auf Carlas Schultern. In väterlichem Tonfall sagte er: »Carla, Sie stehen momentan völlig neben sich. Daher sollten Sie sich wirklich nicht zu viel zumuten. Legen Sie sich ein Weilchen hin. Ich kümmere mich schon um alles.« Vorwurfsvoll sah er Liv an. »Ich sagte Ihnen doch, dass Frau Casabione ...«

»Schon gut. Fragen Sie ruhig«, unterbrach die Witwe ihn und machte sich von dem Vorgesetzten ihres Mannes los. Das Telefonklingeln war nervtötend geworden.

»Wollen Sie nicht endlich rangehen?«, herrschte Hennes den Geistlichen an. Tatsächlich nahm dieser das Gespräch an.

»Vielleicht wäre es besser, dass wir auf dem Revier weiterreden?«, schlug Liv vor, was Carla sogleich ablehnte. Sie wolle in der Nähe ihrer Kinder bleiben. Hennes setzte sich zu den Frauen, und Liv fragte, ob sie das Gespräch aufzeichnen durfte, bevor sie die Aufnahmefunktion des Handys betätigte.

»Erzählen Sie uns doch bitte von gestern Abend«, begann sie.

Carla seufzte schwer. »Hark hat mit uns zu Abend gegessen. Die gemeinsamen Mahlzeiten sind uns heilig. Oft sieht er die Kinder ja den ganzen Tag nicht.«

»Ist Ihnen etwas an Ihrem Mann aufgefallen? Wie war seine Stimmung?«

»Oh, gut.« Carla entfernte einen grünen Faden, der auf ihrer weißen Hose klebte. »Hark liebte seine Arbeit. Es machte ihm nichts aus, dass er noch einmal losmusste.«

»Und Ihnen? Hat es Ihnen etwas ausgemacht?«

Carla zögerte. Sie strich eine Strähne ihrer blonden Locken aus der Stirn. »Sie haben das Handy gefunden«, konstatierte sie gefasst.

»Was hat das zu bedeuten?«, mischte Propst Tückmantel sich erneut ein. Wenn er nicht endlich Ruhe gab, würden sie das Gespräch tatsächlich auf dem Revier fortsetzen müssen.

Liv hielt Carlas Blick fest. Sie spürte, wie viel Überwindung die Witwe die nächsten Worte kosteten. »Piet braucht seinen Vater im Moment ganz besonders. Er ist … war traurig über Harks Abwesenheit und lässt seinen Kummer an mir aus. Das ist nicht einfach für mich. Auch Paule ist im Moment sehr kratzbürstig. Ein normaler Abnabelungsprozess, klar.

Pubertierende Töchter und Mütter – da knallt es auch mal.« Liv nickte verständnisvoll. »Das werden Sie auch noch irgendwann erleben. Aber Sie sind ja selbst noch jung…«, meinte Carla ein wenig wehmütig.

»Meine Tochter ist vierzehn.«

Erstaunen zeichnete Carlas Züge. Ihr Gesichtsausdruck war jedoch milder als der von Tückmantel. »Tatsächlich? Na, dann … Gestern Abend also … Sosehr ich mich auch dafür schäme, aber auch meine Kräfte lassen manchmal nach.«

»Sie haben ihn angerufen.«

»Nur die Mailbox sprang an, wie so oft. Ich war wohl … etwas erregt.«

»Wissen Sie noch, was Sie gesagt haben?« Carla schüttelte den Kopf, also las Hennes von seinem Notizblock vor: »›Du weißt, ich ertrage viel. Aber das geht wirklich zu weit!‹ Was geht zu weit?«

»Meine Nerven lagen blank. Ich hoffe, er hat die Nachricht nicht abgehört. Wenn ich mir vorstelle, dass diese Sätze das Letzte waren, was er von mir hörte…« Sie schluchzte.

»Was geht wirklich zu weit?«, insistierte Hennes.

Ehe Carla Casabione antworten konnte, ging Tückmantel dazwischen. Er hatte offenbar den Hörer wieder danebengelegt, denn das nervige Summen bohrte sich erneut in Livs Ohr. »Dass er sie allein lässt, wo die Kinder doch diese schwierige Phase haben, selbstverständlich. Ein ganz normaler Ausdruck von Schwäche.«

Die Witwe nickte, wie es schien, beschämt, schwieg aber ausdauernd. Es war klar, dass sie nichts mehr dazu sagen würde, was Liv bedauerte. Es war nicht die ganze Wahrheit, das spürte sie. *Grenzüberschreitung*, notierte sie sich, wusste aber nicht so recht, warum.

Auch Hennes war unzufrieden. »Sie waren also den ganzen Abend hier und haben ferngesehen? Gibt es dafür, außer Ihren Kindern, irgendwelche Zeugen?«

Brüskiert sah die Frau ihn an. »Sie glauben doch nicht …«

Tückmantel plusterte sich auf. »Das kann doch nicht Ihr Ernst sein! Schämen Sie sich denn gar nicht, in einem Hause Gottes eine unbescholtene Witwe anzugreifen? Ich werde mich bei Ihren Vorgesetzten beschweren!«, blaffte er Hennes an.

»Tun Sie das. Aber vorher beantwortet Frau Casabione unsere Fragen.«

»Wir werden einen Anwalt beauftragen«, drohte der Geistliche.

»Auch das steht Ihnen selbstverständlich frei.«

Livs Handy summte. Sie las die Nachricht auf dem Display, suchte Augenkontakt mit Hennes und neigte den Kopf. Zeit zu gehen.

Carla Casabione rieb sich über das Gesicht. »Schon gut, ich habe nichts zu verbergen. Ich habe mit einer Freundin telefoniert, gegen 21 Uhr. Das können Sie sicher überprüfen. Später hatte Piet einen Albtraum, und ich legte mich einen Augenblick zu ihm, auf die Uhr geschaut habe ich jedoch nicht. Ansonsten habe ich ferngesehen, bis Sie vor der Tür standen. Aber da war es ja ohnehin schon zu spät.« Die Witwe wirkte erschöpft.

Die Kommissare verabschiedeten sich. Vor der Tür eilte Liv voraus zum Dienstwagen.

»Was ist?«, wollte Hennes wissen, der Mühe hatte, mit ihr Schritt zu halten.

»Ich habe eine Nachricht bekommen. Frau Opahk ist beim Autozug aufgegriffen worden. Macht dort wohl ein Riesenspektakel.«

Hennes schnaubte. »Wieso benachrichtigen die dich? Ich bin der Dienstältere! Dahinter steckt bestimmt Bente!«

Liv sparte sich den Kommentar.

An der Verladestation des Autozugs blinkten Blaulichter und die Leuchten des Abschleppwagens wie Discolicht auf Speed. Beim Näherkommen erkannten Liv und Hennes, dass ein Kleinwagen mehrere Poller umgemäht hatte. Inzwischen war die Fahrbahn freigeräumt, und der Verkehr lief weiter.

Liv steuerte auf ihre Kollegen zu und passierte dabei einen SUV, der gerade vom Autozug rollte und in dessen Becherhalter eine leere Champagnerflasche stand. Offenbar hatten die Reisenden sich schonmal auf ihren Urlaub eingestimmt – ein Sylt-Ritual wie so viele. Eigentlich müsste man den Fahrer sofort aus der Schlange winken, dachte Liv.

»Als die Mitarbeiter des Autozugs das Kennzeichen erkannten, holten sie Helene Opahk raus – da gab sie plötzlich Vollgas. Am letzten Poller, den ihr Wagen geknutscht hat, ist sie kleben geblieben«, berichtete Rabia.

»Definitiv keine normale Reaktion auf eine Kontrolle. Habt ihr schon mit ihr geredet?«

»Noch nicht. Sie war zu aufgewühlt.«

»Hat sie einen Anwalt angefordert?«

»Nein.«

Die Bilder ähnelten sich, nur dass Helene Opahk dieses Mal in einem Krankenwagen saß. Wieder war sie in eine Decke gehüllt, wieder kümmerte sich jemand um sie. Schmal und zitterig sah sie aus. Bei Tageslicht erkannte Liv, dass ihre Haare hennarot gefärbt waren. Das klare Sylter Licht enthüllte jedes Fältchen und jeden Mückenstich. Den Dackel hielt sie auf ihrem Schoß, als müsse sie sich an dem Tier festhalten.

»Möchten Sie einen Anwalt sprechen?«

»Brauche ich denn einen?«

»Sicher wird eine Klage wegen Sachbeschädigung auf Sie zukommen. Wir von der Kripo interessieren uns dagegen mehr dafür, wovor Sie weglaufen.«

Hennes hakte ein: »Warum sind Sie geflohen? Was wollen Sie verbergen? Wovor haben Sie solche Angst?« Offenbar war sein Plan, die Gunst der Stunde zu nutzen. Wenn ein Anwalt gerufen würde und noch mehr Zeit verginge, könnte sich Helene Opahk wieder aufs Schweigen verlegen.

Die Augen der Frau wanderten aus dem Wagen. »Kann ich nicht von Anfang an erzählen?«

»Sicher«, erwiderte Liv. »Erzählen Sie so, wie es Ihnen am leichtesten fällt.«

Nervös knibbelte Helene Opahk an einem Fingernagel. »Als ich hörte, dass der Herr Pfarrer tot ist, fürchtete ich mich schrecklich. Ich habe es zu Hause nicht mehr ausgehalten. Es ist alles so kompliziert, seit…« Sie straffte sich. »Ich habe gestern nicht nur das Feuer gesehen. Hark, der Herr Pfarrer, er…«

So gerne Liv sich vor lauter Anspannung vorgebeugt hätte, sie ließ es sein. Sie wollte der Frau die Zeit geben, sich zu sammeln. »Was haben Sie außer dem Feuer gesehen?«, fragte sie schließlich doch nach.

»Ich ging meine Runde mit Wastl, das habe ich ja schon erzählt. Wir waren langsam, er kann nicht mehr so schnell. Aber ich habe ja Zeit. Da war dieses Auto. Es stand am Rande des Feldwegs. Ganz beschlagen war es. Ich dachte, jemand hat vielleicht seinen Hund eingesperrt oder sein Kind darin sitzen gelassen, doch dann…« Unvermittelt rang Helene Opahk die Hände. »Es war Hark. Er und eine…« Sie starrte Liv aus tränenblinden Augen an. »Sie hatten Sex! Im Kombi! Dieses Schwein!«, brach es aus ihr heraus.

Livs Gedanken rasten. Stimmte diese Anschuldigung? Welchen Grund hätte Helene Opahk zu lügen? Andererseits hatte sie schon einmal die Wahrheit verschwiegen. Aber warum sollte ein Pfarrer treuer sein als andere Männer? Doch so – ein Quickie auf dem Rücksitz des Autos? Das kam ihr merkwürdig vor. Sie ignorierte Hennes' triumphierenden Blick und blieb auf ihre Gesprächspartnerin konzentriert. Helene Opahk war jedoch verstummt.

»Sie waren schockiert«, hielt Liv fest.

»Wie kann er nur ... dieser dreckige ...« Helene schien keine Worte für das zu finden, was sie empfand.

»Haben Sie die Frau erkannt?«, fragte Hennes.

»Nein.«

»Ihn aber schon?«

»Ich kenne Hark gut. Sein Gesicht ... Außerdem lag sie unter ihm, im Dunkel des Wagens.«

»Können Sie den Kombi beschreiben?«

»Groß war er, wie praktisch.« Helene Opahk lachte bitter. »Dunkel irgendwie, vielleicht blau, eingedellte Stoßstange.« Liv machte sich zusätzlich zu ihrer Tonaufnahme eine Notiz.

»Haben Sie sich bemerkbar gemacht?«, wollte Hennes wissen.

»Gott foriiw üüs! Ich war viel zu geschockt. Ausgerechnet Hark, der eine so reizende Frau hat, so reizende Kinder, der so viele Paare in den Stand der Ehe gegeben hat ...« Wieder weinte sie. Wastl leckte ihre Hände, woraufhin sie ihren Hund knuddelte.

Wie weit gingen Helene Opahks Gefühle? War es nur Wut über das Fehlverhalten des Geistlichen? Oder steckte mehr dahinter? »Sie waren geschockt, sagten Sie. Sind Sie auch enttäuscht gewesen?«, tastete Liv sich vor.

Helene Opahk zögerte. »Sehr. Wie kann er nur!«

»Hark Casabione war ein charmanter Mann. Ein Freigeist. Jedermann liebte ihn«, zitierte Liv, was Carla Casabione über ihren Mann gesagt hatte.

»Das ist wahr, bei Gott.« Helene Opahk wirkte erschüttert. Bei weiteren Nachfragen wich sie jedoch aus. Es war klar, dass sie nicht tiefer auf ihr Verhältnis zu dem Pfarrer eingehen würde. Nicht jetzt. Nicht hier.

Liv notierte sich: *Dornenvögel???*

»Bei dem ersten Gespräch mit uns haben Sie eine weibliche Person erwähnt, nachdem Sie mitbekommen haben, dass jemandem etwas zugestoßen ist. Vermutlich dachten Sie, dass diese Person die Geliebte des Pfarrers sei.«

»Irgendwie schon.«

»Wie kamen Sie darauf?«

»Keine Ahnung. Wer sollte Hark etwas antun – einem Pfarrer?« Das Gleiche hatte Momke gesagt.

»Wie haben Sie überhaupt erfahren, dass Hark das Opfer war?«

Helene Opahk mied den Blick der Kommissare und zupfte erneut ein Stück vom Fingernagel. »Ich bin noch einmal zurück zur Ruine. Konnte meine Unruhe nicht bezwingen. Kam an, als ... als ... Hark auf der Bahre lag. Ich habe Sie und Ihre Kollegen belauscht. Unabsichtlich natürlich«, setzte sie rasch hinzu.

Natürlich, dachte Liv ironisch. »Der Anblick muss ein Schock für Sie gewesen sein«, sagte sie mitfühlend.

Die Frau nickte stumm. »Warum haben Sie uns verschwiegen, dass Sie Hark Casabione kannten? Dass er bei Herrn Zurssen ein und aus gegangen ist?«

»Ich dachte, es tut nichts zur Sache. Da wusste ich ja noch nicht...« Ihr Gesicht verzog sich, und sie senkte es in Wastls Fell.

»Was für ein Verhältnis hatten Sie zu Herrn Casabione?«, wollte Hennes jetzt wissen.

»Was meinen Sie damit?«

»Sie wissen sehr gut, was ich meine.«

»Nein.«

»Waren Sie in ihn verliebt? Waren Sie eifersüchtig? Wären Sie gerne an der Stelle seiner Geliebten gewesen?«

»Wie können Sie nur so etwas denken!«

»Ich sage Ihnen, was passiert ist.« Bevor Liv ihn aufhalten konnte, fuhr Hennes fort: »Sie haben Hark Casabione beim Sex ertappt. Danach haben Sie ihm in Zurssens Haus aufgelauert, ihn zur Rede gestellt und niedergeschlagen.«

»Das habe ich nicht!«, schrie Helene Opahk. Sie sprang auf und schlug nach Hennes, traf ihn jedoch nicht. Hatte sie etwa ein Beruhigungsmittel bekommen? Aber warum hatte man ihnen nichts davon gesagt? War sie überhaupt vernehmungsfähig? Liv war stinksauer auf Hennes, der sowohl Carla Casabione als auch Helene Opahk zu heftig angegangen war. Und auf sich selbst, weil sie diesen Wortwechsel nicht verhindert hatte.

»Frau Opahk, wir werden Sie in Gewahrsam nehmen, da Sie in diesem Zustand eine Gefahr für sich und andere darstellen«, entschied Liv. Auch Trunkene wurden in den Zellen im Keller des Reviers eingesperrt, bis sie wieder klar waren. Erst danach würden sie Helene Opahk ordnungsgemäß vernehmen. Huschte bei diesen Worten ein Hauch von Erleichterung über Helene Opahks Züge?

Sie baten Rabia, Helene Opahk in das nur einen Steinwurf entfernte Revier am Kirchenweg zu bringen, und trafen sich mit ihren Kollegen zu einem schnellen Mittagessen in *Susis*

Sylt-Kantine, wo die gut gelaunte Chefin zu günstigen Preisen leckere Hausmannskost bot. Bei Auflauf und Rouladen sprachen sie über den Stand der Ermittlungen. Uwe war tiefer in Hark Casabiones Biografie eingetaucht und berichtete aus dem Akten- und Zeitungsstudium.

»Casabiones Schwester lebt in Süddeutschland, genau wie die Eltern, alle drei haben ein Alibi. Es gibt keinen Hinweis auf Feindschaften oder berufliche Auseinandersetzungen.«

»Dachte ich mir. Das Papiergewälze kannst du dir sparen«, urteilte Hennes. »Der feine Herr Pfarrer hatte eine Affäre am Laufen. Jede Wette, dass nicht nur die Opahk davon wusste, sondern auch seine Frau. Voilà: ein Eifersuchtsmord par excellence.«

»Tatsächlich? Dann denk bitte dran, dass ich das Vernehmungsprotokoll baldmöglichst auch schriftlich brauche. Die Akten müssen korrekt geführt werden«, mahnte Uwe.

Bente trank einen Schluck tiefschwarzen Kaffee. »So einfach ist das nicht. Die Obduktion hat bestätigt, dass die CO-Intoxikation die Todesursache war. Der Schlag mit einem schweren und groben Gegenstand war zwar gravierend, aber nicht tödlich.«

»Ein Hammer?«, fragte Liv.

»Könnte sein. Gerlich wollte sich dazu bislang nicht festlegen, fertigt aber einen Abdruck der Schlagfläche an.«

»Und die Prellungen?«

»Erlitt das Opfer wohl nach dem Jochbeinbruch. Ein Treppensturz ist wahrscheinlich.«

»Totschlag also? Genau meine Theorie. Sie verpasst dem Pfarrer eine, er stürzt die Treppe hinunter und wird durch die Rauchentwicklung vergiftet.«

»Aha. Und welche der beiden Frauen dürfen wir festnehmen?«, fragte Momke nicht ohne Ironie.

Bente wandte sich Liv zu. »Ich würde gerne hören, was du dazu zu sagen hast. Was genau habt ihr herausgefunden? Welche Hypothesen hast du aufgestellt?«

Ausführlich fasste Liv jetzt die Gespräche und Beobachtungen des Vormittags zusammen. »Ich glaube, es ist noch zu früh, um den Täterkreis einzugrenzen. Zu viele Interessen spielen in diesen Fall hinein. Und ich bin ebenfalls der Meinung, dass uns weder Carla Casabione noch Helene Opahk die ganze Wahrheit gesagt haben. Wir sollten erst einmal verifizieren, ob die Behauptung stimmt und der Pfarrer tatsächlich eine Affäre hatte. Ich meine, Sylt ist ein Dorf – ich kann nicht glauben, dass niemand davon etwas mitbekommen haben soll. Helene Opahk weiß auf jeden Fall mehr, als sie sagt, davon bin ich überzeugt. Möglicherweise helfen die Telefondaten weiter.«

Bente machte sich eine Notiz. »Ich hake nochmal nach.«

»Bei dem Kalender auf seinem Handy hat Casabione mit Zahlen und Kürzeln gearbeitet, die wir mit den Frauen in seinem Umfeld abgleichen können. Vielleicht taucht HO auf, das könnte dann ja Helene Opahk sein«, sagte Liv.

Ihr Kollege nickte. »Ansonsten haben wir endlich jemanden gefunden, der die Autos gesehen haben will. Die Beschreibung ist vage, aber die Sylter Kollegen prüfen gerade die Kfz-Datenbanken. Mehrere Menschen wurden gestern Abend im Umfeld des Hauses beobachtet. Wir sind noch dabei, ihre Identität zu klären und mit ihnen zu reden. Aber das dauert.«

»Warum schaffst du nicht mehr Leute heran? Die ersten 48 Stunden in einem Mordfall …«, meinte Hennes.

»Komm mir nicht damit«, sagte Bente entnervt. Betretenes Schweigen senkte sich über die Runde.

»Wir sollten Carla Casabione mit der Affäre ihres Mannes konfrontieren«, schlug Hennes schließlich vor.

Liv dachte an die unruhige Gesprächsatmosphäre im Pfarrhaus zurück. »Dann aber auf dem Revier. Und vor allem ohne diesen Tückmantel. Den interessiert doch nur, wann er Zurssens Erbe zu Geld machen kann.«

Bente merkte auf. »Ein weiterer Verdächtiger? Ein weiteres Tatmotiv?«

»Möglich wär's, bei so viel Geld. Ist damit nicht Momke betraut?«, spielte Liv ihrem Sylter Kollegen den Ball zu.

Momke blätterte in den Papieren, die er zur Mittagspause mitgeschleppt hatte. »Armin Zurssen wurde auf vier Millionen geschätzt – und das ist nur noch der klägliche Rest. Zurssen senior hatte ein weitaus größeres Vermögen mit Maschinenbau gemacht, der Sohn brachte fast alles, bis auf die Reetkate und deren Inhalt, durch.« Er zog ein Foto aus einer Folie und hielt es hoch. Es zeigte einen schlanken Mann auf einer Segelyacht, dessen verhärmtes Gesicht halb unter einem dunklen Bart verschwand. »Herr Zurssen galt als Lebemann und Kunstmäzen. Aber dann starb seine Frau, und er zog sich aus dem gesellschaftlichen Leben zurück. Wenn man der Klatschpresse glauben kann, ist er vor ein paar Jahren an Krebs erkrankt. Behandlung bei anerkannten Koryphäen im In- und Ausland, etliche Chemos. Nichts half«, zählte Momke auf. »Es ist nicht unüblich, dass Geistliche oder Vertreter von Spendenorganisationen als Nachlassverwalter eingesetzt werden. Häufig machen die alles zu Geld, was geht, und vernichten die privaten Besitztümer wie Briefe oder Tagebücher, für die es keinen Erben gibt. Zurssens Anwalt berichtete, dass ein Teil des Geldes für den Bau einer Kinderkrippe vorgesehen ist, die den Namen des Millionärs erhalten soll. Der Rest soll für weitere wohltätige Zwecke in der Kirchengemeinde verwendet werden.«

»Könnte der Täter eurer Meinung nach auch ein Einbrecher gewesen sein, der zufällig mitbekam, was Sache war? Ist ein entsprechender Kandidat auf der Insel?«, wollte Bente von den restlichen Teammitgliedern wissen.

»Soweit wir wissen, nicht«, sagte Uwe. »Einbrüche kommen hier selten vor. Der Vorteil auf Sylt ist der Hindenburgdamm, deshalb gibt es ja hier auch kaum Autodiebstähle. Bevor ein Auto oder anderes Diebesgut das Festland erreicht, schlägt die Polizei zu. Das Einzige, was hier im Moment grassiert, ist der Enkeltrick – und der hat ganz sicher bei diesem Fall keine Rolle gespielt.« Bei dieser miesen Betrugsmasche wurden vor allem ältere Menschen von vermeintlichen Verwandten angerufen und um Geld gebeten, was Liv besonders verachtenswert fand.

»Was die Spurensicherung angeht: Botersen dreht schon richtig am Rad. Der findet in der Ruine noch immer alles Mögliche, von nagelneuen Notfallkoffern über Fotoalben bis zu Drogentütchen und massenweise Zwieback. Eine Lebensaufgabe.« Einige Kommissare lachten.

Sie bezahlten und traten auf den Vorplatz hinaus. Das Getöse von Westerlands Bahnhof mit seinen Autos, Zügen und Baumaschinen umfing sie. Mit einem leisen Ziehen im Herzen ging Liv auf, dass sie schon sechzehn Stunden auf der Insel war und noch nicht das Meer gesehen hatte.

»Arbeiten wir uns also langsam und sorgfältig weiter vor. Grenzen wir ein. Klopfen wir ab«, schloss Bente das Gespräch.

»Du klingst wie ein Maurer«, machte Hennes sich über ihn lustig.

»Was ist dagegen zu sagen? Gutes Handwerk ist ein wichtiger Teil unserer Arbeit.«

Im Kommissariat machten sich Liv und Hennes daran, ihre Berichte zumindest stichwortartig zu verfassen. Das Telefon klingelte in einer Tour. Irgendwie gelang es den Journalisten, immer wieder zu ihnen durchzudringen; inzwischen kursierten im Internet auch die ersten abstrusen Mordtheorien. Liv konnte es kaum erwarten, hier rauszukommen, sich weiter mit den Frauen im Leben des Pfarrers zu beschäftigen.

Als sie fertig war und gerade nachsehen wollte, ob auch Hennes zum Aufbruch bereit war, pinnte Uwe die Fotos der Obduktion und Teile des vorläufigen Berichts an die Wände. Liv nahm die Bilder genau in Augenschein. Die Wunde im Gesicht des Toten war tief – gut möglich, dass ein Hammer das Tatwerkzeug war. Allerdings musste es dann auch charakteristische eckige Abdrücke im Fleisch geben; sie prüfte Gerlichs Bericht darauf, fand aber keinen derartigen Hinweis. Außerdem hätte ein Hammerkopf den Brand überstanden und konnte in den Trümmern gefunden werden. Deutlich fielen ihr die Kratzspuren an Hals und der Wange des Opfers auf. Was hatte der Rechtsmediziner dazu vermerkt? »… könnten von langen Fingernägeln herrühren.« Auch habe er in der Wunde einen Splitter auberginefarbenen Lacks gefunden. Unwillkürlich ging sie die Fingernägel der Frauen durch, denen sie in den letzten Stunden begegnet war. Carla Casabione hatte wahre Krallen, Helene Opahk hingegen … dieses ewige Gefummel an den frisch manikürten Nägeln … und zu Henna passte Aubergine gut. Liv ging ins Nebenzimmer. Hennes stand am Fenster und telefonierte. Als er geendet hatte, berichtete sie ihm von ihrer Überlegung.

»Wenn Opahks Anwalt hier ist …«, begann sie.

Hennes steckte das Handy in die Hosentasche. »Ach was, Opahks Anwalt. Das klären wir gleich!«, sagte er und stürmte los.

»Hennes, warte!«

Doch ihr Kollege polterte bereits die Treppe hinunter. Im Nu war er bei den Zellen und ließ die mittlere öffnen. Helene Opahk fuhr von der Pritsche auf. Sie hatte offenbar geschlafen. Ihr Hund kläffte erschrocken. Die Frau presste sich an die Wand.

Liv überfiel Wut. So ging man nicht mit Zeugen um! Dieses Vorgehen würde von jedem Richter scharf kritisiert werden und konnte die gesamte Ermittlung gefährden! Schnell schickte sie eine SMS aus dem Keller an Bente, dann schaltete sie die Aufnahmefunktion ihres Handys ein. So würde sie wenigstens das Gespräch dokumentieren können.

»Frau Opahk, Sie haben Hark Casabione aufgelauert. Sie haben ihn angegriffen und ihm das Gesicht zerkratzt. Geben Sie es zu! Wir haben Ihre Lackspuren in seiner Haut gefunden«, verkündete Hennes.

Helene Opahk sank an der Zellenwand zusammen und kauerte wie ein Häufchen Elend auf dem Boden. Ihr Gesicht war verzerrt, als sie sprach: »Ja, es stimmt, ich habe ihn geschlagen. Ich war so wütend. Als er dann blutete, hab ich mich so geschämt! Geflohen bin ich, Hals über Kopf. Ich weiß nicht, was danach passiert ist – wirklich nicht!« Sie wirkte verzweifelt.

»Und die Geliebte? Sie haben sie erkannt – stimmt's?«

Die Haushälterin nickte zögernd. »Es war Nadja Raffel, auch aus unserer Gemeinde. Sie macht die schönen Gestecke für den Altar.« Es klang wie ein Vorwurf. Livs Herz schlug schneller. Diese Information war wichtig – umso schlimmer, dass sie in dieser Situation hervorgebracht wurde. Wenn Helene Opahk widerrief ... Wo blieb nur Bente?

»Nun mal Tacheles: Haben Sie sich zu diesem Zeitpunkt bei dem Liebespaar bemerkbar gemacht?«, wollte Hennes wissen.

»Das nicht. Nicht direkt.« Wieder weinte Helene Opahk. »Ich habe Nadjas Mann angerufen. Ich wusste, dass Volker sehr eifersüchtig ist. Er hat ihr schonmal bei einem Fest eine Szene gemacht. Hält sie an der kurzen Leine.«

»Haben Sie am Telefon Ihren Namen gesagt?«

»Ich bin doch nicht lebensmüde! Mit Volker Raffel ist nicht zu spaßen, ehrlich! Wenn ich etwas länger darüber nachgedacht hätte, hätte ich es ganz gelassen, aber ich war so enttäuscht und verletzt! Als ich das Gespräch beendet hatte, war mir klar, dass ich die Insel verlassen musste. Denn wenn Volker herausfindet, dass ich von seiner Schande weiß …«

Schritte, endlich. »Was ist hier los?« Bente. So zornig hatte Liv ihn noch nie erlebt.

Hennes drehte sich um und grinste den Kollegen an: »Hier haben wir es: Namen und Motive zuhauf. Du darfst Danke sagen.«

Bente starrte Liv an. Leise berichtete sie, was geschehen war. Es fiel Bente offensichtlich schwer, sich zusammenzureißen, als er sich an Frau Opahk wandte: »Vielen Dank für Ihre Aussage. Wir werden Sie holen, damit Sie das Protokoll unterschreiben können. Und nun entschuldigen Sie uns bitte«, sagte er höflich.

»Was ist denn nun mit meinem Anwalt?«, wollte die Frau wissen.

Bente sah Hennes finster an. »Der muss jeden Moment kommen.«

Sie zogen sich in ein Büro zurück. Bente schloss die Tür. Dann fauchte er Hennes an: »Bist du von allen guten Geistern verlassen? Diese Informationen nützen uns im Zweifelsfall überhaupt nichts! Wenn das ein Anfänger gemacht hätte …«,

Bente schnappte nach Luft, »aber ein erfahrener Ermittler wie du! Was ist denn nur mit dir los?«

»Irgendjemand muss doch hier die Führung übernehmen.«

»Ich habe die Führung!«

»Und warum führst du dann nicht?«

Kaum hatte er diese Worte gehört, begann Bente, auf Hennes zuzumarschieren. Der schob kampfeslustig das Kinn vor.

»Stopp!« Liv ging dazwischen, indem sie Bente die Hand auf die Brust legte. Bentes Herz schlug wie verrückt. Diese Streitereien waren eine Belastung und einfach nur peinlich. »Wir müssen hoffen, dass sie zu ihrer Aussage steht. Außerdem haben wir jetzt Namen, mit denen wir weitermachen können.«

»Warum soll sie nicht zu ihrer Aussage stehen? Auf mich wirkte sie total klar«, sagte Hennes. Diesen Eindruck teilte Liv. Dennoch war Hennes' Vorgehen falsch gewesen.

»Liv, ich möchte, dass du erst einmal mit der Witwe über die Vorwürfe sprichst«, entschied Bente. »Wir tragen in der Zwischenzeit Informationen über diesen Volker Raffel und seine Gattin Nadja zusammen.«

Liv gefiel das nicht. In Fällen häuslicher Gewalt hatte sie oft genug mit aggressiven Männern zu tun gehabt. »Wenn er wirklich so gewalttätig ist, wie Helene Opahk andeutet, sollten wir vielleicht gleich mit ihnen sprechen. Wer weiß, was seine Frau durchmachen muss.«

»Und ohne genaue Sach- und Aktenkenntnis ins Gespräch gehen? Das wird uns kaum weiterbringen, eher im Gegenteil. Diese überhasteten Aktionen schaden nur.« Bente warf Hennes einen vernichtenden Blick zu. »Manchmal ist es besser, ein paar Stunden zu warten, um gut vorbereitet zu sein und wirklich etwas erreichen zu können.«

Liv runzelte die Stirn. »Wenn er seiner Frau nun etwas antut, weil sie ihn betrogen hat?«

»Dann hat er es längst getan.«

»Und wir müssten erst recht umgehend eingreifen!«

Bente sah Liv beinahe mitleidig an. »Die Erfahrung hat gezeigt …«

»Erfahrung! Ich habe auch so meine Erfahrung!«, unterbrach Liv ihn.

Hennes lauschte ihrem Schlagabtausch mit einem verstohlenen Grinsen.

Bente berührte leicht Livs Arm. »Du vernimmst die Witwe. Momke soll dich begleiten.« Auch Hennes wollte nun gehen. »Du bleibst hier. Wir sind noch nicht fertig«, sagte Bente bestimmt.

»Aber Carla Casabione …«

»Nachdem wir geredet haben, wirst du dich darum kümmern, dass Helene Opahks Aussage gerichtsfest wird. Und dann entschuldigst du dich bei ihr. Nichts sonst.«

Momke konnte es nicht fassen. Staunend fragte er auf der Fahrt Liv nach Hennes' Ausfall aus. »Der Typ ist ein richtiger Widerstandsbeamter, oder? Jemand, der an allem etwas auszusetzen hat. Aber dieses Mal ist es ja besonders schlimm. Was sagt denn Hasselbrecht dazu?«

Das hätte Liv auch gerne gewusst. Sie vermisste den Austausch mit der Leiterin des K1. »Seit sie ihren Mann pflegt, herrscht Funkstille«, sagte sie.

»Oder ist es einfach eine persönliche Animosität zwischen Hennes und Bente? Soll's ja auch geben. Manche kommen mit ihren engsten Verwandten oder dem Vater ihres Kindes nicht aus.«

War das etwa eine Spitze gegen ihr Privatleben? Liv beschloss, darauf nicht anzuspringen. Momke war einer der wenigen, der von ihrer Beziehung zu dem verstorbenen Surflehrer Boy, einem Mordopfer, wusste. Die genauen Hintergründe kannte Momke allerdings nicht. Und wenn es nach Liv ging, würde das auch so bleiben. Zu sehr schmerzte sie die Erinnerung.

Sie setzte den Blinker und wollte auf den Parkplatz der Kirche einbiegen. Die Sonne stand hoch, aber der Wind war kräftig und blies einen Schleier feinen Sands über den Asphalt. Sie warteten, weil eine Familie die Einfahrt überquerte. Alle Familienmitglieder trugen bunte Daunenwesten über den T-Shirts und Strandspielzeug, auch der Bollerwagen war hoch beladen. Liv erinnerte sich daran, dass sie als Kind auch bei jedem Wetter gerne Stunden am Strand verbracht hatte.

Momke schien zu spüren, dass er mit seiner Anspielung zu weit gegangen war. »Dieses Wochenende ist übrigens das Ehemaligentreffen, von dem ich dir erzählt habe. Hast du nicht Lust mitzukommen? Ist bestimmt schön, ein paar bekannte Gesichter zu sehen. Du hast doch so viel zu erzählen! Dann könntest du auch Ioanna kennenlernen, meine Verlobte«, meinte er versöhnlich.

Liv musste sich zusammenreißen, damit sie ihn nicht wie einen Außerirdischen anstarrte. Das meinte er jetzt nicht ernst, oder? Als Jugendliche hatte sie die Insel von einem Tag auf den anderen verlassen. Ihr Leben hatte sich radikal verändert. Fast jede Verbindung nach Sylt hatte sie damals gekappt. Jetzt so zu tun, als wäre sie wie alle anderen, kam ihr absurd vor. Glücklicherweise war die Einfahrt nun frei, sodass sie sich ganz aufs Einparken konzentrieren konnte.

Ihre Handys summten zeitgleich, und Momke las vor: »Das Kürzel NR taucht regelmäßig bei Casabiones Einträgen auf. Zuletzt am 13. Oktober, seinem Todestag: ›NR 19‹ steht da.« Er sah Liv an. »Sehr gut möglich, dass die Buchstaben für Nadja Raffel stehen. Über den Ort haben Casabione und die Frau des Gärtners sich vielleicht mündlich verständigt. Und Volker Raffel fährt einen silbernen Porsche.«

»Die Farbe passt. Das Lieblingsauto der Sylter, klar – aber ein Gärtner?«

»Ein 944er. Ein älteres Modell und verhältnismäßig günstig. Außerdem ist ein Škoda-Kombi auf ihn zugelassen. Dunkelblau. Ein derartiges Fahrzeug ist doch von den Zeugen beschrieben worden.«

Endlich fügten sich Informationen ineinander. Beim Aussteigen fuhr eine Bö unter Livs Jacke und in die Hosenbeine. Ein herrliches Gefühl. Schade, dass sie schon wieder in einen geschlossenen Raum musste, zumal ihr vor dem Gespräch graute. War es für Carla Casabione nicht furchtbar genug, dass ihr Ehemann tot war? Musste sie nun auch noch erfahren, dass er sie vermutlich betrogen hatte?

Das Blumenmeer vor der Kirchenpforte war riesig geworden. Paule öffnete. Wie Sanna trug auch die Pfarrtochter im Haus ihr Smartphone in der Hand und einen Kopfhörer im Ohr, als sei beides an ihr festgewachsen.

»Meine Mutter ist mit Piet am Strand. Sie finden sie leicht«, sagte sie und schloss, als sei damit alles gesagt, die Tür.

Momke lehnte sich gegen die Zarge. »Die Kleine hätte uns auch gerne hineinbitten können. Aber dann warten wir eben hier.« Er wischte auf seinem Handy herum, und Liv bemerkte, dass er auf der Seite eines Hochzeitsplaners unterwegs war. Stand der Hochzeitstermin schon fest?

»Warte du ruhig, ich gehe Carla Casabione entgegen«, meinte sie und stiefelte in die Dünen. Ihr war, als könne sie keinen Augenblick länger auf das Meer warten.

Eilig schloss Momke zu ihr auf. »Pass bloß auf, dass du nicht genauso ein Kauz wie dein Partner wirst.« Er sah sie von der Seite an. »Eigentlich bist du doch knorke. Ein bisschen wortkarg vielleicht – aber so sind wir Friesen nun mal, oder?«

Für Livs Geschmack redete Momke gerade definitiv zu viel. »Hast du dich mal bei Familie und Freunden nach Casabione erkundigt? Was hat Rabia noch über den Pfarrer gesagt?«, wollte Liv wissen.

»Nur Gutes. Alle haben nur von dem Pastor geschwärmt. Denkst du, es stimmt, was Helene Opahk erzählt hat?«

Sie hatten den Bohlenweg erreicht, der über die Dünen führte. Seegras wurde vom Wind plattgedrückt und richtete sich in den kurzen Flauten federnd wieder auf. Böen peitschten Sand in ihre Gesichter. Um nicht in den Genuss eines natürlichen Sandstrahlpeelings zu kommen, gingen sie ein Stück rückwärts.

»Könnte schon sein. Wir haben die mysteriösen Angaben auf dem Handy, die Kratzspuren auf Casabiones Haut und die Reifenspuren von zwei Fahrzeugen«, sagte Liv. »Hark Casabione hatte ein herzliches Verhältnis zu vielen Gemeindemitgliedern, Männern wie Frauen. Berührungsängste hatte er offenbar nicht.«

»Ich fände das grässlich, wenn seine Frau den Mord begangen hätte. Allein Frau Casabione darauf anzusprechen fällt mir schon schwer. Gut, dass du dabei bist.«

Endlich sahen sie das Meer. Weiße Kronen tanzten auf den Wellen. Liv schmeckte das Salz auf ihren Lippen. Euphorie stieg in ihr auf. *Die Sylter Luft ist wie Champagner* – sagte man das nicht immer? Es waren die maritimen Aerosole, die fein verstäubten Meeresträpfchen in der Luft, die euphorisierende und zugleich heilsame Wirkung hatten.

Sie stiegen die Treppe zum Strand hinab. Etliche Spaziergänger waren unterwegs. Es gab Windsurfer und sogar einige unerschrockene Badende. Liv drängte es, die Kleidung abzuwerfen und ins Meer zu springen. Aber selbst wenn sie es könnte – hier war kein Nacktbadestrand. Und vor Momke … Andererseits hatte er sie schon einmal nackt gesehen, auf dem Video des Mörders, der bei dem letzten Sylt-Einsatz versucht hatte, auch sie zu töten.

»Ich finde sie nicht. Vielleicht hätten wir doch besser an der Kirche warten sollen«, meinte Momke.

Unschlüssig stemmte Liv sich gegen den Wind. Immer wieder wanderten ihre Augen von den Menschen zum Meer. Sie konnte sich gar nicht sattsehen an der Nordsee. Dunkle Spitzen fingen ihren Blick – waren da etwa Schweinswale? Tatsächlich! Livs Herz weitete sich vor Freude. In diesem Augenblick entdeckte sie den blonden Schopf von Carla Casabione im flachen Wasser. Die Witwe lief platschend aus dem Spülsaum, wickelte sich in ein Handtuch und nahm ihren Sohn in Empfang, der nun ebenfalls aus der Brandung stieg. Im Oktober noch zu baden – das wagten nicht viele.

»Sagten nicht schon die alten Griechen, das Meer wasche alles Übel ab?«, begrüßte Carla sie gleich darauf niedergeschlagen. »Aber ich werde meine Trauer einfach nicht los. Sie zieht mich runter, macht mich kraftlos und schlapp. Dabei sollte ich mich für Hark freuen. Ich sollte ihn loslassen, damit sich seine Seele eine neue Behausung suchen kann.«

Schon einmal hatte die Witwe diesen Gedanken ausgesprochen, der so gar nicht im Einklang mit der christlichen Religion stand. Dazu kam die weiße Kleidung. Jetzt wusste Liv, was sie hatte stutzen lassen. »Welcher fernöstlichen Religion gehören Sie an?«

»Ich bin noch Suchende. Hier auf Sylt gibt es verschiedene Möglichkeiten, seine Spiritualität auszuleben, von Buddhismus bis Stand-up-Yoga. Das Buddhistische Zentrum wurde hier immerhin schon 1992 gegründet«, sagte Carla Casabione und schlüpfte in ihre Kleidung. Auch ihr Sohn zog sich an.

»Was hat Ihr Mann zu diesen Anwandlungen gesagt?«, fragte Momke.

»Hark war sehr offen, was das angeht. Sehr tolerant. Vielleicht dachte er auch nur, es sei ein Irrweg, den ich bald wieder verlassen würde.«

»Propst Tückmantel ist vermutlich weniger angetan davon«, meinte Liv.

Carla zuckte mit den Schultern und rubbelte die Haare ihres Sohnes ab. »Jeder ist selbst für sein Seelenheil verantwortlich. Meines habe ich geschützt, indem ich Herrn Tückmantel gebeten habe, im Kirchenbüro seiner Arbeit nachzugehen statt in unserem Haus. Sein Missfallen kann ich wirklich nicht gebrauchen. Aber darüber wollten Sie bestimmt nicht mit mir sprechen.«

»Wollen wir erst zu Ihnen gehen?«, schlug Liv vor.

Auf dem Esstisch und darum herum stapelten sich Dosen und Töpfe mit Lebensmitteln, die Freunde und Nachbarn den Trauernden vorbeigebracht hatten. Für Liv war es schön zu sehen, dass trotz der vielen Zweitwohnungsbesitzer und Touristen auf Sylt der Zusammenhalt noch zu funktionieren schien. Carla Casabione goss Tee auf und bat Piet, Kekse oder Kuchen zu suchen. Als das Gebäck auf dem Tisch stand, bediente sich jedoch niemand. Schließlich drapierte Piet einige Kekse liebevoll auf einem Teller und trug sie nach oben. Vielleicht wollte er seiner Schwester eine Freude machen, von

Paule war nichts zu sehen. Liv hatte lange überlegt, wie sie anfangen sollte, war sich aber noch immer nicht schlüssig.

»Wir möchten mit Ihnen über Ihre Ehe sprechen«, begann sie. »Wir haben auf dem Handy Ihres Mannes verschiedene Nachrichten gefunden, die darauf hinweisen, dass er intensiven Kontakt zu verschiedenen Gemeindemitgliedern hatte. Darunter auch zu einigen Frauen. Helene Opahk berichtete uns nun …«

»Helene Opahk.« Carla Casabione stieß einen bitteren Seufzer aus. »Hark hat mir oft erzählt, wie sehr Helene um seine Gunst kämpft. Wie sehr sie nach seiner Aufmerksamkeit hungert. Wie oft sie ihm nachgestellt hat. Mein Mann aber hat andere Vorlieben. Vorlieben, die auch ich nicht befriedigen konnte, befriedigen mochte.«

Momkes Wangen röteten sich. »Sie wussten davon, dass er ein Verhältnis mit Nadja Raffel hatte?«, fragte er ungläubig. Liv biss die Zähne zusammen. Sie hätte den Namen lieber aus Carla Casabiones Mund gehört.

»Hark und mich verband mehr als Sex. Wie könnte ich jemanden einschränken, den ich liebe? Nadja hat mir nichts genommen, sie hat unserer Ehe eine weitere Dimension hinzugefügt.«

»Haben auch Sie … Ihrer Ehe eine weitere Dimension hinzugefügt?«, wollte Liv wissen.

»Sie wollen wissen, ob auch ich eine Affäre hatte? Nein. Ich befriedige meine Bedürfnisse auf anderen Wegen.« Der Ton dieser Antwort ließ keine Nachfrage zu. Noch nicht.

»Wer wusste noch von der Affäre Ihres Mannes?«, fragte Liv stattdessen.

»Hark hat es nicht an die große Glocke gehängt. Das wäre dann auch wieder übertrieben, wenn Sie verstehen, was ich meine.«

»Und Nadja Raffels Mann?«

Carla pustete über ihren Tee. »Eine verwirrte Seele. Schwierig. Nein, ich glaube nicht, dass Volker davon wusste. Er hätte es nicht verstanden, denke ich.«

»Es heißt, Volker Raffel sei eifersüchtig. Hält seine Frau, ich zitiere, ›an der kurzen Leine‹. Eine ekelhafte Formulierung«, setzte Liv hinzu.

»Widerlich, wirklich. Volker ist einer dieser Männer, die sich besonders hart geben müssen, weil sie ihre Gefühle fürchten. Er soll bei Veranstaltungen häufiger Streit angezettelt haben. Es gab offenbar auch Prügeleien, aber Nadja hatte wohl Routine im Schlichten. Ehrlich gesagt, habe ich mich da rausgehalten. Ich sehe es nicht als meine Aufgabe an, andere zu bevormunden.«

Sollten sie der Witwe erzählen, dass Helene Opahk den eifersüchtigen Ehemann benachrichtigt hatte? Aber würde es sie zu diesem Zeitpunkt wirklich weiterbringen?

Am Dienstwagen versank Momke in Grübeleien. »Das macht mich echt fertig. Wie kann sie sagen, die Affäre ihres Mannes hätte sie nicht gekümmert? Hätte sie sogar bereichert? Das begreife ich nicht. Ist das ein Frauending, oder was? Aber nee – das stelle ich mir auch lieber nicht vor.«

Liv stützte sich aufs Autodach und reckte die Nase in den Wind. »Mach dir keine Sorgen. Deine Zukünftige denkt sicher ganz anders darüber.«

»Das hoffe ich doch!«

»Außerdem war es der Mann, der die Affäre hatte, wenn ich dich daran erinnern darf.«

Momke winkte ab. Das Gespräch schien ihm unangenehm zu sein, was Liv gemeinerweise beinahe Spaß machte.

»Wenn du aber darüber reden möchtest...«, setzte sie hinzu.

»Auf keinen Fall!« Momke flüchtete ins Auto. »Mit dir schon gar nicht.«

Nun war sie doch verletzt. »Du brauchst nicht gleich persönlich zu werden«, sagte sie.

»War nicht so gemeint! Und wenn wir schon bei ihren abseitigen Ansichten sind: Was sagst du denn zu den DVDs, die Carla Casabione sich reinzieht? Ich habe mal recherchiert: *Banshee* handelt von einer amerikanischen Kleinstadt voller Abgründe. Nur Sex- und Gewaltexzesse!«

»Vielleicht entspannt sie tatsächlich dabei, vielleicht lebt sie mit ihrem Medienkonsum auch ihre unterschwelligen Aggressionen aus. Das ist vermutlich völlig harmlos.«

Liv prüfte ihr Handy. »Aziz hat aus Flensburg Informationen über Volker Raffel geschickt. Mehrere Anzeigen wegen Körperverletzung, die allesamt zurückgezogen wurden. Mangelnde Impulskontrolle, interessant. Für Haus und Gärtnerei hat er einen Kredit laufen. Wir können ihn in seiner Gärtnerei in Tinnum aufsuchen.«

»Jetzt? Nicht auch das noch!«, stöhnte ihr Kollege. »Was machen denn eigentlich die anderen? Können die nicht mal die unangenehmen Gespräche übernehmen?«

Liv war erleichtert, dass sie endlich nach Hark Casabiones Geliebter sehen würden. »Anscheinend nicht. Ich lese dann mal bei der Fahrt die Infos vor.«

Momke fügte sich in sein Schicksal und ließ den Motor an.

7

Tinnum, 17:01 Uhr

Einen derart aufgeräumten Gartenbaubetrieb hatte Liv noch nie gesehen. Geschmackvolle Blumenarrangements und dichte Büsche lockten vor einer alten Hofstelle die Käufer. Der Rasen war wie mit der Nagelschere geschnitten. Aufsitzmäher, Vertikutierer und Bagger blitzten neben dem Porsche und einem dunkelblauen Kombi, wie Hofhunde, die nur darauf warteten, von der Kette gelassen zu werden.

»Kann ich Ihnen helfen?« Eine Frau war aus dem Haus getreten, die Liv unwillkürlich an eine jüngere Version von Peggy Bundy denken ließ: groß, kurvig, Föhnfrisur. Im Näherkommen wurden die Unterschiede jedoch augenfällig: Im Gegensatz zu dem Sitcom-Star der Achtziger war die Kleidung der Frau hochgeschlossen, und ihr Gesicht strahlte eine reservierte Freundlichkeit aus. Aus dem Haus war Radiomusik zu hören.

»Sind Sie Nadja Raffel?«

»Ja.«

»Liv Lammers, K1 Flensburg, und Momke Nebber, Kripo Sylt. Wir würden uns gerne mit Ihnen und Ihrem Mann unterhalten.«

Nadja Raffel wirkte verunsichert. »Volker ist auf dem Feld.«

Liv lächelte sie an. »Das macht gar nichts.«

»Soll ich ihn anrufen?« Die Frau nestelte an ihrer Gürteltasche, in der sie ihr Handy trug.

»Lassen Sie nur. Wir holen ihn einfach gemeinsam ab.«

Der Frau schien das nicht recht zu sein, aber sie ging voraus. Sie passierten das Gewächshaus, in dem Nelken, Rosen und Chrysanthemen blühten. Auf dem Feld reihten sich Koniferen und Zypressen, kunstvoll in Form geschnitten. Ein Mann lichtete mit einer Kettensäge eine Eiche aus. Er war angeseilt wie ein Bergkletterer. Seine muskulösen Oberarme bewegten die kreischende Säge präzise und schnell. Noch hatte der Gärtner sie nicht bemerkt, auch trug er Ohrenschützer, weshalb sie warten mussten, was Liv die Gelegenheit gab, Nadja Raffel zu beobachten. Das Aussehen der Frau war makellos, aber schlicht. Bei ihr gab es keine Flecken, keine Knitterfalten, keine losen Haarsträhnen. Das Make-up war perfekt. Ihre Züge schienen ruhig, doch häufiges Ärmelzupfen verriet ihre Anspannung. Der einzige Schmuck, den sie trug, waren Armreife um die Handgelenke. Als Volker mit der einen Hand einen dicken Ast absägte und ihn mit der anderen kontrolliert fallen ließ, traten die Kommissare sicherheitshalber ein Stück zurück.

»Sie und Ihr Ehemann betreiben diese Gärtnerei gemeinsam?«, wollte Liv wissen.

»Die Firma gehört meinem Mann. Er ist Gartenbaumeister und auch wegen seiner Gestaltungskunst gefragt«, erklärte Nadja und wies auf eine verzweigte Zypresse, die mit ihren kahlen Ästen und den Zweigpuscheln an den Enden wie ein Krake aussah, der mit Tellern jonglierte. »Ich mache nur das Büro.«

Nadja Raffel schien erleichtert, als ihr Mann sie jetzt bemerkte. Er hängte die Kettensäge an einen Karabiner am Gürtel, wo bereits Schnitzmesser und Rosenscheren baumelten, und ließ sich vom Baum gleiten. Dass die Säge noch immer rotierte, machte Liv nervös. Sie sah schon vor sich, wie sie eine tiefe Beinwunde verarzten musste. Hatte er vergessen, das Gerät auszuschalten, oder wollte er mit diesem gefährlichen Verhalten etwas beweisen?

Erst auf der Erde schaltete er die Kettensäge aus. Nadja ging auf ihn zu. Die Kommissare folgten ihr auf dem Fuß; Liv wollte dem Paar keine Möglichkeit geben, allein zu sprechen.

Nadja Raffel stellte sie vor. Ihr Mann zog die Handschuhe aus und setzte die Ohrenschützer ab. Er war ein sehniger Typ mit feinen Zügen und den Fingern eines Pianisten.

»Geht es um unseren Pastor?«, fragte Volker Raffel.

»Sie haben schon von seinem Tod gehört?«

»Wer nicht? In einer kleinen Gemeinde sprechen sich auch die schrecklichen Nachrichten schnell herum. Kommen Sie mit ins Büro. Ich kann eine Limonade vertragen.«

Nadja eilte voraus.

»Darf ich fragen, was genau Sie gehört haben?«, wollte Liv wissen.

Volker Raffel wandte sich an Momke, als er sprach. »Manche sagen, er ist die Treppe heruntergefallen, andere, dass ihm jemand das Gesicht zerschlagen hat. Beunruhigend, wenn Sie mich fragen, immerhin läuft ein Mörder hier frei herum. Ich bin froh, dass Sie sich darum kümmern. Auf dieser Insel gibt es viel zu viel Gesindel.«

Sie traten in das Haus. Das Büro war schlicht und aufgeräumt. Nadja schaltete das Radio aus. Auf dem Tisch stand eine Karaffe mit frischer Limonade bereit. Neben einem schmalen Schrank – *Waffenschein?*, notierte sich Liv in Gedanken – hingen Schaufeln, Zangen und Messer. Daneben lagen Drähte und Kabelbinder.

Nadja reichte ihrem Mann ein Handtuch, mit dem er sich das Gesicht und die Hände abwischte, und hielt ihm dann ein Glas hin. Anschließend schenkte sie für die Kommissare ein. Raffel trank das Glas in einem Zug aus, dann ließ er sich nachschenken, stürzte das zweite hinunter und steckte anschließend mit der Hast eines Süchtigen einen Kaugummi in den Mund.

»Werden in der Gemeinde weitere Hypothesen über Tat oder Täter geäußert?«

»Weitere Hypothesen? Nicht, dass ich wüsste. Wir halten uns aus dem Gerede heraus, nicht wahr, Schatz?« Volker Raffel enthüllte beim Lächeln nach innen gestellte Zähne, die ihm etwas Nagetierhaftes gaben.

»Wenn man so viel mit Taufen, Hochzeiten und Beerdigungen zu tun hat wie wir, geht einem besonders schnell auf, wie hohl das Geschwätz mancher Leute ist«, sagte Nadja Raffel und zupfte erneut an ihrem Ärmel.

»Ich will ja nicht drängen, aber worüber möchten Sie mit uns sprechen?«, fragte Volker Raffel.

Liv bemerkte, wie Momkes Blick zur Seite auswich. Sie setzte sich und legte ihr Handy auf den Tisch. »Sie haben sicher nichts dagegen, wenn ich das Gespräch aufzeichne. Es geht dann schneller, weil wir nichts notieren müssen.«

Der Gärtner verschränkte die Arme und streckte die Beine weit aus, während seine Frau mit durchgedrücktem Rücken auf der Sitzkante Platz nahm.

»Also, Herr Nebber, worum geht es?«, fragte Volker Raffel eine Spur ungeduldig.

Liv antwortete statt ihres Kollegen. Als Vertreterin des K1 hatte sie die Führung, außerdem wollte sie wissen, wie Raffel auf weibliche Dominanz reagierte. Ganz bewusst richtete sie ihre Antwort an seine Frau.

»Tatsächlich ist Hark Casabione keines natürlichen Todes

gestorben. Die Mordkommission Flensburg und die Kriminalpolizei Sylt ermitteln gemeinsam. Wie Sie sich vielleicht denken können, gehen wir bei unseren Ermittlungen einer Reihe von Spuren nach. Manche von ihnen laufen ins Leere. Überprüfen müssen wir jedoch alle, bis sich diejenige herauskristallisiert, die zu dem Täter oder den Tätern führt.«

»Wir haben alle schonmal einen Krimi gesehen«, warf Volker Raffel gereizt ein.

Liv machte eine Kunstpause. »Einer dieser Hinweise führt uns zu Ihnen. Was für ein Verhältnis haben Sie zu Hark Casabione gehabt?«

Volker Raffel zeigte keine Reaktion. »Ein gutes. Er war unser Pfarrer. Mehr nicht.«

»Und Sie?«, wandte Liv sich an Nadja Raffel.

»Bei mir war es auch so«, antwortete die Frau und hielt die Hände gefaltet, als müsse sie sie zur Ruhe bringen. Liv bemerkte jetzt, dass zwei der Streifen, die sie für Armreife gehalten hatte, in Wirklichkeit rote Einkerbungen waren, als wäre die Frau gefesselt gewesen. Der Anblick verschlug ihr die Sprache.

Volker Raffel setzte sich auf. »War es das dann?«

Momke räusperte sich. »Äh, nein …«

Schnell hatte Liv sich wieder gesammelt. »Zeugen haben ausgesagt, dass Sie, Frau Raffel, eine Affäre mit Hark Casabione hatten und ihn am Abend seines Todes trafen«, ließ si[e] die Bombe platzen.

Der Gärtner lachte auf. »Absurd. Jetzt verstehe ich, wa[s] Sie mit falschen Fährten meinen.«

»Es ist also nichts an den Gerüchten dran?«, fragte Mom[ke] nun.

»Natürlich nicht. Was denken Sie denn?«

»Die Frage war eigentlich an Ihre Frau gerichtet.«

»Ich kann mir nicht vorstellen, warum jemand solche Lügen erzählt. Ich bin verheiratet«, entgegnete sie kühl.

»Wo waren Sie am 13. Oktober zwischen 18 und 21 Uhr?«, wandte Liv sich wieder an Volker Raffel.

»Gestern Abend? Zu Hause bei meiner Frau. Ich muss zugeben, dass mit mir unter der Woche nicht viel los ist. Die frische Luft, wissen Sie, die harte Arbeit. Das ist was anderes, als wenn man sich in das Büro fremder Leute setzt und seltsame Fragen stellt. Wir genießen die Zweisamkeit.« Er ergriff Nadjas Hand und drückte sie. Seine Frau hob die Mundwinkel zu einem Lächeln.

»Dürfen wir uns trotzdem Ihre Autos mal näher ansehen?«

»Tun Sie, was Sie nicht lassen können. Und geben Sie uns bitte Bescheid, wenn das Gerücht sich weiterverbreitet. Ich müsste in diesem Fall eine Anzeige wegen übler Nachrede erwägen.« Dann erhob er sich. »Bemüh dich nicht, Schatz. Ich bringe die Herrschaften hinaus.«

Volker Raffel stand daneben, während die Kommissare die Autos in Augenschein nahmen. Beide Wagen wirkten frisch geputzt, was Zufall sein konnte. Liv erinnerte sich daran, was Frau Opahk über den Anblick des Paares erzählt hatte, und suchte die Rückbank des Kombis nach Spuren ab. Tatsächlich fand sie in den Ritzen einige Haare und Fussel, die sie mit Gummihandschuhen aufnahm und in einen Asservatenbeutel legte.

»Was nützt Ihnen das, wenn die Haare vielleicht vom Reinigungsservice stammen?«, sagte Volker Raffel.

»Sie haben die Wagen gerade erst reinigen lassen?«

»Ich lasse sie jede Woche reinigen. Sie können gern hier um die Ecke bei der Autopflege nachfragen. Brauchen Sie die Nummer, oder finden Sie die selbst raus?«

»Die Nummer wäre hilfreich.«

Die Kommissare verabschiedeten sich. Momke sah beim Einsteigen auf seine Armbanduhr, es war ein teures Chronometer. »So, das war das. Feierabend, oder? Wir haben heute Abend wieder unseren Tanzkurs. Ich muss noch den Zug erwischen.«

»Wohnst du nicht mehr in Archsum bei deiner Mutter?«

Momke schien es peinlich zu sein, dass sie davon wusste. »Nur noch offiziell. Meine Verlobte arbeitet doch in Niebüll. Das Tanzen macht Spaß, wenn wir erstmal ganz da wohnen, wollen wir dabeibleiben«, erklärte er. »Hast du schonmal einen Tanzkurs gemacht?«

Liv verneinte. In dem Alter, in dem man üblicherweise Foxtrott und Cha-Cha-Cha lernte, hatte sie mit Schule und Baby genug um die Ohren gehabt. Und an Männer hatte sie damals ohnehin keinen Gedanken verschwendet.

Während sie losfuhren, kontrollierte Liv, ob die Aufnahme des Gesprächs brauchbar war. Die Mailbox blinkte.

»Macht wirklich Spaß, das Tanzen. Ist auch anstrengend – du glaubst es gar nicht. Vor allem für die Zehen ... die meiner Tanzpartnerin.« Momke lachte. Liv hörte nur mit einem Ohr zu, mit dem anderen lauschte sie der Nachricht. Es war Bente mit einem weiteren Auftrag.

»... Immobilie suchen wir noch. Aber auf dem Festland bekommt man wenigstens noch etwas Vernünftiges für sein Geld. Neulich haben wir uns ein Haus angeguckt ...«, plapperte Momke.

Liv steckte das Handy ein. Sie fuhren bereits Richtung Westerland. »Am besten drehst du hier um. Wir müssen zum Strönwai«, sagte Liv. »Bente möchte, dass wir mit einem Mann sprechen, der auf seinem Fahrrad in der Nähe des Tatorts gesehen wurde.«

Momke sah sie konsterniert an. »Nee, nä?«

Liv zuckte mit den Schultern. »Wird sicher nicht lange dauern.«

Sie musste immer wieder an Nadja Raffels Handgelenke denken. An ihre steife Haltung. Ihre übereifrige Art. Natürlich, im Laufe ihrer Polizeikarriere hatte sie so viele misshandelte Frauen kennengelernt, dass sie automatisch das Schlimmste annahm. Vielleicht erwies sich die ganze Angelegenheit als völlig harmlos. Trotzdem stellten sich bei der Erinnerung an Nadjas Anblick ihre Nackenhaare auf. Sie musste unbedingt noch einmal allein mit ihr reden. »Was sagst du zu dem Ehepaar Raffel?«

»Normale Leute, würde ich sagen. Abgehakt.«

»Hm.«

Momke sah sie von der Seite an. »Du hast schon recht mit dem Geld. So ein Erbe wie das von Zurssen weckt Begehrlichkeiten. Ich kann es kaum erwarten, zu den Akten zurückzukehren. Die Lösung des Falls ist darin zu finden, da bin ich mir sicher.«

8

Kampen, 18:47 Uhr

Die Sonne tunkte gemächlich ins Meer. Wegen der Nähe zum Roten Kliff, einem der schönsten Orte für einen Sonnenuntergang auf Sylt, und zu den vielen Lokalen der sogenannten Whiskeymeile waren alle Parkplätze am Strönwai mit Luxuskarossen belegt. Momke quetschte den Dienstwagen auf einen Seitenparkplatz neben einen Aston Martin. Zwischen Boutiquen und Bars wie dem *Rauchfang* und dem *Pony* tummelten sich schnieke Menschen.

Sie hielten auf ein kleineres Backsteinhaus mit Spitzgiebel zu. Unter Schirmen und Heizstrahlern trank man Champagner auf Eis. Auf einer Tafel wurde für Frozen Yoghurt für Hunde geworben, der nur neun Euro kostete. Aus den Boxen dröhnte Lounge-Musik, die Liv überwiegend für lieblos gemachte Gehörverschmutzung hielt und die sie deshalb nicht entspannte, sondern eher aggressiv machte.

Der Kellner wies ihnen den Weg zu einem Hintereingang, neben dem Fahrräder lehnten. Die Bässe dröhnten von den Wänden, als sie der schmalen ausgetretenen Treppe folgten. »Fred und Sunny Vatberg« stand auf dem schlichten Messingschild.

»Eine ruhige Lage kann man das nicht nennen. Kaum zu glauben, dass hier drüber jemand wohnt«, meinte Momke.

»Sie wünschen?« Ein etwa siebzig Jahre alter Herr hatte

geöffnet. Mit seinen weißen zurückgekämmten Haaren, dem hellbraun karierten Anzug mit breitem Revers und dem beigen Einstecktuch aus Seide wirkte er wie ein Grandseigneur der alten Schule. Ganz und gar nicht das, was Liv hier erwartet hatte.

Sobald Liv sich vorgestellt und ihre Visitenkarte überreicht hatte, ließ er sie ein. Die Dachgeschosswohnung war klein und vollgestellt. Die Möbel waren alt und angestoßen, über dem Sofa hing ein großformatiges Schwarzweißfoto, und überall standen auf Zierdecken Silberrahmen mit Fotos, die Liv an Reportagen über Sylt aus den Sechziger- und Siebzigerjahren erinnerten. »Vintage-Chic« könnte man den Stil dieser Wohnung nennen – oder auch »stilvoll verarmt«, dachte sie. Die Bilder schienen Sonne zu atmen. Gebräunte Männer mit weit offenen Hemden und Koteletten. Hübsche Frauen, manche mit Schlaghosen, hochtoupierten Frisuren und großen Sonnenbrillen, andere groß und dünn im Twiggy-Look. Dazwischen Kinder, die nackt im Meer tobten.

Sunny Vatberg saß vor einer zierlichen Teetasse an einem schmalen Tisch am Fenster und beobachtete das Treiben auf dem Strönwai. Sie wirkte älter als ihr Mann, schlank, beinahe mager, und hatte ihre Haare zu einem flotten Pixi Cut geschnitten. Liv identifizierte sie sofort als jene Frau, die auf vielen der Fotos zu sehen war, was nicht nur daran lag, dass Sunny wie eine verhärmte und gealterte Twiggy aussah, sondern vor allem an den dezent geschminkten Augen, die noch ebenso jung wie auf dem Foto erschienen. Liv reichte ihr die Hand und stellte sich vor.

»Siehst du, Fred. Es gibt tatsächlich so junge Kommissarinnen wie im Fernsehen«, sagte die alte Dame lächelnd. »Um was haben wir noch gewettet?«

»Einen Bienenstich in der Kuka«, gab der Mann zurück.

»Da fahren wir dann am Wochenende mit dem Fahrrad hin, nicht wahr?«

»Ach, Fred«, seufzte Sunny und sah wehmütig hinaus. »Du weißt doch, dass ich das im Moment nicht schaffe. Ich komme kaum die Treppe hinunter. Immerhin habe ich diesen wunderbaren Blick.«

Momke betrachtete die Fotos. Er nahm ein Gruppenbild in die Hand. »Ist das nicht ... wie hieß sie noch ... Brigitte Bardot?«, fragte er staunend.

Die alte Dame lächelte zart. »Ja, die Brigitte. War nur einmal auf Sylt und nur ganz kurz. Hat sich hier mächtig kalte Füße geholt.«

»Und das hier? Ist das Gunter Sachs?«

»Mein Fred war ja Fotograf. Es gab eine Zeit, da konnte man kein Foto schießen, ohne dass Gunter sich vor die Linse drängte. Dahinten ist Romy Schneider. Die mochte Sylt allerdings nicht so sehr. ›In jeder Welle hängt ein nackter Arsch‹, hat sie vulgär geschimpft – dabei hat sie doch sonst so viel Geschmack bewiesen. Und da, auf diesem Gruppenbild ist die Ulrike, Ulrike Meinhof, Sie wissen schon. Das war, als sie das Establishment noch genossen hat, das sie später als RAF-Terroristin vernichten wollte. Interessieren Sie sich etwa für unsere Memoiren? Fred hat da einiges verfasst...«

»Warten Sie ein Sekündchen, wo habe ich denn den Ordner?« Schon hatte der alte Herr die Papiere parat.

Eine Weile berichtete das Ehepaar über die Begegnungen, die sein Leben geprägt hatten. Wenn Sunny ein Name nicht einfiel, sprang Fred ein. Unbestreitbar mussten sie in den Siebzigerjahren zum Jetset der Insel gehört haben, jetzt aber schienen sie vereinsamt und froh über Gesprächspartner zu sein.

Dieses stilvolle Paar, das mehr in der Vergangenheit zu

leben schien als in der Gegenwart, rührte Liv. Die Vatbergs schienen eine harmonische Ehe zu führen. Ihre Gedanken wanderten zu Nadja Raffel zurück. War sie am Tatabend wirklich mit Hark Casabione zusammen gewesen? Wie hatte ihr Mann auf die Nachricht reagiert? Beide hatten bei der Befragung eine Verbindung zu dem Fall geleugnet und sich gegenseitig Alibis verschafft. Wie konnten die Kommissare Beweise für die Affäre finden?

»Tee?«, fragte der alte Herr. »Weißer Tee, First Flush.«

»Nein … danke«, schreckte Liv auf. Sie musste sich besser konzentrieren. Aber es war ein langer Tag gewesen. »Wir ermitteln in einem Tötungsdelikt und suchen Zeugen für den Abend des 13. Oktober. Herr Vatberg, Sie wurden«, sie konsultierte die Notiz, die sie sich während des Abhörens der Mailbox gemacht hatte, »um 20:55 Uhr in der Straße Üp de Hiir auf Ihrem Fahrrad gesehen. Ist Ihnen an diesem Abend etwas aufgefallen? Haben Sie etwas Besonderes beobachtet?«

»Es hat wohl keinen Sinn zu fragen, was geschehen ist?«

»Mein Mann ist so schrecklich neugierig«, sagte die alte Dame entschuldigend und sah hinaus. Vor dem Fenster mühte sich ein Maserati Ghibli in eine allzu kleine Parklücke.

Fred rückte lächelnd sein Einstecktuch zurecht. »Ein altes Laster, das ich wohl auch nicht mehr ablegen werde. Wie das Fotografieren. Ich verwende noch immer meine alte M6, auch wenn es kaum noch ein Labor gibt, das die Filme entwickelt. Diese ständige Handyknipserei – da fehlt den Bildern doch die Seele.«

»Kommen wir zurück zum fraglichen Abend«, bat Momke höflich.

»Sicher, entschuldigen Sie.« Fred Vatberg hakte die Fingerspitzen in die Westentasche. »Ich habe meine Abendrunde mit dem Fahrrad gedreht und unserer Lieblingsbank am Weißen

Kliff einen Besuch abgestattet. Ich darf nicht einrosten, verstehen Sie? Üp de Hiir liegt auf meiner üblichen Route. Seit 1982 fahre ich immer mehr oder weniger die gleiche Strecke. Damals hätte ich die Häuser am Weg zählen können, aber jetzt … Immerhin ist die Schönheit der Heide ungebrochen. Ich hoffe wirklich, dass es gelingt, einen Teil des alten Flughafengeländes abzuknapsen und dem Naturschutzgebiet einzuverleiben. Erst neulich stand in der Sylter Rundschau …«

Es dauerte eine Weile, bis die Kommissare den alten Herrn wieder höflich zu seinen Beobachtungen zurückgelotst hatten; Momke blickte inzwischen immer öfter demonstrativ auf die Uhr.

»Was habe ich also gesehen? Nun, da waren zwei Autos in der Heide. Der eine Fahrer ist wie irre durch die Felder gerast. Wenn man bedenkt, was für Schätze darunterliegen! All die Hügelgräber. Ich habe gedacht, hoffentlich geht es diesen Vandalen wie den Räubern in der Sage.« Er sah die Kommissare an, als erwarte er eine Reaktion.

»Die sich gegenseitig umbrachten, beim Versuch, die goldene Kutsche aus König Bröns Grabhügel zu stehlen«, ergänzte Liv.

Fred Vatberg nickte. »Ich dachte noch daran, die Polizei anzurufen, hatte aber kein Handy dabei. Und, ehrlich gesagt, als ich zu Hause war, hatte ich es schon wieder vergessen.«

»Wirst du langsam tüdelig? Du hast mir gar nichts davon erzählt«, beschwerte sich seine Frau.

»Können Sie die Autos beschreiben? Was meinen Sie mit: durch die Felder gerast?«

»Der Wagen huckelte derart, dass ich mich gefragt habe, ob er nicht querfeldein fährt«, sagte Fred und gab die Beschreibung eines silbernen Sportwagens ab, der sehr an Raffels Porsche erinnerte.

»Haben Sie im oder beim Wagen auch Menschen gesehen?«

»Nein, das war zu weit weg. Ich habe mich auch nicht herangetraut. Man hört ja so oft, dass jemand angegriffen wird, wenn er das Falsche sagt oder Hilfe leisten will.«

»Sicherheit geht vor, gerade in Ihrem Alter«, meinte Momke. »Vielen Dank. Sie haben uns sehr geholfen.«

Als die beiden Beamten auf den Parkplatz zusteuerten, sagte Momke mit einem ungläubigen Kopfschütteln: »Die kannten Brigitte Bardot und Romy Schneider, das glaubt mir beim Tanzkurs keiner! Das waren noch echte Stars. Heutzutage jubelt die Presse ja schon, wenn sich Soap-Sternchen nach Sylt verirren.«

Liv interessierte sich nur peripher für Prominente. »Soll ich dich direkt zum Bahnhof fahren? Ich kümmere mich dann im Revier um den Bericht«, bot sie an.

Momke nahm ihr Angebot erleichtert an.

9

Westerland, 20:14 Uhr

In der Wache roch es nach etwas Deftigem aus der Mikrowelle, und Livs Magen knurrte wie aufs Stichwort. Seit dem Mittag hatte sie nichts mehr gegessen.

Im Kommissariat waren alle Schreibtische besetzt. Die Pinnwände der SOKO Pastor füllten sich immer mehr. Liv entdeckte weder Bente noch Hennes. Auch ihr Kollege Andreas sollte doch inzwischen aus Flensburg eingetroffen sein. Aus ihrer Handtasche kramte sie den Notvorrat Studentenfutter, doch die Tüte war bis auf ein paar Rosinen leer, die im Nu verschlungen waren. Also doch Schokolade. Sie brach sich einen Riegel ab, genoss die Geschmackskomposition und rief zu Hause an; niemand war da. Dafür hatte Katharina eine Nachricht geschickt: Liv sollte doch zum Abendessen vorbeikommen, wenn sie Zeit hatte.

Liv freute sich sehr darauf, die Freundin wiederzusehen. Katharina war eine intelligente, warmherzige Frau und Livs älteste Freundin. Sie kam wie Liv aus reichem Hause, nutzte jedoch das Familienvermögen dazu, ihren Neigungen nachzugehen und sich für die Gemeinschaft zu engagieren.

Gerade als Liv sich von einem Kollegen auf den aktuellen Stand bringen lassen wollte, trat Uwe ein. Sein Blick fiel auf die Schokolade. Wortlos reichte Liv ihm die Packung

»Schokolade mit Lakritzesplittern? Bleib mir weg damit«, lehnte er entrüstet ab und blickte auf sein Fitbit-Armband.

Außerdem bin ich heute erst 65 742 Schritte gelaufen – so werde ich nie wieder fit. Du weißt ja sicher noch, seit meinem Sportunfall … « Über seinen Sturz vom Golfwagen wollte Liv nun wirklich nicht sprechen. Uwe schien das zu spüren, denn er sah sich um. »Wo ist Momke? Wir wollten doch nochmal zu einer Besprechung zusammenkommen.«

»Der musste schon aufs Festland.«

»Training für den Hochzeitstanz, was? Scheint ja sonst nichts mehr im Kopf zu haben. Bin froh, wenn's vorbei ist. Und was das kostet! Hast du seinen Anzug gesehen? Keine Ahnung, wie er sich das leisten kann. Aber man heiratet ja nur einmal im Leben, nicht?«

Liv dachte an Momkes teure Uhr und die Ausgaben, die oftmals für eine Hochzeit fällig wurden. Hohe Investitionen bei einem normalen Kommissarsgehalt … Bei der letzten Ermittlung auf Sylt hatte sie den Verdacht gehabt, dass sich einer ihrer Kollegen von dem verbrecherischen Gastronomen Klaas von Kendiksen schmieren ließ. Aber ausgerechnet Momke?

»Hast du deine Berichte immer noch nicht fertig? Du weißt, dass die Kollegen auf eine vollständige Akte angewiesen sind!«

»Ich setze mich so schnell wie möglich ran. Was ist mit Hennes und Bente?«, lenkte Liv ab.

»Lassen sich gerade im Beisein von Frau Opahks Anwalt die Aussage unterschreiben.« Uwe grinste. »Ist für deinen Kollegen gerade nochmal gutgegangen. Obgleich mancher sicher gefeixt hätte, wenn Hennes mal das gekriegt hätte, was er verdient.«

Peu à peu trudelten alle zur Besprechung ein. Die Spannung zwischen Bente und Hennes war fast mit den Händen zu greifen. Wie so oft, wenn es nach den ersten 48 Stunden keine bahnbrechenden Fortschritte gab, zeichnete Ernüchterung die Gesichter. Einige Neuigkeiten gab es allerdings durchaus zu vermelden: Zu Livs Erstaunen hatten sich beim Abgleich der Handydaten mit dem Verzeichnis der Gemeindemitglieder Hinweise darauf gefunden, dass Hark Casabione nicht nur mit Nadja Raffel ein Verhältnis unterhalten hatte. Der Pfarrer hatte offenbar eine Reihe von Frauen mit seiner Männlichkeit beglückt, so viel war bereits klar. Dabei hatten die Ermittler noch nicht einmal seine Facebook- und Datingseiten einsehen können; die Internetunternehmen verweigerten bislang den Zugriff.

»Unser Pfarrer hat den Spruch ›Liebe deinen Nächsten‹ anscheinend ganz schön ernst genommen«, sagte Rabia betreten. »Eine Affäre ist auf jeden Fall schon länger beendet, mit den anderen potenziellen Geliebten konnten wir noch keine Gespräche führen.«

Liv berichtete, dass Nadja das Verhältnis abstritt. »Helene Opahks Aussage ist ein wichtiger Schritt. Hoffentlich schaffen wir es morgen, mit Opahks Aussage Nadja Raffel zum Reden zu bringen«, sagte sie. »Ich schlage vor, dass wir die Ehepartner allein vernehmen. Nadja scheint sehr unter dem Einfluss ihres Mannes zu stehen.«

»Wirkte Volker Raffel auf dich gewalttätig?«

»Er ist zumindest in dieser Hinsicht polizeilich bekannt und definitiv der dominante Partner in der Ehe. Nadja war sehr bemüht, jedem seiner Wünsche sofort nachzukommen. Es schien fast so, als fürchte sie seinen Zorn. Und dann sind da noch die Striemen an ihren Handgelenken«, sagte sie abwägend. »Es ist natürlich ein Gefühl, kein Beweis.«

»Immerhin hast du viel Erfahrung mit Gewalt gegen Frauen. Wir sollten dieses Gefühl also auch ernst nehmen.« Bente brach sich ein Stück von Livs Schokolade ab. »Nadja Raffel ist allerdings nicht die einzige Frau, die sich verdächtig macht. Den Telefonanschluss von Carla Casabione haben wir überprüft. Es stimmt, dass an dem Abend telefoniert wurde – aber von wem? Für ein Alibi reicht das nicht. Propst Tückmantel hat tatsächlich zum Tatzeitpunkt an einer Besprechung in Niebüll teilgenommen. Ein mögliches Tatwerkzeug konnte noch nicht gefunden werden. Wir sind also noch nicht viel weiter«, fasste Bente zusammen.

»Dafür ist Zurssens Grundstück auf der ersten Immobilienseite aufgetaucht. Zurssens Erbe soll anscheinend so schnell wie möglich zu Geld gemacht werden. Dem müssen wir einen Riegel vorschieben«, forderte Uwe.

Liv schwante Übles. Hatte ihre Schwester Annika also doch …? Aber wie konnte sie das Grundstück anbieten, wenn der Nachlassverwalter tot war? Hatte sie etwa ein Vorverkaufsrecht mit Propst Tückmantel ausgehandelt?

Die Kommissare verteilten die Aufgaben für die Nachtschicht und den nächsten Tag. Danach verschwanden die meisten der Ermittler rasch. Auch Hennes verdrückte sich ohne ein Wort.

Bente stand am Fenster und telefonierte. Aus seinem sanften dänischen Singsang schloss Liv, dass er eines seiner Kinder am Apparat hatte. Als er sich verabschiedet hatte, sah er auf den Westerländer Feierabendverkehr hinaus, der sich auch an der Baustelle vor der Wache staute.

»Wo ist Andreas?«, riss Liv ihn aus seinen Gedanken.

Bente rieb sich müde über die Bartstoppeln. »Wird in Flensburg doch noch gebraucht. Wir müssen einstweilen ohne Verstärkung klarkommen.«

»Die ersten 48 Stunden …«

»Fang du nicht auch noch so an!«, fuhr Bente sie an. Gleich darauf wandte er sich verlegen um. »Entschuldige, aber diese ewigen Auseinandersetzungen mit Hennes nerven. Wenn ich geahnt hätte, dass er so auf die neue Hierarchie reagiert…«

»Ich stehe hinter dir, genau wie das restliche K1«, versicherte Liv ihm. »Und sei ehrlich: Du hast es geahnt, dass er so reagieren würde«, fügte sie lächelnd hinzu.

»Ich habe das Gefühl, jede meiner Entscheidungen steht unter Beschuss. Das habe ich nicht verdient«, klagte Bente und holte einen Kulturbeutel und ein frisches weißes Hemd aus dem Schreibtisch. »Wie ist es: Wollen wir noch einen Absacker trinken? Ich habe in Keitum eine hyggelige Weinbar mit leckeren Tapas entdeckt. Ich würde mich nur noch schnell ein wenig frischmachen.«

Wünschte Bente sich etwa seelische Streicheleinheiten? Dem bin ich heute nicht mehr gewachsen, dachte Liv. Sie freute sich selbst darauf, sich von Katharina ablenken zu lassen und wenigstens ein paar Stunden lang jeden Gedanken an Nadja Raffel zu vermeiden.

»Hört sich verlockend an, aber wir sehen uns morgen«, sagte sie diplomatisch.

Zwei Stunden später fand sich Liv am Lister Hafen wieder. Das Hafengelände war buchstäblich leergefegt. Bei der steifen abendlichen Brise, die inzwischen wehte, blieb niemand länger als unbedingt nötig draußen. Aus den Restaurants und der Tonnenhalle drangen Stimmengewirr und Musik. Liv schwang sich über die Mauer und lief zur Brandungskante hinunter. Sie wollte noch einen Augenblick die Nordsee atmen; morgen früh würde sie kaum dazu kommen.

Gegen den Wind wanderte sie am Naturgewalten-Erlebniszentrum vorbei gen Ellenbogen. Meer und Nachthimmel gingen ineinander über, ein Gemälde aus unzähligen Grautönen. Außer dem gleichmäßigen Brechen der Wellen war nun nichts mehr zu hören; ein beruhigendes Geräusch, das es Liv erlaubte, ihre Gedanken zu sortieren.

Sie hatte es nicht lange bei Katharina ausgehalten. Ein offenes Gespräch hatte sich nicht ergeben, denn Katharina hatte Liv ihren neuen Lover vorgestellt. Liv schämte sich etwas, es zuzugeben, aber das turtelnde Paar hatte ihre Geduld strapaziert. Immer wieder hatte sie an den ermordeten Pfarrer und Nadja denken müssen. Da war aber noch etwas. Etwas, das sie sich nur ungern eingestand. Sicher, sie selbst hatte ebenfalls immer mal wieder eine Affäre, aber diese Glückseligkeit, die Katharina ausstrahlte, hatte sie seit Jahren nicht mehr erlebt. Lag es daran, dass es ihr schwerfiel, sich zu öffnen? Und wenn sie schon einmal dabei war, mit sich ins Gericht zu gehen, stießen ihr auch andere Dinge auf. Selbst mit ihren Qualitäten als Mutter war sie unzufrieden, denn heute am Telefon war sie erneut mit ihrer Tochter aneinandergeraten, die darauf bestand, ihren Cousin auf Sylt zu besuchen. Ihre Schwester Annika hatte Liv hingegen nicht erreicht, um sie wegen der Immobilienanzeige zur Rechenschaft zu ziehen. Eine aalglatte Sekretärin hatte sie wiederholt abgewiesen. Frau Lammers sei bei einem Klienten, ob sie etwas ausrichten dürfe. Das Gespräch würde bis morgen warten müssen. In der Zwischenzeit würde Liv schonmal den Staatsanwalt informieren, damit er weitere Werbemaßnahmen mit der Immobilie unterband.

Sie wanderte, bis die Müdigkeit ihre Schritte schwer werden ließ, dann ging sie zurück zum Dienstwagen und fuhr ins Gästehaus. Über den Ermittlungsakten, die sie sich aus dem Kommissariat mitgenommen hatte, schlief sie ein.

10

Westerland, 15. Oktober, 7:25 Uhr

»Was willst du?« Annikas Stimme klang selbst durch das Telefon eisig.

Liv klemmte das Handy zwischen Wange und Schulter, schloss das Fahrrad an, das sie sich beim Gästehaus geliehen hatte, und blieb auf dem Parkplatz hinter dem Polizeirevier stehen. »Du kannst Zurssens Grundstück noch nicht zum Verkauf anbieten, das habe ich dir doch gesagt.«

»Kann ich schon, das siehst du doch.«

Annikas Selbstgefälligkeit ärgerte Liv. »Du machst dich strafbar.«

»Ach ja?«

Was für einen Trumpf hatte Annika in der Hand? Wie lange konnte sie damit hinter dem Berg halten? »Der Nachlass ist Gegenstand einer polizeilichen Untersuchung. Mit Casabiones Tod ruht die Verwertung des Erbes«, hielt Liv fest.

Annika schwieg einen Augenblick. Dann sagte sie, und Liv konnte ihren Stolz über diesen Coup hören: »Das sieht Propst Tückmantel aber anders.«

»Du hast mit ihm eine Abmachung getroffen?«

»Vater kennt ihn von früher. Tückmantel ist erleichtert, die Verantwortung für Zurssens Immobilie los zu sein.« Ein Knistern. »Ich habe einen Anruf auf der anderen Leitung. Sicher ein Interessent. Wir sind doch fertig miteinander?« Wieder raschelte es. »Ach, was mir gerade einfällt: Hat Sanna ein Lieblingsgericht? Ich dachte, wenn meine Nichte mich schon zum ersten Mal besuchen kommt …«

Liv spürte, wie ihr das Blut in die Füße sackte. »Wie bitte? Was meinst du mit …?«, brach es aus ihr heraus.

Aber Annika hatte aufgelegt und war für Liv nicht mehr erreichbar. Auch ihre Tochter ging nicht ans Telefon. Und Großmutter Elise wusste nichts von Sannas Plänen. Gereizt stürmte Liv die Treppen der Wache hoch. Da wurde ihr an der Eingangstür ein Handy ins Gesicht gehalten, das Aufnahmesymbol blinkte. Eine ältere Frau, die mit Kamera und voluminöser Handtasche behängt war, verstellte ihr den Weg.

»Sie ermitteln doch im Fall des Dating-Pfarrers? Was sagen Sie zu …?«

Liv drängte sich vorbei und warf der Journalistin die Tür vor der Nase zu. Die Wachleute im Eingangsbereich des Reviers starrten sie an. »Dating-Pfarrer?«, fragte Liv entgeistert.

Urs, der junge Schutzmann, hob die Zeitung. *Sex statt Seelsorge. Sylter Pfarrer wird sündiger Lebenswandel zum Verhängnis*, prangte auf der Titelseite.

»Ohaueha«, sagte Liv ernüchtert. Es war so weit. Jetzt würden die bundesweiten Medien über sie herfallen. Hoffentlich hatte Bente schon den Polizeipressesprecher informiert.

Im Kommissariat war vom Ernst der Lage zunächst wenig zu spüren. Bente plauderte in der Kaffeeküche mit Rabia, die Sylter Kommissarin lauschte dem Dänen gebannt. Neben der Kaffeemaschine stand eine Karaffe mit Fruchtsaft. Liv hörte nur das Wort »Work-Life-Balance«. Es war eines von Bentes

Lieblingsthemen. Er war der Ansicht, dass es zu viel Arbeit für zu wenige Menschen gab. Daher haderte er mit Überstunden, was bei der Mordkommission nicht unproblematisch war; welcher Mord hielt sich schon an normale Arbeitszeiten? Liv wollte sich einen Espresso aufbrühen und Milch schäumen.

»Nimm doch einen Smoothie. Ich habe heute Morgen den Thermomix angeworfen. Dachte, wir könnten alle die zusätzlichen Vitamine gebrauchen«, bot Rabia an.

»Das ist ja super«, sagte Liv. Der Smoothie war etwas stückig, schmeckte aber lecker. Rabia freute sich über das folgende Kompliment. Trotzdem machte Liv sich zusätzlich einen Milchkaffee.

»Vor dem Revier lungert eine Journalistin herum«, informierte sie Bente.

»Leider nicht nur hier. Auch Carla Casabione und ihre Kinder sind schon bedrängt worden. Einer dieser selbsternannten Bürgerreporter hat versucht, Paule und Piet auf dem Weg zur Schule auszufragen. Außerdem hat er die beiden fotografiert«, empörte sich Rabia. »Aber Bente hat schon einige Kollegen zu ihrem Schutz abgestellt.«

»Die werden wir nachher auch brauchen, wenn wir die Befragungen im Gemeindezentrum durchführen«, erklärte Bente.

»Ich würde gerne nochmal Nadja Raffel aufsuchen und allein mit ihr sprechen«, sagte Liv.

»Das bereden wir später. Wo war ich stehengeblieben? Deshalb sollte der Feierabend eigentlich heilig sein. Eigentlich, sage ich …«, vertiefte Bente sich wieder in das Gespräch mit Rabia.

Liv balancierte ihren randvollen Kaffeebecher ins Büro, wo sich schon die ersten Kollegen für die Frühbesprechung einfanden. Hennes saß bereits am Schreibtisch. Er hatte lange vor ihr das Gästehaus verlassen und sie ohne Dienstwagen sitzen lassen.

»Moin, Hennes. Fährst du das Fahrrad nachher zurück zum Gästehaus?«, begrüße Liv ihn.

Ihr Kollege sah auf. »Was?« Er war offensichtlich in Gedanken woanders.

»Der Dienstwagen. Heute Morgen.«

»Ach ja. Sorry. Hab vergessen, dir eine Nachricht dazulassen.« Tatsächlich wirkte er zerknirscht. Er sah aus, als hätte er in seinem Jeanshemd geschlafen.

»Was war denn so wichtig? Hast du überhaupt schon gefrühstückt?«

Ihr Kollege schüttelte den Kopf, neigte sich aber zu ihr. »Ich habe…«, begann er leise.

»Guten Morgen! Ich bitte um Ruhe, denn wir wollen uns gemeinsam darüber austauschen, wo wir stehen und was zu tun ist«, verkündete Bente jetzt.

Hennes verdrehte die Augen. Liv reichte ihm ihren Kaffee. Er sah sie fragend an. »Im Gegensatz zu dir hatte ich heute schon einen«, flüsterte sie.

Bente fasste den Sachstand zusammen und forderte Liv und andere Kollegen auf, über ihren Teil der Ermittlungen zu referieren; Hennes blieb jedoch stumm.

»Heute Morgen habe ich erfahren, dass Propst Tückmantel dabei ist, Zurssens Erbe unter die Leute zu bringen. Sein Übereifer ist ja beinahe schon verdächtig«, meinte Liv.

»Momke ist in die Finanzseite des Falls eingestiegen. Kannst du Tückmantels Interessenlage auch noch übernehmen?«, fragte Bente. Der Angesprochene seufzte leise, erklärte sich aber einverstanden.

»Ich kann dich unterstützen, bin ja ohnehin hier hauptsächlich mit der Aktenführung beschäftigt und komme mit den sozialen Medien nicht weiter. Die Firmen mauern«, sagte Uwe.

»Mein Plan ist, heute nochmal mit Nadja Raffel zu sprechen«, wiederholte Liv nun auch in großer Runde ihr Anliegen. »Ich bin beinahe sicher, dass ihr Mann ihr etwas antut.«

»Ich halte das Paar für unauffällig«, widersprach Momke.

»Aber Raffels Wagen wurde in der Nähe des Tatorts gesehen.«

»Ein silberner Wagen wurde in der Nähe des Tatorts gesehen. Von einem alten Herrn über siebzig, dessen Augen sicher nicht mehr die besten sind.«

Liv sehnte sich nun doch nach ihrem zweiten Kaffee. »Ich schlage vor, dass wir auch die Straßen von Tinnum nach Braderup ins Visier nehmen, die Raffel gefahren sein könnte. Vielleicht gibt es an der Strecke Videokameras oder Zeugen, die die Aussage von Fred Vatberg bestätigen können.«

Bente ergriff das Wort. »In Ordnung, darum kannst du dich ja später kümmern. Außerdem sollten wir mehr Informationen über das Paar zusammentragen. In einer halben Stunde brechen wir zur Trauerfeier für Hark Casabione auf. Die Beisetzung wird nächste Woche im engsten Familienkreis stattfinden. Wir werden sicher einige aufschlussreiche Beobachtungen machen und eventuell auch das eine oder andere Gespräch führen können. Mich interessiert vor allem, ob Carla Casabione wirklich so tolerant ist, wie sie tut. Ehebruch ist immer eine ernste Sache.«

»Sagt einer, der von drei Frauen vier Kinder hat«, murmelte Hennes. Bente strafte ihn mit einem vernichtenden Blick, sparte sich aber einen Kommentar.

»Lasst mir eure vorläufigen Berichte zukommen, damit die

Akten auf dem neusten Stand sind. Auch ihr, Liv und Hennes«, mahnte Uwe.

Stühlerücken setzte ein. »Moment noch«, hielt Hennes seine Kollegen auf. »Wir haben noch gar nicht über Helene Opahk gesprochen.«

»Die sich hoffentlich zu Hause von ihrem Zellenerlebnis erholt, ohne dass ihr Anwalt uns in Grund und Boden klagt«, hörte Liv aus den Reihen der Polizisten, konnte aber nicht feststellen, wer gesprochen hatte.

Hennes schnaubte. »Die Vernehmungen der Gemeindemitglieder hätten wir schon längst durchführen sollen, dann hätten wir auch gewusst, dass Frau Opahk erst vor Kurzem eine teure Seereise stornieren musste – finanzielle Schwierigkeiten, heißt es von einem Mitglied des Kirchenkreises. Opahk war wohl auch sehr verbittert, als bekannt wurde, dass Zurssen alles der Kirche vermacht hat. Sie hat darauf spekuliert, von Zurssen testamentarisch bedacht zu werden.«

Bente sah seinen Kollegen abwägend an. »Gute Arbeit«, sagte er schließlich.

»Auf dein Lob kann ich verzichten.«

»Du bekommst es trotzdem. Ich möchte allerdings, dass Rabia dieser Spur weiter nachgeht – du hast dich in diesem Zusammenhang, wie soll ich sagen, selbst ins Aus geschossen.«

Hennes starrte ihn an. Die Teilnehmer der Besprechung verließen eilig den Raum. Liv ertappte sich dabei, sich nach etwas umzusehen, auf dem sie herumtrommeln konnte, um die negative Energie abzubauen, die sich immer mehr zwischen ihren Kollegen anreicherte. Was für ein Schwachsinn! Statt hier Hahnenkämpfe aufzuführen, sollten sie sich lieber auf die bevorstehenden Gespräche konzentrieren. Liv hoffte sehr, dass auch Nadja Raffel unter den Gästen der Trauerfeier sein würde.

Schutzpolizisten mussten die Pressevertreter zurückhalten, damit die Trauergäste ungehindert die Kirche betreten konnten. In dem Kirchenschiff aus verputztem Backstein herrschte erwartungsgemäß eine bedrückte Stimmung. In Grüppchen standen die Menschen zusammen. Frische Blumensträuße, gestickte Bilder, ungelenke Zeichnungen aus dem Kindergottesdienst und Gedichte der Konfirmanden ließen ahnen, dass es sich um eine große und engagierte Gemeinde handelte. Unter dem Kreuz hatte man Fotos, Kerzen und Blumen abgelegt, vielfältige Zeichen der Trauer für einen Menschen, der in seinem Beruf Gutes bewirkt hatte.

Liv und ihre Kollegen hielten sich im Hintergrund und beobachteten unauffällig die Trauernden. Propst Tückmantel begrüßte die Ankommenden. Carla Casabione nahm auf der anderen Seite des Raums mit ihren Kindern die Beileidsbekundungen entgegen. Helene Opahk tauchte in Begleitung ihres Anwalts auf. Von Nadja und Volker Raffel war jedoch nichts zu sehen, wie Liv unruhig registrierte.

Als Glockengeläut den Beginn des Gottesdienstes ankündigte, nahmen alle Platz. Die Orgel setzte ein. Es war das erste Mal, seitdem sie auf Sylt angekommen war, dass Liv ganz bewusst Musik hörte, und obgleich sie kein Orgelfan war und die Töne zeitweise dünn klangen, spürte sie doch, wie die Melodie ihr Herz öffnete. Bei allem Ermittlungsdrang durfte sie nicht vergessen, was der eigentliche Grund ihres Hierseins war: Ein Mensch hatte gewaltsam sein Leben verloren. Viele weinten, die Familienmitglieder hingegen schienen wie erstarrt. Liv wunderte sich, dass sie sich die Belastung einer derartigen Abschiednahme zumuteten; die eigentliche Beerdigung würde schlimm genug werden.

Gemessen schritt Propst Tückmantel nach vorne. Kurz bevor er den Altar erreichte, ging die Kirchenpforte noch einmal auf, und Liv bemerkte, wie das Ehepaar Raffel hineinschlüpfte. Beinahe apathisch schien die Frau an der Hand ihres Gatten zu hängen. Sie trug zum Bleistiftrock eine schwarze Bluse mit Stehkragen und Handschuhe. Diese Kleidung ließ sie wie eine Mischung aus schwarzer Witwe und Femme fatale wirken. Liv fragte sich unwillkürlich, ob sie unter den Stoffschichten etwas verbergen musste.

»Wir sind heute zusammengekommen, um Abschied zu nehmen von Hark Casabione …«, begann Tückmantel seine Rede. Ausführlich und gespickt mit Bibelzitaten zeichnete er Werdegang und Verdienste des Pfarrers nach.

Ungeduldig wartete Liv das Ende des Gottesdienstes ab. Beim anschließenden Beisammensein würde sich sicher die Möglichkeit ergeben, mit Nadja zu sprechen. Doch zu Livs Enttäuschung verschwanden der Gärtner und seine Frau so schnell, wie sie gekommen waren.

Die Trauer der restlichen Gäste schien mit dem Verklingen der Glocken schnell zu verblassen. Bei Kaffee, Kuchen und Schnaps suchten viele von sich aus das Gespräch mit den Kommissaren. Einige der Gemeindemitglieder kannte Liv aus ihrer Schulzeit. Mehrfach wurde sie gefragt, ob sie am Ehemaligentreffen teilnehmen würde, das für heute Abend angesetzt war; das Leben müsse ja schließlich weitergehen.

Sie sah, wie Bente und Rabia sich mit Carla Casabione zurückzogen. Auch Uwe und Hennes führten intensive Gespräche. Nach und nach erhielt das Bild, das Liv sich von Hark Casabione gemacht hatte, weitere Facetten. Kinder hatten den Pastor gemocht, weil er im Kindergottesdienst auch mal Quatsch machte, Jugendliche hatten ihn ernst genommen, weil er nicht immer mit dem pädagogischen Zeigefinger kam, für Ältere war er ein ernstzunehmender Gesprächspartner gewesen, mit dem sich fair diskutieren ließ. Casabione hatte die Sorgen der alteingesessenen Sylter gekannt, aber auch die neu hinzugezogenen freundlich aufgenommen. Ein besonders herzliches Verhältnis schien er laut den Gemeindemitgliedern zu Nadja Raffel gehabt zu haben, die den Blumenschmuck für den Altar und Kirchenfeste lieferte. Liv fragte ihre Gesprächspartner, wann und unter welchen Umständen sie Hark Casabione oder seine Frau zuletzt gesehen hatten.

»Seine Frau und er unterstützten einander sehr«, berichtete eine rüstige Rentnerin. »An dem Tag, als er gestorben ist, waren wir eigentlich verabredet. Der Herr Pfarrer hatte sich eines meiner Bücher zur Vorbereitung einer Predigt ausgeliehen. Ein Sachbuch über die Sylter Geschichte, das inzwischen vergriffen ist. Weil ich es selbst benötigte, wollte er es mir bis zum Abend zurückbringen. Als er nicht kam, rief ich im Pfarrhaus an, und Frau Carla brachte es mir wenig später vorbei.«

Liv merkte auf. »Am Abend seines Todes, sagten Sie? Wissen Sie noch, wie spät es war, als Frau Carla bei Ihnen vor der Tür stand?«

»Gegen 20:30 Uhr. Ich wollte sie noch auf ein Gläschen Eierpunsch einladen, aber sie musste wieder los.«

Einen Augenblick sprach Liv noch mit der Dame, doch ihre Gedanken rasten. Also war Carla Casabione doch nicht den ganzen Abend zu Hause geblieben. Wie lange war sie fort gewesen? Hätte die Zeitspanne ausgereicht, um nach Braderup zu fahren, ihren Mann anzugreifen und zurückzukommen? Eine ausführliche Vernehmung der Kinder war nach dieser Information unumgänglich. Allerdings musste dieses

Gespräch noch besser als alle anderen vorbereitet und sensibel geführt werden.

Langsam löste sich die Gesellschaft auf. Die Polizisten fuhren für ein schnelles Mittagessen zu einem Fisch-Imbiss. Liv erzählte Bente von dem Hinweis der Rentnerin, blieb dann jedoch vor dem Ladenrestaurant stehen und telefonierte.

»Gärtnerei und Baumschule Raffel«, meldete sich eine weibliche Stimme am anderen Ende der Leitung.

»Moinsen, Liv Lammers vom K1 hier. Frau Raffel, ich hätte gerne noch einmal kurz mit Ihnen gesprochen, doch Sie waren gleich nach dem Gottesdienst fort.«

»Mein Mann hatte einen wichtigen Termin.«

»Haben Sie jetzt einen Augenblick Zeit für uns?«

»Ich weiß nicht. Volker ist unterwegs …«

Das war die Gelegenheit. Liv warf einen Blick in den Imbiss. Die Kollegen hatten bereits bestellt und warteten nun auf das Essen. Hennes diskutierte intensiv mit Bente. Nicht schon wieder! Kurzerhand machte sie sich allein auf den Weg zur Gärtnerei.

Schon als Liv den Dienstwagen verließ, stand Nadja Raffel in der Bürotür. Noch immer trug sie die Trauerkleidung. Unterwegs hatte Liv Skrupel bekommen. *Immer im Team unterwegs,* lautete eine der wichtigsten Regeln der Polizei. Benahm sie sich nicht genauso unprofessionell wie Hennes? Andererseits ging es hier nicht primär um die Mordermittlung, sondern um eine Frau, die möglicherweise vor ihrem gewalttätigen Ehemann geschützt werden musste.

»Ich habe Ihnen doch gesagt, dass Volker nicht im Hause ist. Soll ich ihn anrufen?«, fragte Nadja abweisend.

»Nicht nötig. Ich habe nur Fragen an Sie. Darf ich hereinkommen?«

»Wenn Sie mir noch einmal mit diesen absurden Anschuldigungen kommen, können Sie gleich wieder gehen.«

»Das werde ich nicht.«

Die Frau gab den Weg frei. Offenbar war sie dabei gewesen, den Werkzeugschrank wieder einzuräumen, denn es lagen Messer, ein Schneidebrett und ein Nadeletui herum, von dem Liv nicht wusste, wofür man es in einer Gärtnerei benötigte. Mit ihrer eleganten, figurbetonten Kleidung wirkte Nadja Raffel etwas deplatziert.

»Wie geht es Ihnen?«, wollte Liv wissen.

»Wie soll es mir schon gehen? Es ist ein trauriger Tag für uns alle.«

»Ihren Mann scheint der Todesfall weniger zu belasten.«

»Woher wollen Sie das wissen? Er hat nur eine andere Art, damit umzugehen.«

»Sie meinen, er macht das eher mit sich selbst aus? Oder er zeigt seine Gefühle anders?«

Nadja hob die schmalen Schultern und räumte den Schrank weiter ein.

»Wie lange sind Sie schon verheiratet?«, fragte Liv weiter.

»Acht Jahre.«

»Glücklich?«

»Natürlich. Wollen Sie mich jetzt auch noch fragen, warum wir keine Kinder haben? Das kann ich Ihnen sagen: Weil Volker keine kleinen Quälgeister will. Ich weiß nur nicht, was das mit Harks Tod zu tun haben sollte. Haben Sie denn überhaupt schon eine vernünftige Spur? Oder stochern Sie im Nebel?« Nadja trat an Liv heran. Aus der Nähe wirkte sie trotz ihrer offensiven Worte unsicher. Liv konnte ihr Parfüm riechen, das Haarspray und den Weichspüler in ihrer Kleidung. Sie glaubte, einen blauen Fleck unter dem Stehkragen zu sehen, war sich aber nicht ganz sicher. Die unterschwellige Aggression in Nadjas Ton verwirrte sie. »Man sagt, Hark sei erschlagen worden, mit einem Hammer vermutlich. Hat es Spuren gegeben, Fingerabdrücke?«

»Sorgen Sie sich, dass der Täter Ihr Mann gewesen sein könnte? Hat er Ihnen das hier angetan?« Liv umfasste Nadjas Handgelenk und legte die blutroten Einschnürungen frei. Dann entschloss sie sich, es mit einem Bluff zu versuchen: »Hat er die blauen Flecken an Ihrem Hals verursacht?«

Automatisch wollte Nadja den Kragen zurechtzupfen und legte dabei unabsichtlich die geschundene Haut frei. Also doch, dachte Liv. Lieber wäre ihr allerdings gewesen, sie hätte sich geirrt.

»Mein Mann ... der Täter? Haben Sie denn irgendeinen Beweis ...?«

Motorendonnern. Durchs Fenster sah Liv ein Quad heranrasen. Die Frau machte sich los. Nadja Raffels lange Wimpern flatterten, als sie die wutverzerrten Züge ihres Mannes sah.

»Gehen Sie!«, flüsterte sie.

Liv dachte gar nicht daran.

Volker Raffel sprang vom Quad und passte Liv an der Tür ab. »Habe ich doch richtig gesehen, dass Sie es wieder sind. Was wollen Sie hier? Lügen verbreiten? Meine Frau aushorchen?« Er stach Liv mit zwei Fingern gegen das Brustbein.

Angst und Zorn wallten in Liv auf. Sie war leichtsinnig gewesen. Sie hätte nicht allein hierherkommen dürfen. Nadja Raffel würde nie gegen ihren Mann aussagen. Und ob sie sich mit ihrem Ju-Jutsu gegen Volker Raffel behaupten konnte, war fraglich. Andererseits war seine Reaktion ein deutliches Zeichen dafür, dass er etwas zu verbergen hatte. Noch einmal stieß er sie grob an. »Verschwinden Sie, Sie haben hier nichts zu suchen. Los, machen Sie schon.«

Mit klopfendem Herzen kam Liv seiner Aufforderung nach.

»Geht's dir jetzt besser, nachdem du dich revanchiert hast?«, begrüßte Hennes sie vor dem Kommissariat bissig, wo er eine Zigarette rauchte.

»Was meinst du?«

»Na, ich bin heute Morgen ohne dich im Dienstwagen los – und du vorhin ohne mich. Ich musste mich nach dem Imbiss an Momke hängen, der mir natürlich das Rauchen im Auto verboten hat – Spießer.«

Liv winkte ab. »Quatsch. Ich ...« Sie überlegte, ob sie ihm gestehen sollte, was vorgefallen war. Nach kurzem Zögern entschied sie sich dafür, schließlich waren sie ein Team.

»Das ist ja wohl das Dümmste, was du machen konntest. Typischer Anfängerfehler«, platzte Hennes heraus, als sie geendet hatte. »Warum hast du mir nicht Bescheid gesagt?«

»Ich hab gesehen, dass du dich schon wieder mit Bente streitest – und darauf hatte ich nun wirklich keinen Bock mehr.«

»Da gehst du lieber ein hohes Risiko ein und verstößt gegen die Vorschriften.«

»Nun übertreib mal nicht. Es war ja keine Vernehmung. Außerdem hatte ich recht: Nadja Raffel wird von ihrem Mann misshandelt. Vielleicht sind ihm bei Hark Casabione auch die Sicherungen durchgebrannt.«

»Du verrennst dich da in etwas. Das eine muss nichts mit dem anderen zu tun haben.«

»Und wenn doch? Nadja Raffel zweifelt selbst an ihrem Mann, das war nicht zu übersehen. Unterstützt du mich, damit wir Volker Raffel gemeinsam auf den Zahn fühlen können?«

»Dafür habe ich keine Zeit. Außerdem wird Bente dich kaum dafür freistellen. Es wurden diverse Gemeindemitglieder für Gespräche einbestellt, und da unsere Personaldecke ja nun mal so dünn ist…«

»Schon gut, ich verstehe.«

Liv beeilte sich, ihre Berichte zu verfassen, ehe weitere Vernehmungen der Gemeindemitglieder und das Gespräch mit Casabiones Kindern stattfinden würden. Es kam jedoch anders. Bente hatte eine Sonderaufgabe für Liv.

»Wir haben endlich die Freigaben erhalten und können jetzt Hark Casabiones Beiträge in den sozialen Netzwerken überprüfen. Er war dort unter einem Pseudonym angemeldet. Die Kollegen von der Spurensicherung haben eine erste Sichtung der Facebook- und Dating-Accounts vorgenommen. Gerade beim Onlinedating war Casabione wohl aktiv. Könntest du herausfinden, wer genau seine Tinder-, Parship- und sonstigen Kontakte waren, und sie dann abtelefonieren? Wir müssen wissen, mit wem er sich wann getroffen hat und ob sich One-Night-Stands oder längere Beziehungen daraus ergeben haben.« Bente senkte die Stimme. »Ich wüsste im Moment nicht, wem ich diese heikle Aufgabe sonst übergeben soll. Dafür ist viel Fingerspitzengefühl nötig.«

Während ihre Kollegen einen Besucher nach dem anderen ins Vernehmungszimmer führten, klärte Liv den ganzen Nachmittag über Nicknames und Klarnamen ab, recherchierte Telefonnummern und rief die Damen an. Sie fand es erstaunlich, dass Hark Casabione trotz eines anspruchsvollen Berufs und seiner Familie noch die Energie gehabt hatte, mit so vielen Frauen online zu flirten. Bald kristallisierte sich ein Muster heraus: Wenn einer seiner Kontakte zufällig auf Sylt war, trafen sie sich zum Sex. Dabei gab er sich unter einem falschen Namen als Handelsvertreter der alten Schule aus. Fiel dieses Verhalten eigentlich schon unter Sexsucht, oder war das ganz normale Promiskuität? Warum hatte ihn in den Hotels niemand erkannt? Und welche Rolle spielte Nadja in diesem Geflecht? Hatte sie tatsächlich mit dem Pfarrer ein Verhältnis gehabt? War er die treibende Kraft bei dieser Affäre gewesen? Hatte sie von den anderen Frauen gewusst?

Endlich hatte Liv das Ende der Liste erreicht, doch gerade als sie sich von ihrer letzten Gesprächspartnerin verabschiedete, rief Bente zur Dienstbesprechung.

Liv war müde und hatte Hunger. Sie reckte sich und machte ein paar Dehnübungen. Warum hatte sie nur das Mittagessen ausfallen lassen? Glücklicherweise hatte jemand für belegte Brötchen gesorgt. Sie klappte zwei halbe Semmeln zusammen und öffnete das Fenster, um etwas Luft zu schnappen. Seltsam, immer, wenn sie auf den Kirchenweg hinaussah, herrschte dort Verkehrschaos. Und frische Nordseeluft war hier auch nur in mikroskopisch feinen Dosen vorhanden.

Bei der Besprechung war nur noch ein Stuhl direkt neben der Pinnwand frei. Konzentriert berichtete Liv von ihren Ermittlungsergebnissen und lauschte den Kollegen. Carla Casabione hatte zugegeben, am Tatabend ihr Haus verlassen zu haben. Sie sei jedoch nur kurz zu der Nachbarin gegangen, um das Buch zurückzubringen, das hätten auch die Kinder bestätigt; die Information sei ihr nicht wichtig erschienen. Bente plante eine Rekonstruktion des Wegs, um die benötigte Zeit zu stoppen, damit man die Pfarrfrau endgültig aus dem Täterkreis ausschließen konnte.

Helene Opahk geriet hingegen immer stärker in Verdacht.

Sie hatte etlichen Bekannten gegenüber erwähnt, dass Armin Zurssen ihr aus Dankbarkeit für ihre treuen Dienste eine Erbschaft versprochen hatte. Zudem hatte sie tatsächlich Pläne für eine Kreuzfahrt geschmiedet und diese sogar schon gebucht. Als bekannt wurde, dass Zurssen alles der Kirche vermacht hatte, habe sie die Seereise stornieren müssen. Mit ihren Minijobs kam Helene Opahk gerade so über die Runden. Hatte die Verbitterung sie zu dem Angriff auf den Pfarrer getrieben? Auf jeden Fall würden sie die Haushälterin ein weiteres Mal zur Vernehmung einbestellen müssen. Hennes wirkte sehr zufrieden, als Bente diese Entscheidung verkündete.

Liv fiel es inzwischen schwer, den Berichten zu folgen. Es war ein verzwickter Fall, bei dem man noch immer nicht absehen konnte, ob es sich um einen schlichten Unfall, Totschlag oder einen Mord handelte. Der Schlag könnte in Tötungsabsicht ausgeführt worden sein, die Kohlenmonoxidvergiftung in Kauf genommen. Ihr Blick wanderte über die Pinnwand. Die Chronik des Tatabends war inzwischen durch eine Vielzahl von Zetteln ergänzt worden. Wichtige und scheinbar unwichtige Notizen hingen nebeneinander.

Ein Hinweis fiel Liv besonders ins Auge. Ein Rentner hatte Anzeige gegen unbekannt erstattet, weil er in Wenningstedt zusammengeschlagen worden war; der Täter sei verdächtig langsam in seinem silbernen oder weißen Sportwagen durch die Straße gefahren und habe besonders lange an einer Ecke herumgelungert. Als der Rentner den Mann angesprochen hatte, hatte dieser ihn krankenhausreif geprügelt. Die Information machte Liv sofort wieder wach.

»Wer hat die Anzeige des Rentners gegen unbekannt aufgenommen?«, fragte sie unvermittelt in die Runde. Alle starrten sie an. Offenbar hatte sie gerade einen Bericht unterbrochen.

»Das war ich«, meldete sich einer der Schutzleute und druckste: »Ich dachte, na irgendwie … Es ist ja auch in dieser Nacht passiert.«

»Schon richtig«, beruhigte Liv ihn. »Aber warum hat der alte Herr sich erst jetzt gemeldet?«

»Herr Rieck musste als Folge des Angriffs in die Notaufnahme. Dort hat man ihm zugeredet, Anzeige zu erstatten.«

»Konnte er den Wagen näher beschreiben?«

»Nicht so richtig. Ich habe aber auch nur mit ihm telefoniert. Herr Rieck will in den nächsten Tagen in die Wache kommen, um den Vorgang abzuschließen, dann zeige ich ihm ein paar Fotos.«

Liv notierte sich Name und Adresse. Was, wenn der Schläger Volker Raffel gewesen war? Oder sah sie schon Gespenster?

Bente beendete die Besprechung. Viele der Kollegen machten jetzt Feierabend. Seit dem Leichenfund war die Zahl der Überstunden drastisch gestiegen, ohne dass es zu einem Durchbruch bei den Ermittlungen gekommen wäre, was viele Teammitglieder sichtlich zermürbte. Liv überlegte, welcher ihrer Kollegen sie heute Abend noch zu dem Rentner begleiten würde. Ihr fiel keiner außer Momke ein. Er zeigte immer viel Einsatz, wenn es darum ging, sein geliebtes Sylt sicherer zu machen. Auch Momke war jedoch schon im Aufbruch.

»Hast du vergessen, dass heute Abend das Treffen der Ehemaligen ist?«, fragte er, als sie ihn ansprach.

»Ich habe so ein Gefühl, dass die Befragung wichtig sein könnte.«

Er seufzte. »Also gut: Wir reden kurz mit dem Rentner, und danach fahren wir zusammen zu dem Ehemaligentreffen. Ioanna wird sich freuen, dich endlich kennenzulernen.«

Liv konnte sich nicht an eine ehemalige Mitschülerin dieses Namens erinnern. Momke legte ihr blinzelnd die Hand auf die Schulter. »Meine Verlobte! Schon vergessen? Wollen wir mal hoffen, dass das Gespräch nicht allzu lange dauert, Ioanna ist nicht gern allein.«

Herr Rieck blickte an der Sicherheitskette vorbei, als er auf ihr Klingeln hin öffnete. Nachdem er ihre Ausweise inspiziert hatte, führte er sie ins Wohnzimmer. Der Rentner trug einen Arm in der Schlinge, hatte ein blaues Auge, eine genähte Braue und humpelte. Aus dem Fernseher dröhnte eine Unterhaltungssendung. Er schaltete den Ton aus, aber bunte Bilder flimmerten weiter durch das Wohnzimmer. Liv bat ihn zu erzählen, was an dem Abend geschehen war.

»Die Hausverwaltung hat mir gestattet, an der Fassade einen Fledermauskasten anzubringen«, legte der Rentner los. »Nachts beobachte ich die Tiere gerne beim Jagen. Ich leide unter Schlafstörungen, wissen Sie? Wir haben im Moment einige Breitflügelfledermäuse und Zwergfledermäuse hier«, fuhr der alte Mann fort. Immer wieder wanderte sein Blick zu dem Fernseher, bis er ihn schließlich ganz abschaltete. »In dieser Nacht fiel mir der Wagen auf, der ein ums andere Mal durch unsere Straßen kroch. Ich dachte mir, der Fahrer ist ein Einbrecher und späht irgendwas aus. Dann schließlich blieb er am Wenningstedter Weg stehen, stieg aus dem Wagen und starrte zu einem Balkon schräg gegenüber. Das war mir richtiggehend unheimlich. Ich hab ihm also gesagt, dass die Polizei hier regelmäßig Streife fährt. Da schlug er mir in den Magen, einfach so, ohne Vorwarnung. Bin natürlich zusammengeklappt. Keine Ahnung, wie lange er auf mich eingeprügelt hat. Im Krankenhaus haben sie gesagt, ich soll das der

Polizei melden, falls er noch einem was antut. Glücklicherweise hat der Kerl mir nichts gebrochen.«

»Wann war der Vorfall ungefähr?«

»Gegen halb zwei, zwei.«

»Wie sah der Mann aus?«

»Sehnig, aber muskulös. Das Gesicht habe ich nur kurz gesehen. Er trug eine Kapuze, die Schatten warf.«

»Und das Auto?«

»Hell war es. Grau oder silber. Irgendwie altmodisch.«

Die Beschreibung war zwar nicht sehr detailliert, passte aber auf Volker Raffel und seinen Wagen.

»Würden Sie morgen zu uns in die Wache kommen, um den Wagen anhand von Fotos zu identifizieren?«, fragte Liv. »Und könnten Sie uns draußen zeigen, wo der Mann gestanden hat?«

»Selbstredend.« Mühsam erhob sich der Rentner. Die Prellungen schienen ihm große Schmerzen zu bereiten. Liv und Momke mussten ihn stützen, als sie auf die Straße hinaustraten.

Der Mann zeigte ihnen das Fledermaushaus – einen unscheinbaren rechteckigen Kasten mit einem Schlitz am unteren Ende –, die Straßenecke und den Balkon auf der gegenüberliegenden Seite, zu dem sein Angreifer hinaufgestarrt hatte. In dem Appartement brannte Licht.

Die Straßenlaterne warf tatsächlich Schatten auf die Gesichter. Dennoch wollte Liv sicherheitshalber die Beobachtungsgabe des Mannes überprüfen.

»War es so ein Auto wie das weiße dort?«, fragte sie und zeigte auf einen Wagen.

Herr Rieck schüttelte entrüstet den Kopf. »Nein. Und der ist doch nicht weiß, sondern hellgelb. Sie sollten wirklich mal Ihre Augen checken lassen!«

Liv lächelte entschuldigend. Sie machte sich eine Notiz, morgen die Taxidienste abzutelefonieren. Taxifahrer sahen viel, möglicherweise hatten sie auch den Wagen beobachtet. Sicherheitshalber brachten sie den Rentner ins Haus zurück.

Nach der Befragung konnte sie Momke überreden, auch noch bei dem Balkonappartement zu klingeln. Eine Frau öffnete. Tania Meier war etwa in Nadjas Alter. Momke fragte, ob ihr in der Nacht vom 13. auf den 14. Oktober etwas Besonderes auf der Straße aufgefallen sei, ob jemand geklingelt oder sie belästigt habe.

»Warum fragen Sie?«

»Wir ermitteln in einem Kapitalverbrechen.«

Die Frau wirkte verunsichert, dennoch bat sie sie hinein. Ihre nächsten Sätze rissen die Kommissare beinahe von den Füßen. »Volker, der Mann einer ehemaligen Freundin, hat mitten in der Nacht bei mir geklingelt. Er war auf hundertachtzig und suchte nach seiner Frau. Aber Nadja war nicht hier. Wir haben schon lange keinen Kontakt mehr.«

»Sie sprechen von Volker und Nadja Raffel?«, fragte Momke nach.

»Ja, genau.«

»Wie hat Herr Raffel auf diese Information reagiert?«

»Er hat mir nicht geglaubt. Versuchte immer wieder, in die Wohnung zu kommen, als ob ich Nadja versteckt hätte! Als er endlich ging, habe ich versucht, Nadja anzurufen, doch sie ging nicht ran. Erst am nächsten Morgen habe ich sie erreicht. Aber sie sagte, es sei alles gut – wie immer.« Tania Meier seufzte schwer.

»Was meinen Sie damit?«

»Darüber haben wir uns ja zerstritten. Ich weiß genau, dass dieser Mann ihr schadet. Immer diese blauen Flecke und

Prellungen – aber nie ist was gewesen. Irgendwann hat sie den Kontakt zu mir abgebrochen. Hab sie wohl zu sehr genervt. Oder Volker hat sie dazu gezwungen, der konnte mich noch nie leiden. Ich behaupte ja, Volker war eifersüchtig auf unsere Freundschaft.«

»Können Sie morgen ins Revier in den Kirchenweg kommen und das zu Protokoll geben?«, fragte Liv.

»Klar. Wieso denn? Hat der Volker was angestellt? Würde mich nicht wundern. Er ist unheimlich, irgendwie.«

Die Kommissare hielten sich mit weiteren Erläuterungen zurück und verabschiedeten sich. Liv hielt die Untätigkeit kaum noch aus. Zu viele hatten weggeschaut – jetzt war es höchste Zeit, Nadja Raffel endlich zu helfen. Ihr Mann musste sie enorm unter Druck setzen, wenn sie sogar den Kontakt zu einer Freundin abbrach.

Vor der Tür zückte Liv ihr Handy. »Was hast du vor?«, fragte Momke.

»Den Staatsanwalt anrufen. Wir brauchen einen Haftbefehl.«

Skeptisch sah er sie an. »Bist du sicher? Um diese Zeit? Ohne handfeste Beweise?«

Sie drehte ihr Handy zwischen den Fingern. Er hatte nicht unrecht mit seinem Einwand.

Momke legte ihr erneut die Hand auf die Schulter. »Komm, wir sind fleißig genug gewesen. Heute können wir ohnehin nichts mehr ausrichten. Jetzt vergessen wir für ein paar Stunden den Fall. Ich lotse dich zu dem Lokal.«

»Das Ehemaligentreffen?« Liv gruselte es bei der Vorstellung.

»Das wird bestimmt lustig. Katharina wird übrigens auch da sein. Ihr seid doch befreundet?«

Nun ließ Liv sich doch breitschlagen.

In der Bar herrschte so viel Betrieb, dass Liv am liebsten sofort wieder hinausgegangen wäre, aber Momke hielt sie an der Schulter fest. »Du wirst sehen: Es wird dir guttun, auch mal abzuschalten«, lockte er sie.

Nadja lief unruhig auf und ab. Tania war beinahe hysterisch gewesen: Was Volker mit der Polizei zu schaffen habe? Nadja könne sofort kommen und sich bei ihr verstecken. Sie würde sie auch am nächsten Morgen in ein Frauenhaus bringen!

Panisch hatte Nadja aufgelegt und gleich die Batterien aus dem Gerät entfernt. Noch mehr Ärger konnte sie wirklich nicht gebrauchen.

Die Anspannung zerriss sie fast. Sie glaubte, ein Geräusch zu hören, und hastete zur Tür. Draußen war alles still. Volker war nicht zu sehen. Jetzt erst bemerkte sie, dass der Waffenschrank und die Werkzeugbox, die sich neben der Tür befanden, offenstanden. Das Gewehr fehlte. Frisch geschärft blitzte das Floristenmesser im Kerzenlicht. Nadja nahm es an sich.

Die früheren Schüler des Gymnasiums Sylt hatten einen Teil des Lokals in Beschlag genommen. Einige aßen gemeinsam, aber etliche waren auch auf die Terrasse ausgewichen und unterhielten sich mit Blick auf die sternenbeschienene Nordsee. Momke übernahm nun die Führung, begrüßte viele, ließ sich aber auf keine Plauderei ein, weil er seine Verlobte nicht noch länger warten lassen wollte. Obgleich Liv einige erkannte, war sie doch enttäuscht: Katharina war nicht da. Momke entdeckte seine Verlobte auf der Terrasse, eilte auf sie zu und küsste sie.

Ioanna war eine sportliche, geschmackvoll gekleidete Brünette mit einem kräftigen Händedruck. Sie hielt Livs Hand fest, als sie sagte: »Du musst Liv sein. Ich hatte dich mir älter vorgestellt. Und nicht so hübsch. Du hast es nicht zufällig auf meinen Verlobten abgesehen?«

»Nein«, erwiderte Liv trocken.

Ioanna lachte und schüttelte Livs Hand jetzt enthusiastischer. »Dann freue ich mich umso mehr, dich kennenzulernen. Ihr seid nicht in einer Klasse gewesen, oder?«

»Momke war zwei Klassen über mir, einer von den Großen, Coolen, denke ich mir«, sagte Liv und gestand lächelnd ein: »Ich kann mich, ehrlich gesagt, kaum an ihn erinnern.«

Ioanna stupste ihren Verlobten überrascht an. »Das wundert mich jetzt aber. Momke kennt dich und deine Familiengeschichte doch in- und auswendig.«

Liv war wenig begeistert, dass ihr Kollege offenbar mit seiner Verlobten über ihre Privatangelegenheiten gesprochen hatte. Auch Momke schien diese Bemerkung peinlich zu sein, denn er strebte zum Tresen.

»Und du bist Anwältin? Hast du ein Spezialgebiet?«, gab Liv dem Gespräch eine andere Richtung.

»Familienrecht. Ich habe Momke über eine Klientin kennengelernt. Geschieden wird immer, allerdings gehen viele Trennungen nicht friedlich vonstatten. Wenn man so viele Ehedramen erlebt, überlegt man es sich zweimal, überhaupt zu heiraten – aber Momke ist eben der Richtige.«

In diesem Augenblick kam Momke mit zwei alkoholfreien Weizen und einem Aperol-Spritz zurück, und sie stießen an. Liv nahm einen großen Schluck. Das Weizenbier war erfrischend, genau das Richtige nach diesem langen Tag.

Verliebt schmiegte Ioanna sich an Momke. »Du bist nicht verheiratet?«, fragte sie Liv.

Bevor sie in die Verlegenheit kam, antworten zu müssen,

sprach sie jemand von der Seite an. »Liv? Liv Lammers? Dich habe ich ja nun wirklich seit einer Ewigkeit nicht gesehen, gut schaust du aus!«

Erst auf den zweiten Blick erkannte Liv in dem smarten Typen den Mathe-Nerd aus ihrer früheren Klasse, und sie unterhielten sich eine Weile angeregt. Nach einigen weiteren Gesprächen stellte Liv fest, dass es bei diesem Treffen wohl verschiedene Kategorien von Teilnehmern gab: diejenigen, die ehrlich an ihrem Gegenüber interessiert waren, diejenigen, die nur bis zu den Gitterstäben ihres eigenen Hamsterkäfigs schauten, und diejenigen, die mit ihren Jobs, Besitztümern oder erfolgreichen Partnern prahlten, während hinter der Fassade die Panik aufblitzte, nicht mithalten zu können. Immer wieder musste Liv Ausflüchte auf die Frage finden, warum sie denn damals so überstürzt die Schule verlassen hatte. Und ihre Tochter war schon vierzehn? Wow, sie hatte ja früh angefangen.

Als Liv dachte, dass sie ausflippen würde, wenn sie noch ein weiteres Mal gefragt wurde, wie sie als Kommissarin Beruf und Familie vereinbaren konnte, beschloss sie, sich heimlich davonzustehlen.

In der klaren Nachtluft stellte sie fest, dass die Last des Tages tatsächlich von ihr abgefallen war. Aber dann begann ihr Handy vor der Tür hektisch zu blinken. Jemand hatte wiederholt versucht, sie anzurufen.

Tania Meier nahm das Gespräch sofort an, als habe sie nur darauf gewartet. »Gut, dass Sie sich endlich melden. Ich mache mir solche Sorgen um Nadja. Nachdem Sie da waren, habe ich sie angerufen und ihr gesagt, dass sie sich bei mir verstecken könne und dass ich sie morgen in ein Frauenhaus fahren würde. Sie war ganz aufgewühlt ... Und dann brach das Gespräch plötzlich ab, als ob etwas passiert wäre. Jetzt geht sie nicht mehr ran. Ich bin sicher, dass Volker ihr etwas antut! Sie müssen ihr helfen!«

Liv ärgerte sich, dass sie den Anruf vorhin verpasst hatte. Außerdem machte sie sich Vorwürfe. Vielleicht war es jetzt schon zu spät! »Wir kümmern uns darum«, versicherte sie der Frau, dann ging sie kurzentschlossen in die Bar zurück.

Nadja lag auf dem Rücken. Sie konnte kaum noch etwas sehen. Ihr Herz raste, und sie atmete flach. Immer schneller fuhr das Messer zwischen ihre Finger, stach links und rechts ihres Armes in den Tisch, wanderte höher, bis ... Scharf traf die Klinge das zarte Fleisch ihrer Achselhöhle. Sie keuchte. Dieser Schmerz! Beinahe hätte er ihre Brust getroffen.

Der Mann schwang sich rittlings auf sie, presste mit seinem Gewicht alle Luft aus ihrer Lunge. Deutlich konnte sie seine Muskeln spüren, sein Glied. Sie unterdrückte ein Stöhnen. Noch einmal umspielte das Floristenmesser die Wunde, es war ein Stechen wie von winzigen Nadeln. Dann tunkte er den Finger in das Blut und schob ihn ihr grob in den Mund. Sie fürchtete sich vor dem, was gleich folgen würde.

Wie aus weiter Ferne erklang ein Geräusch im Haus. War da jemand? Oder bildete sie sich das nur ein? Sie wollte ihre Stimme heben, wollte um Hilfe rufen. Doch da kam er ihr zuvor und erstickte ihren Schrei.

Während Momke klingelte, hämmerte Liv gegen die Tür. Sie hatte an sein Gewissen appellieren müssen, bevor er sich breitschlagen ließ, nach dem Rechten zu sehen; Ioanna war nicht gerade begeistert gewesen, dass ihr Verlobter nochmal losmusste.

»Die müssen da sein – beide Autos stehen im Hof!«, zischte Momke.

»Wenn Raffel herausgefunden hat, dass Nadja mit ihrer Freundin telefonierte, wer weiß, wie er dann reagiert hat? Ihm ist vermutlich alles zuzutrauen …«, sagte Liv, obgleich sie wusste, dass sie als Kriminalbeamtin jedem Verbrecher unvoreingenommen begegnen sollte. Aber seit sie mit dem geschundenen Rentner und Nadjas Freundin gesprochen hatten, trieb sie der Zorn an.

Auf der Fahrt hatte sie versucht, Bente anzurufen, aber der Teamleiter hatte nicht abgenommen, also hatte sie sich gleich an die Staatsanwaltschaft gewandt.

In diesem Augenblick hörten sie aus dem Haus einen Schrei. Tat Raffel seiner Frau gerade erneut etwas an? Das war Gefahr im Verzug! Liv lief um das Haus und schlug mit dem Ellenbogen die Fensterscheibe ein. Sie kletterten durch den Rahmen. Im Haus war alles still, und gerade deshalb konnte Liv ihren Puls nicht zur Ruhe bringen. Es war zu still.

Sie holte ihre P99 aus dem Halfter und tastete sich vor. Die Kellertür stand offen. Momke nestelte erst noch an seinem Holster.

11

Westerland, 16. Oktober, 6:53 Uhr

Liv ließ das heiße Wasser über ihren Schädel prasseln, als sie das Telefon hörte. Einen Augenblick noch. Gleich, gleich war sie so weit. Die Nacht saß ihr in den Knochen.

Schon als sie die Gummimaske gesehen hatte, hatte sie geahnt, dass Nadja Raffel keine der geschlagenen Frauen war, denen die Polizei normalerweise helfen musste. Momke hatte der Anblick des Paares beim BDSM-Sex geschockt.

Sie hatten auf die Verstärkung gewartet und Volker Raffel auf die Wache gebracht. Der Gärtner hatte geleugnet, Hark Casabione oder den Rentner angegriffen zu haben. Bei der anschließenden Durchsuchung des Hauses hatten sie mehrere Hämmer sichergestellt, die als Tatwerkzeug für den Angriff auf Hark Casabione infrage kamen; die kriminaltechnische Überprüfung würde jedoch dauern. Die ausführliche Vernehmung hatten sie vertagt.

Einen Augenblick hatte Liv daran gezweifelt, ob es richtig war, Volker Raffel des Mordes zu verdächtigen. Nur weil er sadomasochistische sexuelle Vorlieben hatte, war er noch lange kein Mörder. Die meisten BDSMler lebten ihre gewalttätigen Gelüste in gegenseitigem Einvernehmen aus – wie offenbar Nadja und Volker Raffel. Bente war zufrieden gewesen. Er war direkt von einem Treffen mit Angehörigen der dänischen Gemeinde auf Sylt zu ihnen geeilt.

Liv drehte die Dusche auf kalt, hielt den Temperaturwechsel aber nur einige Sekunden aus. Ihre Haut glühte. So langsam kehrten ihre Lebensgeister zurück. Wieder klingelte das Telefon. Noch tropfnass nahm sie das Gespräch an. Es war Sunny Vatberg. Die alte Dame klang sehr aufgeregt. Liv rührte die tiefe Besorgnis, die aus ihren Worten sprach.

»Entschuldigen Sie, dass ich Sie belästige, Frau Lammers. Aber ich wusste nicht, an wen ich mich wenden sollte, und Ihre Karte lag ja noch bei uns auf der Anrichte. Wie dumm von mir, vermutlich hätte ich einfach die 110 wählen sollen…«

»Machen Sie sich darüber keine Gedanken. Was ist denn los?«

»Fred ist verschwunden. Ich sorge mich so!«

»Wann haben Sie Ihren Ehemann denn zuletzt gesehen, und wo wollte er hin?«

»Fred verließ gestern Morgen gegen 10:30 Uhr das Haus. Wir hatten gerade unser Porridge zu uns genommen und die Zeitung gelesen. Ich dachte, er wollte mit dem Fahrrad eine Runde drehen. Aber, wenn ich es mir so recht überlege: Gesagt hat er nichts. Sein Helm hängt allerdings nicht mehr an der Garderobe. Wie auch immer – seitdem ist er weg. Das begreife ich nicht. Fred hat mich noch nie im Stich gelassen. Seit wir ein Paar sind, ist er nie über Nacht fortgeblieben.«

»Sie haben also keine Ahnung, wo er sein könnte?«

»Überhaupt nicht, das ist es ja! Es ist ein Mysterium. Ich mache mir solche Sorgen. Nicht einmal seine Tabletten trägt er bei sich, und die braucht er für sein schwaches Herz.«

Die alte Dame sprach beherrscht, aber Liv konnte das Beben ihrer Stimme hören. Vielleicht war Fred beim Fahrradfahren gestürzt und lag im Krankenhaus? Aber warum hatte dann niemand seine Frau benachrichtigt? Liv hatte kein gutes Gefühl bei der Sache. Es war bei vermissten Personen besser, sofort intensiv zu suchen, als zu viel Zeit verstreichen zu lassen, das wusste sie aus leidvoller Erfahrung.

»Ich werde eine Vermisstensuche in die Wege leiten. Können Sie ins Revier in den Kirchenweg kommen, um weitere Angaben zu machen?«

Die Dame zögerte. »Ich bin nicht sicher, ob ich den Weg ohne Fred schaffen werde. Leider bin ich nicht so gut beieinander, wissen Sie. Ich könnte natürlich ein Taxi nehmen …«

Die Wohnung der alten Herrschaften hatte nicht so ausgesehen, als ob sie viel Geld hatten. Liv hatte Mitleid mit ihr. »Nein, lassen Sie nur. Ich kümmere mich darum, und wenn es unumgänglich ist, dass Sie ins Revier kommen, melde ich mich nochmal. Sicher wird Ihr Gatte ohnehin bald wieder auftauchen. Haben Sie jemanden, der sich so lange um Sie kümmert?«

Sunny zögerte. »Ich könnte meinen Sohn anrufen.«

»Machen Sie das. Ich melde mich so schnell wie möglich wieder bei Ihnen.«

»Danke. Sie sind ein Engel, das fand ich ja gleich, als Sie uns besucht haben.«

Liv musste lächeln, als sie das Gespräch beendete. Eine Redensart, klar, aber das hatte noch nie jemand zu ihr gesagt.

Nachdem sie in der Einsatzzentrale der Wache schonmal die dürftigen Informationen für die Personensuche durchgegeben hatte, kam Liv gerade noch rechtzeitig im Kommissariat an. Volker Raffels Vernehmung wurde bereits vorbereitet. Bente und Hennes wälzten Papiere, distanziert wie ein Paar beim Scheidungsrichter. Dabei bildeten sie einen starken Kontrast. Bente hatte Ordner, Notizblock und Stifte säuberlich vor sich aufgereiht und hielt sich gerade. Hennes kippelte in seinem zerknautschten Jeansoutfit auf dem Stuhl, als sei er nicht über fünfzig, sondern kaum fünfzehn.

»Bringt ihr mich auf den neusten Stand?«

»Eine Umfrage unter den Taxifahrern hat ergeben, dass einige von ihnen Raffels Porsche in der Tatnacht in der Nähe von Braderup gesehen haben. Der Rentner mit dem Fledermaustick hat den Wagen ebenfalls wiedererkannt. Auch für Nadja Raffels Affäre mit dem Pfarrer haben wir endlich weitere Zeugen gefunden.«

»Konnte die Kriminaltechnik auf Raffels Werkzeug die DNA des Pastors nachweisen?«

»Bislang noch nicht. Auch in der Ruine der Reetkate wurde keine passende Tatwaffe gefunden. Die Spurensicherung hat den Tatort heute Morgen ja freigegeben. Jetzt ist die Versicherung am Zuge. Allerdings überprüft Botersen-Evers noch, ob das Kaugummi, das am Tatort gefunden wurde, von Raffel stammt.«

»Was ist mit Frau Opahk?«

»Sie war in unmittelbarer Nähe des Tatorts, genau wie Nadja und Volker Raffel, aber sie verfügt über keinerlei Täterwissen. Einzelheiten über den Tathergang und die Art der Verletzungen sind ihr unbekannt. Carla Casabione und den Propst konnten wir ausschließen. Casabiones Tochter hat allerdings einen ganz schönen Brass auf ihren alten Herrn. Sie hat nicht geahnt, dass ihre Eltern eine offene Ehe führen, und findet das überhaupt nicht gut. Ich glaube jedoch kaum, dass Paule Casabione mit einer derartigen Kraft zugeschlagen haben könnte«, meinte Bente.

»Raffel knacken wir im Verhör. Der Fall ist so gut wie gelöst. Und dann sind wir auch schon beinahe auf dem Heimweg«, war Hennes überzeugt, der es nie erwarten konnte, die Insel wieder zu verlassen.

»Du dachtest doch, des Rätsels Lösung liegt bei Helene Opahk«, wunderte sich Liv über den plötzlichen Meinungsumschwung.

»Auch ich kann mich irren.«

Liv war nicht ganz so optimistisch wie ihr Kollege. Es gab einfach zu viele Unklarheiten über das, was an dem Tatabend wirklich geschehen war. Und dass sie Nadja Raffels Verhalten falsch gedeutet hatte, machte ihr ebenfalls zu schaffen.

»Also, lies dich ein, Liv. Wir beide vernehmen Nadja Raffel zusammen«, entschied Bente.

Hennes ließ die Stuhlbeine unsanft auf den Boden krachen. »Ihr beide? Und ich?«

»Ich leite die Ermittlungen und hätte gerne eine Frau bei der Befragung dabei. Du hörst von außen zu.«

»Eine Frau. Toll. Dass ich hier schon seit Stunden das Gespräch vorbereite, zählt wohl gar nicht. Diese Zeit hätte ich besser für anderes nutzen können! Was für eine Scheißmitarbeiterführung«, regte sich Hennes auf.

»Zu dritt können wir die Befragung wohl kaum …«

»Dann bleib du doch draußen! Wäre ohnehin besser, bei deinem Hang, dich von Frauen einwickeln zu lassen!«, blaffte Hennes Bente an.

Liv erstarrte. Ein kritischer Geist, gut und schön, aber damit hatte Hennes eine Grenze überschritten. Sie sah, dass Bente die Lippen aufeinanderpresste.

»Es reicht. Auf dieser Basis können wir nicht mehr zusammenarbeiten. Pack deine Sachen, du fährst nach Flensburg zurück.«

Hennes sprang auf die Füße. Erregt trat er von einem Fuß auf den anderen. »Du beschwörst Teamgeist? Ich will dir mal sagen, was du bist: ein Diktator. Und du, Liv, beweist kein Rückgrat – wieder einmal.«

Liv kannte Hennes' Ausbrüche gut, aber seine Verachtung traf sie doch.

Bente war in seinem Zorn immer ruhiger geworden. Nun wandte er sich an Liv: »Wir gehen gemeinsam die Fragen an die Zeugin durch.«

Liv dachte an die viele Arbeit, die vor ihnen lag, und an die winzigen Fortschritte, die sie machten. Sie hätten Hennes' Erfahrung in dieser Situation gut gebrauchen können. Jemanden neu in den Fall einzuarbeiten würde nur Zeit kosten.

»Trotz allem ist Hennes ein guter…«, sagte sie, als sie allein waren.

Bente ließ sie nicht ausreden. »Ich weiß. Aber jetzt ist er zu weit gegangen.«

Nadja Raffel betrat mit kleinen Schritten das Kommissariat und erweckte den Eindruck, als ob man sie an die Hand nehmen und führen müsse. Liv beobachtete, wie viele der Polizisten ihr verstohlene Blicke zuwarfen. Dass sich die pikante Situation herumgesprochen hatte, in der die Kommissare sie und ihren Mann angetroffen hatten, stachelte die Neugier anscheinend zusätzlich an. Auf der anderen Seite schien Nadja Raffel mit ihrer Unsicherheit zu kokettieren, das bewies ihr Augenaufschlag. Es fehlte nur noch ein Hütchen mit schwarzem Schleier, dann würde sie perfekt in einen Film noir passen. Sie führten die Zeugin ins Vernehmungszimmer.

»Wir kennen uns noch gar nicht«, sagte Nadja Raffel und nahm Bentes Hand. »Ich bin froh, dass nicht dieser ungehobelte Grobian hier ist, der uns gestern so brutal überfallen hat…«

Ungehobelt? Meinte sie Momke?

»Etwas mehr Respekt gegenüber den ermittelnden Beamten wäre wohl angebracht«, unterbrach Bente sie ungewohnt schroff.

Nadja Raffel biss sich auf die Unterlippe. »Natürlich, verzeihen Sie, Herr Kommissar.«

Liv übernahm es, Nadja über ihre Rechte und den Ablauf des Gesprächs aufzuklären. Als Ehefrau war Nadja Raffel nicht verpflichtet, gegen ihren Mann auszusagen, und tatsächlich schwärmte sie von ihrer Ehe. So oft verriet sie Einzelheiten über ihre sexuellen Vorlieben, dass Liv sich fragte, ob Nadja Raffel sie aus dem Konzept bringen wollte. Um das Gespräch auf einer sachlichen Ebene zu halten, befragten sie Frau Raffel zunächst zur Person und zur Geschichte ihrer Ehe.

»Sylt und ich – das war Liebe auf den ersten Blick. Wir passen einfach perfekt zusammen. Eigentlich komme ich aus Stuttgart und war als Weddingplanner auf der Insel, aber dann verliebte ich mich gleich doppelt. Ich brauchte für eine Feier mehr Buchsbäume als geplant, und Volker konnte mir aushelfen. Beim Beschneiden der Buchsbaumkugeln verletzte er mich aus Versehen – und wir erkannten, dass wir ähnliche Vorlieben haben.« Nadja Raffel lächelte. »Der Buchsbaum, dieses Symbol für Ausdauer und Beständigkeit, brachte uns zusammen. Beides beweisen wir uns tagtäglich – nur anders, als es die meisten Ehepaare tun. Ich liebe das Leben hier und versuche sogar, ein paar Brocken Dialekt zu lernen. Bei Pastor Casabiones Gottesdiensten wurde oft auf Sylterfriesisch gebetet. Sind Sie verheiratet?«, fragte sie Bente scheinbar unvermittelt.

»Ja.«

»Kinder?«

»Das auch.« Eine Vernehmung war immer ein Geben und Nehmen. Eine vertrauensvolle Atmosphäre war dabei nötig, und die entstand nicht, wenn man selbst mauerte, das wusste

Liv. Sie wusste aber auch, dass Nadja Raffel mit diesen Nachfragen etwas beabsichtigte.

»Für Kinder gibt es in unserer Ehe keinen Raum. Wir genügen uns vollauf. Bei absoluter Hingabe gibt es keinen Platz für andere.«

Jetzt mischte Liv sich ein. »So ganz kann das nicht stimmen, wenn ich an Hark Casabione und Sie denke…«

»Fangen Sie schon wieder damit an?« Der Tonfall, in dem sie mit Liv sprach, war deutlich kühler. Nadja Raffel wandte sich an Bente: »Zweifeln Sie etwa an meinen Worten?«

»Mich wundert, dass Sie sich für diese Affäre schämen«, sagte Liv.

»Ich schäme mich überhaupt nicht.«

»Es muss aufregend gewesen sein, bei Tinder ausgerechnet auf den Pfarrer zu stoßen«, enthüllte Liv eine Information, die sie in den Unterlagen entdeckt hatte.

»Voilà – ein Match.« Nadja Raffel kräuselte die Lippen. »Hark liebte das Aufregende an mir. Das Unvorhersehbare.«

»Deshalb auch das Liebesspiel im Auto? Sie brauchen es nicht leugnen. Wir haben seine Haare und Spermaspuren auf der Rückbank Ihres Wagens entdeckt«, setzte Liv hinzu. Der Bericht aus dem Labor, der heute Morgen erst im Kommissariat eingetroffen war, ließ keinen Zweifel. Die Kriminaltechnik war glücklicherweise inzwischen so gut, dass eine normale Autoreinigung nicht ausreichte, um derartige Spuren zu vernichten.

»Ein Jugendtraum. Und natürlich konnte Hark auf Dauer nicht jeden Besuch im Hotel mit seelsorgerischen Diensten erklären. Glücklicherweise drückte wenigstens Carla beide Augen zu.« Nadja Raffel biss sich auf die Unterlippe, als habe sie zu viel gesagt.

»Ihr Mann war da weniger tolerant.«

»Volker teilt mich nicht gern. Wie so viele Männer ist er besitzergreifend, was mir ja auch ansonsten gut gefällt. Er hat mich mit Haut und Haaren in Besitz genommen.« Ihr Blick wanderte zu Bente. »Wenn nur nicht Helene Opahk unser Stelldichein beobachtet hätte! Die Frau war völlig außer sich, wie eine Furie. Sie darf nicht damit durchkommen, was sie Hark angetan hat.«

»Was hat sie denn getan?«, hakte Bente ein.

»Sie hat Hark angegriffen.«

»Woher wollen Sie das wissen? Haben Sie es gesehen?«

»Jeder in der Gemeinde weiß, wie sehr Helene auf Hark steht und dass sie ihn bei diesem Zusammenstoß aus lauter Eifersucht blutig gekratzt hat.«

»Nennen Sie uns bitte weitere Namen.«

Nadja Raffel kam dieser Aufforderung nicht nach.

»Wie hat Ihr Mann auf den Quickie im Auto reagiert?«, fragte Liv.

»Volker wusste nichts von unserem Date.«

»Bis ein anonymer Anrufer ihn benachrichtigt.«

»Dazu kann ich nichts sagen.«

Liv hatte die Nase voll von den Ausweichmanövern. »Wir können anhand der Reifenspuren nachweisen, dass Ihr Mann und Sie an diesem Abend in Braderup waren und dass es eine Verfolgungsjagd gegeben hat. Ich könnte Ihnen jetzt lange Vorträge über Reifenprofile, Beschleunigungsspuren und Witterungsverhältnisse halten, aber dann sitzen wir in ein paar Stunden noch hier. Erzählen Sie uns also besser, was geschehen ist, nachdem Helene Opahk Sie entdeckte. Wenn wir Ihrem Mann den Angriff auf Hark Casabione nachweisen, könnten Sie sonst der Mittäterschaft angeklagt werden.«

Die Mahnung gab Nadja Raffel zu denken. Sie nagte erneut an ihrer Unterlippe, bevor sie sprach. »Wir wussten nicht, dass Helene uns gesehen hat. Nach dem Sex ging Hark fort; hinterher war es ihm immer ein wenig peinlich. Ich wollte gerade nach Hause fahren, als auf einmal Volker auftauchte. Wir sind dann beide zusammen los.«

»Die Indizien erzählen eine andere Geschichte. Sie fuhren weg, und Ihr Gatte verfolgte Sie kreuz und quer über die Insel. Anhand von Zeugenaussagen lässt sich seine Spur nachzeichnen«, konfrontierte Liv die Zeugin. Mehrere Taxifahrer hatten inzwischen bestätigt, Raffels Sportwagen in der Tatnacht in der Nähe von Braderup und später in Wenningstedt gesehen zu haben.

Nadja lachte hell. »Wir machten eines unserer Spiele daraus. Ich liebe es, wenn er mir auflauert und mich überwältigt. Dieser Kitzel, wenn ich ihm ausgeliefert bin! Es war geil, als er mich verfolgte, denn ich wusste, wenn er mich erst hätte, würde es heftig werden – also dehnte ich das Spiel aus. Man muss die Ehe lebendig halten, den anderen immer neu entdecken. Wie lange sind Sie verheiratet?«, sprach sie Bente an.

»Drei Jahre.«

»Nicht die erste Ehe?«

»Stimmt«, gab Bente widerwillig zu.

»Das dachte ich mir. So ein attraktiver und erfolgreicher Mann …«

»Dieses Mal war es aber kein Spiel«, ging Liv dazwischen. »Die Wut Ihres Gatten war so groß, dass er einen harmlosen Rentner zusammenschlug. Der alte Mann ist ihm in die Quere gekommen, als Volker auf der Suche nach Ihnen die Wohnung Ihrer Freundin ausspionierte.« Sie warf Nadja einen scharfen Blick zu. »Der Rentner hat übrigens Ihren Gatten wiedererkannt.«

Zielsicher hatte der Fledermaus-Fan den Gärtner und dessen Wagen aus einer Reihe von Fotos herausgefischt. Liv sah, wie Nadjas Finger jetzt in ihren Ärmel wanderten und sie begann, an ihren Striemen zu pulen. Trotzdem schwieg sie. »Der Rentner war so schwer verletzt, dass er ins Krankenhaus gebracht werden musste. Oder war das für Sie auch Teil des Spiels? Fanden Sie das auch geil?«, wiederholte Liv die grobe Sprache der Zeugin.

Wieder das Kratzen am Arm. »Nein. Das mit dem Rentner habe ich nicht mitbekommen«, gab Nadja endlich zu.

»Sie waren tatsächlich in der Wohnung Ihrer Freundin«, sagte Liv. Eine Spekulation. Aber die Aussage der Freundin hatte einfach zu glatt geklungen. Und wenn die beiden Frauen wirklich zerstritten gewesen wären, hätte Tania Meier sich nicht so aufgeregt.

»Ja.«

Bente zog einige Papiere heraus und zitierte die Aussage von Tania Meier. »Sie hatten also Angst vor Ihrem Mann«, schloss er.

Nadja Raffel strich angespannt über die perfekt gezupften Augenbrauen. An ihrem Handgelenk war Blut zu sehen. »Ich bin hart im Nehmen, aber nach Helene Opahks Anruf war Volker so wütend, dass selbst ich es für besser hielt, ihm erstmal aus dem Weg zu gehen. Nachts bin ich wieder zu ihm, da war er gerade noch hitzig genug.«

»Ihr Ehemann war so wütend, dass er Hark Casabione in Zurssens Haus niederschlug«, formulierte Liv ihre Hypothese.

»Das … nein. Die Zeit … hatte er gar nicht. Volker war doch hinter mir her!«

»Aber genau wissen Sie es nicht.«

»Nein«, gestand die Zeugin ein.

»Warum haben Sie sowohl die Affäre als auch Ihren Aufenthalt am Tatort geleugnet?«

»Warum hätte ich uns unnötig in Schwierigkeiten bringen sollen?«

»Und gestern Abend, als Ihre Freundin bei Ihnen anrief und von unseren Nachforschungen erzählte, flippte Volker wieder aus.«

Nadja Raffel bemerkte jetzt das Blut an ihrem Handgelenk. Sie knöpfte ihren Hemdsärmel auf und legte verschorfte Ritzungen frei. Ihre Lippen legten sich über die blutende Wunde. Die Berührung schien sie zu beruhigen.

»Wir haben seine Erregung wunderbar genutzt – bis Sie und Ihr … unhöflicher Kollege kamen. Wann kommt Volker denn endlich wieder nach Hause?«

Bente erhob sich. »Das werden Sie früh genug erfahren.«

Ihr feines Parfüm hing noch im Raum, als Nadja Raffel gegangen war. Ungelenk massierte Liv ihren Nacken, während Bente die Aufnahme kontrollierte.

»Ich bin sicher, dass Frau Raffel ihrem Mann den Angriff auf den Pfarrer zutraut. Sie tut so, als hätte sie die Situation im Griff. Aber ich bezweifle, dass sie abschätzen kann, wie weit Volker gehen würde, um sie für sich zu behalten. Und er mauert auch ihr gegenüber.«

»Verspannung?« Bente trat hinter sie und schob seine Hände in Livs Nacken, um ihn zu massieren.

Liv fand die Berührung unangemessen. »Geht schon«, sagte sie und stand auf. »Wir müssen uns den zeitlichen Ablauf am Tatabend genauer ansehen. Hätte Volker Raffel es geschafft, erst Hark Casabione anzugreifen und sich dann auf die Spur seiner Frau zu setzen?«, fügte sie hinzu.

»Jemanden die Treppe hinunterzuprügeln dauert nicht lange. Ein einziger harter Schlag reicht oft aus«, entgegnete Bente.

»Trotzdem sollten wir Zeit und Ort nochmal genau überprüfen. Ohne gute Vorbereitung kommen wir in dem Gespräch mit Volker Raffel nicht weiter.«

Als sie in der Mittagspause die Vernehmung akribisch vorbereiteten, entschieden sie sich für ein anderes Vorgehen als bei Nadja Raffel.

Sie holten Volker Raffel aus der Zelle im Keller des Gebäudes und fuhren mit ihm und seinem Anwalt gen Norden. Während der Autofahrt fragte Volker Raffel entweder nach seiner Frau oder verlangte, in die Gärtnerei zurückgebracht zu werden. Sein Anwalt war schweigsam und überwiegend mit seinem Handy beschäftigt.

Auf Heide und Feldern sah man noch die Spuren der Polizeiwagen und der Suchteams, aber schon nahmen späte Hummeln und Falter die Natur wieder in Besitz. Die Brandruine verschmolz mit der Umgebung und sah trotz des Sonnenlichts gespenstisch aus. Allerdings waren die Ermittler nicht allein hier. Arbeiter stellten gerade Bauzäune auf, und von einem Tieflader wurde ein Minibagger abgeladen. Dabei haben wir die Ruine doch gerade erst freigegeben, schoss es Liv durch den Kopf.

Die Schutzleute, die sie begleiteten, hielten sich im Hintergrund. Bente belehrte den Verdächtigen über seine Rechte und klärte ihn darüber auf, was sie ihm anlasteten. Erwartungsgemäß stritt Volker Raffel die Tat ab.

»Erzählen Sie uns, was am Abend des 13. Oktober geschehen ist«, forderte Bente ihn auf. Offenbar hatte Volker Raffel durch seinen Anwalt – und dieser durch Nadja – bereits erfahren, welche Beweise vorlagen, denn dieses Mal leugnete er seine Anwesenheit in Braderup nicht.

»Ich bekam einen anonymen Anruf. Das muss gegen 19.15 Uhr gewesen sein, weil ich nämlich gerade geduscht hatte und auf Nadja wartete.«

»Was sagte der Anrufer?«

»Es war eine Anruferin, schätze ich. Haben Sie herausgefunden, wer sie war?«

Liv lächelte unverbindlich.

Raffel wedelte eine Mücke weg. »Dann eben nicht. Die Anruferin sagte, dass meine Frau und der Pfarrer es gerade miteinander treiben würden, in einem Auto in Braderup. Ich versuchte, Nadja zu erreichen, sie ging aber nicht ans Telefon. Also fuhr ich los.«

»Sie glaubten der Informantin?«

»Wenn es um Nadja geht, bin ich dünnhäutig. Sie ist mir das Wichtigste auf der Welt. Ich dachte, dass die Frau es vielleicht falsch beobachtet hat … dass der Mann Nadja etwas antut.«

Eine interessante Erklärung für seine Hast, dachte Liv. Sie beobachtete ihn genau. Die Sorge um Nadja Raffel hatte dazu geführt, dass sie beharrlich diese Spur verfolgt hatte, aber hatte Volker Raffel wirklich Hark Casabione den tödlichen Schlag verpasst?

»Hat Ihre Frau Sie schon früher betrogen?«

Raffel fing eine Mücke, die ihn umsirrt hatte, und betrachtete das zerquetschte Tier in seiner Handfläche. »Nein.«

»Was ist mit Hark Casabione – trauten Sie ihm diesen Ehebruch zu?«

»Ich traue jedem Mann einen Ehebruch zu. Meiner Frau aber nicht. Nadja ist … war mir treu. Es war ein Ausrutscher.

Sie wird mir ab jetzt immer treu sein, diesen Schwur hat sie mit ihrem Blut besiegelt.«

»Wie fühlten Sie sich an dem Abend, als Sie losfuhren?«

»Nervös. Unsicher.«

»Wo kamen Sie an?«

Der Gärtner machte eine Geste. »Dort hinten. Es hat nicht lange gedauert, bis ich Nadjas Wagen entdeckte. Schließlich gehört es zu meinem Beruf, eine Landschaft zu lesen und mögliche Fremdkörper zu entdecken.« Volker Raffel führte die Kommissare genau den Weg entlang, den sie anhand der Reifenspuren bereits rekonstruiert hatten. »Ich hielt hinter ihrem Wagen und stieg aus.«

»Was für ein Bild bot sich Ihnen?«

»Nadja saß auf dem Vordersitz und knöpfte ihr Kleid zu. Der Pfaffe war schon weg. Ich sah ihr erhitztes Gesicht, die zerknüllten Taschentücher und die Gummis im Fußraum. Da wusste ich, dass die Anschuldigung stimmte. Ich wollte mit Nadja sprechen, aber sie fuhr los.«

»Haben Sie eine Erklärung für diese Reaktion?«

»Vielleicht wollte sie mich reizen.«

»Ihre Frau sagte, Sie seien sehr wütend gewesen. So wütend, dass es ihr besser erschien, etwas Abstand zu halten.«

»Kann schon sein.«

»Wie zeigte sich diese Wut?«

»Ich lief hinter dem Auto her. Schrie, sie solle anhalten. Dann stieg ich in meinen Porsche und fuhr ihr nach.«

»Wo sind Sie langgefahren?«

Volker Raffel deutete mit der Hand vage in Richtung Heide. »Sie fuhr da lang. Ich wendete.«

»Lassen Sie uns das Stück gehen«, forderte Bente.

Nun mischte der Anwalt sich ein. »Das halte ich nicht für zielführend.«

»Diese Entscheidung überlassen Sie besser uns.«

Raffel verharmloste die Fahrt stark, bis die Kommissare ihn mit der Spurenlage konfrontierten. »Kann schon sein, dass ich Nadja ein Stück durch die Heide verfolgt habe. Dass sie mit dem Auto aufgesetzt hat, habe ich nicht mitbekommen«, gab er schließlich zu.

»Merkwürdigerweise fanden sich aber Ihre Fußspuren neben dem Loch, in dem sich Ihre Frau festfuhr. Wir konnten eine Übereinstimmung beim Sohlenprofil feststellen.«

»Ja, dann bin ich wohl ausgestiegen. Kann mich nicht daran erinnern.«

War er so zornig gewesen, dass sein Bewusstsein getrübt gewesen war? Liv betrachtete ihn zweifelnd.

»Könnte ich ein Kaugummi bekommen? Ich habe einen schlechten Geschmack im Mund«, sagte Raffel. Bente bot ihm stattdessen ein Lakritzbonbon an, das jedoch auf wenig Gegenliebe stieß. »Doch, jetzt fällt es mir wieder ein«, fuhr Raffel schließlich fort. »Ich bin ausgestiegen. Und wieder ein-, denn Nadjas Wagen machte einen Satz und fuhr weiter. Ich wieder hinterher.«

»Haben Sie Nadja oder das Auto angegriffen?«

»Nein.«

»Wo war Hark Casabione zu dieser Zeit?«

»Keine Ahnung. Ich habe ihn nicht gesehen.«

»Haben Sie sonst jemanden gesehen?«

Volker Raffel schüttelte den Kopf. Bente hielt das Handy hoch. Das Aufnahmesymbol blinkte.

»Nein, ich habe niemanden gesehen«, sagte der Gärtner laut.

»Wo erreichten Sie die Straße wieder?«

Volker Raffel zeigte ihnen einen Abschnitt, der mit ihrer Rekonstruktion übereinstimmte.

»Ihre Frau war aber schon außer Sicht?«

»Ich sah Nadjas Kombi noch und folgte ihr, aber dann war sie auf einmal weg.«

Bente nickte versonnen. »Einen schönen Wagen haben Sie.«

Raffel schien sich etwas zu entspannen. »Ein 944er.«

»Wie viel PS hat denn das gute Stück?«

»Genügend auf jeden Fall. Sind wir durch? Kann ich zu Nadja und meiner Arbeit zurück?«

»Einen Moment noch. Ich verstehe etwas nicht ganz. Obgleich Ihr Wagen so schnell ist, haben Sie Nadja nicht eingeholt? Sie suchten die halbe Nacht nach Ihrer Frau. Klingelten sogar bei Nadjas Freundin. Selbst zu diesem Zeitpunkt waren Sie noch zornig, wie Tania Meier zu Protokoll gab.«

Der Gärtner zog an seinen Fingern, einige knacksten. »Die lügt doch! Die wollte schon immer einen Keil zwischen Nadja und mich treiben.«

Bente wechselte das Thema: »Lassen Sie uns zur Ruine gehen. Nach Ihnen.«

»Wo lang? Ich war nie dort.«

Volker Raffel stolperte querfeldein und steuerte die Rückseite des Hauses an. Die Bauarbeiter wollten sie wegschicken. Sie wiesen sich aus. Bente wandte sich an den Verdächtigen; der Anwalt war wieder mit seinem Handy beschäftigt. »Bis wohin verfolgten Sie Casabione?«

»Ich verfolgte ihn gar nicht.«

»Stand die Tür offen, oder mussten Sie sie aufbrechen?«

»Ich war nicht an diesem Haus!«

»Kam es zu einem Wortwechsel, oder griffen Sie ihn gleich an?«

»Ich …«

»Halt!«, ging der Anwalt jetzt dazwischen. »Das sind

nichts als Mutmaßungen und falsche Anschuldigungen. Wenn Sie nicht mehr haben, beantrage ich Haftentlassung.«

Bente war sichtlich unzufrieden. »Das besprechen wir im Kommissariat«, entschied er. Er stellte einige weitere Fragen, doch entweder hatte der Gärtner Hark Casabione wirklich nicht angegriffen, oder er war ein guter Lügner. Es war frustrierend, fand Liv.

Die Schutzleute führten Raffel und seinen Anwalt zum Polizeiwagen. Liv sah sich nochmal in der Ruine um, wo nur noch Kreidestriche daran erinnerten, dass hier ein Polizeieinsatz stattgefunden hatte. Wenn man nur die Mauern sah, konnte man sich kaum vorstellen, wie vollgestellt diese Reetkate gewesen war. Nun begann Efeu, das verkohlte Holz und die Trümmer wieder in Besitz zu nehmen.

Als sie den Bauzaun passierten, sahen sie, dass ein Arbeiter Schilder aufhängte, die für das Abrissunternehmen und die Lammers-Immobilienverwaltung warben.

»Deine Schwester verliert keine Zeit, was?«, murmelte Bente.

»Zweifelst du an meiner Integrität? Ich habe damit nichts zu tun – das weißt du doch, oder?«

Bente lächelte schief. »Keine Sorge.«

Vor der Ruine sah Liv sich nach dem Radweg um, auf dem Fred Vatberg gefahren war, entdeckte ihn aber nicht. Sie fragte einen Spaziergänger danach, entschuldigte sich kurz bei ihrem Kollegen und stiefelte durch die Heide dorthin. Der Radweg verlief weiter entfernt, als sie gedacht hatte. Die Kate war von hier aus schlecht zu sehen, ebenso der Polizeiwagen. Hatte Momke recht mit seinen Zweifeln? Konnte der alte Herr tatsächlich aus dieser Entfernung die Farbe der Autos erkannt haben? Aber warum hätte er lügen sollen? War Fred

Vatberg doch näher am Tatort gewesen, als er zugegeben hatte? Und wohin war er nun verschwunden?

Im Revier wollte Liv sich sogleich um die Vermisstensache kümmern. Es stellte sich jedoch heraus, dass Sunny Vatberg nicht aufgetaucht war, um die Anzeige zu vervollständigen und ein Foto ihres Mannes abzugeben. Die Sympathie für die alte Dame trieb Liv zum Telefon.

»Ach, Kindchen, das ist schön, dass Sie sich nochmal melden. Haben Sie meinen Fred inzwischen gefunden?«, fragte Sunny mit dünner Stimme.

»Leider nicht. Die Kollegen wissen Bescheid, aber wir benötigen ein Foto Ihres Mannes für die Vermisstenanzeige. Der Papierkram müsste auch noch erledigt werden.«

»Ich sorge mich so um ihn! Wo er nur steckt, der Liebe! Ich habe es leider nicht aus dem Haus geschafft. Können Sie nicht jemanden herschicken?«

»Was ist mit Ihrem Sohn?«

»Thore hat keine Zeit, leider.«

»Ich werde sehen, was sich machen lässt.«

Die Kollegen waren alle beschäftigt, also nahm Liv einen Dienstwagen und schlug die Route nach Kampen ein.

Es dauerte, bis Sunny an die Tür kam. Liv hatte sie beim letzten Mal nur an ihrem Fenstertisch sitzen sehen, und jetzt, wo sie neben ihr stand, erschien die Dame ihr gebrechlich. Sie war tatsächlich so groß und dünn wie das englische Magermodell Twiggy, sah dabei aber ungesund aus.

Sunny nahm Livs Hände. Die alte Frau zitterte. »Sie sind es wirklich! Ich hatte so gehofft, dass Sie kommen! Möchten Sie einen Tee? First Flush, selbstverständlich. Leider habe ich keine Milch mehr. Auch die Kekse sind mir ausgegangen.

Aber Zucker habe ich noch. Wir kaufen immer nur für ein paar Tage ein.«

Vermutlich konnte die alte Frau allein nicht mehr einkaufen gehen. Auf dem Tisch lagen unzählige Fotos. Sunny tapste mit kleinen Schritten voraus zur Gaube. Sie setzten sich.

»Ich dachte, Ihr Sohn wäre da gewesen«, erinnerte Liv sich.

»Der Thore ist auf See. Er hat ein Segelschiff in Hörnum liegen, wissen Sie. Möchten Sie ein Wasser? Ich würde Ihnen eine Karaffe Leitungswasser füllen ...«

»Das kann ich auch selbst, wenn es Ihnen recht ist.«

Die Küche war pieksauber, Nahrungsmittel waren jedoch nicht zu sehen, dafür eine Tablettenbox mit vielen bunten Pillen. Liv füllte sich ein Glas Wasser aus dem Hahn.

»Haben Sie sonst niemanden, der Ihnen behilflich sein kann, bis Ihr Mann wieder da ist?«, fragte sie.

»Ich könnte unsere Freunde anrufen, aber ich möchte niemandem zur Last fallen.« Sunnys Stimme bebte, während die Finger mit den hervortretenden Adern über die Fotos auf dem Tisch flatterten. »Ich kenne mich auch mit unserem Konto nicht aus.«

Offenbar fiel es der alten Dame schwer, um Hilfe zu bitten. Dazu kam die Scham, jemanden um Geld anzugehen. Vielleicht wollte sie auch nicht mit ihren Freunden über das Verschwinden ihres Mannes sprechen.

Liv holte den Vordruck für Vermisstensachen aus ihrer Tasche. Gemeinsam füllten sie ihn aus. »Und jetzt brauche ich noch ein aktuelles Foto Ihres Mannes.«

»Ich habe es schon gesucht. Wo habe ich es nur gelassen?« Noch einmal wühlte Sunny die Fotos durch. Liv betrachtete die Bilder beiläufig. So viele bekannte Gesichter und Orte – Momke wäre begeistert. Endlich fand Sunny das Porträt. Es zitterte so stark in ihrer Hand, dass Liv es ihr abnehmen musste; war die alte Dame krank?

Auf dem Bild waren Fred und Sunny zu sehen. Sie standen vor dem stämmigen backsteinroten Querfeuer *Rotes Kliff*. Fred stützte sich auf einen silberbeschlagenen Stock und wirkte trotz des Winds und der Wanderung, die ihn zu diesem Leuchtturm geführt haben musste, lässig wie ein Grandseigneur der alten Schule.

Interessiert nahm Liv den Stock mit seinem silbernen Knauf in Augenschein. »Ist das ein reiner Wanderstock?«

»Ein Flanierstock eher. Den braucht Fred außerhalb des Hauses immer – er ist ein büschen wackelig auf den Beinen. Es ist ein schönes, schweres Stück, mit einem modellierten Silberknauf. Da könnte man jemanden mit erschlagen, scherzt Fred immer.« Sunny Vatberg lächelte versonnen.

Ein Spruch, natürlich. Trotzdem stellten sich Livs Nackenhaare bei diesen Worten auf.

»Aber Ihr Mann fährt Fahrrad, obwohl er so wackelig ist?«

Sunny lachte. »Ja, komisch, nicht? Beim Fahrradfahren wackelt er kein büschen. Er muss jetzt auch mit dem Fahrrad unterwegs sein – oder haben Sie es hinter dem Haus gesehen?«

Liv konnte sich nicht daran erinnern und machte sich eine Notiz. Gleichzeitig fing ein anderes Bild ihre Aufmerksamkeit. Verblichene Farben. Siebzigerjahre. Eine Freundesgruppe auf dem Parkplatz vor der *Sturmhaube*, darunter Sunny und Fred, mondän wie stets; damals war sie rothaarig gewesen. Hinter den Erwachsenen hockte ein rotgelockter Junge auf der Motorhaube. Die Kühlerfigur des Autos fing sofort den Blick. So viele Rolls-Royce hatte es auf Sylt zu dieser Zeit vermutlich nicht gegeben. Liv suchte die Gesichter ab. Tatsächlich fand sie, wonach sie gesucht hatte. Er war es, unverkennbar.

Plötzlich hatte sie das Gefühl, ein Abgrund würde sich vor ihr auftun. Hatten sie die ganze Zeit in die falsche Richtung ermittelt? Hatte Momke doch recht gehabt, und die Lösung lag in dem Haus begründet, in dem Erbe?

»Sie kannten Armin Zurssen?«, fragte Liv.

Das Gesicht der alten Dame verdüsterte sich.

Liv war so erregt, dass sie trotz der kurzen Fahrt noch im Auto bei Bente anrief. Es war ein merkwürdiger Zufall, dass es eine Verbindung zwischen Fred Vatberg und Armin Zurssen gab und dass ausgerechnet eine der Personen, die in der fraglichen Nacht in der Nähe des Tatorts gewesen waren, nun verschwunden war.

Sie gab die Vermisstenanzeige im Revier ab und wies dabei auch auf den auffälligen Stock mit dem silbernen Knauf hin. Sogleich wurde von der Polizei und den Feuerwehren Sylt eine Suchaktion nach Fred Vatberg in die Wege geleitet. Auch die Mantrailer, die Personenspürhunde, rückten mit ihren Hundeführern aus. Anschließend ließ Liv sich die Nummer vom Sozialdienst Westerland geben und bat darum, Sunny Hilfe zukommen zu lassen. Während ihres Gesprächs mit der alten Dame hatte Liv versucht, sich nichts anmerken zu lassen, aber mit jeder Minute stieg die Wahrscheinlichkeit, dass Fred etwas zugestoßen war. Inzwischen war er seit mehr als 30 Stunden verschwunden – das war eine lange Zeit für einen Dreiundsiebzigjährigen.

Was Volker Raffel anging, würden sie die Durchsuchung des Hauses sowie die Überprüfung seiner Werkzeuge abwarten müssen; vielleicht passte einer der Hämmer doch noch zum Abdruck in Hark Casabiones Knochen, oder es fand sich seine DNA daran. Es war eine nervenstrapazierende Phase in den Ermittlungen – viel war zu tun, und wenig ging voran.

Liv ließ beim Berichteschreiben den Tag Revue passieren und dachte an ihren Kollegen Hennes. Es tat ihr leid, dass der Streit mit Bente so eskaliert war. Sie mussten ja keine Freunde sein, sollten aber fair als Team agieren. Und sie konnten im Augenblick jeden Ermittler gebrauchen. Vor allem solche mit Hennes' Erfahrung.

Als Hennes ihren Anruf annahm, hörte sie leise Musik und das Klimpern eines Daddelautomaten. »Bist du schon in Flensburg?«

Seine Zigarette knisterte durch das Smartphone. »Was willst du?«

»Mit dir sprechen.«

Nachdem sie das Gespräch beendet hatte, wählte sie die zweite Nummer.

Hennes ließ sich mit dem Taxi zu dem Weinbistro nach Keitum chauffieren, das Bente Liv empfohlen hatte. Als er aus dem Taxi stieg, sah Liv, dass er angetrunken war. Vielleicht war es doch keine so gute Idee gewesen.

»Sonst kannst du es doch kaum erwarten, die Insel zu verlassen«, begrüßte Liv ihn.

»Sehr konstruktive Begrüßung, Lammers. Willst du mich gleich vergrätzen? Ich habe frei. In Flensburg wartet sowieso keiner auf mich. Was willst du also?« Aus Gesprächsfetzen, die Liv aufgeschnappt hatte, hatte sie geschlossen, dass Hennes sehr wohl liiert war. Hatte er private Probleme?

Sie schob ihm versöhnlich eine Schale Tapas zu und kam gleich zur Sache. »Du weißt, dass es sich bewährt hat, dass eine Kommissarin bei dem Verhör weiblicher Zeugen dabei ist«, rechtfertigte sie sich.

»Dann hätte Bente doch draußen bleiben können«, sagte Hennes starrsinnig.

»Bente leitet nun mal die Ermittlungen. Oder hätte er etwa diese Verantwortung ablehnen sollen, nur um niemandem auf die Füße zu treten? Wenn du überhaupt auf jemanden wütend sein solltest, dann auf Hasselbrecht. Die Chefin hat diese Entscheidung gefällt.«

»Der Däne macht so viel Scheiß.« Der Kellner brachte den Rotwein, und Hennes verkostete ihn gekonnt; Liv hatte nicht gewusst, dass er sich mit Weinen auskannte.

»Bente macht es anders, als du es gerne hättest. Ob es falsch ist, steht nicht fest. Gib ihm eine Chance. Und ich halte es übrigens nicht für mangelndes Rückgrat, mich aus einem Streit herauszuhalten, mit dem ich nichts zu tun habe. Dieser Fall ist so verzwickt, dass andere Blickwinkel nötig sind. Gerade nach dem, was heute passiert ist.« Hennes merkte auf. Liv fasste die Verhöre und das Gespräch mit Sunny zusammen. »Du hast doch auch die Unterlagen der Spurensicherung genau durchgeschaut. Hast du etwas entdeckt, das auf eine Verbindung zwischen Vatberg und Zurssen beziehungsweise Casabione hindeutet? Außerdem war die Rede von Freds Stock. Wir haben das Tatwerkzeug nicht gefunden …«

»Dann viel Spaß. Auf mich kannst du nicht zählen.«

»Du könntest dich bei Bente entschuldigen.«

»So weit kommt es noch.«

Sturkopf!

In diesem Augenblick steuerte Bente auf sie zu. Er wirkte grimmig, als er Hennes sah.

Hennes sprang auf und stieß dabei beinahe die Rotweinflasche um. »Das ist jetzt ein Scherz, oder?«, fauchte er Liv an.

Sie hob die Mundwinkel zu einem bemühten Lächeln. »Ich dachte, dies ist der richtige Rahmen, damit ihr eure Probleme bereinigen und euch anschließend wieder den wichtigen Dingen widmen könnt. Wir sehen uns dann morgen.«

Als sie hinausging, hörte Liv laute Stimmen hinter sich, drehte sich aber nicht um. Sie wollte nicht in die Verlegenheit geraten, eingreifen zu müssen, falls die beiden aufeinander losgehen würden.

Der alte Mann saß auf einem Klappstuhl und zitterte. Er bekam kaum Luft – seine Brust fühlte sich so eng an! Knöchel und Fußrücken waren geschwollen und kribbelten qualvoll. So gut hatte er den Plan ausgetüftelt – was war schiefgelaufen?

Um ihn herum war alles dunkel. Es roch moderig. Seine Angst wurde übermächtig. Wo war er? Was war geschehen? Er zerrte an den Fesseln, versuchte aufzustehen, brach aber abrupt wieder ab, weil es ihm vorkam, als würden die Kabelbinder seine Hände sonst abtrennen, so scharf war der Schmerz. Es war geradezu lächerlich, wie wenig Kraft ihm geblieben war.

War es Tag oder Nacht? Die Angst brachte sein Herz zum Stolpern. Niemand wusste, dass er hier war. Niemand würde ihn hier finden. Und seine Geliebte – was würde sie denken? Wer würde sich um sie kümmern? Noch einmal bäumte er sich auf – vergebens. Schwindel. Kalter Schweiß auf der Stirn. Vor Erschöpfung sackte er weg.

Eine Ohrfeige katapultierte ihn zurück in die Gegenwart. Der Stuhl kippte. Der Alte krachte auf die Seite, klemmte Haut und Muskeln zwischen Stuhlkante und Steinplatten ein. Jäher Schmerz. Zischend wurde die Luft aus seiner Brust gepresst. Er rang nach Atem. Diese Enge um seine Brust. Todesangst. Nur der Gedanke an seine Geliebte hielt ihn bei Sinnen. Er musste hier raus! Wer immer ihn gefangen hielt, musste ihn freilassen!

»Bitte, ich …«

Flehend blickte er die Gestalt an, die sich vor ihm aufgebaut hatte. Ein Schatten, nachtschwarz, der alles Licht einzusaugen schien. Nur in der Verlängerung des Arms gleißte etwas. Silbern und scharf. Eine Klinge. Der Mann hob das Messer und ließ es über das Gesicht des Alten wandern, über Falten und Tränen.

»Bitte, ich …«, schluchzte Fred. Es war glasklar, dass er sich verkalkuliert hatte.

12

Westerland, 17. Oktober, 7:19 Uhr

»Seit dem 15. Oktober wird Fred Vatberg aus Kampen vermisst. Der dreiundsiebzigjährige Rentner ist 1,71 Meter groß. Er trägt vermutlich einen Anzug und benutzt einen Stock. Fred Vatberg ist auf Medikamente angewiesen. Sachdienliche Hinweise nimmt jede Polizeidienststelle entgegen.«

Nach der Suchmeldung kam Musik. Liv drehte den Syltfunk lauter. Folk von den Homesick Astronauts, das war so früh am Morgen genau das Richtige. Nach ihrem Versuch, ihre Kollegen zu versöhnen, war ihre Laune beim Aufwachen so düster gewesen wie jetzt ihre Kleidung. Heute wurde Hark Casabione auf dem Friedhof Wenningstedt beigesetzt.

Im Revier ging es zu wie in einem Bienenstock. Liv entdeckte Vertreter der Bundespolizei, der Feuerwehr und der Rettungshundestaffel der Johanniter, auch von einem Hubschrauber war die Rede. Die groß angelegte Vermisstensuche war angelaufen.

Zu Livs Überraschung begrüßte Hennes sie. Er wirkte leicht verkatert.

»Sieht aus, als ob Bente und du euch vertragen habt.«

»Messerscharf beobachtet, Lammers. Bente ist eingeknickt. Hat mich zurückbeordert. Der ist zu soft, sage ich doch«, murmelte Hennes.

»Was nörgelst du? Du profitierst doch von dieser Entscheidung.«

»Das macht Bentes Charakterschwäche auch nicht besser. Jetzt darf ich von Momke die Sichtung der Asservate aus Zurssens Haus übernehmen. Ich bin doch kein Sesselpupser!« Hennes schnaubte. »Aber gut: Ich beuge mich dem Diktator. Meine Zeit wird noch kommen.«

Er heftete die aktuellen Zeitungsartikel an die Pinnwand, während die SOKO Pastor zur Besprechung zusammenkam. Die Presse spekulierte über die Ermittlungen der Polizei, beklagte Inkompetenz und mahnte schnelle Ergebnisse an; das Übliche also.

Bente begrüßte das Team. »Zuerst eine schlechte Nachricht: Eben kamen die Ergebnisse aus der Rechtsmedizin. Auf keinem Werkzeug von Volker Raffel ist die DNA des Pastors zu finden. Das Kaugummi, das in der Nähe des Tatorts gefunden wurde, stammt hingegen von ihm, reicht aber selbstredend als Beweismittel nicht aus. Wir haben nicht genug gegen ihn in der Hand und werden ihn freilassen müssen. Der Staatsanwalt meint, dass der Richter die Untersuchungshaft noch heute aufheben wird.«

Enttäuschte Rufe ertönten. Damit hatte ihre Hoffnung, der Lösung des Falls näher gekommen zu sein, einen empfindlichen Dämpfer erhalten. Bente sah in die Runde. »Wenn er es war, werden wir ihn drankriegen, und wenn wir die ganze Gärtnerei umpflügen müssen!«, versprach er.

»Wie geht es jetzt weiter?«, wollte Uwe wissen.

»Der Staatsanwalt hätte gerne eine Pressekonferenz gegeben, aber das wird nichts. Momentan ist es wenig sinnvoll, mit Journalisten zu reden, es sei denn, wir bitten öffentlich um Mithilfe.«

»Und dann bekommen wir tausend Hinweise, die alle Gurkenkram sind«, war Hennes überzeugt. »Jetzt hilft nur kriminalistische Fleißarbeit: Wir müssen möglichst genau

Raffels Schritte an diesem Abend rekonstruieren, um nachzuweisen, dass er die Zeit hatte, Casabione niederzuschlagen. Noch besser wäre es allerdings, wenn wir doch noch das Tatwerkzeug finden würden.«

»Unser Behördenleiter wird ungeduldig, weil hier angeblich zu viele Kräfte ohne greifbares Ergebnis gebunden werden. Er ließ durchklingen, dass er uns demnächst abziehen und von Flensburg aus weiterermitteln lässt«, meinte Bente.

»In Flensburg finden wir die nötigen Beweise bestimmt«, murmelte Hennes.

»Ganz unrecht hat er nicht. Bei uns bleibt natürlich ziemlich viel liegen«, merkte Uwe an. »Ruhestörungen, Parkrempler und die vielen Unfälle mit den Pedelecs. Die meisten Touristen können mit den schweren Elektrobikes nicht umgehen. Ich weiß schon, warum ich mich an Golf halte.«

Bente straffte sich. Sein Hemd war blütenweiß und glatt. Liv fragte sich unwillkürlich, wie viele Hemden er wohl im Gepäck hatte und ob er sie selbst bügelte. »Ich habe Abhörmaßnahmen für Volker Raffel und seine Frau sowie Helene Opahk beantragt. Bis die Genehmigung vorliegt und das MEK eintrifft, werden wir unsere Zeit bestmöglich nutzen. Liv und ich wohnen heute Casabiones Beisetzung bei und halten dabei Augen und Ohren auf. Uwe durchleuchtet die Finanzen der Kirche, Rabia checkt Helene Opahk, Momke den Zeitplan des Gärtners, und Hennes übernimmt die Sichtung des Nachlasses. Wir müssen alle Informationen noch einmal durchgehen. Ich möchte, dass mit frischem Blick auf die Aussagen geschaut wird. Vor allem Helene Opahk konnten wir noch immer nicht aus dem Kreis der Verdächtigen ausschließen. Sie hatte Zeit und Motiv. Vielleicht haben wir etwas übersehen.«

»Wie sieht es mit einer Verbindung zwischen Armin Zurssen und Fred Vatberg aus, dem verschwundenen Rentner?«, fragte Liv.

Uwe blätterte in seinem Block. »Das ist nicht so einfach zu klären. Zurssen war menschenscheu, und seine früheren Angestellten haben noch nie von Vatberg gehört. Es scheint also zu stimmen, dass die beiden seit Jahrzehnten keinen Kontakt mehr hatten.«

»Und was ist mit Fred Vatberg und Hark Casabione? Kannten sie sich?«

»Anscheinend nicht. Immerhin hat sich das Fahrrad von Vatberg angefunden. Es stand an der Haltestelle Hauptstraße, Ecke Friesenhof, in Wenningstedt, da fährt die Linie 1.«

»Welche Linie ist das?«

»Von Westerland nach List. Wir haben schon bei Sunny Vatberg angerufen, aber Fred nimmt den Bus offenbar nicht regelmäßig, und sie weiß auch nicht, wo er hingewollt haben könnte. Die alte Dame ist ganz schön mit den Nerven runter.«

»Verständlich. Wenn er verletzt ist oder in einer Böschung liegt, weil er einen Schwächeanfall hatte, zählt jede Sekunde. Außerdem ist er wegen einer Herzkrankheit auf Medikamente angewiesen. Wollen wir hoffen, dass die Suche erfolgreich ist. Hat eigentlich schon jemand mit dem Sohn gesprochen?«

»Soweit ich weiß, ist der noch auf See«, meinte Uwe. »Jetzt werden erstmal Klinken geputzt. Wir müssen die Nachbarn befragen. Die Suchmeldung ist verschickt, auch die Fundbüros wurden benachrichtigt.«

Beim Gedanken an Freds Flanierstock bekam Liv Magenflattern, denn sie musste an Gerlichs Beschreibung des Tatwerkzeugs denken. In seinem Bericht hatte der Rechtsmediziner vermerkt, dass die Wundmorphologie auf ein kantiges Schlagwerkzeug hinwies; vermutlich handelte es sich um einen asymmetrisch geformten Gegenstand. Sollten sie den Stock finden, wüsste sie, was sie damit zu tun hatte, um diesen unsäglichen Verdacht schnellstmöglich zu überprüfen.

»Ich bin froh, dass du Hennes zurückgeholt hast«, sagte sie auf der Fahrt zu Bente. »Er ist ein erfahrener Polizist und kann sicher seinen Teil zur Lösung des Falls beitragen.«

Ihr Kollege rieb einen imaginären Fleck von dem weißen Hemd. »Genau genommen habe ich ihn nicht zurückgeholt. Mit Hennes war gestern Abend nichts mehr anzufangen. Wir haben uns angeschrien und beinahe geprügelt. Ich bin dann lieber abgehauen und habe Hasselbrecht angerufen. Die Chefin hat ihm ins Gewissen geredet.«

Liv war nur wenig überrascht. Es passte zu Bente, dass er sich Hilfe holte. »Was hat Hasselbrecht gesagt?«

»Keine Ahnung. Hat funktioniert, das ist das Wichtigste.« Bente sah sie von der Seite an. »Hennes darf eigentlich nicht mit seinem Verhalten durchkommen. Er ist ein Mensch wie eine Wurst.«

»Was soll das bedeuten?«

»Beide Enden sind dicht. Nichts geht in ihn hinein. Hennes ist verstockt, eingefahren.« Bente seufzte. »Ich will, dass alle friedlich miteinander umgehen. Das ist mein großer Fehler. Was das angeht, bin ich tatsächlich schwach«, gestand er ein.

Schutzpolizisten flankierten den Friedhofseingang, um die Fotografen und Journalisten vom Betreten der Ruhestätte abzuhalten. Die Trauergemeinde war gewaltig. Auch die Familienmitglieder aus Süddeutschland sowie Kirchenobere der Nordkirche waren angereist. Nadja Raffel war dieses Mal nicht zu sehen. Nach dem Ende des Gottesdienstes nahm Carla Casābione die Trauerbekundungen gefasst entgegen, während die Kinder wie versteinert wirkten. Liv nutzte die Gelegenheit, als alle vor der Kirche standen, um sich nach Fred Vatberg zu erkundigen, aber niemand schien ihn hier zu kennen.

Bei der Nachmittagsbesprechung hatte Bente Mühe, positive Energie zu verströmen. Die kleinteilige Ermittlungsarbeit des heutigen Tags war nicht nur anstrengend gewesen, sondern hatte noch dazu in neuerlichen Sackgassen und Rückschlägen geendet. Eine Genehmigung für die Abhörmaßnahmen war noch nicht eingetroffen. Liv konnte an den Gesichtern ihrer Kollegen ablesen, dass alle ein wenig das Gefühl hatten, gescheitert zu sein. Auch sie war niedergeschlagen. Aber mit der Ermittlungsarbeit im Fernsehen, wo ein Fall nach neunzig Minuten lückenlos aufgeklärt war, hatte die Realität nichts zu tun. Sie nahm sich vor, noch einmal zum Tatort zurückzukehren, ohne so recht zu wissen, was sie dort zu finden hoffte. Bei der Gelegenheit konnte sie gleich Sunny Vatberg einen Besuch abstatten und nachsehen, ob die alte Dame wohlauf war.

Sunny Vatberg öffnete nicht, obwohl Liv mehrfach klingelte und klopfte. Ans Telefon ging sie auch nicht. Unwahrscheinlich, dass Sunny das Haus verlassen hatte. Konnte ihr ebenfalls etwas zugestoßen sein? Von einem unguten Gefühl getrieben, eilte Liv in die Bar, in der bereits das Abendgeschäft anlief und diverse Sundowner angerichtet wurden. Tatsächlich hatte der Geschäftsführer einen Zweitschlüssel am Schlüsselbord hängen.

»Wird Zeit, dass die beiden ins Heim kommen«, sagte er, als er Liv zurück zur Dachgeschosswohnung begleitete. »Ein nettes Paar, die Vatbergs, aber gebrechlich. Habe keine Lust, dass die unter meinem Dach wegsterben. Außerdem könnte die Wohnung eine Renovierung vertragen. Danach kann ich endlich auch eine angemessene Miete verlangen. Dreißig Jahre ohne Mieterhöhung – das geht einfach nicht.« Er schloss die Tür auf und sah Liv prüfend an. »Wer sind Sie eigentlich? Eine Verwandte?«

Livs Antwort gefiel ihm ganz und gar nicht.

In der Wohnung war alles still. Zu still. Liv eilte ins Wohnzimmer. Zwischen Fotos und Papieren lag Sunny Vatberg auf dem Boden. Hastig fühlte Liv den Puls der alten Frau – er war sehr schwach. Mund und Augen standen halb offen, und sie redete wirr. »Fred … bist du das?«

»Rufen Sie einen Krankenwagen – sofort!«, befahl Liv dem Barbesitzer.

Sie nahm Sunnys Hand. Die Haut fühlte sich trocken und dünn wie Papier an. Auch der Mund schien ausgedörrt. Sie war vermutlich dehydriert. »Ich bin es, Liv. Ich helfe Ihnen«, sagte sie beruhigend. Aus der Küche holte sie einen Becher und flößte Sunny etwas Wasser ein.

»Können Sie mir sagen, wie Sie heißen und wie alt Sie sind?«, wollte sie den Geisteszustand der alten Frau überprüfen.

»Fred …«

»Wann haben Sie denn zum letzten Mal etwas getrunken?«

Flüssigkeitsmangel konnte Verwirrtheit auslösen und weitere schwerwiegende Folgen nach sich ziehen. Liv war erleichtert, als Sirenen erklangen und die Rettungskräfte sich die schmale Treppe hochkämpften.

Nachdem die alte Frau abtransportiert worden war, blieb Liv inmitten der Papiere und Fotos allein zurück. Auch Schubladen standen offen. Hatte Sunny etwas gesucht? Liv sah auf die Bilder eines erfüllten Lebens hinunter und musste doch erschüttert an die alten Menschen denken, die so einsam waren, dass man erst nach Monaten merkte, dass sie in ihrer Wohnung gestorben waren. Warum hatte sich niemand um Sunny Vatberg gekümmert? Sie war drauf und dran, Sunnys Sohn anzurufen, um ihm Vorwürfe zu machen. Aber er war noch auf See, hatte Uwe gesagt. Außerdem war sie die Letzte, die anderen ein distanziertes Verhältnis zu ihren Eltern vorwerfen durfte. Warum war der Sozialdienst noch nicht hier aufgetaucht? Auf ihren Anruf hin meinten die Sozialdienstmitarbeiter, Sunny Vatberg habe nicht geöffnet.

Liv hatte das Gefühl, dringend frische Luft zu brauchen. Bei der Bar lieh sie sich ein Fahrrad und radelte nach Fred Vatbergs Wegbeschreibung los. Vielleicht würde sie auf dem Weg eine zündende Idee bekommen oder rund um die Brandruine etwas sehen, das die Ermittlung voranbrachte.

Nach ein paar Kilometern hatte sie das Weiße Kliff erreicht. Einer brodelnden Welle gleich wölbte sich die bis zu fünfzehn Meter hohe Steilküste neben ihr, deren Sand aus zahllosen winzigen Edelstein- und Halbedelsteinkörnchen bestand. Das Wattenmeer erstreckte sich wie ein glatter Spiegel vor ihr, eingefasst durch das dänische Festland.

Im Windschatten eines Heidehügels stand eine Holzbank auf einem kleinen Holzpodest. Ein wunderbarer Ort. Perfekt, um den Sonnenuntergang zu genießen. Ob das die Lieblingsbank des Paares war? Als Liv sich setzte, bemerkte sie, dass die Bank an vielen Stellen bereits verstärkt worden war, auch das Podest zum Schutz der Dünen schien morsch. Wie es wohl Sunny jetzt ging? Ob ihre Kollegen doch noch etwas erreicht hatten? War der Abhörbeschluss endlich eingetroffen? Es bedrückte sie, dass sie das Geheimnis um Hark Casabiones Tod noch nicht gelöst hatten. Irritiert registrierte Liv, dass ihre Gedanken wild durcheinandergingen. Vor allem eine Frage drängte sich ihr immer wieder auf: Was hatte die Suche nach Fred Vatberg ergeben? Sie sollte bei den Suchtrupps sein und helfen, statt hier ihre Zeit zu verplempern! Aufgewühlt machte sie sich auf den Weg. Die nächsten Stunden marschierte Liv mit Taschenlampe und Suchstab durch die Dünen, bis sie sich endgültig nicht mehr auf den Beinen halten konnte.

13

Deutsche Bucht, 18. Oktober, kurz vor Sonnenaufgang

Asger Poulsen sammelte die zuckenden Jungschollen zwischen den Garnelen aus dem Netz und warf den Beifang zurück ins Meer. Hinter ihm blubberte und dampfte der Krabbenkessel. Vor fünfundsechzig Stunden hatte er in Havneby abgelegt, und so langsam zog die letzte Dämmerung auf, die er bei diesem Törn erleben würde.

Wie so oft in letzter Zeit würde seine Ausbeute vermutlich mager ausfallen. Eigentlich lohnte sich der Stress kaum noch, vor allem, wenn er an diese Ökos dachte, die ihm und seinen Kollegen das Leben schwermachten. Was konnte er dafür, dass der Klimawandel die Nordseegarnelen dezimierte und nur ein Bruchteil der Jungschollen den Fang überlebte? Und dass die Tiere in Afrika statt in Dänemark gepult wurden, war auch nicht seine Schuld, sondern auf den unbarmherzigen Preisdruck zurückzuführen.

Er hielt inne. Es war so weit. Dieser Augenblick war seine ganz persönliche Andacht. Mitten auf See einen Sonnenaufgang zu erleben entschädigte ihn für all die Mühen und Sorgen. Mit seinem Kutter auf weiter See, winzig zwischen Himmel und Meer, wurde ihm klar, wie unbedeutend ein Menschenleben war.

Heute blieb sein Blick jedoch an den Wellen hängen, auf denen etwas Rotes und Rundes wippte. Hier war doch gestern noch keine Boje gewesen! Vermutlich Schrott, der im

Meer gelandet war. Da war aber noch etwas, das daran hing. Der Fischer griff nach seinem Fernglas. Das Ding war länglich – war es ein gekentertes Ruderboot oder der Kadaver eines Schweinswals? Aber was war diese rote Kappe an der einen Seite? Er gab seinem Decksmann ein Zeichen und ließ auf das Treibgut zuhalten. Immer deutlicher zeichnete es sich in den Wellen ab.

Als Asger Poulsen schließlich erkannte, was es war, brauchte er einen kräftigen Schluck Aquavit aus seinem Flachmann. Poulsen hatte in den Jahren auf See viel erlebt, aber jetzt grauste ihm davor, den Leichnam an Bord zu holen. Wer einmal den Gestank einer Wasserleiche erlebt hatte, wusste, dass es nichts Schlimmeres gab. Erst als sein Flachmann leer war, zog er mit dem Haken den Körper heran. Es schien sich um einen alten Mann zu handeln. Etwas Großes und Rotes war um seinen Hals geknotet – einer dieser albernen Fahrradhelme, mit denen inzwischen sogar Männer zu sehen waren. Sein Decksmann und er hievten die Leiche an Deck. Der Geruch war ekelerregend. Noch furchtbarer war jedoch das entstellte Gesicht des Toten.

14

Zwischen Sylt und Rømø, 9:30 Uhr

Der Syltexpress glitt über das Lister Tief und hinterließ eine Spur schäumenden Kielwassers. Der Hafen von List schrumpfte hinter ihnen. Bente lief telefonierend am anderen Ende der gleißend weißen Doppelendfähre hin und her. Offenbar brachte es das ausgeklügelte Management seiner Patchworkfamilie durcheinander, dass er noch länger auf Sylt bleiben würde. Auch Liv hatte längst Sanna und Elise vertröstet und die nächste Bandprobe verschoben. Nervös wandte sie sich von den Fährgästen ab, die sich nicht zu schade waren, die etwa fünfunddreißigminütige Überfahrt mit Anstehen am Kiosk zu verplempern. Auch die Strandkörbe auf dem Freideck waren umkämpft.

Liv sah auf Sylt hinaus. Die zwei Lister Leuchttürme grüßten sie zum Abschied. Frühe Kitesurfer sprangen im Königshafen in den Himmel, was Liv normalerweise mit dem Wunsch erfüllte, es ihnen gleichzutun. Doch der Gedanke an das, was sie nun erwartete, erzeugte ein bleischweres Gefühl in ihrem Magen.

Sie alle hatte der Anruf aus dem dänischen Havneby betroffen gemacht. Die Leiche eines alten Mannes mit Fahrradhelm war von einem Fischer gefunden worden. Papiere hatte der Mann nicht bei sich getragen. Trotzdem hatte die dänische Polizei gleich an die Suchaktion ihrer deutschen Kollegen gedacht. War Fred Vatberg der Tote? War die Vermisstensuche ins Leere gelaufen, weil der alte Mann längst nicht mehr lebte? Die Strömungsberechnungen des Bundesamtes für Seeschifffahrt und Hydrographie stützten ihre Befürchtung, dass es sich bei dem Toten, den der Krabbenfischer an Bord genommen hatte, um Fred handeln könnte. Es war wahrscheinlich, dass der Körper aus Richtung Sylt angeschwemmt worden war. Auch die Altersschätzung kam hin. Dennoch hoffte Liv, dass sie gleich in das Gesicht eines Unbekannten sehen würde. Und dass der Anblick nicht allzu schlimm wäre. Sie schloss die Jacke über der Bluse. Was die Sonne an Wärme gab, riss der Wind gleich wieder mit sich fort.

Vor der langen Dünenkette des Ellenbogens zog ein Dunstschleier auf. Aufgewühlt gurgelte die Nordsee unter ihnen. Um sich abzulenken, versuchte Liv, Schatten auf dem Meeresgrund auszumachen.

»Was verloren?« Bente riss eine Tüte scharfes Lakritz auf. Irgendwie hatte er es geschafft, die Schlange am Kiosk zu umgehen.

»Wusstest du, dass hier im Lister Tief verschiedene Wracks liegen? Manchmal kann man sie bei ruhiger See sehen. Zeugen der kriegerischen Vergangenheit auf dieser friedlichen Insel«, sagte Liv nachdenklich und setzte schnell hinzu: »Friedliche Insel?! Habe ich mich gerade ein wenig wie Hennes angehört? Oje!« Sie lachte trotzig.

Bente hielt ihr die Lakritztüte hin. Das Pulver, das das Bonbon umhüllte, brannte auf ihrer Zunge.

»Sind das Schiffswracks aus den Weltkriegen?«

»Ich glaube schon. Aus meiner Kindheit kann ich mich allerdings vor allem an Berichte über eine Seeschlacht aus der Zeit des Dreißigjährigen Kriegs erinnern. Damals sollen die Kanonenkugeln ganze Schiffe durchschlagen haben. Diese Vorstellung hat mich als Kind sehr beeindruckt.«

»Das kann ich mir vorstellen. Wie war es, auf Sylt aufzuwachsen?«

Liv sah ihn von der Seite an. Bentes Gesichtsausdruck zeigte ehrliches Interesse. »Sylt war meine ganze Welt, war alles, was ich kannte. Ich habe jeden Ausflug herbeigesehnt, weil ich Neues entdecken wollte.« Und auch, um der bedrückenden Atmosphäre des Elternhauses zu entkommen, aber das ging Bente nichts an. Wirklich Spaß am Segeln hatte sie allerdings nicht gefunden. Ihr Vater hatte auch auf dem Schiff das Regiment geführt, und natürlich hatte sie es ihm nie recht machen können.

»Trotzdem bist du nach Flensburg gezogen. Hast du die Insel nicht vermisst?«, unterbrach Bente ihren Gedankengang.

»Sehr«, gab sie zu. »Es war eine Art Phantomschmerz. Aber Sanna wurde geboren, und ich hatte mit dem Baby, der Schule und später meiner Ausbildung so viel zu tun, dass dieser Schmerz mit der Zeit verblasste.«

»Du hast die unbeschwerte Jugendzeit mehr oder weniger überspringen müssen. Das muss heftig gewesen sein.« Mit diesen Worten und seinem mitleidigen Gesichtsausdruck kam Bente Liv nun endgültig zu nah.

»Und du, wo bist du aufgewachsen?«, gab sie dem Gespräch eine andere Richtung. Bente begann, Anekdoten aus seiner Kindheit auf einem Bauernhof in Süddänemark zu erzählen, doch je näher Havneby kam, umso schleppender wurde die Unterhaltung, bis sie schließlich ganz verebbte. Kutter, Yachten und Serviceboote der Offshoreanlagen dümpelten vor Fischerhütten und Häusern. Schon gingen die Matrosen zum Bug und legten Seile bereit, um im Hauptort der Insel Rømø anzulegen.

»Ich kann nicht glauben, dass es sich bei dem Toten um

Fred handelt. Wie soll er ins Meer gekommen sein? Schwimmen war er bestimmt nicht, und einen Bootsausflug hat er wohl auch kaum unternommen«, brach Liv das Schweigen. »Am Telefon hieß es, der Fahrradhelm sei an seiner Kleidung befestigt gewesen. Was könnte deiner Meinung nach passiert sein?«

»Auf Sylt kann man von keiner Klippe ins Meer stürzen. Also Selbstmord? Oder Fremdverschulden? War er vielleicht mit seinem Sohn auf See?«

»Ich glaube kaum. Thore Vatberg ist ja schon länger unterwegs. Segelt wohl mit einer Tourigruppe nach Helgoland. Wir haben im Hafen eine Nachricht für ihn hinterlassen, damit er uns anruft«, sagte Liv.

»Lass uns erstmal die Leiche anschauen und die Obduktion abwarten. Spekulieren bringt uns nicht weiter.«

Bente und Liv verließen noch vor den Transportern und PKWs zu Fuß die Fähre. Sie fragten sich zu dem stillgelegten Kühlraum durch, in den man die Leiche gebracht hatte. Vor der Front des containerartigen Gebäudes standen zwei Fischer und rauchten. In der Nähe lungerten einige Männer und Frauen und lugten neugierig zu ihnen herüber. Warum war kein Polizist anwesend? Bente begrüßte die Männer auf Dänisch, stellte Liv vor und plauderte eine Weile mit ihnen. Wie konnte ihr Kollege in dieser Situation nur so gelassen bleiben?

»Der dänische Kollege hat den Anblick wohl nicht vertragen und musste verschwinden«, klärte er Liv auf, was ihr Flattern im Magen noch verstärkte. Als Bente sich berichten ließ, wie die Leiche gefunden worden war, wechselten er und der Mann, der sich als Asger Poulsen vorstellte, ins Deutsche. Konzentriert machte Liv sich Notizen. Nur nicht in wilde Spekulationen darüber verfallen, was sie erwarten würde!

Nun tauchte auch ihr käsig wirkender dänischer Kollege auf, und sie betraten gemeinsam den Container. Bereits im Eingangsbereich hing der beißende Geruch der Wasserleiche. Liv hielt unwillkürlich die Luft an.

»Nimm einen tiefen Atemzug, dann hast du das Schlimmste hinter dir«, riet Bente ihr leise. Liv war jetzt froh, nur wenig gegessen zu haben.

Auf einem der Tische, auf denen früher Fische filetiert worden waren, zeichneten sich unter einer Plane die Umrisse eines Körpers ab. Die Kommissare zogen Gummihandschuhe über und lüpften das Plastik. Obgleich Liv sich innerlich gewappnet hatte, sog sie doch scharf die Luft ein. Unverkennbar handelte es sich bei dem Toten um Fred Vatberg – auch wenn ihm etwas Wesentliches fehlte: Dort, wo früher seine Augen gewesen waren, klafften jetzt fleischige Krater.

Liv atmete gegen den Schock an und mühte sich, Ekel und Wut im Zaum zu halten. Wer hatte dem alten Mann das angetan? Und wie sollte sie Sunny diese furchtbare Nachricht überbringen?

»Es ist der Gesuchte«, bestätigte Bente.

Der dänische Polizist schien erleichtert zu sein, mit der Wasserleiche nichts mehr zu tun haben zu müssen. »Ich sorge dafür, dass Sie die Leiche in Ihre Rechtsmedizin überführen können«, sagte er.

Sie nahmen die Leiche nur behutsam in Augenschein, um die wenigen Spuren zu erhalten, die das Meerwasser überstanden hatten. Es fiel Liv schwer, ihre Erinnerungen an Fred Vatberg mit dem Körper in Einklang zu bringen, der vor ihr lag. Die Haut des alten Mannes wirkte ausgelaugt und blass. Die Waschhaut hatte sich bereits von den Fingerspitzen und Zehen auf die Hohlhand und die Fußsohlen ausgebreitet, was dafür sprach, dass der Körper einige Stunden im Wasser gelegen hatte. Doch bei ihm sah die durch das Wasser aufgequollene Haut nicht nur schrumpelig aus, wie nach einem langen Bad, sondern war bereits dabei, sich inklusive der Fingernägel abzulösen. Dass die Leiche an der Meeresoberfläche getrieben hatte, erschien Liv merkwürdig. Leichen sanken normalerweise ab und trieben erst durch die Fäulnisgase wieder auf, was bei dieser Witterung Wochen dauern konnte. Ob der Helm Freds Körper Auftrieb gegeben hatte? Warum hatte er den Fahrradhelm überhaupt mit sich geführt und nicht mit dem Fahrrad angeschlossen? Die Kommissare entdeckten Schnittwunden auf Hals und Wange sowie einige Abschürfungen und wandten sich dann den Augenhöhlen zu. Der Anblick würde sie in den Schlaf verfolgen, das ahnte Liv schon jetzt. Um ihre Übelkeit zu bezwingen, durchsuchte sie vorsichtig Freds Taschen – nichts.

Der dänische Kollege trat wieder ein. »Kein Problem. Wir kümmern uns um die Überführung nach …«

»In das Institut für Rechtsmedizin nach Kiel.«

Bente deckte die Leiche ab, und sie flohen hinaus, um im Revier anzurufen. Dankbar nahmen sie starken Kaffee mit einem noch stärkeren Schuss aus der Aquavitflasche des Fischers an, mit dem dieser anschließend seinen Flachmann auffüllte. Liv musste sich enorm zusammennehmen, um ihre Übelkeit im Zaum zu halten.

»Könnte das Fischfraß sein?«, vernahm sie Bentes Stimme. »Diese klaffenden Augenhöhlen?«

»Keine Ahnung. So was habe ich noch nie gesehen«, meinte Poulsen.

Als sie sich einigermaßen gefangen hatten, nahmen sie die Aussagen der Fischer auf und verpflichteten sie zu Stillschweigen über den Zustand der Leiche. Dann warteten sie vor dem Kühlhaus, bis der Leichenwagen eintraf. Livs Gedanken überschlugen sich. War Fred Vatbergs Tod ein unglücklicher Zufall, oder hatte er mit der Ermordung Casabiones zu tun? Und wie würde die ohnehin geschwächte Sunny die Todesnachricht aufnehmen?

15

Westerland, 15:05 Uhr

Im Revier hatte sich Betroffenheit breitgemacht. Die Fotos, die Bente von den Verletzungen des Toten gemacht hatte, raubten selbst den erfahrensten Kommissaren für einen Augenblick die Worte.

»So eine Verletzung habe ich erst einmal gesehen, und zwar im Zusammenhang mit einer Fehde im Rockermilieu. Damals ha–«, begann Hennes.

Uwe fiel ihm ins Wort: »Rockerfehde?! Kannst du dir nicht einmal die dämlichen Kommentare sparen?! Wir brauchen jetzt konstruktive Beiträge, keine alten Kriegsgeschichten!«, platzte er erregt heraus.

»Ich werde mit dem Staatsanwalt sprechen. Wir müssen möglicherweise die Presse hinzuziehen, um Fred Vatbergs letzte Stunden genau zu rekonstruieren. Außerdem brauchen wir endlich die Abhörgenehmigung. Wer erklärt sich bereit, der Witwe die Nachricht zu überbringen?« Blicke senkten sich.

»Ich kann das machen«, sagte Liv, obgleich ihr vor der Aufgabe graute. Diese Nachricht musste der alten Dame schonend beigebracht werden.

»Hennes, gehst du mit?«, schlug Bente vor.

Der Angesprochene war schon wieder in seine Unterlagen vertieft. »Keine Zeit. Habe hier etwas zu tun, das keinen Aufschub duldet.«

Liv ärgerte sich über das Verhalten ihres Kollegen. Jetzt

hatte er die Möglichkeit, wieder stärker in die Ermittlungen einzugreifen, und er drückte sich. Andererseits war er ja auch nicht gerade der Sensibelste.

»Ich komme mit«, bot Momke sich an.

Sunny Vatberg war in die Abteilung für Innere Medizin der Nordseeklinik gebracht worden, wo man auch geriatrische Erkrankungen behandelte. Das zweite Bett in dem Zimmer war leer. Zu ihrer Überraschung beugte sich gerade ein Mann über die alte Dame, was Liv zunächst in Alarmbereitschaft versetzte, zumal er in T-Shirt und Shorts eindeutig kein Arzt war. Doch dann sah sie, dass Sunny lächelte.

»Ach, Frau Lammers, ich muss Ihnen danken. Wie dumm ich war, nichts zu trinken! Fred wird mit mir schimpfen. Wo bleibt er denn nur?«

»Ich bin froh, dass es Ihnen etwas besser geht. Sind Sie Thore Vatberg?«

Der Mann bestätigte diese Vermutung, und Liv stellte sich vor. Vatbergs Alter war schwer zu schätzen. Mit seinen roten kurzen Locken, den Sommersprossen und den dunkelbewimperten Augen hatte er etwas Jugendliches. Sein runder Rücken und die eingefallene Brust hingegen ließen ihn gebeugt wirken. Vermutlich war er etwa Mitte fünfzig.

»Ich kam gerade von einer Helgolandtour zurück, als ich über den Zusammenbruch meiner Mutter informiert wurde.«

»Die Ärzte wollen mich noch ein paar Tage zur Beobachtung dabehalten und aufpäppeln«, sagte Sunny Vatberg und zupfte an der Kanüle, die in ihrem Handrücken steckte. »Ich habe gesagt, dass ich sofort wieder nach Hause will, aber man lässt mich nicht. Ich will zu meinem Fred!« Sie klang trotzig wie ein kleines Kind.

Thore Vatberg wandte sich an die Kommissare. »Haben Sie meinen Vater endlich gefunden? Kommt er auch gleich? Wo ist er?«

Momkes Blick wanderte zu dem Tannenwäldchen neben dem Klinikgelände. Liv schluckte trocken. »Dürfen wir uns setzen?«, fragte sie.

Eine halbe Stunde später saßen sie mit Thore Vatberg im Gang der Klinik. Der Segler wirkte erschüttert. Nachdem sie Sunny und ihm die Todesnachricht überbracht hatten, war die alte Dame zusammengebrochen und hatte ruhiggestellt werden müssen. Und Liv hatte ihr dabei noch die grausamen Details erspart.

»Ich verstehe einfach nicht, wie er ertrunken sein kann! Wie er überhaupt ins Wasser gekommen ist! Selbstmordgefährdet war er meines Wissens nicht. Ist er etwa Opfer eines Verbrechens geworden?«, fragte Thore Vatberg.

»Alles deutet auf Fremdverschulden hin, aber wir ermitteln in alle Richtungen«, sagte Momke vage. »Sie haben also erst heute wieder auf Sylt angelegt?«

»Ja, ich war mit Gästen auf einer Helgolandtour.«

»Was für Gäste?«

»Ich biete mit meinem Segelboot Charterfahrten an. Die Namen der Teilnehmer kann ich Ihnen zukommen lassen.«

Liv machte sich eine Notiz. »Das wäre gut. Fahren Sie hauptberuflich zur See?«

»Wenn's genug zu tun gibt, schon. In der Hauptsaison besteht ein großes Interesse an Ausflugsfahrten, und auch bei den Offshoreparks rund um Sylt ist manchmal Not am Mann, was Versorgungsfahrten angeht. Ansonsten betätige ich mich im Bereich Bootsbau und reparatur.«

»Wann haben Sie Ihren Vater zuletzt gesehen?«

»Muss ein paar Wochen her sein. Ich sagte ja, dass ich viel unterwegs bin. Und die beiden kommen gut allein zurecht … kamen gut allein zurecht.« Es wirkte, als würde Thore Vatberg erst jetzt klar, welche ganz praktischen Folgen der Tod seines Vaters haben würde.

»Kannten Sie Hark Casabione?«

»Nein. Warum fragen Sie?« Eben hatte Thore Vatberg sie noch ratlos angesehen, jetzt erstarrte er. Am Ende des Ganges waren eine rundliche Frau und ein Kind aufgetaucht. Die Frau trug einen Blumenstrauß, und an der Hand des etwa fünfjährigen Jungen baumelte ein Kuschelkrake.

Der Junge machte sich los und rannte auf Thore zu. »Papa!«

Als dieser ihn in die Arme schließen wollte, legte die Frau dem Kind die Hand auf die Schulter. Sie war Anfang vierzig, korpulent und wirkte mit ihren mausbraunen dünnen Haaren unscheinbar. Ihr Pullover und ihre Hose waren eng, als habe sie erst in letzter Zeit zugenommen und sich noch nicht neu eingekleidet. Aus ihrer Handtasche lugten eine Trinkflasche, ein Kinderbuch, eine Plastikdose mit Obst und Reiskekse, am Riemen hing eine Piratenquietscheente.

Eingeschüchtert reichte der Junge Thore die Hand. »Hallo, Papa.«

Thore Vatberg zog den Jungen an sich und drückte ihn fest. Liv sah, dass Tränen in seinen Augen glitzerten. »Es ist etwas passiert. Die beiden hier sind von der Polizei«, sagte er hilflos.

»Polizei? Komm her, Ole, bitte«, sagte die Frau. Es fiel dem Jungen schwer, sich von seinem Vater loszumachen. Die Frau umklammerte die Hand ihres Sohnes, als müsse sie sich daran festhalten.

Die Kommissare stellten sich vor. Bei den Besuchern handelte es sich um Thores Ex-Frau Monika Nüller und den gemeinsamen Sohn Ole. Monika Nüller war geschätzte zehn Jahre jünger als ihr Ex-Mann und wirkte verschüchtert. Liv und Momke nahmen sie ein Stück beiseite, um sie über Freds Tod und Sunnys Zusammenbruch zu unterrichten.

Die Frau wurde erst rot, dann blass, und schließlich weinte sie. »Ich mochte Fred sehr, und Sunny auch. Sie waren so traurig über unsere Scheidung. Ich habe sie regelmäßig besucht. Wir haben unser enges Verhältnis beibehalten.«

Liv fragte sich, warum Sunny sie dann nicht um Hilfe gebeten hatte, als Fred verschwunden war. »Wir befragen alle Verwandten und Freunde Ihres Schwiegervaters und würden uns auch gerne mit Ihnen unterhalten. Bitte rufen Sie im Revier an und machen Sie so schnell wie möglich einen Termin aus«, sagte sie und reichte beiden geschiedenen Ehepartnern ihre Karte.

Als sie zum Parkplatz gingen, regte Momke sich noch immer über die Begegnung auf. »Hast du gesehen, wie der Junge sich auf seinen Papa gefreut hat? Aber sie ist ja wohl ein kalter Fisch. Kein Wunder, dass die Ehe zerbrochen ist! Das arme Kind. Der ›Bund fürs Leben‹ heißt es doch! Und nicht: ›Der Bund, bis ich keinen Bock mehr habe‹.«

»Stimmt schon, ihre Reaktion war merkwürdig.«

»Junge Eltern sind die ja auch nicht gerade. Torschlusspanik vermutlich, bei ihr zumindest. Wir Männer haben diesen Druck nicht. Wenn ich da an Rod Stewart oder Anthony Quinn denke, die noch als alte Herren Väter geworden sind …«

»Deine psychologische Analyse ist wirklich bestechend«, sagte Liv sarkastisch und kramte in ihrer Tasche. »Gut, dass uns Sunny vor ihrem Zusammenbruch wenigstens noch die

Erlaubnis zur Durchsuchung der Wohnung und ihren Schlüssel gegeben hat.« Sie hoffte, dass die alte Dame den Verlust ihres Ehemannes verwinden würde und ihm nicht umgehend in den Tod folgte, wie es so oft bei alten Paaren der Fall war.

Liv sah beim Betreten der Wohnung sofort, dass nach ihr jemand hier gewesen sein musste. Schubladen und Schränke standen offen, Gegenstände und Kleidung waren achtlos auf den Boden geworfen worden. Das war garantiert kein Mitarbeiter des Sozialdiensts gewesen, der für Sunny einige persönliche Gegenstände geholt hatte.

Die Kommissare zogen sich Gummihandschuhe über und sahen sich um. Das Türschloss war zwar alt, wirkte aber unversehrt, sodass ein Einbruch unwahrscheinlich erschien. Sich den Zweitschlüssel zu beschaffen wäre allerdings kein Problem, hing er doch am Schlüsselbord der Bar. Momke forderte Verstärkung an. Hier mussten Zeugen gefunden und Spuren gesichert werden.

»Wonach hat der Eindringling wohl gesucht? Man sieht doch, dass bei den beiden nichts zu holen ist«, meinte Momke.

»Vielleicht hat er das gesucht, was er bei Fred Vatberg nicht gefunden hat.«

»Du siehst Gespenster. Noch steht nicht fest, dass Fred ermordet wurde«, sagte Momke, und sein Optimismus kam Liv beinahe schon verzweifelt vor. Niemand stellte sich gerne vor, dass es einen Menschen gab, der einen anderen umbrachte und ihm die Augen ausstach. Konzentriert machten sie sich an die Arbeit.

Als sie sich spätnachmittags in der *Kupferkanne* zu einer kleinen Besprechung mit Zwischenmahlzeit trafen – Liv kompensierte das übersprungene Mittagessen mit zwei Stück Apfelkuchen –, bestätigte die erste Einschätzung des Rechtsmediziners ihr Bauchgefühl. Sie saßen in einer der vielen Nischen des Cafés, das zwischen mehreren Grabhügeln lag und im Zweiten Weltkrieg ein Bunker gewesen war. Das gemütliche Ambiente passte kaum zu dem ernsten Anlass.

Bente hatte wohlweislich auf Kuchen verzichtet. »Doktor Gerlich schreibt, dass Fred Vatberg bereits vor Eintritt ins Wasser tot gewesen sei. Klassisches Leichendumping also.«

Dieser Fachbegriff der Rechtsmediziner regte Liv stets auf, wenn sie ihn hörte. »Leichendumping« war sachlich gemeint, hatte aber etwas Abwertendes, das der Tatsache nicht gerecht wurde, dass es ja ein Mensch war, der weggeworfen wurde.

»Todesursache war ein Herzinfarkt«, fuhr Bente fort. »Die Schnitte auf Hals und Wangen sind dem Opfer vor Eintritt des Todes zugefügt worden. Auch weisen die weiteren Wunden darauf hin, das Fred Vatberg gefesselt worden ist. An seiner rechten Seite wurden ausgeprägte Hämatome festgestellt, vielleicht von einem Sturz, ebenfalls ante mortem.« Er öffnete sein weißes Hemd einen Knopf weiter, als bekäme er kaum Luft. Alle warteten gespannt, denn eine wichtige Information fehlte noch. »Die Augenverletzungen sind nicht auf Fischfraß zurückzuführen, sondern wurden dem Opfer nach Eintritt des Todes mit einem scharfen Gegenstand zugefügt. Meerestiere beginnen bei Wasserleichen am hinteren Körperende zu fressen, der Kopf bleibt bis zuletzt unversehrt, schreibt Gerlich.«

Liv sah es vor sich: Fred Vatberg, gefesselt und verängstigt. Hatte man ihm die Verstümmelung angedroht? Der Gedanke an die Furcht und die Qualen, die der alte Mann erlitten haben musste, verursachte ihr Übelkeit. Immerhin war er schon tot gewesen, als … Sie schob ihr letztes Stück Apfelkuchen weg.

Auch Momke stocherte in seinem Bienenstich. »Welcher Perversling tut so etwas?!«, fragte er fassungslos. »Und warum?!«

»Für so eine Grausamkeit gibt es keinen Grund, keine Entschuldigung«, erhob Liv matt Einspruch.

»Wir werden alles tun, um herauszufinden, was Fred Vatberg zugestoßen ist«, sagte Bente entschlossen. »Jeder Freund, jeder Bekannte, Nachbar oder Arzt, ja, jeder Passant wird befragt. Was habt ihr im Strönwai erreicht?«

Da Momke noch zu geschockt schien, antwortete Liv. »Wir haben den Zweitschlüssel sichergestellt, der nach wie vor in der Küche der Bar hing. Allerdings hatte jeder der Angestellten Zugang dazu, und da die Hintertür des Lokals oft aufsteht, könnte sich auch jemand unbemerkt hineingeschlichen und den Schlüssel entwendet haben. Wir können nur hoffen, dass sich ein brauchbarer Fingerabdruck sichern lässt. In den Schränken der Vatbergs haben wir eine Schmuckschatulle, die Leica M6 und einige Münzen gefunden – auf Wertgegenstände hat es der Eindringling also nicht abgesehen. Oder er wurde überrascht, bevor er sie fand.«

»Viel war es ohnehin nicht. Dafür lagen überall Fotoabzüge und Filmdosen herum. Promis, Partys und Porsche. Extravagant und luxuriös«, sagte Momke. »Ich kann mir schon vorstellen, dass Sunny und Fred gerne in Erinnerungen geschwelgt haben. Heutzutage mussten sie den Gürtel eng schnallen, denn auf ihrem Konto herrscht Ebbe, und nennenswerte Vermögenswerte besitzen sie offenbar nicht. Wenn man sich dann die Preise für die Seniorenresidenzen anschaut, von denen wir Prospekte in einer Schublade gefunden haben – schon bitter. Die sind für sie unerschwinglich.«

Bentes Handy summte in einer Tour, aber dieses Mal war der Anruf wohl unaufschiebbar, das bewies seine Reaktion, nachdem er die Nummer gesehen hatte. Er erhob sich und sagte abgelenkt: »Eines noch, bevor ich telefonieren gehe: Das MEK ist eingetroffen und beginnt mit den Observationsmaßnahmen. Wir arbeiten auf mehreren Ebenen. Ich hoffe sehr, dass sich derjenige, der Hark Casabione angegriffen hatte, verplappert. Teilt schonmal die Teams ein.«

Hennes warf Liv einen vielsagenden Blick zu, weil Bente diese Aufgabe nicht selbst übernahm. Sie rang sich ein neutrales Lächeln ab. Eine Mammutaufgabe wartete auf sie, und das, nachdem sie bereits in knapp fünf Tagen auf der Insel unzählige Überstunden geschoben hatten. Ein erneutes Aufbrechen der Feindseligkeiten konnten sie nun wahrlich nicht gebrauchen.

Wenige Minuten später war Bente bereits zurück. »In einem Schließfach am Bahnhof von Westerland wurde Fred Vatbergs Flanierstock gefunden«, sagte er, bemüht, seine Erregung zu bezwingen.

Schutzpolizisten hatten die Schließfächer zwischen Bahnhof, Busbahnhof und Taxistand mit Flatterband abgesperrt. *Wir machen Ihnen die Hände frei*, verhieß ein Schild. Akribisch wurde die Umgebung nach weiteren Spuren abgesucht. Rabia zeigte ihnen den Flanierstock, der bereits in einen Asservatenbeutel verpackt war. Der Stock war erstaunlich schwer und durch den silbernen Knauf kopflastig.

»Nach zweiundsiebzig Stunden wurde das Schließfach routinemäßig von einem Bahnhofsmitarbeiter geöffnet. Der Mitarbeiter erinnerte sich an unsere Suchanzeige und benachrichtigte sogleich die Polizei. Soll der Stock zur KTU, also ich meine, zur kriminaltechnischen Untersuchung beim LKA?«

»Nein, schick ihn direkt nach Kiel zu Doktor Gerlich. Er kann den Stock nicht nur auf DNA untersuchen, sondern auch den Abdruck mit dem geformten Hämatom im Schädel von Hark Casabione vergleichen«, entschied Bente.

»Wissen wir schon, ob Fred Vatberg am Bahnhof gesehen wurde? Oder wurde jemand anders in der Nähe der Schließfächer beobachtet, der den Stock hatte?«, wollte Liv wissen.

»Kollegen von der Schutzpolizei sprechen gerade mit den Bahnhofsangestellten. Außerdem checken wir natürlich die Aufnahmen der Sicherheitskameras und zeigen den Taxi- und Busfahrern sein Foto.«

Liv verlangsamte ihren Schritt. »Kann man irgendwie herausfinden, wer ein Schließfach gemietet hat?«

»Direkt bei den Fächern gibt es keine Videokamera. Auch sonst sind die Chancen nicht gut: Du musst ja keinen Schlüssel leihen, sondern brauchst bloß genügend Kleingeld einzuwerfen«, wusste Momke.

Sie betraten das denkmalgeschützte Bahnhofsgebäude, für dessen verspielte Sprossenfenster, die prunkvolle Holzdecke oder den Kronleuchter kaum einer der durcheilenden Fahrgäste einen Blick hatte. *Ist noch … Zeit,* verhieß ein Schriftzug in der Empfangshalle. Liv kam dieser Spruch wie Hohn vor – ihnen rannte die Zeit davon. Sie kamen ständig zu spät, liefen den Ereignissen nur hinterher. Immerhin erinnerte sich einer der Mitarbeiter der Bahnhofsbuchhandlung daran, Fred vor ein paar Tagen eine Zeitschrift verkauft zu haben. Bei der Gelegenheit habe der schnieke alte Herr Geld gewechselt, um Münzen für das Schließfach zu bekommen, und sich dabei über die hohe Gebühr beklagt. Sie wussten also, dass Fred Vatberg zwischen dem Mord an Hark Casabione und seinem eigenen Verschwinden am Bahnhof gewesen war und seinen Flanierstock versteckt hatte. Ein Zusammenhang zwischen diesen beiden Ereignissen wurde wahrscheinlicher. Aber was war noch in diesen Tagen passiert?

Die Rose versteckte sich unter einer puderfeinen Sandhülle. Ein wenig welk war sie schon, und doch markierte sie genau die Stelle des Strandes, an der im Mai Milena, die Freundin ihres Neffen, einen qualvollen Tod erlitten hatte. Ob Jan die Rose hier abgelegt hatte? Oder jemand anderes, der Milenas Tod nicht vergessen wollte? Der Wind trieb Musik aus den Kneipen Westerlands zu Liv hinüber, wehte die Töne weiter über den Strand und auf die Nordsee hinaus, wo sie in die Unendlichkeit aufgingen. Aus der Finsternis über dem Meer brachen die Wellen hervor, kein Schiff war zu sehen, nur Gischtkronen fingen den Blick. Der Wind war aufgefrischt und hatte die Richtung gewechselt. Sektflaschen und Champagnerflöten, die bei Tag am Strand vergessen worden waren, funkelten im Schein der Neonlichter der Inselhauptstadt. Das Ende der Saison nahte. Bald würden die Strandkörbe eingemottet und die Häuser winterfest gemacht werden. Im Winter zeigte sich die wahre Natur Sylts, dann lehrten die Elemente selbst den hochmütigsten Insulaner Demut. Auf einmal wünschte Liv sich, diese Zeit mal wieder auf der Insel zu verbringen.

Sie hatte sich nur schwer aus dem Kommissariat loseisen können, obgleich die Gedanken inzwischen in ihrem Kopf Polka tanzten. Erst jetzt sortierten sich langsam die Fragen, reihten sich übersichtlicher aneinander. Was war Fred Vatberg zugestoßen? Wozu hatte er das Schließfach benötigt? Wohin war Fred vom Bahnhof aus gegangen? Wen hatte er getroffen? Hatte er tatsächlich nicht mit seiner Frau über seine Pläne gesprochen? Was hatte er Sunny verschwiegen, und warum? Und dann gab es da noch die Fragen, die Liv am meisten quälten: War Hark Casabione mit Freds Stock der Schlag verpasst worden, der dem Pfarrer das Jochbein gebrochen und ihn die Kellertreppe hinuntergeschleudert hatte? Und was war Fred selbst zugestoßen?

Keiner aus der Ermittlungsgruppe hatte zeitig Feierabend gemacht oder unruhig auf die Uhr geschaut. Die zwei ungeklärten Todesfälle setzten ihnen allen zu. Gab es einen Zusammenhang zwischen den Taten? Waren vielleicht noch weitere Leben in Gefahr? Trieb ein Serienmörder auf Sylt sein Unwesen und hatte sein nächstes Opfer vielleicht schon im Visier? Jede Stunde, die verging, würde die Aufklärung der Taten schwieriger machen. Leider hatten Abhörmaßnahmen bislang nur Belanglosigkeiten zutage gefördert, und die Zeugenbefragungen am Bahnhof hatten ebenfalls keine neuen Ergebnisse erbracht.

Der kalte Wind kroch Liv unter die Kleidung und trieb eine Gänsehaut über ihren Körper. An einem Kiosk an der Promenade kaufte sie einen heißen Kakao und vertiefte sich, während sie ihn trank, noch einmal in den Anblick des Meeres. Es war Zeit, Feierabend zu machen, auch gedanklich. Sie chattete mit dem Leadsänger ihrer Band, der sie vermisste, weil der Ersatzschlagzeuger zu »lahmarschig« war, und anschließend mit ihrer Freundin Katharina, mit der sie einen Termin für ein gemeinsames Essen abmachte. Weder diese Kontakte noch Schokolade und Zucker halfen ihr jedoch runterzukommen. Schließlich rief sie zu Hause an.

»Moinsen, Lammers.« Jetzt, wo sie Elise hörte, brach etwas in Liv auf, und sie spürte, wie sehr die Fälle sie belasteten.

»Schön, deine Stimme zu hören«, sagte Liv leise.

»So schlimm?«

»Hm. Wie geht es euch? Was macht ihr so?«

Elise schien zu spüren, dass Liv dringend ihre Portion familiäre Geborgenheit brauchte. »Also, ich sitze und bastle an meiner Homepage. Ohaueha, das ist ja ganz schön vertrackt. Dass ich mir das in meinem Alter nochmal zumuten muss! Aber ein büschen stolz bin ich schon«, plauderte sie los.

Liv wurde das Herz schwer, als sie bei diesem Tonfall an Sunny dachte. »Ich bin wirklich sehr neugierig auf das Ergebnis.«

»Ja, das wird schön.« Begeistert zählte Elise auf, was sie sich für die Internetseite ausgedacht hatte: eine Abteilung für Redensarten, für Anekdoten und natürlich für Witze auf Petuh.

»Und Sanna?«

»Och, die liegt in ihrer Koje und lauscht lieblicher Musik. Na ja, mein Geschmack ist es nicht, das weißt du ja. Für die nächsten Arbeiten hat sie angeblich gelernt, aber Vokabeln durfte ich sie nicht abfragen. Dafür dibbert sie, dass sie am Wochenende zu Jans Feier will.«

»Ich vermisse Sanna wirklich, aber ich kann sie hier nicht gebrauchen. Und ich will auf keinen Fall, dass sie Jan in Morsum besucht.«

»Das habe ich ihr auch schon gesagt.«

Eine Weile plauderten sie noch, bis Liv das Gähnen nicht mehr unterdrücken konnte.

»Jetzt lass dir den Kopf freipusten, schlaf und bring den Bösen zur Strecke. Umso schneller bist du wieder hier«, schloss Elise liebevoll.

Liv steckte das Handy weg. Sie wusste wirklich nicht, was sie ohne Sanna und Elise, die wichtigsten Menschen in ihrem Leben, ihr Kraftzentrum, tun würde.

16

Westerland, 19. Oktober, 6:55 Uhr

Liv war eine der Ersten im Kommissariat. Sie wollte ihre Berichte diktieren, um nicht vollends in Rückstand zu geraten und erneut von Uwe angemahnt zu werden. Sie brühte zwei Espresso auf und reichte sie den Kollegen vom MEK, die die Telefone der Verdächtigen abhörten, ins Büro, doch die hatten noch keine Neuigkeiten für sie. Liv machte sich an die Arbeit, wurde aber aus ihrer Konzentration gerissen, als Hennes eine Zeitung auf ihren Schreibtisch warf.

»Wie konnte diese Sauerei denn passieren?« Ein verpixeltes Foto prangte auf der Titelseite. Darauf war zu sehen, wie Fred Vatbergs Leiche aus dem Fischereicontainer getragen wurde. In dem Artikel war zwar von einem anonymen Toten die Rede, aber es wurde eine Verbindung zu Todesfallermittlungen auf Sylt hergestellt.

»Das müssen die Gaffer gewesen sein. Als wir eintrafen …«

Hennes zog die Augenbrauen hoch. »Keiner von euch hat die Aufnahmen auf den Handys der Schaulustigen löschen lassen?« Daran hatten sie tatsächlich nicht gedacht. Zu groß war der Schock über den Anblick der Leiche gewesen. »Unten in der Wache laufen die Telefone schon heiß. Das kann ja lustig werden …«

Bente trat ein, erregt auf Dänisch in den Telefonhörer schimpfend. Als er das Gespräch beendet hatte, platzte er heraus: »Einer der Gaffer hat die Fotos auch der dänischen Presse angeboten! Natürlich haben die auch zugegriffen!« Wieder klingelte Bentes Handy, er nahm das Gespräch an und musste den nächsten Journalisten abweisen. »Woher haben die denn nur meine Nummer?«

Liv nahm ihre Jacke vom Haken und packte ihr Handy ein.

»Bleibst du nicht zur Besprechung?«

»Ich muss Sunny informieren. Wir sind gestern nicht näher auf Freds Verletzungen eingegangen, um sie zu schonen. Jetzt lässt es sich wohl nicht mehr vermeiden, dass wir ihr die Wahrheit sagen. Können wir jemanden abstellen, der die Journalisten von ihr fernhält, falls weitere Details des Falls durchsickern?«

»Ich kümmere mich darum.«

Die alte Dame hatte die Haare gebürstet und war geschminkt, aber lose Strähnen und das fleckige Make-up verrieten, wie angegriffen sie war. Ihre Wangen wirkten hohl, als sie aus dem Fenster starrte. Sie hielt ein Fotoalbum in den Händen.

»Fred und ich mochten diese Jahreszeit immer so sehr. Das letzte Aufbäumen des Altweibersommers, die Vorfreude auf die Adventszeit und Jens Mungard im Geiste: ›Di Hiið es Brir / En kraawet di / Fan wir en sir / En sair tö di: // ›Üp Wārel es / Di Tir fuar di / Jaa, dit es wes, / Nü bal' fuarbi.‹« Ihre Stimme erstarb, und sie schluckte schwer.

Liv übersetzte das Sylterfriesisch in Gedanken: »Die Heide ist Braut / Mahnt dich / Überall / Und sagt zu dir: // ›Auf der Welt ist / Die Zeit für dich / Ja, das ist gewiss, / Jetzt bald vorbei.‹« Sie kannte das Gedicht, in dem Mungard die Heidelandschaft mit einer geschmückten, aber nachdenklichen Braut verglich; sie hatten es im Schulunterricht einmal behandelt. Wie ging es noch weiter? Leise zitierte sie: »Di Hiið es Brir / Wat es, forgair. / Man weðer jir / Kumt Niis önstair!«, denn die Dichtung hatte einen versöhnlichen Schluss: »Die Heide ist Braut; / Was ist, vergeht. / Aber wieder hier / Kommt Neues dafür!«

»Wir waren immer so glücklich, dass wir einander hatten«, sagte Sunny in einem erstickten Schluchzer. Ein Taschentuch auf die Augen gepresst, gab sie Liv mit einer Geste zu verstehen, dass sie sich zu ihr auf den Bettrand setzen dürfe. Hennes, der Liv begleitet hatte, nahm in einiger Entfernung Platz. Still weinte Sunny, als ob sie sich dafür schämte. Liv berührte sie sacht, und die alte Frau griff nach ihrer Hand, als müsste sie sich daran festhalten. Es dauerte, bis sie sich einigermaßen beruhigt hatte. Verbrechen betrafen nicht nur das Opfer, auch enge Verwandte gerieten dadurch oft in schwere Krisen. Teilweise wurden ganze Familien und Freundeskreise durch den Einbruch von Gewalt in eine bis dahin heile Welt in Mitleidenschaft gezogen. Hilfe bekamen die Angehörigen aber nur selten, denn im Fokus der Öffentlichkeit und der Polizei stand vor allem der Täter.

Opfer und Mitleidende werden viel zu schnell vergessen, dachte Liv. Oft hatte sie schon in Flensburg die Hilfe des Weißen Rings in Anspruch genommen, und sie wünschte, dass sich mehr Menschen für Verbrechensopfer einsetzen würden.

»Wissen Sie schon, was meinem Fred zugestoßen ist, Liebes?«, fragte Sunny schließlich heiser.

Jetzt war die Gelegenheit, Sunny von den Wunden zu erzählen. Aber Livs Hals war wie zugeschnürt. »Leider noch nicht. Wir ermitteln mit voller Kraft.« Sie brauchte etwas Zeit, brachte es noch nicht über sich, der Witwe von den schweren Verletzungen zu berichten. »Ist Ihnen noch etwas eingefallen, was für uns von Bedeutung sein könnte? Hat Ihr Mann vielleicht eine Bemerkung fallen lassen, was er vorhatte? Hat er eine Notiz hinterlassen? Etwas in seinen Kalender eingetragen?«, begann sie vorsichtig.

»Nein, gar nichts.«

»Wollte er irgendwo hinreisen? Mit der Bahn vielleicht?«, fragte Hennes.

Verwirrt sah Sunny sie an. »Wie kommen Sie nur darauf? Fred und ich haben immer alles gemeinsam unternommen.«

»Ihr Mann hat offenbar ein Schließfach am Bahnhof gemietet.«

»Ein Schließfach?« Die Stimme der alten Dame bebte. »Das kann nicht stimmen. Was soll er denn damit gewollt haben?«

»Könnte es sein, dass Ihr Sohn davon weiß? Oder dass Ihr Mann mit jemand anderem darüber gesprochen hat?«

»Thore war doch unterwegs. Und jemand anders? Das kann ich mir nicht vorstellen. Fred hat nicht viel erzählt in den letzten Tagen. Vielleicht hat er mit unserem Hausarzt gesprochen, Doktor Schiefelbein.« Fahrig strich Sunny sich durch die Haare, dann krampften sich ihre Finger um die Bettdecke. Sie rang wieder mit den Tränen. »Fred hat etwas beschäftigt, das könnte schon sein. Alltagssorgen, dachte ich. Das Geld, die Gesundheit.«

Liv beugte sich vor. »Wir möchten uns gerne mit Ihrem Hausarzt unterhalten. Könnten Sie ihn von der Schweigepflicht entbinden?«

»Selbstverständlich mache ich alles, was nötig ist. Vielleicht können ja auch die Zeitungen helfen. Wenn Freds Porträt in der Zeitung zu sehen wäre …«

Hennes und Liv wechselten einen Blick. »Auch dafür können wir sorgen«, sagte Liv schnell.

»Suchen Sie sich ein schönes Porträt heraus, es können auch mehrere sein. Ein Nachruf mit Fotos aus der guten alten

Zeit, das würde Fred gefallen. Fred war ein so gutaussehender Mann. Wir waren ein schönes Paar.« Als sie Liv ansah, füllten sich ihre Augen immer mehr mit Tränen. »Wann kann ich ihn sehen? Von ihm Abschied nehmen?«

Liv schluckte. Wie sollte sie es Sunny nur schonend beibringen? Doch Hennes kam ihr mit der Antwort zuvor: »Ihr Ehemann hat einige Verletzungen davongetragen. Es ist besser, wenn Sie ihn in Erinnerung behalten, wie er war.«

Sunny zögerte, fragte aber nicht mehr nach. Das war auch besser für ihre Ermittlungen, denn die genaue Todesart und die Art der Verstümmelung waren Täterwissen, das geheim gehalten werden sollte.

Hennes beugte sich vor. »Sie sagten, dass Sie und Fred mit Herrn Zurssen bekannt waren. Könnten Sie uns etwas mehr über Ihre Bekanntschaft erzählen?«

Sunnys Gesicht verschloss sich schlagartig. Sie schwieg.

Verblüfft sah Liv ihren Kollegen an. Worauf wollte Hennes hinaus? In diesem Augenblick summte ihr Telefon – Bente. Sie entschuldigte sich kurz und trat ans Fenster.

Bente klang aufgeregt. »Gerlich hat sich heute Morgen sofort an die Untersuchung des Flanierstocks gemacht. Es gibt eine fünfundneunzigprozentige Übereinstimmung mit Hark Casabiones Wunde. Fred Vatberg hat Casabione niedergeschlagen. Zumindest war es sein Stock, der Casabione niedergestreckt hat.«

Obgleich Liv dies insgeheim befürchtet hatte, erschreckte sie diese Information doch. Warum war Fred in Zurssens Haus gewesen? War er eingebrochen? Und was hatte diesen würdevollen alten Herrn dazu getrieben, einen Pastor anzugreifen? In welche Verstrickungen war er geraten, die ihn möglicherweise zum Mörder gemacht und selbst auf grausame Art und Weise das Leben gekostet hatten?

Bente fuhr fort: »Was hatte Vatberg in Zurssens Reetkate zu suchen? Gab es wirklich keine Verbindung zwischen ihm und Casabione? Ich habe Momke und Rabia schon beauftragt, in Zurssens Asservaten nach etwas zu suchen, das die beiden Männer verbindet. Fühlt ihr der Witwe noch einmal auf den Zahn.«

Livs Blick wanderte zu der erschöpften und zerrütteten alten Frau im Bett. Wie sollte sie Sunny beibringen, dass ihr ermordeter Ehemann selbst jemanden zu Tode gebracht haben könnte? Trotz allen Ermittlungsdrucks durften sie nicht vergessen, dass die alte Dame vor allem ein Opfer dieser Ereignisse war und geschützt werden musste.

Eine halbe Stunde später begegneten sie auf dem Weg zum Wagen dem Schutzpolizisten, der sich vor Sunnys Zimmer postieren und gegebenenfalls Reporter aufhalten würde. Normalerweise gab es keinen Polizeischutz für Privatpersonen, aber in diesem Fall würden sie eine Ausnahme machen, das hatte Bente in Absprache mit dem Sylter Polizeichef entschieden. Hennes drehte sich eine Zigarette und steckte sie vor der Tür der Klinik an.

»Hast du schon vor Bentes Anruf gewusst, dass Fred den Pfarrer niedergeschlagen hat? Oder wieso hast du nochmal nach der Verbindung zu Zurssen gefragt?«, wollte Liv von ihrem Kollegen wissen.

»War es das, was Bente dir am Telefon gesagt hat? Wenn Fred Vatbergs Flanierstock die Tatwaffe war, sind Volker Raffel und Helene Opahk wohl raus.«

»Nicht unbedingt. Sie könnten irgendwie an den Stock gekommen sein.«

»Unwahrscheinlich. Warum hast du Frau Vatberg denn

nicht gleich mit der Schuld ihres Mannes konfrontiert, sondern so herumgeeiert?«

Liv hatte nach dem Telefonat vor allem nach einer möglichen Verbindung zwischen Fred und den anderen Beteiligten geforscht. »Du hast doch gesehen, wie es ihr geht. Dieses Gespräch sollten wir besser vorbereiten. Fred hatte zu Zurssen seit Jahrzehnten keinen Kontakt mehr und kannte Casabione nicht, das hat sie gebetsmühlenartig wiederholt – und ich glaube ihr. Wir haben bisher nicht den Hauch eines Motivs entdeckt. Oder hast du eine Hypothese, warum Fred den Pastor angegriffen haben sollte?«

»Geldnot reicht dir wohl nicht? Zu profan, was? Wenn man eine reiche Familie im Rücken hat, sind Geldsorgen wohl Probleme aus einer anderen Welt.«

Liv funkelte ihren Partner an. Wieso musste er immer wieder mit ihrer Herkunft anfangen?! »Es geht dich nun wirklich nichts an, Hennes, aber ich sage es dir jetzt, und danach möchte ich dich bitten, in Zukunft auf derartige Bemerkungen zu verzichten: Von dem Vermögen meiner Familie habe ich nichts. Mein Vater hat mich schon vor langer Zeit enterbt. Wir leben nur von meinen Bezügen – und du weißt genau, wie die aussehen«, platzte sie heraus.

Hennes hob die Hände. »Schon gut, kein Offenbarungseid nötig, Lammers.«

Liv versuchte, sich zu beruhigen und ihre Gedanken zurück zu dem Fall zu lenken. »Natürlich ist Geldnot ein gravierendes Motiv. Doch nach was hätte Fred denn in Zurssens Haus suchen sollen? Nach großen Bargeldmengen, Diamanten oder Goldmünzen etwa, die unverschlossen herumlagen? Fred Vatberg war alt, aber nicht senil.«

»Wir sollten erst einmal mit dem Hausarzt sprechen und dann nochmal mit ihrem Sohn«, sagte Hennes.

Doktor Schiefelbeins Praxis befand sich in seinem Wohnhaus nahe dem Kampener Campingplatz. Das kleine Einfamilienhaus aus den Fünfzigerjahren verströmte mit seiner rosenberankten Fassade, der duftenden Kräuterspirale und den Gemüsebeeten einen ländlichen Charme, den man zwischen den protzigen Villen der Umgebung kaum erwartet hätte. *Sprechzeiten: Dienstag und Donnerstag von zehn bis zwölf Uhr. Nur Privatpatienten*, besagte ein Schild neben der Tür.

»Wow, vier Stunden die Woche – wenn der sich man nicht überarbeitet!«, meinte Hennes.

Aus dem Garten waren Hackgeräusche zu hören. Als auf ihr Klingeln niemand öffnete, gingen sie hinters Haus, wo eine Frau in geflickter Arbeitskleidung mit so viel Elan eine Axt schwang, dass ihre pfeffer- und salzfarbenen Locken wogten und die Holzscheite nur so durch die Luft flogen. Der Schuppen hinter ihr war der Gegenentwurf zu den modernen She-Sheds: aus Altholz zusammengezimmert und mit verblichenen Plakaten von Greenpeace und Amnesty International zusammengehalten.

»Moin«, versuchte Liv, sich bemerkbar zu machen. »Wir suchen Doktor Schiefelbein.«

Die Frau wandte sich zu ihnen um. »Ich dachte schon, Sie wollen helfen«, sagte sie lächelnd und wischte sich den Schweiß von der Stirn.

»Ist gerade schlecht. Wir sind von der Kriminalpolizei Flensburg und möchten mit Doktor Schiefelbein sprechen«, kam Hennes zur Sache.

»Geht es um Fred?«

»Sie kennen ihn?«

»Mein Mann und ich sind mit Fred und Sunny seit Jahren befreundet.«

»Haben Sie die beiden in letzter Zeit gesehen oder mit ihnen gesprochen?«

»Als ich hörte, dass Fred verschwunden ist, habe ich mit Sunny telefoniert, aber sie sagte, dass sie keine Zeit für einen Besuch habe und allein zurechtkommen würde. Sunny ist sehr eigen, wissen Sie, und ich respektiere das.« Frau Schiefelbein wog die Axt in der Hand. »Mein Mann ist bei seinen Vögeln. Versuchen Sie es in den Salzwiesen auf der anderen Seite des Ortes.«

Nach einer kurzen Fahrt entdeckten Liv und Hennes inmitten der Salzwiesen drei Vogelfreunde mit Spektiven. An einem Grönning parkten sie und gingen zu Fuß weiter. Auf dem ungeteerten Weg duftete der Strandbeifuß, und Liv entdeckte auch die kerzengeraden gelben Blütenzweige des Strandwegerichs. Die Salzwiesen waren ein Lebensraum für hochspezialisierte Lebewesen, die Sturm und Überschwemmung überdauerten und feinste Nährstoffe aus Flugsand und Gischt extrahieren konnten, was Liv stets aufs Neue faszinierte.

»Doktor Schiefelbein?«

Abwinken. Konzentration auf die Ferngläser. »Scht! Sehen Sie denn nicht die Gruppe von Limikolen dort?! Und dort hinten, einer der seltenen Dunklen Sturmtaucher«, zischte einer.

Hennes sah Liv an. Was sind Limikolen?, schien sein Blick zu fragen.

»Kripo Flensburg. Wir möchten mit Ihnen sprechen«, ließ Liv sich nicht abwimmeln. Erzwungenermaßen bekam sie nun die Aufmerksamkeit der Männer.

Ein Herr im Rentenalter wandte sich ihnen zu. »Muss das ausgerechnet jetzt sein? Der Vogelzug geht dem Ende entgegen. Gerade heute haben wir hier noch einige nordische Wintergäste aus dem Vogelreich.«

»Wir können Sie auch ins Revier bestellen.« Das zog erfahrungsgemäß in derartigen Fällen immer.

Der Arzt seufzte schwer. »Kommen Sie«, wisperte er schließlich. Sie stapften auf den Weg zurück. Einige der Vögel stoben auf; Schiefelbein schien nicht traurig darüber zu sein, dass seine Kumpane ihren Anblick ebenfalls nicht weiter genießen konnten.

Nun musterte er sie. »Wie war noch Ihr Name – Lammers? Haben Sie nicht vor ein paar Monaten meinen Kollegen schikaniert?«

»Wen meinen Sie?«, fragte Liv ruhig, obgleich sie genau wusste, worauf er anspielte.

»Peter Schüssing.«

»Da sind Sie falsch informiert. Ich habe Ihren Kollegen nicht schikaniert. Er war Teil einer Mordermittlung.«

Der Arzt glaubte ihr nicht, das war ihm deutlich anzusehen. Er überflog Sunnys Brief, der ihn von der Schweigepflicht entband, und spähte dann über die Salzwiesen. »Ein tragischer Fall, scheint es«, sagte er schließlich. »Ich weiß nicht, wie ich Ihnen weiterhelfen kann.« Gebannt beobachtete er, wie ein kleiner Greifvogel in der Luft rüttelte.

»Eine Steppenweihe«, meinte Liv beiläufig. »Die sind hier eher selten, oder?«

Schiefelbein nickte misstrauisch, als erwarte er, dass Liv ihn mit dieser Frage aufs Glatteis führen wollte. Als sie es nicht tat, gab er ihr recht. »Sehr. Sie haben ja auch noch einen weiten Weg vor sich, ganz bis in die Sahara.«

»Erzählen Sie uns mehr über Sunny und Fred Vatberg«, kam Hennes auf ihr Anliegen zurück.

Unruhig ließ der Arzt den Verschluss seines Fernglases auf- und zuschnappen. »Ich kenne Sunny und Fred schon seit Jahrzehnten. Sie sind die einzigen Kassenpatienten, die ich behalten habe. Aus Freundschaft, versteht sich. Geld verdiene ich mit den beiden nicht.«

»Gab es etwas, das Herrn Vatberg in letzter Zeit besonders Sorgen machte? Ihn beschäftigte?«

Die Augen des Arztes wanderten über die Salzwiesen. »Freds Herzschwäche hatten wir durch die Medikamente gut im Griff, aber Sunny leidet an einer degenerativen Erkrankung des zentralen Nervensystems. Fred machte sich viele Gedanken darüber, wie er es schaffen sollte, sie in Zukunft zu versorgen, wenn ihre Krankheit sich verschlechterte.«

Parkinson also?, dachte Liv. Diese Diagnose würde auch Sunny Vatbergs Zittern erklären.

»Herr Vatberg hätte sich doch Hilfe suchen können. Einen Pflegegrad beantragen. Oder betreutes Wohnen – das muss es doch auch auf Sylt geben«, meinte Hennes.

»Alte Bäume verpflanzt man nicht. Die beiden wollten ihre Wohnung nur ungern verlassen, das hat Sunny mal bei der Teestunde meiner Frau gestanden. Außerdem spielte Geld wohl eine Rolle. Sie hatten in den guten Zeiten zwar vorgesorgt, sich dann aber verspekuliert und bekamen nur eine kleine Rente.«

»Auch dann wird man in unserem Staat versorgt.«

»Aber wie?! Sie kennen die Horrorgeschichten über schlecht geführte Pflegeeinrichtungen doch auch. Das macht vielen alten Menschen Angst. Wir hatten Fred und Sunny Hilfe angeboten. Ich hätte ihnen etwas Geld geben oder bei der Suche nach einem geeigneten Pflegeheim helfen können, aber Fred lehnte ab.«

Die beiden Vogelkieker wanderten mit ihren Spektiven ein Stück. Schiefelbein hob sein Fernglas und spähte in ihre Richtung. »War es das dann?«, nuschelte er gereizt.

»Haben Sie Armin Zurssen gekannt? Oder Hark Casabione?«

»Zurssen kannte ich flüchtig, den anderen nur vom Namen nach.«

»Und wie ist es mit Thore, dem Sohn Ihrer Freunde?«

»Ihn habe ich nur als Kind mal behandelt. Das war's doch, ja?! Schönen Tag noch.« Ohne eine Antwort abzuwarten, stiefelte der Arzt los.

»Was ist mit Volker Raffel?«, rief Liv ihm laut nach.

Ungehalten kehrte der Arzt auf dem Absatz um. »Raffel ist in unserer Jagdgesellschaft. Ich kenne ihn aber nicht näher. Bei der Jagd reden wir nicht viel, sondern wir tun unsere Pflicht. Was Sie übrigens auch tun sollten.« Mit dieser Antwort ging er endgültig.

Obgleich Liv alles andere als boshaft war, hatte sie auf einmal nicht übel Lust, die Vögel aufzuscheuchen, um ihm das Vergnügen zu vermiesen. Wenn sie wirklich noch etwas von Doktor Schiefelbein erfahren wollten, mussten sie ihn wohl ins Kommissariat einbestellen.

Bevor sie Freds und Sunnys Sohn aufsuchten, machten sie am Hafenkiosk von Hörnum Halt. Da der Krabbenpreis neue Höhen erreicht hatte, entschieden sie sich für Matjesbrötchen.

Das Hafenbecken war für Sylter Verhältnisse groß, allerdings war die Ostmole marode und deshalb gesperrt. Neben den Ausflugsschiffen der Adler-Reederei lagen hier holländische Muschelfischer, das Zollboot, ein Rettungskreuzer und Richtung Budersand-Hotel viele private Motorboote und Segelyachten am Kai. Während sie aßen, beobachteten sie die aufgeregten Touristen, die neben den Adler-Schiffen mit der besucherfreundlichen Hafenrobbe Willi schäkerten.

»Zweimal ging es in den letzten Stunden um Freds Geldsorgen. Wenn das kein Motiv ist«, sagte Hennes zwischen zwei Bissen.

»Du meinst wirklich, Fred wollte von Zurssens Nachlass profitieren und ist in seiner Verzweiflung in die Reetkate eingebrochen? Casabione überraschte ihn, und Fred schlug ihn nieder, um nicht gefasst zu werden?«

»Vielleicht fürchtete Fred, als Einbrecher angeklagt zu werden und ins Gefängnis zu kommen. Dann hätte er Sunny alleinlassen müssen. Oder er schämte sich, als feiner Herr so tief gesunken zu sein.«

»Es war ein brutaler Schlag. Diesen Gewaltausbruch traue ich ihm kaum zu.«

»Könnte sein, dass er die Wirkung seines Schlags nicht einschätzen konnte. Dass ihm das Adrenalin ungewohnte Kraft verliehen hat.«

»Aber was ist dann passiert? Fred rief anonym den Notarzt und hoffte, dass man ihm nicht auf die Schliche kommen würde. Aber als wir die Ermittlungen aufnahmen, wollte er die Tatwaffe loswerden. Also mietete Fred ein Schließfach und …« Sie hielt grübelnd inne.

»Ja?«

»Keine Ahnung. Es muss etwas geschehen sein, das Fred Vatberg zur Gefahr für jemanden werden ließ. Eine ernsthafte Gefahr, wenn man seine Verletzungen bedenkt.« Bei der Erinnerung an die ausgestochenen Augen schmeckte das Brötchen nicht mehr.

»Eine persönliche Sache. Eine Racheaktion. Eine Warnung«, sagte Hennes. Er wirkte auf einmal sehr zufrieden.

»Du hast eine Hypothese, stimmt's? Hast du deshalb Sunny nach Zurssen gefragt? Vorhin bist du mir ausgewichen – glaub bloß nicht, ich hätte das nicht gemerkt.«

Hennes beobachtete, wie die Kinder zum Hafenkiosk liefen und einen Hering kauften, um den Seehund damit zu füttern. »Unter den Asservaten aus Zurssens Haus waren Drogentütchen, erinnerst du dich? Das fand ich schon merkwürdig, als Botersen es zum ersten Mal erwähnte. Ein todkranker Eigenbrötler kifft – okay, Cannabis hat ja durchaus eine medizinische Wirkung. Aber dass Zurssen eine Line zieht, bunte Pillen einwirft oder an der Nadel hängt – seltsam.« Hennes zündete eine Zigarette an und paffte ein paar Züge.

Worauf wollte er hinaus? »Du machst es aber spannend. Nun sag schon!«

Hennes sah ihr in die Augen. »Die Drogentütchen sind weg.«

Liv war wie elektrisiert. »Wie, weg?«

»Futschikato. Tütchen verschwunden, Akteneintrag entfernt. Botersen kann sich das auch nicht erklären. Aber er hält die Füße still, erstmal. Schuldet mir noch einen Gefallen.«

Livs Gedanken überschlugen sich. »Jemand hat sich an den Asservaten zu schaffen gemacht. Jemand, der nicht will, dass wir auf die Drogen aufmerksam werden und Nachforschungen anstellen.« Sie dachte an ihren letzten Sylter Fall. An den Maulwurf, der einen Verbrecher vor einer geplanten Razzia gewarnt hatte. Der Verräter war einer aus ihrem Team gewesen – aber sie hatte ihn nicht dingfest machen können. Damals war es unter anderem um Menschenhandel und Prostitution gegangen. Drogenhandel war ein weiterer Geschäftszweig der Organisierten Kriminalität. »Wer hatte Zugang zu den Akten? Wir alle«, gab sie sich selbst die Antwort. Der Maulwurf war noch immer unter ihnen. Und er hatte möglicherweise schon wieder zugeschlagen. Dieses Mal würde sie ihn erwischen! »Verdächtigst du jemanden?«

»Sagen wir so: Ich habe alle im Blick. Außer dir und mir sind alle verdächtig. Ich weiß, dass ich es nicht war, und du bist zu harmlos.« Grinsend stieß Hennes ihr den Ellenbogen in die Seite. Er hatte etwas entdeckt, das niemand außer ihm bemerkt hatte – dieser Erfolg schien Hennes gutzutun.

Liv überhörte geflissentlich die Spitze und freute sich lieber über das Vertrauen, das er ihr schenkte. »Aber was haben die Drogen mit Casabione oder Fred zu tun?«

»Das weiß ich noch nicht. Ein weiteres Rätsel dieses merkwürdigen Falls.«

»Wirst du mit Bente darüber sprechen?«

»Noch nicht.«

»Bente war aber beim letzten Fall gar nicht mit auf Sylt. Er kann also nicht der Maulwurf sein.«

»Ich möchte erst selbst genug in der Hand haben. Keine Lust, dass er mir diese Ermittlung gleich aus der Hand nimmt.«

Liv steckte einen Kaugummi in den Mund, um den Fischgeschmack loszuwerden. »Beim letzten Fall gab es doch diesen Kleindealer, Ralle wurde er genannt. Was ist aus ihm geworden?«

»Ich habe schon mit den Kollegen von BKA und LKA gesprochen, die die Drogenszene auf Sylt beobachten. Ralf Mölker konnte kein gewerbsmäßiger Handel nachgewiesen werden.«

»Was? Sie haben ihn noch nicht drangekriegt? Ich habe selbst gesehen, wie Ralle in einer Disco in Kampen gedealt hat!«, sagte Liv empört.

»Er arbeitet jetzt anscheinend als Assistent von Klaas von Kendiksen. Die Mühlen der Justiz mahlen langsam – und manchmal mahlen sie gar nicht.«

Dass der Sylter Gastronom und Bauunternehmer Kendiksen trotz des Skandals bislang davongekommen war, verbitterte Liv. Es hieß, es könne Jahre dauern, bis die Beweise so weit aufgearbeitet seien, dass Anklage gegen Kendiksen erhoben werden konnte.

»Wenn du mich fragst: Dass Ralle jetzt für Klaas von Kendiksen arbeitet, verheißt nichts Gutes«, sagte Liv düster.

Sie passierten den Sylter Yachtclub und fragten sich zu Thore Vatberg durch. Vor der Anlegestelle wies ein Schild auf Vatbergs Dienstleistungen und Kontaktdaten hin. Vatbergs Schiff war ein Fifty-Fifty, eine Kombination aus Segelyacht und Motoryacht mit einem wenig eleganten Erscheinungsbild, das jedoch vermutlich für längere Touren gut geeignet war. Der Motorsegler hatte eindeutig schon bessere Zeiten gesehen. Thore Vatberg tauschte gerade auf Deck einige Planken aus und lackierte die neuen. Der beißende Farbgeruch überdeckte den Schlickduft des Hafenbeckens. Wieder trug er Shorts und T-Shirt. Die Kleidung wirkte zerknittert, als habe er darin geschlafen. Ob dieser leicht verwahrloste Zustand mit seiner Trennung zu tun hatte?

»Gibt es etwas Neues von meinen Eltern?«, wollte Thore wissen.

»Kommen Sie an Land, dann können wir reden«, meinte Hennes zu Livs Verwunderung; sie hätte gedacht, dass der frühere Seemann sich keine Gelegenheit entgehen lassen würde, ein Schiff zu betreten.

Liv gab Thore eine knappe Zusammenfassung. Sie fragten nach Zurssen und nach Freds Flanierstock, aber Thore antwortete nur einsilbig. Zurssen kannte er flüchtig von früher, vom Verschwinden des Stocks hörte er angeblich zum ersten Mal. Erst, als es um die Geldsorgen der Eltern ging, wurde er etwas redseliger.

»Sie haben meine Eltern doch kennengelernt. Geld war bei uns kein Thema. Darüber spricht man nicht. Man hat es einfach – oder eben nicht. Ich glaube, die beiden waren auch zu stolz, um mich anzupumpen. Und dieses Schiff hier erfordert so manche Investition, das wissen Fred und Sunny.« Farbe tropfte von dem Pinsel in Thores Hand auf den Anleger, und er verstrich sie achtlos mit dem Fuß.

»Verdient man gut mit diesen Touren?« Hennes wies auf das Schild.

»Manchmal schon.«

»Um Unterhalt zu zahlen, reicht es?«

Eine Pause. Thore Vatberg sah aufs Meer hinaus. Der Wind zauste seine roten Locken, und auf einmal sah man ihm die fünfzig Jahre an. »Muss ja. Für meinen Sohn und mich ist es hart, aber die ewigen Streitereien sind für Kinder auch nicht schön.«

»Zu Ihren Eltern hat Ihre Ex aber ein gutes Verhältnis?«

»Warum auch nicht?«

Die Kommissare baten ihn, sich für ein ausführliches Gespräch bereitzuhalten, und verließen den Anleger. Liv zog ihr Handy heraus und sah nach, ob neue Nachrichten eingegangen waren. Momke hatte eine Botschaft hinterlassen. Er klang aufgeregt: »Wo steckst du denn? Falls du in der Nähe bist, musst du unbedingt im Strönwai vorbeikommen. Ich habe etwas entdeckt!«

Es war, als würde die ganze Dachgeschosswohnung nur aus Fotos bestehen. Überall hatte Momke Abzüge ausgelegt, angelehnt oder aufgehängt. Aus der Bar unter ihnen waren laute Musik und Gelächter zu hören. Wie hatten Sunny und Fred das nur ausgehalten? Die Lautstärke war das eine, aber vor allem musste die Partylaune der anderen sie immer daran erinnert haben, was für sie unwiederbringlich vergangen war.

Ungläubig sah Hennes sich um. »Jetzt verstehe ich, warum

die alte Dame meinte, dass sie sich einen bebilderten Nachruf wünscht. Material gibt es ja nun wahrlich genug. Das reicht für ganze Bildbände, was sage ich: für eine ganze Bibliothek.«

»Fred hat deshalb Kontakt zu verschiedenen Verlagen aufgenommen. Aber wenn man nicht gerade ein A-Promi ist, ist das Interesse gleich null. Hier ist ein ganzer Ordner mit Absagen«, erklärte Momke.

»Ja, so überschätzt man die eigene Bedeutsamkeit. Das war es aber hoffentlich nicht, was du uns zeigen wolltest.«

Momke führte sie an den Gaubentisch. Fotoabzüge lagen aufgeblättert wie ein Kartenspiel. Liv erkannte einige der Abgebildeten wieder, andere kamen ihr vage bekannt vor. »Ich weiß nicht, was du meinst. Was ist daran so Besonderes?«, fragte sie halb enttäuscht.

»Na, die Frau da«, Momke wies auf ein Gruppenfoto, an dessen Rand ein junges Paar in die Kamera strahlte, »die sieht aus wie du.«

Ralf Mölker spazierte, einen billigen Blumenstrauß in der Hand, den Flur entlang. Wollte dieser Polizist, der vor dem Zimmer der alten Dame saß, denn nie Pause machen? Wie festgewachsen saß der Bulle auf dem Stuhl und drehte sein Smartphone zwischen den Händen, als wäre es ein Lenkrad.

Ralles Nase lief, und er wischte sich den Schnodder in den Ärmel seines schwarzen Anzugs, nur, um sich gleich darauf furchtbar über den Schmierstreifen aufzuregen. Er hatte keinen Bock mehr auf dieses Krankenhaus, fühlte sich selbst schon ganz krank! Irgendwas musste er endlich tun, langsam fiel er auf. Die Krankenschwestern glotzten ihn schon so seltsam an.

Er steuerte auf die Toilette zu. Ein Jugendlicher kam ihm

entgegen und rannte in Ralles Blumenstrauß, sah kurz auf, murmelte abwesend eine Entschuldigung und wackelte, auf sein Handy starrend, weiter. Ralle hätte ihm am liebsten mit dem Blumenstrauß die Fresse poliert, schloss sich aber in einer Kabine ein. Der Strauß nervte ihn schon lange, also stopfte er ihn, die zerknautschten Blüten voraus, ins Klo. Mehrfach spülte er, doch die Blumen saßen gurgelnd im Abfluss fest.

Ralle stieß die Klobrille mit dem Fuß hinunter. So langsam hatte er sich wirklich eine Beruhigung verdient. Er griff nach seinem Koksvorrat, zog eine Line auf seinem Handrücken und schnupfte sie dann. Mal sehen, ob die nächste Ladung auch so guter Stoff sein würde. Etwas entspannter lehnte er sich an die Holzwand. Das Geschäft lief gut. Er war froh, die mühselige Kleindealerei und seinen Job als Getränkelieferant los zu sein. Kendiksen vertraute ihm inzwischen immer verantwortungsvollere Aufgaben an. Wenn er es klug anstellte, würde er sich bald gar nicht mehr mit Handlangerjobs abgeben müssen.

Also, Ralle, denk nach, ermahnte er sich selbst. An dem Bullen kam er nicht vorbei, der musste ja anscheinend nie aufs Klo. Das Krankenzimmer lag im ersten Stock und wäre über einen Balkon zu erreichen, aber eben nicht am helllichten Tag – er war doch nicht blöd! Was sollte er also tun? Sein Boss hatte ihm deutlich zu verstehen gegeben, was er von ihm erwartete, und Ralle wollte diesen Auftrag keinesfalls verkacken. Die Alte musste reden, endlich!

Er spürte das Messer, das in seinem rückwärtigen Hosenbund steckte, und nahm grinsend noch eine Nase voll Koks. Natürlich würde sie reden.

17

Wenningstedt, 15:08 Uhr

Liv und Hennes trennten sich am Kommissariat. Liv hatte vorgeschoben, etwas erledigen zu müssen, und das stimmte ja auch – gewissermaßen.

Der Gedanke an die Fotos ließ ihr keine Ruhe. Nach Momkes Ausruf hatte sie die Gesichter sofort erkannt. Ihre Eltern waren auf den Fotos! Die beiden hatten also – zumindest eine Zeit lang – zur gleichen Partyclique wie Fred und Sunny gehört. Das hatte sie nicht gewusst. Für Liv war es ein Schock, die Eltern so jung, so unbeschwert zu sehen. In ihrem Elternhaus hatte es keinerlei derartige Fotos gegeben. Erst als Hennes »Das hier ist ein Fall, keine Ahnenforschung« geknurrt hatte, hatte sie sich davon losreißen können.

Wie lebenslustig ihre Mutter gewirkt hatte! Sogar ihr Vater hatte damals ein wenig sympathisch ausgesehen … Wenn der Gedanke an Ocke sie nicht so abgestoßen hätte, hätte Liv die Frage sicher faszinierend gefunden, was einen Menschen so stark verändern konnte. Wie kam es, dass Ocke so hart und kalt geworden war? Sie musste unbedingt mit ihrer Großmutter über diese Entdeckung sprechen, aber jetzt war keine Zeit dafür.

Im Krankenhaus roch es nach Pfefferminztee. Liv passierte einen Klempner, der seine Gerätschaften in der offenstehenden Besuchertoilette ausgebreitet hatte. Ein Pfleger schob ein Krankenbett um die Ecke am Ende des Gangs. Vor der

Tür zu Sunnys Zimmer saß noch immer der gleiche Schutzmann. Sehnsüchtig kontrollierte er den Akkustand seines Handys, das am Ladekabel hing. Die Tür zu Sunnys Zimmer stand auf.

»Wo ist sie hin?«, fragte Liv ihn irritiert.

»Gerade abgeholt worden. Zur Behandlung, hieß es.«

Im Schwesternzimmer wusste jedoch niemand etwas von einer Untersuchung. Wer hatte Sunny abgeholt und warum? Der Pfleger! Liv rannte los, den Gang entlang und um die Ecke. Der Schutzpolizist folgte ihr.

»Wo ist der Pfleger mit dem Krankenbett hin?«, rief sie einer Krankenschwester zu, die gerade auf einem Wagen Pillendöschen bereitstellte.

»Richtung Fahrstuhl, wieso?«

Schneller! Liv hastete weiter, umkurvte Schwestern, Pfleger, Kranke. Ein weiterer Gang. Da, war das nicht der Pfleger mit Sunny? Dunkle Hosensäume blitzten unter der Pflegerkleidung hervor, auch die Schuhe waren schwarz.

»Bleiben Sie stehen!«, rief Liv

Der Mann beschleunigte den Schritt und verschwand mit dem Krankenbett um die nächste Ecke.

»Halt! Stehen bleiben! Polizei!«

»Ich versuche ihn unten abzufangen!«, hörte sie den Schutzmann.

Liv spurtete weiter. Jetzt sprangen ihr alle aus dem Weg, starrten ihr nach. Auch der Pfleger rannte jetzt. Die Reifen des Bettes quietschten über das Linoleum. Er steuerte auf das Treppenhaus zu. Was wollte er dort mit dem Krankenbett?

»Halt!«, schrie Liv.

Schon hörte sie es scheppern.

Der Entführer war entkommen. Niemand konnte eine vernünftige Beschreibung des Mannes abgeben. Liv hatte die Information ins Kommissariat weitergegeben und wartete nun darauf, dass Sunny Vatberg vom Röntgen zurückgebracht wurde. Sie konnte dem Schutzpolizisten seine Schuldgefühle, dass er den falschen Pfleger nicht erkannt hatte, nicht ausreden. Endlich öffnete sich die Tür, und die alte Dame wurde auf einem frischen Bett aus der Radiologie gebracht. Die Platzwunde an ihrem Schädel war dick mit Mull umwickelt.

»Nur ein paar blaue Flecken, sonst ist alles heil geblieben. Meinen ruhigen Puls hätte er gern, sagte der Arzt. Und das bei meiner gebrechlichen Gesundheit. Wenn Fred das nur erfahren könnte – er wäre stolz auf mich«, sagte Sunny tapfer, als Liv nebenher zurück zum Krankenbett ging.

»Haben Sie den Mann erkannt? Wie sah er aus?«

»Ich habe ihn ja kaum gesehen. Er holte mich ab und schob mich in ein leeres Zimmer. Ich fand das komisch, weil mir niemand von einer Verlegung erzählt hatte. Auf jeden Fall hat dieser Mann ziemlich konfus gewirkt. Er starrte immer wieder vor sich hin, als wäre er völlig weggetreten. Dann hat er mich plötzlich angebrüllt, wo ich es versteckt hätte. Ich wusste nicht, was er meinte, und das habe ich ihm auch gesagt. Daraufhin wurde der Kerl zornig. Als eine Schwester kam, wendete er das Bett, rumste damit gegen eine Wand, und wir fuhren weiter.« Die Schwester hatte Sunny vermutlich das Leben gerettet.

Sie hatten das Zimmer erreicht. Liv setzte sich zu Sunny ans Bett und machte sich einige Notizen. Später würden ihre Kollegen mit einem Phantomzeichner hier eintreffen. »Wir vermuten, dass der Mann etwas suchte, das Fred an sich genommen hat.«

»Etwas an sich genommen? Wann denn? Und was soll das

überhaupt gewesen sein? Nein, ich kann mir das nicht vorstellen. Fred hat mir auch gar nichts davon gesagt.«

»Es könnte sein, dass Ihr Mann in Armin Zurssens Haus eingedrungen ist. Dort traf er mit Hark Casabione zusammen und schlug den Pastor nieder.«

Sunny war sichtlich geschockt. »Fred … aber er könnte nie jemandem etwas zuleide tun!«

»Ihr Gatte wurde in der Nähe des Hauses gesehen. Außerdem steht fest, dass Casabione mit Freds Stock geschlagen wurde. Was könnte er also in Zurssens Haus gewollt haben?«

Tränen sammelten sich in Sunnys Augen. »Das kann nicht stimmen! Ich weiß nichts davon. Ich kann es nicht sagen, wirklich nicht.«

»Es hört sich sicher komisch an, aber hatte Ihr Mann etwas mit Drogen zu tun?«

»Nein. Wie kommen Sie denn darauf?«

Behutsam befragte Liv sie weiter, aber aus der alten Dame war nicht mehr herauszubekommen. Stattdessen schien Sunny müde zu werden. Die Aufregung und die körperliche Belastung forderten ihren Tribut. Liv kämpfte ihre Befangenheit nieder. »Ich war erstaunt zu sehen, dass Sie auch Rosa und Ocke Lammers kannten«, sagte sie.

Sunnys Züge verschatteten sich etwas. »Rosa und Ocke, ja. Die kannten wir.« Sie hob ihren Kopf und musterte Liv, als sähe sie sie zum ersten Mal. »Lammers heißen Sie? Dass mir das nicht gleich aufgefallen ist! Ich habe es nicht so mit Namen, wissen Sie. War Rosa Ihre Mutter? Ich mochte sie. Rosa war so eine lebendige, zarte Person. Umgänglich. Lustig. Und sie wusste viel. Kannte alle Gedichte von Rilke auswendig und hatte eine schöne Singstimme. Singen Sie auch?«

Überrumpelt von dieser Beschreibung ihrer Mutter schüttelte Liv den Kopf. Sie hatte keine einzige Erinnerung an ihre Mutter, die auch nur entfernt an die Frau erinnerte, die Sunny Vatberg da beschrieb.

»Wir haben viel gesungen damals und noch mehr getanzt. Ocke war der beste Tänzer unserer Clique und daher sehr begehrt. Nachdem sie geheiratet hatten, verloren Fred und ich den Kontakt zu den beiden. Wir lebten auf einer kleinen Insel und waren doch Welten voneinander entfernt. Wie es manchmal so geht im Leben.« Die Augen der alten Frau wanderten müde über Livs Gesicht. »Sie haben eine große Ähnlichkeit mit ihr. Dass mir das nicht früher aufgefallen ist. Ich werde alt, wirklich …«

Im Kommissariat schrillten die Telefone unaufhörlich. Weitere Stühle und Tische waren für die Verstärkung herangeschafft worden. Die Ereignisse hatten die Polizisten überrollt, aber jetzt wurde aufgerüstet. Die Spannung war förmlich mit Händen zu greifen.

Für die Besprechung fanden sie kaum einen geeigneten Raum. Liv berichtete ausführlich von den Ereignissen im Krankenhaus. Allen erschienen die Vorgänge so rätselhaft wie ihr. »Leider haben die Überwachungskameras keine anständige Aufnahme des Mannes eingefangen, der Frau Vatberg entführen wollte. Wir müssen uns mit der Phantomzeichnung durch die Nordseeklinik fragen. Der Angreifer wollte von Sunny etwas wissen. Ich denke noch immer, dass es um etwas geht, das in Freds Besitz war«, sagte sie.

Momke runzelte die Stirn. »In der Wohnung der beiden war nichts Ungewöhnliches. Es gab auch keinen Tresor, kein Bankschließfach, kein Geheimversteck …«

Diese Worte brachten etwas in Liv zum Klingen, aber ehe sie dem Gefühl nachspüren konnte, wies Bente auf eine vergrößerte Karte von Kampen und Braderup, die an einer der Pinnwände hing. »Inzwischen konnten wir ein relativ lückenloses Bewegungsprotokoll für Fred Vatbergs letzte Tage erstellen. Am 13. Oktober brach er gegen 19 Uhr mit seinem Fahrrad von zu Hause auf. Ein Zeuge sah ihn gegen 19:10 Uhr in der Nähe des Lokals *Kupferkanne*, und ein weiterer hat ihn um 19:20 Uhr in der Nähe von Zurssens Haus beobachtet. Gegen 20 Uhr war er anscheinend auf dem Rückweg. Ganz im Umfeld seiner Route, in der Wuldeschlucht, ist Casabiones Tasche gefunden worden.«

Die Wulde war ein tiefer Einschnitt in das hoch gelegene Kampener Geestgebiet, steinig und unwegsam – ein gutes Versteck, wie Liv wusste.

»Die Tasche wurde abgewischt«, fuhr Bente fort, »ein Haar klemmte jedoch im Reißverschluss. Die Kriminaltechnik hat es mit einem von Fred Vatbergs Haaren verglichen – die Ähnlichkeit beträgt neunundneunzig Prozent. Von einem Lokal namens *Manne Pahl* rief Vatberg die Feuerwehr an. Auch hier hat man ihn inzwischen wiedererkannt.« Bente sah zufrieden in die Runde. »Die Indizien sprechen also dafür, dass Fred Vatberg Hark Casabione tatsächlich tödlich verwundete. Das Motiv für den Schlag dürfte die Angst vor Entdeckung gewesen sein. Die Tatwaffe versteckte er deshalb in einem Schließfach. Dieser Fall nähert sich seiner Aufklärung.«

»Tja, schön wär's. Dann könnten wir ja bald nach Hause fahren. Nur müssen wir leider erst noch diesen zweiten Fall lösen – die brutale Ermordung von Fred Vatberg. Und das könnte sich als ziemlich verzwickte Angelegenheit entpuppen«, verkündete Hennes düster und ließ sein Zippo auf dem Schreibtisch kreiseln.

»Was hat Vatberg in Zurssens Haus gewollt? Steht seine Ermordung in Zusammenhang mit diesen Ereignissen, oder ist es ein purer Zufall?«, dachte Bente laut.

»Wir haben alle Pfandleiher und Hehler der Insel abgeklappert – nichts. Wenn er bei Zurssen etwas an sich genommen hat, das er zu Geld machen wollte, hat er es nicht getan«, berichtete Livs K1-Kollege Andreas, der am Morgen aus Flensburg eingetroffen war.

»Womit kommt man noch zu Geld? Drogenhandel und Erpressung«, warf Hennes in die Runde. Keiner ging darauf ein. Liv jedoch sah, wie Hennes seinerseits die Kollegen genau beobachtete.

»Fred Vatberg wurde zuletzt am 15. Oktober gesichtet. Zunächst in Kampen auf dem Radweg, dann in Wenningstedt, beim Edeka-Markt am Osterweg. Dort wartete er vor dem Geldautomaten. Zufällig nahm die Überwachungskamera auf, was dann geschah. Ihr werdet es nicht glauben.« Bente klickte auf der Tastatur seines Computers herum.

Liv richtete sich auf. Auch die anderen starrten gespannt auf den Bildschirm. Die Aufnahmen waren suppig-grau und schlecht, doch sie konnten erkennen, wie Fred vor dem Geldautomaten auf und ab ging. Er stützte sich auf seinen Stock und hielt seinen Fahrradhelm in der anderen Hand. Gleich darauf war zu sehen, wie am Straßenrand ein Wagen hielt. Der Fahrer rief ihn heran und sprach mit Vatberg. Liv sog die Luft ein. Sie kannte Mann und Auto!

»Was zur Hölle hatte Fred Vatberg mit Volker Raffel zu schaffen? War der Mörder nun doch der Gärtner?«, platzte Momke heraus.

»Andreas und ich werden Volker Raffel noch einmal gemeinsam vernehmen. Auch Raffels Auto wird durchleuchtet. Vielleicht finden sich ja Blutspuren von Fred.«

»Raffel ist anscheinend der Letzte, der das Opfer lebend gesehen hat. Wenn er der Täter war, werden wir es auch herausbekommen«, erklärte Andreas überzeugt.

Liv war skeptischer. »Raffel wusste doch zu diesem Zeitpunkt schon, dass wir ihn im Visier haben. Warum sollte er so etwas riskieren?«

»Vielleicht sind ihm die Sicherungen durchgeschmort.« Andreas machte eine wegwerfende Handbewegung. »So was kommt vor.«

»Ihr forscht weiter im privaten Umfeld von Fred und Sunny nach«, sagte Bente zu Liv und Hennes. »Wir müssen da etwas übersehen haben.«

Am Spätnachmittag klingelten sie erneut am Haus von Doktor Schiefelbein. Es dauerte einen Moment, dann kam der Arzt aus dem Garten angestiefelt. »Was wollen Sie denn noch?«, begrüßte er die Kommissare abweisend.

»Dieses Mal wollen wir mit Ihrer Frau sprechen. Ist sie im Hause?«

Etwas widerwillig führte Doktor Schiefelbein sie in den Hauswirtschaftsraum, wo seine Frau Kohlscheiben aus einem Mixer in einen Tontopf schaufelte. Auf Regalen reihte sich eine ganze Batterie von Einmachgläsern.

»Die Herrschaften wollen mit dir sprechen«, sagte der Arzt.

Seine Frau reichte ihm die hölzerne Zange und wischte sich die Hände an der Hose ab. »Mach die Töpfe randvoll. Und dann mit dem Salzwasser auffüllen.«

Peinlich berührt sah Schiefelbein Liv und Momke an. »Der Ruhestand hat definitiv auch Nachteile«, sagte er mit einem gequälten Lächeln.

Karin Schiefelbein bat sie ins Wohnzimmer, das mit den unzähligen Bücherregalen und dem Omasofa eine urig-gediegene Atmosphäre besaß. Die rötlichen Felle, die auf die Sofalehnen drapiert waren, nahm sie allerdings sogleich ab und stopfte sie unters Sofa.

»Fuchsfelle. Alle selbst geschossen, wie mein Gatte gern betont. Eines unserer ewigen Streitthemen. Es mag ja sein, dass Füchse nicht nach Sylt gehören. Dass erst der Hindenburgdamm ihnen den Weg hierher geebnet hat. Und dass sogar der NABU den Abschuss befürwortet, wenn man die Felle nutzt. Aber ich bin nun mal Waffengegner durch und durch. Frieden schaffen ohne Waffen war schon immer mein Motto. Seit 1982.«

»Der Berliner Appell, das war ein Weckruf für die Massen«, stimmte Hennes zu.

»Daran erinnere ich mich auch …«, begann Liv.

»Da warst du noch nicht einmal geboren, Lammers«, fiel Hennes ihr ins Wort.

»… aus dem Schulunterricht«, vollendete Liv ihren Satz.

Die Arztfrau schenkte ihnen aus einer Karaffe selbstgemachte Limonade ein, die fruchtig-herb und ein wenig nach Ingwer schmeckte. »Ich habe Sunny vorhin ein paar Blumen und eingelegten Knoblauch ins Krankenhaus gebracht«, berichtete sie. »Sie muss dringend wieder zu Kräften kommen. Immerhin hat sie jetzt ein wenig Ansprache und ist nicht mehr ganz allein. Inzwischen hat sie eine Zimmernachbarin bekommen, die einen Blick auf sie hat. Das ist gut. Sunny ist so fragil.«

»Sie haben eine enge Beziehung zu Sunny Vatberg? Sind gewissenmaßen mit ihr befreundet?«, wollte Liv wissen.

»So könnte man es sagen.«

»Erzählen Sie uns von ihr und Fred. Woher kennen Sie sich?«

»Fred hat bei unserer Hochzeit fotografiert. Es war ein wunderbares Fest in den Dünen. Wir wollten es nicht dekadent und steif, sondern schlicht – barfuß, mit Blumen im Haar. Ich trug ein wallendes Kleid und sah ein wenig aus wie eine Elfe. Nur die Band war ein Reinfall. Die war so relaxt …«

»… dass sie gar nicht erst auftauchte«, beendete Hennes ihren Satz.

Karin Schiefelbein lächelte verschmitzt. »Das haben Sie wohl auch mal erlebt?«

»Das nicht, aber ich erinnere mich an die Zeit. Damals hetzte man noch nicht von Termin zu Termin, sondern ließ sich eher treiben. War gesünder, wenn Sie mich fragen.«

»Ganz bestimmt.« Die Arztfrau lächelte. »Wir pfiffen also auf die Band und machten es uns trotzdem schön. Fred war so lustig, dass die Gäste gar nicht merkten, wenn er sie fotografierte. Einige Tage später lernten wir Sunny kennen – ein reizendes Geschöpf. Auch als wir später weniger Berührungspunkte hatten, weil ich mich gegen kapitalistische Auswüchse und für den Inselschutz engagierte, hielten wir Kontakt. So überdauerte unsere Freundschaft.«

»Mischte Sunny auch bei diesen Protestbewegungen mit?«

»Nein, Fred und Sunny hielten sich aus allem Politischen raus.«

»Könnte Fred sich trotzdem Feinde gemacht haben?«

Karin Schiefelbein schien bestürzt. »Hat jemand ihm also tatsächlich etwas angetan? Ich habe das für den üblichen Inselschnack gehalten.« Als die Kommissare sich nicht zu der Tat äußerten, redete sie weiter. »Fred und Sunny lebten sehr zurückgezogen, was auch ihren eingeschränkten finanziellen Verhältnissen geschuldet war. Ich habe regelmäßig versucht, sie zu einem Konzert oder einer Lesung einzuladen, aber sie lehnten stets ab. Es war bedrückend zu sehen, wie sehr sie sich einschränken mussten. Ich wüsste nicht, dass Fred je mit jemandem Streit gehabt hat. Es ist alles so lange her.«

Liv kramte den Ordner, den Momke zusammengestellt hatte, aus der Tasche und reichte ihn Karin Schiefelbein. »Vielleicht regen diese Fotos Ihre Erinnerung etwas an.«

Die Frau blätterte sich durch die Fotos und lachte auf. »Die habe ich ja ewig nicht gesehen! Meine Güte, wie jung wir waren! Diese Frisur – das war damals der letzte Schrei! Und der kurze Rock hier erst! Aber Freds Fotos sind knorke – er hat immer den richtigen Augenblick eingefangen.« Sie blätterte weiter. »Das war eine Geburtstagsfeier vor dem Streit. Sehen Sie, alle waren dabei.« Sie zählte verschiedene Namen auf und zeigte auf die betreffenden Personen. »Wie viel Spaß wir hatten! Und hier, Thore. So ein lieber Junge! Der war am glücklichsten, wenn er mal im Rolls-Royce mitfahren durfte. Gab ja damals nur drei Exemplare auf ganz Sylt. Für mich war diese Karre das Symbol des Kapitalismus schlechthin, aber ich war ja tolerant und habe Armin – Armin Zurssen – deswegen nicht angemacht.« Einige Bildreihen später stutzte sie. »Hier bei dieser Feier fehlte Armin schon. Ganz plötzlich hatte er die Insel verlassen. Das war kurz, nachdem ...« Sie hielt inne.

Liv merkte auf. »Ja?«

»Jetzt fällt es mir wieder ein. Es gab tatsächlich einen Streit. Damals mit Armin. Ich erinnere mich noch an unser Mittsommerfest, das wir traditionell am FKK-Strand feierten. Es muss 1968 oder ’69 gewesen sein. Fred und Armin haben sich damals fast geschlagen.«

Liv beugte sich vor. »Worum ging es bei diesem Streit?«

Karin Schiefelbein überlegte intensiv. »Wenn ich das noch wüsste!« Sie wirkte aufrichtig zerknirscht.

»Hat Zurssen vielleicht Sunny Avancen gemacht?«, fragte Liv.

Karin Schiefelbein lachte auf. »Es waren die Siebziger, junge Frau. Freie Liebe. Das war damals doch kein Grund für einen Streit, schon gar nicht hier auf Sylt. Was meinen Sie denn, was ich …« Sie tauschte ein verstohlenes Lächeln mit Hennes. »Nein, ich habe keine Ahnung, was geschehen sein könnte. Aber auch Sunny war zu dieser Zeit etwas über die Leber gelaufen. Soweit ich mich erinnere, sagte sie irgendwann: Wenn Armin zu der und der Feier kommen sollte, müsst ihr auf uns verzichten. Wir haben das nicht so ernst genommen – Animositäten gab es immer. Armin verschwand dann plötzlich – keiner wusste, warum.«

»Hatten Sie später nochmal Kontakt zu Herrn Zurssen?«

»Nein, wir wussten nicht einmal, dass er wieder auf Sylt lebte. Ich habe erst aus der Zeitung davon erfahren.«

»Ihr Mann sagte uns, er hätte Armin Zurssen nur flüchtig gekannt.«

Karien Schiefelbein schnaubte. »Das stimmt vermutlich. Die beiden konnten sich nicht leiden. Für jemanden wie meinen Mann, der sich jeden Pfennig hart erarbeitet hat, war Armin eine konstante Provokation. Geerbtes Geld, beste Beziehungen, eingebildet bis zum Dorthinaus, kein Sinn für die Realität. Ich will Ihnen nicht zu nahe treten, aber das ist wie mit Ihrem Vater, Frau Lammers. Auch zu Ocke brach unser Kontakt schließlich ab.«

Hennes warf Liv einen sprechenden Blick zu.

»Keine Sorge, Sie treten mir damit nicht zu nahe. Unser Verhältnis ist, sagen wir … nicht das beste«, entgegnete Liv.

»Wie überaus sympathisch. Ocke und seine Tochter Annika reißen sich jedes greifbare Grundstück unter den Nagel und bauen darauf, was geht – Hauptsache groß. Gewinnmaximierung nennt man das wohl. Bürgerproteste sind da zwecklos. Ocke hat eben die besseren Beziehungen nach ganz oben und setzt sich durch.«

Liv wollte nicht näher auf die unerfreulichen Machenschaften ihres Vaters und ihrer Schwester eingehen und kam auf Armin Zurssen zurück. »Wenn Zurssen so schrecklich war – warum waren Sie dann überhaupt befreundet?«

»Armin war ja nicht nur Prinz Rolex. Er war ein interessanter Diskussionspartner. Gebildet und charmant. Und mit Kunst und Kultur kannte er sich wirklich aus. Es dürfte noch die eine oder andere Überraschung in seinem Nachlass geben. Ich hoffe, der Brand hat nicht zu viel zerstört.«

»Worauf wollen Sie hinaus?«, fragte Hennes.

»Armin hatte einen guten Riecher für aufstrebende Künstler und auch das Geld, sich einfach mal so mit ihren Werken einzudecken.«

Liv und Hennes bedankten sich für die Limonade und gaben Karin Schiefelbein ihre Visitenkarten, für den Fall, dass ihr doch noch der Grund für den Streit einfallen würde.

In den nächsten Stunden arbeiteten sich die Kommissare durch den Freundeskreis von Fred und Sunny Vatberg. Bei ihren Gesprächen verdichtete sich der Verdacht: Im Jahr 1969 hatte es einen Vorfall gegeben, der zum Zerwürfnis der Gruppe geführt hatte. Obgleich sich angeblich niemand erinnern konnte, was genau vorgefallen war, schienen sowohl Zurssen als auch Sunny und Fred damit zu tun gehabt zu haben.

Viele Gesprächspartner begriffen sofort, dass Liv die Tochter von Ocke und Rosa Lammers war. Daher erwähnten sie ihre Eltern häufig. Hennes' Geduld wurde durch diese Abschweifungen auf eine harte Probe gestellt. Liv dagegen sah sich mit einem völlig neuen Bild ihrer Eltern konfrontiert. Vor allem die Berichte über ihre Mutter bewegten sie: eine aufgeweckte, sensible junge Frau, für die Männer wie Frauen schnell Schutzinstinkte entwickelt hatten. Immer wieder äußerten die Leute ihr Bedauern darüber, dass die Verbindung zu Rosa im Laufe ihrer Ehe mit Ocke abgebrochen war.

Als sie sich schließlich auf den Weg in die Klinik machten, um Sunny Vatberg noch einmal zu befragen, meinte Hennes: »Und morgen nehmen wir uns den Rest vor, einschließlich deines Vaters.«

Liv versteifte sich. Sie konnte sich Ockes Reaktion auf eine Befragung durch die Polizei besser vorstellen, als ihr lieb war.

»Keine Sorge, ohne dich. Du bist ohnehin befangen. Dafür darfst du jetzt bei Sunny deine weibliche Intuition mal wieder spielen lassen, von der Bente so viel hält.«

Der geschmackvolle Strauß auf dem Nachttisch verriet die Handschrift der Arztfrau. Neben einem praktischen Blumentopf stand eine Kinderzeichnung. Obgleich es erst Spätnachmittag war, hatte es im Krankenhaus schon Abendbrot gegeben; das beinahe unberührte Tablett stand noch auf dem Tisch.

Sunny wirkte abgespannt. Die Prellungen begannen sich zu verfärben, gleichzeitig wirkte ihr Gesicht eingefallen. Von ihrem Rollstuhl aus lauschte sie ihrer Bettnachbarin. Sie schien erleichtert, als Liv und Hennes eintraten und den Monolog unterbrachen. Die Kommissare fuhren die alte Dame in den Aufenthaltsraum. Auf Sunnys Wunsch öffneten sie die Fenster weit.

»Das büschen Frieren macht mir nichts. Ich bilde mir ein,

dass ich von hier aus sogar das Meer hören kann. Wenn ich ständig mit dieser Frau eingesperrt bin, die in einer Tour redet und sogar, wenn sie schläft, Geräusche macht – ich verrate aus Zartgefühl nicht, welche –, werde ich erst recht depressiv. Dann möchte ich nur noch meinem Fred hinterher.«

»Sagen Sie das nicht. Sie kommen schon wieder auf die Beine«, versuchte Liv, sie aufzumuntern.

Sunny sank in ihrem Rollstuhl zusammen. »Aber wozu? Jetzt, wo Fred tot ist, kann ich die Wohnung nicht mehr halten. Ich kann meinen Mann ja nicht einmal ordentlich unter die Erde bringen! Ich schäme mich so! Und was soll schon aus mir werden, wenn ich weiterlebe? Ich will nicht in irgendein Heim abgeschoben werden.«

»Vielleicht können Sie bis auf Weiteres zu Ihrem Sohn?«

»Zu Thore? Nein, das kann ich ihm nicht zumuten.«

Liv spürte Mitleid, fasste sich aber trotzdem ein Herz. »Wir haben mit Ihren Freunden gesprochen. Viele erinnern sich daran, dass es im Jahre 1969 zwischen Ihnen und Zurssen Streit gab.«

Sunny starrte schweigend aus dem Fenster. »Viele, ja? Komisch, dass ich mich nicht daran erinnere.«

»Was für einen Grund könnte es für einen Streit gegeben haben?«

Sunny zog die Schultern hoch. »Kann nicht so wichtig gewesen sein, wenn ich die Sache komplett vergessen habe.«

»Irgendwas muss damals vorgefallen sein. Versuchen Sie doch bitte, sich den Vorfall ins Gedächtnis zurückzurufen.«

Es war offensichtlich, dass Sunny blockte. Aber warum? »Gab es politische Themen, über die Sie gestritten haben? Ging es um Eifersucht? Um Geld?«

Starrsinnig schüttelte die alte Frau den Kopf. »Geld war

kein Thema zwischen uns. Man hat es, oder man hat es nicht. Und wir alle hatten es damals.«

Hennes ging die Geduld aus. »Wir können beweisen, dass Fred in Zurssens Haus war. Dass Hark Casabione mit Freds Flanierstock niedergeschlagen wurde. Jetzt reden Sie endlich!«, forderte er.

Verletzt sah die alte Dame Liv an. »Ich lüge nicht! Fred hat mir nicht gesagt, dass er da hinwollte! Er hat nicht mit mir darüber gesprochen!« Die Enttäuschung, die aus diesen Worten klang, saß offenbar tief. »Als er an diesem Abend von seiner Fahrradtour zurückkehrte ... Er war so verstört.« Ihre Stimme brach. »Genau genommen hatte Freds Verstimmung schon früher angefangen. Seit wir gehört hatten, dass Armin wieder auf der Insel ist, war mein Fred nicht mehr derselbe.«

Liv bemühte sich um einen beiläufigen Ton. Hatte sie Sunny richtig verstanden? »Sie haben also vor Armin Zurssens Tod erfahren, dass er nach Sylt zurückgekehrt ist?«

»Ja, kurz davor. Ein, zwei Wochen.«

»Wer hat es Ihnen gesagt?«

»Ich weiß nicht mehr. Wie man so redet, irgendjemand hatte es von irgendjemandem. Wir konnten es erst gar nicht glauben. Fred hat der Gedanke sehr belastet. Ich wünschte, Armin wäre von der Insel weggeblieben. Vielleicht würde mein Fred dann noch leben.«

»Jetzt kommen wir der Sache schon näher«, sagte Hennes zufrieden. »1969 führte irgendein Ereignis zum Bruch zwischen Ihnen. Und als Sie hörten, dass Zurssen plötzlich wieder hier war, machte Fred sich auf, eine alte Rechnung zu begleichen. Er wollte sich eine Entschädigung für das verschaffen, was damals vorgefallen war. Geld besorgen, das Sie dringend benötigten.«

Sunny rang die knochigen Hände. »So war es nicht. Ich wollte damit nur sagen: Wenn Fred und ich gewusst haben, dass Armin wieder hier ist, können es auch andere gewusst haben.«

»Dafür haben wir keine Anzeichen.«

Die alte Dame wirkte verzweifelt. »Was Sie da behaupten, ist nicht wahr! Mein Fred war kein Mörder!«

Liv hielt ihren Blick fest. In den letzten Minuten hatte etwas in ihrem Hinterkopf angefangen zu arbeiten. Ein Gedanke, den sie allerdings noch nicht zu fassen bekam. Der Zipfel eines Fadens, der zur Lösung des Rätsels führen würde. »Ich bin davon überzeugt, dass diese Ereignisse zusammenhängen. Fred war in Zurssens Haus. Er hatte mit Casabiones Tod zu tun. Und das, was in Zurssens Haus geschehen ist, hat wiederum zum Tod Ihres Mannes geführt. Bitte helfen Sie uns zu verstehen, was passiert ist. Nur so können wir den Mörder Ihres Mannes finden«, appellierte sie an Sunny. Doch die alte Frau schwieg.

»Ich möchte die Exhumierung von Armin Zurssen beantragen.«

Bente starrte Liv an. »Du möchtest was?!«

Sie hielt Zurssens Totenschein in den Händen. »Armin Zurssen ist nach seinem Tod nicht obduziert worden. Die Bescheinigung seines Hausarztes lautet auf natürlichen Tod. Hennes und ich haben den Arzt eben aufgesucht. Er hat Zurssens Leiche nicht einmal näher untersucht, das hat er zugegeben. Da sein Patient schwerkrank war, ist er von einem natürlichen Tod ausgegangen. Ich möchte sichergehen, dass Zurssen nicht ebenfalls ermordet wurde.«

»Das ist wieder einmal ein Beweis dafür, dass Hausärzte

keinen Totenschein ausstellen sollten. Aber glaubst du ernsthaft, dass es einen dritten Mord gegeben hat? Bist du verrückt geworden? Es wird Zeit, dass du freimachst – morgen fährst du nach Flensburg, damit du zur Ruhe kommst und wieder klar denken kannst.«

»Ich denke klar!«

»Eine Exhumierung beantragt man nicht einfach so. Das ist ein schwerwiegender Akt. Die Grabesruhe eines Menschen wird gestört. Zudem ist es ein ungeheurer bürokratischer Aufwand – und das völlig zu Recht!«

»Ich will die Exhumierung auch nicht einfach so beantragen«, sagte Liv beherrscht. »Es gibt mehrere Zeugen, die bestätigen, dass es 1969 zwischen Vatbergs und Zurssen ein ernsthaftes Zerwürfnis gab. Sunny hat zugegeben, dass ihr Mann von der Rückkehr des Millionärs gehört hat und danach komplett von der Rolle war. Rache ist ein starkes Motiv.«

Bente trat näher an sie heran. Sie konnte sein mit Schweiß vermischtes Aftershave riechen. »Rache wofür?«

»Das wissen wir noch nicht.«

»Ein dreiundsiebzigjähriger Rentner soll also zwei Menschen umgebracht haben, bevor er selbst ermordet wurde? Weißt du auch wirklich, was du da tust?«, fragte er leise.

So formuliert, hörte es sich tatsächlich äußerst unglaubwürdig an. »Ich will sicher sein, dass wir nichts übersehen haben«, gab sie zurück.

Bente sah ihr fest in die Augen. Dann senkte er die Lider. »Ich rufe den Staatsanwalt an und sehe, was sich machen lässt. Aber versprechen kann ich nichts.«

18

Flensburg, 20. Oktober, 8:35 Uhr

Am nächsten Morgen nahmen Liv und Bente den Zug zurück nach Flensburg. Bente hatte darauf bestanden, dass nach einer Woche Dienst am Stück eine Pause eingehalten werden musste. Liv hatte allerdings den Verdacht, dass es ihm vor allem darum ging, am Geburtstag seiner jüngsten Tochter zu Hause zu sein. Auf dem Weg zum Bahnhof hatte sie geholfen, eine flauschige Robbe für die Dreijährige auszusuchen.

Hennes, der ebenfalls von Anfang an bei der Ermittlung dabei gewesen war, hatte sich dagegen geweigert zu pausieren. Er hatte bei der letzten Besprechung verkündet, noch mit den Asservaten aus Zurssens Haus beschäftigt zu sein. »Könnte sein, dass wir da etwas übersehen haben«, hatte er mit lauerndem Blick in die Runde verkündet.

Unauffällig ging anders.

Immerhin hatte er Liv versprochen, sie zu informieren, wenn über die Exhumierung entschieden worden war. Sie hätte gerne mit Thore Vatberg über das Zerwürfnis seiner Eltern mit Zurssen gesprochen, aber Thore war wieder einmal auf See; erst zur Urnenbeisetzung des Vaters würde er wieder da sein.

Obgleich Nieselregen durch Flensburgs Gassen flirrte, entschied sich Liv, die Viertelstunde zu Fuß vom Bahnhof ins Kapitänsviertel zu laufen. Sie brannte darauf, Elise die Fotos zu zeigen und sie auf die Vergangenheit von Ocke und Rosa anzusprechen. In ihrem Kapitänshaus war jedoch niemand. Liv schickte eine Frage in den Familienchat.

»Solitüde«, lautete Sannas knappe Antwort.

Liv fühlte kurz und heftig die Versuchung, sich im Keller am Schlagzeug so richtig auszupowern, doch dann fiel ihr ein, dass am Abend Bandprobe war – so lange würde sie es schon noch aushalten. Sie steckte eine Tüte Studentenfutter ein und machte sich auf den Weg hügelan in die Brixstraße, wo sie ihren VW-Bulli abgestellt hatte, weil es in der St.-Jürgen-Straße nur wenige Privatparkplätze gab. Der selbstausgebaute Camper sprang zwar sogleich an, aber der Auspuff schepperte verdächtig. Nicht auch noch das! Wenn eine größere Reparatur fällig wäre, würden die Weihnachtsgeschenke dieses Jahr mager ausfallen – ganz zu schweigen von einer Urlaubsreise.

Sie durchquerte die Baustelle vor der Marineakademie in Mürwik ausnahmsweise ohne Stau und hielt vor dem Minigolfplatz am Solitüder Wald. Am italienischen Restaurant lief sie zur Förde hinunter. Der Nieselregen hatte aufgehört, und die Sonne brachte die regenfeuchten Blätter der gewaltigen Buchen zum Glitzern. Der Wind bewegte sacht die verwaisten Schaukeln auf dem verlassenen Spielplatz. Bei diesem Wetter war es in dem beliebten Naherholungsgebiet tatsächlich so einsam, wie es der Name besagte. Liv hielt links auf den Hundestrand zu. Im fahlen Licht wirkte das Strandbad mit seinem feinen Pudersand, dem blassgrünen Dünengras und der friedlichen Ostsee beinahe wie mit Aquarellfarben gemalt. Sie dachte an Duke Ellingtons wehmütigen Song *Solitude*, der perfekt zu der Stimmung passte, die sie jetzt anflog.

Schon von Weitem sah sie ihre Großmutter und ihre Tochter, die mit Zorro auf dem Sandstrand trainierten. Sogleich war ihre Wehmut verflogen. Sie rief nach ihrem Hund, und der Mischling wetzte auf sie zu, obgleich Sanna ihn bei Fuß rief. Früher war Sanna ihr mit der gleichen Begeisterung entgegengestürmt, aber mit vierzehn machte man das wohl nicht mehr. Liv herzte kurz den Hund und schloss dann ihre Tochter in die Arme. Sanna trug enge Jeans und trotz des Wetters einen bauchfreien Pullover, in ihrem Gesicht fielen einige Pickel auf, obgleich sie versucht hatte, sie mit einem Abdeckstift zu tarnen.

»Du musst unbedingt sehen, was Zorro gelernt hat! Wenn er so weitermacht, können wir ihn als Rettungshund ausbilden lassen!«, platzte Sanna heraus.

»Du weißt aber schon, dass das viel Training und eine große Verantwortung bedeutet.«

»Och, Mam, das schaffe ich schon. Oma ist ja auch noch da.«

Elise verdrehte die Augen. »Oma als letzte Rettung – ohaueha.«

Liv drückte lachend Elise an sich. Sanna führte stolz Zorros neuesten Trick vor. Jetzt, wo die Anspannung langsam nachließ, spürte Liv das Schlafdefizit, das sie seit dem Fund der ersten Leiche vor sich herschob.

»Musst du bald nach Sylt zurück? Darf ich dich dort an Jans Geburtstag besuchen?«

»Nein.«

»Überleg es dir nochmal! Ich störe dich auch gar nicht. Und was ist mit dem Kite? Kriege ich das? Bitte!«

»Darüber haben wir doch schon gesprochen«, blockte Liv ab. »Außerdem hat der Auspuff vom Bulli gescheppert. Das könnte teuer werden.«

»Der Bulli ist ja auch schrottig. Ich verstehe nicht, wieso du nicht einfach … Opa hat doch so viel Geld.«

Opa?! Sprach ihre Tochter etwa so von Ocke Lammers? Liv konnte es nicht fassen. Und über ihr Geld konnte sie sich schon gar kein Urteil erlauben! »Es reicht«, fuhr sie Sanna an. »Lass mich mal einen Augenblick allein mit Oma reden.« Liv hakte sich bei Elise ein.

Sanna kam hinterher. »Worüber denn?«

»Nichts, was für deine Ohren bestimmt ist.«

Ihre Tochter ließ sich zurückfallen. Liv konnte förmlich die schwarze Wolke sehen, die Sannas Stirn umflorte, aber sie hatte schon zu lange mit ihren Fragen gewartet. Also erzählte sie jetzt Elise von dem Fall und den Fotos.

»Ich kriege diese zwei einfach nicht zusammen: die junge, lebenslustige Frau, von der mir alle erzählen. Und meine Mutter, die uns unserem Vater und seinen Wutanfällen überließ, die sich mehr und mehr in ihr Schneckenhaus zurückzog und schließlich lieber starb, als für ihre Kinder zu kämpfen.«

Liv wandte sich Elise zu und erkannte sofort, wie sehr die Erinnerung sie verwundete. Rosa war ihre Tochter gewesen, und es musste ein schrecklicher Schmerz gewesen sein, sie zu verlieren. Sogleich legte Liv den Arm um die Schultern ihrer Großmutter. »Tut mir leid, ich wollte dir nicht wehtun. Es fällt mir nur so schwer zu verstehen...« Sie beobachtete, wie Sanna langsam hinter ihnen herging und dabei einen Knüppel hinter sich herzog. Zorro zerrte daran, doch Sanna weigerte sich, mit ihm zu spielen.

»Rosa war neunzehn, als sie nach Sylt ging. Sie wollte Architektur studieren, aber da wir nur wenig Geld hatten, jobbte sie in einem Baubüro als Assistentin. Sylt war damals schon im Baurausch – nur wenige Jahre später entstanden die Pläne, am Strand von Westerland die gigantische Touristenburg *Atlantis* zu bauen. Rosa war hübsch, und bei Tanzvergnügen lernte sie schnell Leute kennen. Ockes selbstbewusste Art gefiel ihr und wohl auch sein Reichtum. Sein Freundeskreis nahm sie auf, und sie genoss das Leben. Ich erkannte sie bei den wenigen Gelegenheiten, an denen sie mich anrief, kaum wieder. Aber ich hatte so viel mit mir selbst zu tun! Ehrlich gesagt war ich auch froh, dass es ihr gutzugehen schien. Dass Ocke sie Schritt für Schritt abhängig machte und ihr immer mehr den Schneid abkaufte, bekam ich kaum mit.« Elises Reue war beinahe mit den Händen zu greifen. »Als ich Ocke endlich kennenlernte, war es zu spät. Die beiden verlobten sich, und Rosa gab den Traum, selbst Häuser zu bauen, auf. Sie sei nicht talentiert genug dafür, sagte sie. So ein Quatsch! Das hat Ocke ihr eingeredet! Je mehr ich darum kämpfte, dass meine Tochter ihren Stolz behielt, umso mehr geriet ich mit Ocke aneinander. Gegen meinen Ratschlag heirateten sie. Lange herrschte Funkstille zwischen uns. Dann wurden Annika und du geboren, und wir sahen uns wieder öfter. Die Veränderung, die mit meiner Tochter vorgegangen war, erschreckte mich sehr. Zu diesem Zeitpunkt gab es nichts mehr, was Rosa ihrem Mann recht machen konnte. Ich wollte ihr helfen, aber Ocke drohte, mich des Hauses zu verweisen.«

»Rosa auf diesen Fotos zu sehen war ein Schock. Ich habe erst gar nicht erkannt … wie ähnlich ich ihr bin.«

»Aber du bist nicht wie sie. Und du bist nicht wie Ocke. Du bist Liv.«

»Sogar er … Ocke sieht auf den Fotos manchmal nett aus«, gab Liv widerwillig zu.

»Das muss er auch eine Zeit lang gewesen sein. Ich glaube kaum, dass Rosa sich sonst in ihn verliebt hätte. Er hat sein wahres Gesicht gut verborgen.«

Liv presste die Fingernägel in die Handballen. »Wenn ich

daran denke, was er heute noch Jan antut, wird mir ganz schlecht. Ich muss etwas tun! Ich muss Ocke endlich aufhalten!« Ihre Kindheit und Jugend über hatte sie darunter gelitten, dass ihr Vater die Familie mit physischer und psychischer Gewalt unterdrückte. Ocke Lammers war ein Tyrann, der keinerlei Widerspruch ertragen konnte. Livs Kampf mit ihm hatte tiefe Narben in ihrer Seele hinterlassen.

Elise legte beruhigend die Hand auf ihren Arm. »Jan entzieht sich Ocke. Er wird schon lange nicht mehr geschlagen, das hat er mir versichert. Zudem fürchtet Jan die Konfrontation – und das ist ja auch verständlich …«

»Ist was mit Jan? Oder von wem redet ihr?« Sanna war hinter ihnen aufgetaucht.

Elise wirkte jetzt sehr müde. »Von niemandem, Lütte.«

Liv lenkte ab: »Wolltest du uns nicht noch einen Trick zeigen?« Sanna sollte von Ockes unseliger Gewaltherrschaft nichts wissen. Sie sollte ohne diese Last aufwachsen. Doch nun hatte Sanna keine Lust mehr, den Hundedompteur zu geben.

Auf dem Weg zurück rief Liv ihre Mailboxnachrichten ab. Eine harsche Stimme bellte ihr entgegen, und Livs Puls begann zu rasen: »Ich bin zu Vatbergs Tod befragt worden. Wie kannst du es zulassen, dass die Polizei mich belästigt, du nichtsnutzige …«

Bebend drückte Liv die Nachricht weg. Sie hatte die Nummer ihres Vaters eigentlich gesperrt.

Liv brauchte dann doch einige Stunden am Schlagzeug, bis sie sich einigermaßen beruhigt hatte. Anschließend ließ sie sich von Sanna im Backgammon besiegen, kochte mit ihren Liebsten Soljanka und machte ein Nickerchen. Sie schlief jedoch unruhig, ein Albtraum ließ sie auffahren. Jemand hatte sie durch dunkle Häuserschluchten verfolgt. Immer wieder war sie ihm in letzter Sekunde entwischt. Dann war sie in einer Sackgasse gelandet – halbtot vor Angst. Verzweifelt hatte sie sich entschieden, sich ihrem Verfolger zu stellen. In dieser Sekunde hatte ihr jemand auf die Schulter getippt. Sie war herumgefahren und hatte in die eingesunkenen Augenhöhlen eines Greises gestarrt.

Liv war erleichtert, dass sie nach diesem Horror zur Bandprobe konnte. Sie trommelte, bis ihre Finger wund wurden. Erst kurz vor dem Schlafengehen bemerkte sie die Nachricht, die während der Probe auf ihrem Handy eingegangen war: Die Exhumierung war genehmigt und sogleich in die Wege geleitet worden. Hennes hatte ihr einen verwackelten Film geschickt: ein Minibagger zwischen den Gräbern. Polizisten und ein Beerdigungsunternehmer beobachteten, wie die Erde ausgehoben und schließlich der Sarg ans Licht gebracht wurde. Dann Hennes' Gesicht, nah: »Gerlich meinte, eine Exhumierung lohne sich fast immer – alte Rechtsmediziner-Weisheit. Drogen oder Gifte nachzuweisen sei nach dieser kurzen Liegezeit ohnehin kein Problem. Nach knapp drei Wochen unter der Erde dürfte der Tote noch gut erhalten sein. Schau'n wir mal.«

Liv war erleichtert, dass sie nicht dabei sein musste, wenn diese Behauptung überprüft wurde.

19

Niebüll, 21. Oktober, 7:35 Uhr

Um den Bahnhof von Niebüll stauten sich Pendler und Wochenendtouristen. Die Parkplätze und Fahrradständer waren schon jetzt voll. Die Bahnfahrt von Flensburg aus hätte doppelt so lange gedauert, weshalb Liv sich heute für die Anreise im eigenen Auto entschieden hatte.

Während sie auf dem Autozug durch die Feldmark fuhren, sah Liv den Zirruswolken zu, die von wechselnden Winden zerstreut wurden, und blätterte sich durch das *Flensburger Tageblatt* und die *Sylter Rundschau*. Die Artikel las sie nur an. Sie konnte sich kaum konzentrieren, zu gespannt war sie, den neuesten Stand der Ermittlungen zu erfahren. Immerhin war in den Zeitungen das Phantombild von Sunny Vatbergs Angreifer veröffentlicht worden. Hatte Sunny sich besonnen und doch in ihrem Gedächtnis gekramt? Hatte sie sich erinnert, was zwischen Fred und Zurssen vorgefallen war? Ob endlich ein Hinweis auf Freds Mörder gefunden worden war? Hatte Doktor Gerlich bereits mit Zurssens Obduktion begonnen? Wann konnte mit ersten Ergebnissen gerechnet werden?

Sanna hatte Liv beim Frühstück nochmal bekniet. Sie wollte unbedingt zu Jans Geburtstagsfeier gehen und bei ihrer Mutter übernachten. Liv hatte sich jedoch nicht breitschlagen lassen.

Auf dem Hindenburgdamm hatte der Blick auf das Watt für Liv beinahe etwas Meditatives. Sie beobachtete im Vorbeifahren die Gänse und Enten und entdeckte sogar einige der seltenen

Brachvögel und Pfuhlschnepfen mit ihren langen Schnäbeln. Der Wind frischte über der Nordsee immer mehr auf, nagte an der Küste und riss an den Fenstern ihres VW-Busses, in dem sie sich in diesem Augenblick besonders geborgen fühlte. Auf Sylt könnte es ungemütlich werden, denn dicke gelbgraue Wolken aus Richtung Dänemark kündigten einen Wetterwechsel an. Standen die ersten Herbststürme des Jahres bevor?

Im Kommissariat ließ Liv sich von Rabia eine Kurzzusammenfassung geben und machte sich mit den Akten vertraut, die neu hinzugekommen waren. Besonders aufmerksam las Liv das Protokoll zur Vernehmung von Volker Raffel. Der Gärtner behauptete steif und fest, in Wenningstedt zu tun gehabt zu haben und den alten Mann, der so verloren vor dem Geldautomaten stand, aus Mitleid angesprochen zu haben. Als Andreas und Rabia ihn in die Enge trieben, hatte er die Schuld auf einen anonymen Anrufer geschoben, der ihn vor den Supermarkt gelockt hatte.

Liv nahm die Akte und ging zu Rabia, die gerade aus einer Aktenbox einen dicken Ordner hob. Aus ihrer Tasche lugten, wie Liv bemerkte, Kataloge für Kreuzfahrten. Liebäugelte sie etwa tatsächlich mit diesem kostspieligen Vergnügen?

»Auch Papierkram?«, begann Liv beiläufig.

»Die zweite Untersuchung des Wagens von Volker Raffel hat keine Blutspuren zutage gebracht. Aber nach wie vor ist Raffel der Letzte, der Fred Vatberg gesehen hat. Jetzt gehen wir seine Vergangenheit und seine Geschäftspapiere nochmal durch – vielleicht gibt es ja doch eine Verbindung. Und du?«

Liv zog einen Stuhl heran und setzte sich zu ihr. »Ich lese gerade erst die Vernehmung von Raffel. Merkwürdige Sache mit dem anonymen Anruf.«

»Das fanden wir auch, aber der Gärtner beharrte darauf. Ein Unbekannter habe ihn angerufen und ihm gesagt, er würde um elf Uhr vor dem Geldautomaten beim Edeka-Markt am Osterweg in Wenningstedt jemanden treffen, der einen Beweis für eine neuerliche Affäre seiner Frau habe. Da konnte Raffel natürlich nicht widerstehen. Der ist ja schon manisch eifersüchtig«, sagte Rabia und schob ihre Tasche mit dem Fuß unter den Schreibtisch, als seien ihr die Kataloge peinlich. »Weil sich niemand gezeigt habe, habe er den alten Mann angesprochen.«

»Aber Fred Vatberg wusste nichts über Nadjas Affäre?«

»Natürlich nicht.«

»Was ist mit Raffels Anruflisten?«

»Zur angegebenen Zeit wurde keine Nummer übertragen.«

»Was für einen Eindruck hat Fred auf ihn gemacht?«

»Fred war wohl etwas von der Rolle. Hat geschwitzt, obwohl es gar nicht heiß war. Wusste nicht, wohin mit dem Helm. Sie haben das Gespräch angeblich schnell beendet. Und was dann geschehen ist, weiß Volker Raffel laut eigener Aussage nicht, weil er zurück nach Hause zu seiner Nadja düste.«

»Zeugen?«

»Bislang nicht.«

Die offenen Fenster klapperten im aufgefrischten Wind, sodass Liv notgedrungen für die Besprechung die Läden schloss. Bente stützte sich auf den Tisch, als habe er gerade Felsbrocken stemmen müssen. Als das Stühlerücken und Rascheln verstummt war, begann er zu sprechen, ansatzlos, ohne allgemeine Begrüßung oder einleitende Floskeln.

»Dieser Fall ist wie eine verfluchte Hydra. Kaum glaubt

man, den einen Aspekt im Griff zu haben, taucht plötzlich ein neuer auf. Wir können mit ziemlicher Sicherheit davon ausgehen, dass Fred Vatberg für den Tod des Pastors Hark Casabione verantwortlich ist. Dann wird Fred ermordet, und wir stecken mitten in erneuten Mordermittlungen. Und jetzt…« Bente sah auf. »Nachdem die Leiche exhumiert wurde, hat Gerlich sich jetzt mit den ersten Obduktionsergebnissen gemeldet. Zurssen starb eindeutig an einer Überdosis. Er hatte einen richtigen Drogencocktail intus. Neben Medikamenten vor allem große Mengen Kokain. Kaum vorstellbar, dass er sich diesen Cocktail selbst verabreicht hat.«

»Wieso nicht?«

»Unter seinem Bart fanden sich Hämatome, die nahelegen, dass Zurssen der Mund mit Gewalt aufgepresst wurde. Der Hausarzt hat diese blauen Flecke übersehen – oder übersehen wollen. Obgleich Zurssens Körper krebszerfressen war, war die Krankheit also nicht für den Tod verantwortlich.« Bente atmete hörbar ein. »Zur genauen Zusammensetzung des Cocktails und zu seinen Auswirkungen will Gerlich sich erst später äußern. Für uns stellt sich die Frage, ob Zurssen einige der Drogen selbst genommen hat und, wenn ja, wie er an die Drogen gekommen ist, ohne das Haus zu verlassen.«

»Und selbst, wenn er das Haus verlassen hätte – eine offene Drogenszene wie früher, als Süchtige und Dealer sich um die *Wilhelmin*e getroffen haben, gibt es auf Sylt schon lange nicht mehr. Man kann ja von der pummeligen Brunnendame halten, was man will, aber damals war das ein echter Schandfleck«, erinnerte sich Momke.

»Heute ruft man seinen Dealer an und lässt sich beliefern – wie bei einem Pizzaservice. Oder man weiß, wo man klingeln muss. Immer wieder wird vor allem in Westerland aus Appartements oder Villen gedealt«, berichtete Rabia.

»Insgesamt ist es hier nicht besser oder schlechter als auf dem Festland. Meistens stoßen wir auf Cannabis, ab und zu auf Kokain, und nur einmal fanden wir bislang Crystal Meth – bei einem Touristen. Wir haben die Drogenszene in den vergangenen Jahren mit einigen gelungenen Aktionen bekämpft, und für Aussteiger steht das Behandlungs- und Beratungszentrum Sylt mit seinen Sozialarbeitern bereit«, wusste Momke. »Allerdings wäre es besser, wenn wir die Suchtursachen auf Sylt bekämpfen würden: explodierende Kosten, Wohnungsnot, fehlender sozialer Zusammenhalt. Kann ja nicht jeder so ein Glück haben wie ich. Bei mir legt die ganze Familie für die Hochzeit zusammen, anders ginge es gar nicht.«

Hennes ließ sein Zippo auf- und zuschnappen. »Können wir diesen Exkurs beenden und zurück zu Zurssen kommen?«

»Uns bleibt wohl nichts anderes übrig, als nochmal mit Frau Opahk zu sprechen – sie war schließlich für die Versorgung des Millionärs zuständig«, sagte Uwe.

»Zurssen wird ja wohl kaum gesagt haben: ›Und bitte bringen Sie heute neben laktosefreier Milch und der guten Butter auch fünf Gramm Kokain mit‹«, brummte Hennes.

»Eher nicht, aber fragen müssen wir trotzdem. Immerhin gab es unter den Asservaten ja auch Drogentütchen, wenn ich mich richtig erinnere. Es waren Fingerabdrücke darauf, die wir jedoch nicht zuordnen konnten. Hören wir uns also erstmal um, sprechen wir mit Zurssens Arzt und legen später die Strategie genauer fest«, schloss Bente. »Gibt's was Neues, was das mysteriöse Zerwürfnis zwischen Zurssen und Vatberg angeht?«

Da es keine Neuigkeiten zu vermelden gab, beendete er die Besprechung. Hennes rief den Ermittlungsleiter und Liv zu sich.

»Ich hätte noch etwas in kleiner Runde anzusprechen«, kündigte er an.

Sie zogen sich unter den neugierigen Augen ihrer Kollegen in Bentes Büro zurück. Der Däne ließ sich in einen Stuhl fallen. »Willst du mir jetzt endlich erzählen, was du hinter meinem Rücken ermittelst? Oder denkst du, ich kriege das nicht mit? Gerade in einer Situation wie dieser …«

Hennes unterbrach ihn. »Geschenkt. Sollte kein Affront sein, ich wollte nur sichergehen, bevor ich dich verrückt mache. Oder weißt du etwa schon, dass aus der Asservatenkammer die Drogentütchen aus Zurssens Haus verschwunden sind?«

»Wie bitte?« Bente setzte sich auf.

»Jemand wollte anscheinend verhindern, dass wir uns mit den Drogen aus dem Haus des Millionärs beschäftigen. Jemand aus unserem Team. Zusammen mit Fred Vatbergs auffälligen Verletzungen, die auf methodische Folterung hinweisen, liegt der Verdacht nahe, dass eine professionelle Organisation dahintersteckt. Unser Maulwurf wird von der Mafia oder einer anderen kriminellen Vereinigung geschmiert. Ich habe mich in den vergangenen Tagen bei unseren Experten für Organisierte Kriminalität umgehört. Vieles, was wir gerade in der Besprechung über die Drogenszene auf Sylt gehört haben, sehen die auch so. Die haben einen guten Überblick darüber, wer auf Sylt dealt. Weniger transparent ist die Situation, wenn es um den Drogenschmuggel geht.«

»Willst du etwa behaupten, Zurssen oder Vatberg haben Drogen auf die Insel geschmuggelt? Das ist doch lächerlich«, sagte Bente spöttisch.

»Sagen wir mal so: In der Szene gibt es Gerüchte, dass die Drogen übers Meer auf die Insel kommen. Und wir haben jemanden im Team, der unbedingt verhindern will, dass wir uns mit den Drogen in Zurssens Haus beschäftigen.«

»Ein Zufall?«

»Kaum. Im Hamburger Hafen sind den Zöllnern einige spektakuläre Schläge gegen die Drogenmafia gelungen, da ist der Ermittlungsdruck hoch, weshalb die Kriminellen andere Wege suchen, um die Drogen ans Festland zu bringen. Vor Sylt hingegen gibt es wenig Kontrollen. Die Wasserschutzpolizei wurde schon vor Längerem von Sylt abgezogen und ist jetzt in Husum stationiert. Wenn es zu einem Einsatz kommt, brauchen die Kollegen vom Wasserschutz bis zu dreieinhalb Stunden nach Sylt. Die Kollegen vom Zollboot Kniepsand sind vor Ort in Hörnum und machen einen guten Job, können aber auch nicht überall gleichzeitig sein. Vielleicht müssen wir in diese Richtung denken.« Hennes leckte das Zigarettenpapier an. »Wer von uns könnte also verhindern wollen, dass wir zu wühlen anfangen?«

Bente strich eine Falte aus seinem Hemd, unter seinen Achseln zeigten sich Schweißflecken. »Sag du es mir.«

»Ich weiß es noch nicht. Aber so, wie die Lage jetzt aussieht, werden wir den Verräter aufscheuchen können.«

»Ich werde also die Abteilung für interne Ermittlungen einschalten«, sagte Bente und streckte die Hand nach dem Telefon aus.

Hennes hielt ihn auf. »Das ist eine Sache zwischen uns. Wir müssen selbst den Maulwurf ausfindig machen.«

»Du weißt, dass unsere Aufgabe eine andere ist. Wir haben drei Leichen – mindestens ein Mörder läuft frei herum …«, mahnte Bente.

»Und wir ermitteln ja auch mit voller Kraft weiter.«

»Es könnte gefährlich werden. Fred Vatbergs Ermordung beweist, dass der oder die Täter vor nichts zurückschrecken. Wenn wirklich die Drogenmafia hinter dem

Mord steckt, dann ist er eine deutliche Warnung. Liv, was meinst du dazu? Du hast ja offenbar von Hennes' Verdacht gewusst.«

Liv brauchte nicht lange zu überlegen. Sie wollte diesen Aspekt der Ermittlungen nicht abgeben, sondern den Maulwurf selbst dingfest machen. »Der Verräter soll wissen, dass wir ihm auf den Fersen sind. Gleichzeitig wird er uns auch weiterhin unterschätzen – mit dem dreisten Asservatendiebstahl hat er sich weit aus der Deckung gewagt. Vielleicht können wir ihn in eine Falle locken.«

Bente wirkte nicht glücklich über ihre Antwort. »Ich gebe euch einen Tag, dann will ich mehr wissen. Die Gefahr ist einfach zu groß, dass die Angelegenheit aus dem Ruder läuft. Ich …«

In diesem Augenblick platzte Momke herein. »Gerade wurde ein Jugendlicher reingebracht, der Angaben zu dem Phantombild in der Zeitung machen will. Angeblich hat er Sunnys Angreifer im Krankenhaus gesehen.«

Begierig zu erfahren, was es damit auf sich hatte, brachen die Kommissare die Besprechung ab.

Der etwa sechzehnjährige Zeuge hatte strähnige schwarze Haare, die ihm ins pickelige Gesicht hingen. Er lehnte an der Gangwand und starrte auf sein Handy. Liv und Hennes baten ihn in ein Büro. Der Jugendliche folgte ihnen, ohne den Blick von dem Display zu nehmen. Für die vielen Menschen, die mit Akten, Beweisstücken und Zeugen beschäftigt waren, hatte er keinen Blick.

Na super, dachte Liv. Und ausgerechnet dieser Smombie sollte helfen, den Angreifer zu identifizieren?

»Dir ist in dem Krankenhaus jemand aufgefallen?«, fragte Liv nach der Aufnahme der Personalien.

»Ich habe meinen Opa besucht und musste mal schnell

aufs Klo. An der Toilettentür rannte der Typ mich fast über den Haufen. Völlig irre – hielt einen Blumenstrauß in der Hand, als wäre er ein Schlagstock. Ich konnte nicht so schnell reagieren und bin in die Blumen reingerannt. Hat ihn aber gar nicht gekratzt. Später hab ich ihn mit Pflegerklamotten gesehen. Sah voll peinlich aus, wie Wurst in Pelle. Die kurzgeschorenen Haare, der schwarze Anzug und die Piercings passten überhaupt nicht zusammen.«

»Piercings?«

»Einige waren entfernt, andere trug er noch. Die Zeichnung ist ja nicht schlecht, aber die Piercings fehlten definitiv. Und so ganz gut ist die Gesichtsform auch nicht getroffen. Deshalb hab ich mal nachgearbeitet.« Der Zeuge drehte sein Handy und zeigte ihnen das abfotografierte Phantombild, das er offenbar bearbeitet hatte.

Gerade noch konnte Liv einen Ausruf zurückhalten. Hennes schien es ähnlich zu gehen, denn er klickte sich sogleich durch den Computer.

»Wir zeigen dir jetzt eine Reihe Männer. Wenn derjenige dabei ist, den du gesehen hast, sagst du Halt.«

Der Jugendliche zögerte keine Sekunde.

Sunny Vatbergs Angreifer war ein alter Bekannter.

Sie folgten dem breiten Holzsteg durch die Dünen. Das luxuriöse Hotelrestaurant lag zwischen Rantum und Hörnum idyllisch in einer Senke, von der aus man das Meer sehen konnte. *Heimatland* verhieß ein Schild.

»Nicht einmal den Namen des Lokals hat Kendiksen nach dem Skandal im Mai ändern müssen«, sprach Hennes aus, was auch Liv dachte.

»Und bis zum Prozess kann es noch ewig dauern. Aber

angeblich ist Klaas von Kendiksen jetzt sauber«, sagte Liv düster. »Das *WTF* in Kampen hat er auch immer noch. Von der Bar aus hätte man übrigens sowohl Zurssen als auch Fred in wenigen Minuten erreichen können. Falls Ralle also zu einem der beiden Kontakt hatte …«

»Zuzutrauen wäre diesem Dreckskerl, dass er mit einem Mörder zusammenarbeitet – oder selber einer ist«, war Hennes überzeugt.

Die Empfangsdame schickte sie zum Getränkekeller im hinteren Teil des Holzbaus. Als die Kommissare dort eintrafen, kam Ralf Mölker ihnen bereits entgegen. Beim letzten Zusammentreffen mit der Polizei hatte Ralle noch Rastalocken getragen. Doch die hatte der ehemalige Kleindealer inzwischen abrasiert. Er trug ein Businesshemd und dazu eine Anzughose; einzig die verbliebenen Piercings verrieten noch seine unkonventionelle Ader. Seine Hände steckten in Arbeitshandschuhen. Vor ihm standen Champagnerkisten. Muffiger Dunst drang aus dem Keller zu ihnen.

Liv wollte herausfinden, wie weit die Veränderung ging. »Moin, Ralle«, begrüßte sie ihn.

Ihr Gegenüber blieb kühl, wenn er auch die Nase am Ärmel abwischte. »Ralf Mölker, wenn's recht ist, Getränke-Manager. Worum geht's?«

»Getränke-Manager?!« Hennes' Schnauben ging in ein Hüsteln über. »Wie laufen denn die Geschäfte so?«

»Ich stelle gerade den Getränkevorrat für einen Event zusammen, danach mache ich die Bestellungen für den Rest der Woche. Es eilt etwas.«

»Ich dachte eigentlich an die anderen Waren.« Hennes tat bei den Worten, als schnupfe er etwas von der Hand.

»Ich weiß nicht, was Sie meinen. Es war ein bedauerliches Missverständnis, als ich mit Drogen aufgegriffen wurde, das habe ich der Polizei auch zu Protokoll gegeben. Mit Dealen habe ich nichts am Hut.«

Sicher. »Wo waren Sie am 19. Oktober gegen 15 Uhr?«

Mölker scrollte gelassen durch seinen Smartphone-Kalender. »Da können Sie mir nichts anhängen, mein Alibi ist bombenfest. An dem Abend gab es eine große Privatparty in der Bar, die vorbereitet werden musste. Ich habe mit diversen Aushilfen die Kühlschränke bestückt.«

»Sie wurden an dem Nachmittag in der Nordseeklinik gesehen.«

Ralle lächelte entschuldigend. »Das kann nicht sein. Ich war die ganze Zeit im *WTF* in Kampen, dafür gibt es Zeugen.«

Aussage gegen Aussage. Aalglatt entzog er sich ihnen. »Mit Ihren Zeugen würden wir gerne sprechen«, sagte Liv und schrieb sich Namen und Nummern auf. Bevor sie das Alibi überprüfen konnten, hatten sie einen anderen Termin. Leider.

Als sie endlich gegangen waren, musste Ralle sich erst einmal mit etwas Gras beruhigen, dann erst wagte er es, seinen Chef anzurufen.

»Die Bullen waren hier«, sagte Ralle und lauschte dann konzentriert. »Keine Ahnung. Angeblich hat mich jemand im Krankenhaus gesehen.«

Das Geschrei seines Chefs quäkte aus dem Lautsprecher des Handys.

Ralle schnippte die Kippe weg und bohrte sie mit der Fußspitze in den Dünensand. »Ja, ich weiß, dass heute Nacht eine neue Lieferung ankommt und …« Er biss die Zähne zusammen. »Natürlich, Herr von Kendiksen. Ich kümmere mich darum.«

20

Wenningstedt, 11:55 Uhr

Der Wind frischte auf, zauste die Büsche und riss die letzten Blätter von den Bäumen. Karin Schiefelbein schob Sunny am Wenningstedter Dorfteich vorbei und zur Friesenkapelle. In dem massiven Rollstuhl wirkte die Witwe vogelzart, wie ein Kind in einem schwarzen Spitzenkleid.

Ein Schleier verschattete Sunnys Gesicht, sodass Liv und Hennes kaum eine Regung erkennen konnten, als sie ihr im Namen aller Kollegen ihr Beileid aussprachen. Auch wenn Fred vermutlich Schuld auf sich geladen hatte, war sein Tod doch ein enormer Verlust für die Familie. Thore Vatberg und Monika Nüller hielten ihren Sohn an den Händen, der sich immer wieder weinend an einen seiner Elternteile drängte. Der Kleine begriff nicht, was hier geschah – wie sollte er auch? Selbst für Erwachsene war der Tod unbegreiflich.

Liv konnte es kaum erwarten, endlich mit Thore Vatberg zu sprechen. Auch in Sunny setzte sie große Hoffnungen. Würde die alte Dame Ralf Mölker wiedererkennen, wenn sie eine Gegenüberstellung machten? Die Witwe darum zu bitten schien in dieser Situation unmöglich.

Es war eine schlichte Zeremonie in der Kapelle, die mit ihren Bauernmalereien auf der Halbtonnendecke und den Delfter Kacheln etwas Heimeliges hatte. Etliche der alten Freunde waren erschienen, was Sunny sichtlich rührte. Der Pfarrer rühmte Freds Verdienste als Fotograf und Ehemann.

Als die Trauergäste den Friedhof verließen, sprach Liv Thore Vatberg an. Widerstrebend blieb er stehen, während seine Frau und sein Kind weitergingen.

»Hat das nicht bis später Zeit? Ich komme zu Ihnen ins Revier. Sie müssen doch verstehen, dass es für mich jetzt nicht der richtige Zeitpunkt ...« Er kniff die Lippen zusammen.

Liv kam sich wie ein Gefühlstrampel vor, aber für die Ermittlungen war das Gespräch unvermeidbar und dringlich. »Natürlich haben wir dafür Verständnis. Passt es Ihnen heute Nachmittag?«

»Ich melde mich bei Ihnen«, sagte Thore Vatberg knapp und eilte seiner Ex-Frau und seinem Sohn nach.

Als Liv ihren Kollegen eingeholt hatte, beendete Hennes gerade ein Telefongespräch. »Wir müssen los«, erklärte er. »Rabia hat in Raffels Unterlagen den Hinweis auf einen alten Schuppen entdeckt, der irgendwo zwischen Braderup und Munkmarsch steht. Der Gärtner hat angeblich vergessen, den Schuppen zu erwähnen. Die Durchsuchung findet gleich statt. Die Kollegen hoffen, dort einen Hinweis auf den Mord an Fred oder gar die Tatwaffe zu finden.«

»Na, so ein Zufall.« Liv ging zum Dienstwagen, stieg ein und ließ den Motor an. »Gerade jetzt, wo wir der Drogenfährte nachgehen wollen. Ich bin ja mal gespannt, ob wir bei dem Schuppen etwas finden werden.«

»Ganz sicher. Unser Maulwurf hat seine Finger im Spiel, das würde ich wetten.«

Der Lagerschuppen befand sich im Ödland zwischen Flughafen und Mülldeponie. Hier gab es mehrere Schuppen, einige standen hinter Bäumen, verfallen und vergessen. Das Polizeiaufgebot, mit dem jetzt der Schuppen umstellt und die Umgebung durchkämmt wurde, bewies, wie dringend ein Fortschritt in den Ermittlungen erzielt werden sollte. Bente beobachtete das Geschehen genau und hielt per Telefon den Staatsanwalt auf dem Laufenden. Nur ein verblichener Schriftzug wies noch auf die frühere Nutzung durch die Gärtnerei hin.

Auch Liv und Hennes wollten sich gerade an der Suche beteiligen, als aufgeregte Rufe ertönten. Wenige Sekunden später präsentierte Rabia den Fund: ein etwa zehn, zwölf Zentimeter langes Messer mit Holzgriff und einklappbarer, arretierbarer Klinge; sie war dunkel gefleckt.

Liv riskierte einen Blick in den Schuppen, bevor die Spusis ihn ganz in Besitz nahmen. Staubig, schmutzig und verlassen bot er ein trauriges Bild. Müll hatte sich in den Ecken gesammelt. Ein kaputter Stuhl lag auf der Seite. Keine Spuren von Blut – und aus Freds Wunden musste Blut gesickert sein. Aber vielleicht hatte jemand geputzt und anschließend wieder Dreck und Schrott verteilt. Möglicherweise würde die Spurensicherung mit forensischen Lichtquellen Blutspuren nachweisen können.

Als sie einen Schritt zurücktrat, rief Bente sie und Hennes zu sich. »Ich habe gerade von einem anderen Team erfahren, dass Raffels Haus und Gärtnerei verlassen sind. Volker Raffel und seine Frau haben sich aus dem Staub gemacht. Wir leiten eine Großfahndung ein«, kündigte er an.

»Findest du nicht, dass das alles einen Tick zu gut zusammenpasst?«, meinte Hennes.

Bente stieß zischend die Luft aus. »Bei einem aufgeklärten Fall muss alles gut zusammenpassen, oder etwa nicht? Hör also auf herumzuunken.«

In den nächsten Stunden suchten sie jeden Flecken der Insel nach dem Gärtner und seiner Frau ab. Erst am Spätnachmittag bekamen sie die Nachricht von Bente, dass die Verdächtigen bei dem Versuch aufgegriffen worden waren, die Fähre nach Rømø zu besteigen. Volker Raffel hatte sich bei der Festnahme verbissen gewehrt und behauptete, jemand wolle ihm etwas anhängen. Ihre Kollegen brachten den Gärtner und seine Frau ins Kommissariat und würden die beiden sogleich befragen.

Als Liv und Hennes in die Wache kamen, herrschte eine beinahe euphorische Stimmung. Vor allem Rabia wurde für ihren Fund gelobt. Es war für Liv ein seltsames Gefühl, dass die anderen in ihrer Abwesenheit möglicherweise den Durchbruch in diesem Fall erzielt hatten. Hennes schien es ähnlich zu gehen.

»Vermutlich ist es wirklich Fred Vatbergs Blut an der Klinge. Wer immer das Messer dort deponiert hat, hat ganze Arbeit geleistet«, meinte er, als sie sich an der Kaffeemaschine trafen.

»Du glaubst also nicht an Raffels Schuld?«

»Ein Zufall zu viel für meinen Geschmack. Und was wäre denn sein Motiv?«

»Vielleicht hat er Fred den Stock abgenommen und später damit Casabione aus Eifersucht erschlagen. Der alte Herr wusste, wer den Stock hatte, und mit diesem Wissen hat er Raffel dann erpresst«, spekulierte Liv.

»Unmöglich wäre es nicht, aber zu vertrackt. Wie und wann soll Casabione dem alten Mann denn den Stock abgenommen haben? Wie konnte Fred Vatberg die Tat beobachten? Und welchen Beweis hatte Fred? Wonach wurde bei ihm und Sunny gesucht?«

»Vielleicht redet Raffel endlich, wenn die Beweise vorliegen. Morgen wissen wir mehr«, meinte Liv.

»Und die Drogen? Wo ist Raffels Verbindung zu den Drogen?«

Liv hob die Schultern. Sie wollte gerade etwas sagen, als …

»Frau Lammers?« Urs, der junge Schupo, stand in der Tür, als wage er es nicht, das Kommissariat zu betreten. Seine Wangen glühten. »Hier ist eine Sanna. Die Jugendliche behauptet, Ihre Tochter zu sein.«

»Was?!« Liv starrte an ihm vorbei. Tatsächlich, da war sie.

»Ja, ich fand's auch merkwürdig…«, druckste Urs.

Liv fing sich und winkte ihre Tochter heran. »Das ist schon in Ordnung.« Es war nicht das erste Mal, dass jemand wegen des geringen Altersunterschieds daran zweifelte, dass sie Sannas Mutter war. Vielleicht wirkte sie auch nicht wie eine echte Mutter? Egal. Mit diesem Problem konnte sie sich im Moment nicht auseinandersetzen. Jetzt ging es erstmal um die Frage, was Sanna hier wollte.

Die Jugendliche schob sich an Urs vorbei und schlenderte etwas ungelenk auf Liv zu. Manchmal sah Sanna schon beinahe aus wie eine Frau, sie bewegte sich aber oft noch wie ein Kind. Nun drückte sie Liv nervös einen Kuss auf die Wange. Liv roch das Make-up auf Sannas Haut und einen Hauch Parfüm, was sie wie stets irritierte. Sannas Kinderduft war ihr tausendmal lieber.

»Moin, Mam. Hier arbeitest du auf Sylt also.«

»Was tust du hier?!«

»Hast du die Party bei Jan vergessen? Wir haben doch abgemacht, dass ich bei dir übernachte.«

»Oh nein, das haben wir nicht abgemacht! Du fährst sofort zurück nach Flensburg!«

Sanna blickte sie unschuldig an. Sie hatte sich ihre Wimpern getuscht und die Haare frisch mit Strähnchen versehen, was sie sich mithilfe eines Internet-Tutorials selbst beigebracht hatte. »Jetzt noch? Allein? Weißt du, wie spät es sein wird, wenn ich in Flensburg ankomme?«

Schon sah Liv vor sich, wie ihre minderjährige Tochter im Zug und auf dem Bahnhof von dunklen Gestalten bedrängt wurde. Sanna zupfte geschickt an den Strippen ihrer mütterlichen Sorge, was Liv wohl registrierte; dennoch kam sie gegen ihre Liebe nicht an.

»Weiß Elise, dass du hier bist?«

Sanna strich fahrig über einen abgedeckten Pickel. »Hab sie gerade angerufen. Ich hab Hunger – können wir was essen gehen oder Sushi in deine Unterkunft bestellen?«

Jetzt ging es aber los! »Ich muss noch arbeiten. Außerdem weiß ich nicht, ob du im Gästehaus…«

»Fährst du mich? Ich soll in einer Stunde bei Jan sein.«

»Bei Jan in Morsum?«, fragte Liv alarmiert.

»Nein, im Probenraum seiner Band in Rantum. Da findet die Party statt.«

Liv spürte, wie ihre Anspannung nachließ. Sie kannte den Probenraum und hatte auch schon einige der Bandmitglieder getroffen. Im Augenblick fehlte ihr die Kraft für eine Auseinandersetzung mit Sanna. Außerdem hatte sie sich vorgenommen, niemals allzu streng oder zu ungerecht zu sein. »Willst du dich noch frisch machen?«

»Denkst du etwa, ich gehe so?!« Sanna wies empört an sich herab. Liv konnte nichts sehen, was nicht partygeeignet war, aber sie war ja auch nicht mehr vierzehn. Glücklicherweise nicht.

Die Kollegen strebten an ihnen vorbei auf den Ausgang zu. Liv hörte Bentes Stimme aus dem Büro: »Macht endlich mal wieder pünktlich Feierabend, Leute, das habt ihr euch verdient. Wir haben handfeste Indizien, dass Raffel der Mörder war. Heute brennt nichts mehr an.«

»Siehst du, dein Chef will auch, dass du gehst.« Sanna grinste.

Um den Probenraum im Rantumer Gewerbegebiet tummelten sich Jugendliche und junge Erwachsene. Auf Mofas oder an Autos gelehnt plauderten sie, Dosen und Flaschen in den Händen, an denen sie sich festhalten konnten.

Eine typische Szene, wie sie an jedem Freitagabend in jeder beliebigen Stadt vorkommen konnte. Nur, dass die Jugendlichen hier keine alten Golfs oder Subarus fuhren, sondern sich Papas Luxuskarossen geliehen hatten. Es war eine gute Mischung: smarte Typen und Möchtegernpunks, Emos und Gruftis, vor allem aber keine Familie, registrierte Liv – keine Gefahr also.

Aus dem Gebäude auf dem Parkplatz dröhnte Musik, die mit so viel Verve gespielt wurde, dass es Liv sofort mitriss. Sie gingen hinein. Noch waren draußen mehr Gäste als drinnen. Der Probenraum war cool dekoriert, es gab Getränke, Fingerfood von einem bekannten Caterer und einen Tisch, auf dem hauptsächlich Geschenkgutscheine lagen; was sollte man auch einem Menschen schenken, der alles hatte?

Sanna drückte ihr Paket verlegen an sich. Liv legte ihrer Tochter den Arm auf die Schulter. »Dein Geschenk gefällt ihm bestimmt«, flüsterte sie.

Jan winkte ihnen von der kleinen Bühne aus zu, gab seinen Freunden ein Zeichen und stellte das Gitarrespielen ein. Er war ein schlaksiger, verträumter Jugendlicher, der Sanna herzlich begrüßte. Seinen Pony hatte er inzwischen so lang wachsen lassen, dass die Haare sein Gesicht verschatteten. Dennoch sah Liv, wie sehr er strahlte.

»Wir spielen uns nur ein bisschen warm. Es geht erst in

einer Stunde richtig los. Genial, dass du es tatsächlich geschafft hast!« Über Sannas selbstgenähtes buntes Kissen freute er sich sehr. In Livs Mitbringsel – Bob Dylans beste Songtexte – blätterte er sofort. Er wies auf die Bühne. »Willst du nicht mitspielen, Tantchen?«

Sannas Blick signalisierte Entsetzen: Wollte ihre Mutter nicht langsam gehen?

»Nenn mich bloß nicht Tantchen, das klingt ja, als wäre ich steinalt!«, rief Liv gespielt aufgebracht. »Und ja, gerne würde ich mitspielen. Aber ich muss nochmal los. Wir verschieben das Jammen aufs nächste Mal.« Sie wandte sich an Sanna. »Ich hole dich dann um elf ab.«

»Um elf?!«

»Schonmal was von Jugendschutz gehört? Das hier ist quasi ein Konzert im Jugendtreff – sei also froh, dass du überhaupt so lange bleiben darfst. Pass gut auf sie auf!«, mahnte sie Jan.

»Mam!«, rief Sanna entrüstet. »Ich kann auf mich selbst aufpassen!«

Wie so oft hatte Liv ein ungutes Gefühl, wenn sie Sanna bei einer Party zurückließ, aber auch das war wohl eine Berufskrankheit.

Wieder im Gästehaus musste Liv erst einmal klären, ob Sanna ausnahmsweise bei ihr übernachten durfte. Danach stellte sie den Wecker ihres Handys auf die Abholzeit, aktivierte eine Playlist mit Songs der kanadischen Sängerin Feist und klappte ihr Laptop auf. Dass sie die Tatwaffe wahrscheinlich gefunden hatten, war schön und gut, aber irgendwie passten die Puzzleteile noch nicht so recht zusammen.

Liv ließ den Fall noch einmal Revue passieren. Als Erstes

war der Millionär Armin Zurssen gewaltsam zu Tode gekommen, danach der Pastor Hark Casabione und schließlich der Rentner Fred Vatberg. Dass Volker Raffel den Pastor vor lauter Eifersucht umgebracht hatte, war durchaus möglich. Auch dass er danach Vatberg getötet hatte, um den ersten Mord zu verdecken, war nicht ausgeschlossen. Aber wer hatte Zurssen getötet? Und dann war da noch die Frage nach der Gewaltanwendung. Jemandem die Augen auszustechen deutete auf eine starke emotionale Reaktion oder gar Sadismus hin. Ob Raffels sexuelle Neigung auch zu dieser extremen Form der Gewalt führen konnte, wusste Liv nicht. So etwas musste ein forensischer Gutachter beurteilen, das war höhere Psychologie. Und wo war der Beweis geblieben, den Fred Vatberg anscheinend besessen hatte? Offen war auch der Zusammenhang mit dem Mord an Armin Zurssen. Oder gab es gar keinen Zusammenhang? Suchten sie nach zwei Tätern? Dazu kamen die verschwundenen Asservate. Wenn jemand wirklich von den Drogen in Zurssens Haus ablenken wollte, stellte sich die Frage, was verborgen werden sollte. Und warum. Oder ging es wirklich nur darum, die Herkunft der Drogen zu verschleiern?

Liv rief die 3D-Datei auf, die Botersen-Evers ihnen zur Verfügung gestellt hatte. Ihr Rechner ächzte förmlich unter der Datenlast. Endlich war die Datei geladen. Jetzt konnte Liv sich in der Darstellung der Brandruine bewegen wie in einem Computerspiel. Da lagen sie, die Drogentütchen, im Staub unter dem Rolls-Royce. Wie waren sie dort hingekommen? Wessen Fingerabdrücke waren daran? Und wohin waren sie verschwunden? Immer wieder durchsuchte sie auf dem Computer den Tatort, bis die Bilder vor ihren Augen flimmerten.

Sie schloss das Programm und öffnete den Browser. Was

hatte Hennes über den Drogenschmuggel erzählt? Bei Kokain war das Meer die Haupthandelsroute? Liv klickte sich eine Weile durch Berichte über Rucksäcke mit Kokain, die in Sylt an den Strand geschwemmt worden waren, und Container, an deren Außenhaut Drogenpakete geschweißt wurden. Auch fand sie einen Bericht über Segler, die versucht hatten, mit ihren Privatyachten Drogen aus Südamerika nach Deutschland zu schmuggeln, aber aufgegriffen und zu hohen Haftstrafen verurteilt worden waren. Zeitungen berichteten über die aufsehenerregenden Drogenfunde in Hamburg, die Hennes erwähnt hatte. Dabei waren bei etwa neun Millionen Containern, die pro Jahr in der Hansestadt umgeschlagen wurden, nur Stichproben möglich.

Immer wieder verschwammen die Buchstaben vor Livs Augen, aber sie musste durchhalten, schließlich musste sie Sanna noch abholen. Also weiter. Was war mit Zurssen? Wussten sie wirklich genug über ihn? Vielleicht sollte sie mal das Sylter Archiv aufsuchen und in alten Zeitungen stöbern. Sie beschäftigte sich eine Weile mit Zurssens Biografie und recherchierte dann über Menschen, die damals zum weiteren Bekannten- und Freundeskreis von Fred, Sunny und Zurssen gehört hatten. Liv kam vom Hundertsten ins Tausendste, beschäftigte sich mit gesellschaftlichen und politischen Entwicklungen der Zeit, die sich auch in Sylt niedergeschlagen hatten. Sie las über Oswalt Kolle, der seinen Aufklärungsfilm *Dein Kind – das unbekannte Wesen* zum Teil am Sylter Nacktstrand gedreht hatte, über die Verleger Rudolf Augstein und Axel Springer, die hier gewohnt hatten, sowie über die spätere RAF-Terroristin Ulrike Meinhof, die vor ihrer Radikalisierung mit Vorliebe ihre Familienferien in Kampen verbracht hatte. In den letzten Jahren hatten sich vor allem Meinhofs Tochter Bettina Röhl und ihre Stieftochter Anja Röhl mit dieser Zeit auseinandergesetzt. Immer wieder ging es dabei auch um ihre Kindheit auf Sylt und um Missbrauchsvorwürfe gegen Meinhofs Mann, um die Grenzen sexueller Freizügigkeit und den Kinderschutz. Liv spürte, wie ihre Handflächen zu kribbeln begannen, während ein Gedanke am Rande ihres Bewusstseins auftauchte. Sie konnte ihn aber nicht zu fassen kriegen. Es war wie eine Melodie, an diesiesich vage erinnerte, die sie aber nicht mehr zusammenbrachte. Wie ein falscher Ton in einer sonst harmonischen Komposition.

Noch einmal nahm sie all ihre Konzentration zusammen. Was war es, das sie soeben hatte aufmerken lassen, was nur? Sie krickelte ihr Notizbuch voll, als könne der Gedanke plötzlich inmitten der Buchstaben und Zeichen auftauchen wie beim automatischen Schreiben der Surrealisten. Aber kein Hinweis erschien auf dem Papier. Verflixt, dachte Liv. Wenn sie nur ihrer linken Gehirnhälfte die Führung überlassen könnte! Sie presste ihre Nasenwurzel. Es schien, als würde keine ihrer beiden Gehirnhälften mehr ordnungsgemäß Dienst tun.

Der Trommelwirbel ihres Handys verscheuchte auch den letzten Gedankenzipfel. Liv streckte sich und japste dabei nach Luft. Vielleicht dachte sie auch in die falsche Richtung. Wie hieß es so schön: Wenn man in der falschen Richtung unterwegs ist, nützt es nichts, das Tempo zu erhöhen. Sie rollte die steifen Schultern und schüttelte ihre Finger in der Luft, um ein wenig Spannung abzubauen. Dann warf sie erneut einen raschen Blick auf das Handy. Sie musste los.

Halb benommen lief sie zu ihrem Wagen. Die Gestalt, die sich an ihrem Dienstwagen zu schaffen gemacht hatte und nun ins Dunkel der Toreinfahrt floh, bemerkte Liv nicht.

Im Probenraum standen die Menschen dicht gedrängt. Es war tropisch heiß und ohrenbetäubend laut. Die Musik riss Liv sofort mit. Ihr Neffe Jan machte seine Sache gut, und auch der Schlagzeuger schien alles zu geben. Hier fühlte sie sich sogleich wohl. Alle waren im Jetzt, tanzten und sangen. Sie fand Sanna in der Nähe des Getränkestands, inmitten einer Gruppe von Jugendlichen. Ihre Tochter plauderte mit einem Jüngling, der einen albernen Schnauzbart züchtete und viel zu alt für sie war – mindestens achtzehn.

Sanna zog sogleich eine Schnute, als sie ihre Mutter sah. »Müssen wir wirklich schon los? Ist grad so schön!«, schrie sie Liv ins Ohr.

Liv lächelte ihre Tochter an – diese Aussage hatte sie schon oft gehört –, legte aber die Jacke ab. Es tat gut, einfach mal nur den Moment zu genießen und die bedrückenden Gedanken loszulassen. Eine Weile feierten sie Seite an Seite, was Sanna auch nicht recht zu sein schien. Als dann auch noch Jan Liv bemerkte und sie für ein Stück ans Schlagzeug rief, wirkte Sanna, als würde sie vor Scham gleich im Boden versinken.

Liv kannte den Song und konnte sich auf die anderen Musiker einstellen. Vor allem aber konnte sie der Versuchung nicht widerstehen, für einen Augenblick am Schlagzeug Kraft zu tanken. Das Zusammenspiel klappte gut, und Liv genoss es, vor sich die Zuhörer zu sehen, die zum peitschenden Rhythmus der Musik abgingen. Sie hoffte, dass sie es irgendwie schaffen würde, auch auf dem nächsten Konzert ihrer eigenen Band in Flensburg zu spielen. Etwas Zeit blieb ja noch; vielleicht war der Fall bis dahin gelöst. Nach dem Schlussakkord rief Jan sie zum Bühnenrand. Liv ließ sich kurz beklatschen und dann, einem Impuls folgend, in die Menge fallen – *Stagediving en miniature*.

Sanna war schon draußen. Der Blick, den sie Liv zuwarf,

sprach Bände. Ihre Mutter war sooo peinlich. Aber auch Liv verging die Feierlaune, als sie sah, mit wem ihre Tochter sich gerade unterhielt: Annika. Ihre Schwester lächelte in einer Mischung aus Zorn und Selbstzufriedenheit.

»Ich dachte, wenn du auf der Party meines Sohnes bist, kann ich ja auch deine Tochter für Jans offizielle Geburtstagsfeier einladen.«

Sanna strahlte. »Das wäre der Burner, Mam. Wir gehen in ein Sternelokal, da war ich noch nie!«

»Es scheint, als habe deine Tochter mehr Familiensinn als du. Du schreckst ja nicht einmal davor zurück, die Polizei auf uns zu hetzen.« Sanna starrte Liv bei dieser Anschuldigung ungläubig an.

Liv kochte innerlich. »Dass die Polizei sich an euch wendet, ist reine Routine. Ich habe nichts damit zu tun. Wir fahren«, forderte sie ihre Tochter auf. »Jetzt.«

Sanna schmiss die Autotür hinter sich zu. »Was war mit Tante Annika? Warum bist du nur so zickig zu ihr? Hast du wirklich die Polizei auf sie gehetzt?! Sie hat dir doch nichts getan!«

Nichts getan? Was wusste Sanna denn schon! »Wenn es nach Annika ginge, wärest du nicht hier! Dann würde es dich gar nicht geben!«, brach es aus Liv heraus. »Annika hat immer schon versucht, an mir herumzuerziehen. Sie hat sich als große Schwester aufgespielt. Nie hat es ihr gepasst, wie ich mich verhalten habe. Sie hat sich auf Vaters Seite gestellt, wenn er mich drangsalierte. Als ich dann mit dir schwanger war, wollte sie, dass ich abtreibe. Und als ich mich weigerte, hat sie sich ganz von mir abgewandt.«

Sanna schwieg erschrocken. »Und deine Mutter? Wie hat sie sich verhalten?«, fragte sie.

Liv hielt die Augen konzentriert auf die Fahrbahn gerichtet. Bäume erhoben sich zu ihrer Rechten; das Baaktal. Wenigstens hatte der Streit ihre Müdigkeit etwas vertrieben. »Selbst zu Lebzeiten war meine Mutter nie wirklich für uns da. Sie war sehr krank. Annika ist manipulativ, genau wie mein Vater. Du weißt doch, dass auch Jan sich nicht mit ihr versteht. Deshalb möchte ich, dass du dich von Annika fernhältst.«

»Jan und ich wollen morgen den ganzen Tag gemeinsam verbringen.«

»Das kannst du vergessen. Du hast Jan doch heute geseh–«

Ein metallisches Klirren unterbrach sie. Bei Tempo achtzig geriet der VW-Bus in Schräglage. Irgendetwas schrillte durchdringend. Der Bulli schlingerte über die Fahrbahn. Beinahe verlor Liv die Kontrolle über das Auto. Ausgerechnet jetzt kam ihnen ein Wagen entgegen! Der Fahrer hupte wild und blendete auf. Liv holperte auf den Seitenstreifen und rumste so heftig durch einige Schlaglöcher, dass sie kaum noch das Lenkrad halten konnte. Sanna neben ihr schrie gellend. Was war mit ihrer Tochter? Ein panischer Blick: Ihre Tochter hielt sich den Kopf – sie blutete stark. Liv wollte Sanna helfen, musste aber gleichzeitig das Lenkrad herumreißen, um zu verhindern, dass sie in einen Heidekrauthügel krachten. In einer Senke kam der Wagen endlich zum Stehen.

Vollgepumpt mit Adrenalin tastete sie nach ihrer Tochter. »Alles in Ordnung?« Eine ungeheure Angst, die so alt war wie die Menschheit selbst, hatte Liv erfasst. War ihrem Kind etwas passiert? »Sag doch was!«, schrie sie.

»Alles … okay.«

Liv lief um das Auto. Vorsichtig zog sie Sanna heraus. Ihre Tochter fiel ihr weinend in die Arme. Als sie das Blut abwischte, stellte Liv fest, dass es sich wohl nur um eine Platzwunde handelte. Dankbar drückte sie ihre Tochter an sich. Zum Glück hatte sie den Wagen abbremsen können. Zum Glück war sie nicht schneller gefahren. Zum Glück hatte der T3 ein stabiles Fahrgestell und war großzügig bemessen. Wenn sie gläubig gewesen wäre, hätte sie jetzt gebetet, so aber spürte sie eine tiefe Erleichterung.

Liv versorgte ihre Tochter, während sie auf Polizei und Krankenwagen warteten. Im Windschutz des Bullis lehnten sie sich an die warme Motorhaube und beruhigten sich gegenseitig. Leise trug der Wind den Gesang des Meeres zu ihnen, in den sich nach kurzer Zeit das Heulen von Sirenen mischte.

Obgleich sie unverletzt war, hatte Liv ein wenig das Gefühl, neben sich zu stehen. Was war eigentlich passiert? Sie schaltete die Taschenlampenfunktion des Handys ein und ging um den VW-Bus herum. Da – der rechte Vorderreifen fehlte. Sie war ein gutes Stück auf der Felge gefahren. War das tatsächlich ein Zufall? Oder hatte sich jemand an dem Wagen zu schaffen gemacht?

21

Westerland, 22. Oktober, 10:48 Uhr

Stumpfgrau und regenschwer hingen die Wolken über der Stadt. Eigentlich hatte sie Sanna nach Hause schicken wollen, aber ihre Tochter war mit Jan verabredet und hatte so lange gebettelt, bis Liv ihr erlaubt hatte, noch ein paar Stunden zu bleiben. Gerade nach dem gestrigen Unfall fiel es ihr schwer, Sanna etwas abzuschlagen. Im Krankenhaus hatten die Ärzte bestätigt, dass sie beide keine ernsthaften Schäden bei dem Unfall davongetragen hatten und dass Sannas Platzwunde schnell heilen würde – was für ein Glück! Liv mochte gar nicht daran denken, was alles hätte passieren können …

Im Hinterhof des Polizeireviers wurde Livs Wagen von den Kriminaltechnikern untersucht. Tatsächlich deuteten Kratzer an der Radnabe darauf hin, dass die Muttern absichtlich gelockert worden waren. Die Kollegen bestürmten Liv mit Fragen zur Rekonstruktion des Unfalls, außerdem wollten sie wissen, wo sie den Bulli gestern unbeobachtet abgestellt hatte, damit auch an den Parkplätzen nach Spuren und Zeugen gesucht werden konnte. Während Liv die Fragen beantwortete, trat Hennes aus dem Revier und steuerte direkt auf sie zu.

»Mann, Liv, du machst ja Sachen!«, sagte er und steckte sich eine Zigarette an. »Aber wenn wir Glück haben, hat sich der Maulwurf bei dieser Aktion verraten!«

Liv wurde flau im Magen. »Meinst du wirklich, dass er es

war? Ich kann mir nicht vorstellen, dass einer unserer Kollegen mein Leben aufs Spiel setzen würde.«

»Auf jeden Fall war es jemand, der nicht will, dass du eine bestimmte Fährte weiterverfolgst.«

»Warum hat er dann nicht dich angegriffen? Du reitest doch die ganze Zeit auf dieser Drogensache herum.«

»Ich habe meinen Dienstwagen sofort überprüfen lassen, als ich von deinem Unfall gehört habe. Bei mir waren ebenfalls ein paar Schrauben gelockert, aber nicht locker genug, um einen Unfall zu verursachen. Außerdem bin ich an dem Abend nicht mehr über die halbe Insel gegurkt.«

Liv senkte die Stimme. »Der Maulwurf und seine Verbündeten greifen jetzt direkt an. Wir sollten wirklich besser aufpassen. Haben deine verdeckten Ermittlungen denn inzwischen ein Ergebnis zutage gefördert?«

Hennes zuckte mit dem Kopf, das sollte wohl eine Verneinung sein.

Sie gingen ins Polizeirevier. Liv setzte sich an ihren Schreibtisch und sah noch einmal das Notizbuch durch. Ihr Blick blieb an den Stichworten hängen, die sie sich am Vorabend gemacht hatte. Ein Wort schien aus den anderen hervorzuragen. Sie sprang auf. Dass sie das gestern nicht erkannt hatte!

Kinder. Natürlich, das war es. Sie hatte gestern darüber gelesen.

Als Folge der sexuellen Revolution war in den Sechzigerjahren gegen den Kuppeleiparagrafen und die Diskriminierung von Homosexuellen gekämpft worden. Einige Abseitige hatten sich aber zudem für die Legalisierung von Sex mit Minderjährigen ausgesprochen. Ihr Argument war gewesen, dass Kinder nicht unter einvernehmlichem Sex leiden würden. Die Pädokriminellen hatten zu dieser Zeit versucht, bei vielen

Parteien und Organisationen Einfluss zu nehmen, sogar beim Kinderschutzbund, *Pro Familia*, der *FDP* und den *Grünen*. In der 1974 erstmals veröffentlichten Aufklärungsbroschüre *Zeig mal*, einem weltweit verkauften Bestseller, wurden Sexualkontakte von Kindern mit Erwachsenen als positiv bewertet. Die *Grünen* hatten dieses dunkle Kapitel ihrer Vergangenheit inzwischen aufgearbeitet und drei Opfer der früheren Parteilinie entschädigt. Immerhin eine Anerkennung des Leids, auch wenn man die zerbrechlichen Kinderseelen natürlich nicht mit Geld heilen konnte.

Kinder kamen leicht unter die Räder, das wusste Liv nur zu gut. Ein Kind unter all den zeitweise enthemmten Erwachsenen. Thore …

Sie suchte nach Hennes, der gerade dankend einen von Rabias Smoothies ablehnte. Heute war der Gesundheitsdrink spinatgrün. Rabia drückte Hennes trotzdem das Glas in die Hand.

Liv bat ihren Kollegen beiseite. Sichtlich erleichtert reichte Hennes das Glas an sie weiter, und Liv nahm es, ohne darüber nachzudenken. »Ich habe gestern etwas herausgefunden, das mir zu denken gegeben hat.« Sie berichtete von den Ergebnissen ihrer Internetrecherche. »Dem müssen wir nachgehen! Wir müssen Thore und Sunny Vatberg darauf ansprechen. Vielleicht hat Thore Vatberg eine Straftat begangen, vielleicht ist ihm aber auch etwas angetan worden.«

»Im Kommissariat sind alle auf Volker Raffel fixiert. Sie wollen verifizieren, dass er der Täter war, damit sie der Bevölkerung endlich mitteilen können, dass der Mörder nicht mehr frei herumläuft«, berichtete Hennes. »Auch ist die Lage unklar. Möglicherweise hatte Raffel Helfer, denn zur Tatzeit haben sich mehrere Handys in dem Funkmast in Braderup eingeloggt.«

»Wissen wir schon, wem die Handys gehören?«

»Nein, die Kollegen recherchieren gerade IMEI und IMSI.« Neben der Telefonnummer übertrugen Mobilfunkgeräte weitere Identifikationsnummern, die Rückschlüsse auf den Besitzer zuließen.

»Wir werden also nicht gebraucht?«

Hennes nickte. »Ich denke, Bente kann uns entbehren. Es sind ja genügend Kollegen da.«

Liv trank einen Schluck. Der Smoothie schmeckte scheußlich, und sie hatte das Gefühl, massenweise Kraut zwischen den Zähnen zu haben. Sie eilte in die Toilette und spülte den Mund, dann gingen sie nach oben, wo Bente tatsächlich ihre weiteren Nachforschungen befürwortete.

»Ihr seid aber vorerst auf euch allein gestellt«, sagte Bente und schob unwirsch ein halb leeres Smoothie-Glas von sich. »Ich möchte nicht, dass ihr irgendwelche Risiken eingeht. Das mit dem Unfall gestern hat mir gereicht – so etwas darf nicht noch einmal passieren! Was, wenn es nun der Maulwurf war, der sich an dem Wagen zu schaffen gemacht hat? Wir hätten schon längst interne Ermittler einschalten müssen!«

»Du kannst mir glauben, dass ich einen Angriff auf meine Kollegin sehr ernst nehme«, sagte Hennes finster. »Aber gib uns noch einen Tag, dann werden wir diesem Mistkerl das Handwerk legen.«

»Ihr hattet mehr als einen Tag«, entgegnete Bente. Es gelang ihm allerdings nicht, Hennes' Blick standzuhalten. Er zögerte, doch dann hoben sich seine Mundwinkel zu einem versöhnlichen Lächeln; er hatte Spinat zwischen den Zähnen. »Nun gut. Aber keine unnötigen Risiken, sage ich!«

»Was soll schon passieren, wenn wir Sunny Vatberg noch einmal vernehmen?«

Da Sunny Vatbergs körperlicher Zustand sich verbessert hatte, war sie vorläufig in ein Pflegeheim in Wenningstedt verlegt worden. Auf dem Gang vor Sunnys Zimmer standen Putz- und Wäschewagen. Inzwischen wachte niemand mehr über die alte Dame. Während Hennes nach der richtigen Zimmernummer suchte, wollte Liv ihr Handy auf stumm schalten, um im Gespräch nicht gestört zu werden. Dabei entdeckte sie eine Nachricht von ihrer Tochter.

Auf dem Foto posierte Sanna in einer Boutique. Sie trug ein albernes Käppi, das das Stirnpflaster verdeckte, und einen burgunderroten Parka mit Fell und bunten Bündchen, der viel zu teuer aussah. Dazu der Text: »Darf ich mein ganzes Taschengeld bis Weihnachten im Voraus bekommen und auf einmal ausgeben?« Liv sparte sich einen ungnädigen Kommentar und schaltete den Ton aus. Hatten die beiden Jugendlichen nichts Besseres zu tun, als zu shoppen?

Sunny Vatberg saß an einem Tisch am Fenster vor unzähligen Fotos. Der Rollstuhl war gegen einen Rollator ausgetauscht worden, vermutlich ein gutes Zeichen. Das Gesicht der alten Dame war von Trauer und Verlust ganz stumpf. Die nachlässige Frisur und die Schminkversuche waren ein hilfloser Versuch, den Schein aufrechtzuerhalten.

Liv entschied spontan, Sunny Vatberg durch eine direkte Konfrontation aus ihrer Starre zu reißen. »Was im Jahre 1969 zwischen Ihnen und Zurssen vorgefallen ist, hatte mit Ihrem Sohn zu tun. Thore war der Grund für das Zerwürfnis mit Zurssen.« Sunnys Augen weiteten sich. Ihr schmerzerfüllter Gesichtsausdruck bestätigte Livs Vermutung und tat ihr gleichzeitig weh. Sie wollte Sunny aber auf keinen Fall die Worte in den Mund legen. »Ihr Sohn verbrachte gerne Zeit mit Zurssen. Irgendwas musste damals vorgefallen sein. Was genau ist geschehen? Sagen Sie es uns endlich!«

Schweigend starrte die alte Dame aus dem Fenster.

»Reden Sie! Hat Thore an der Luxuskarosse etwas kaputt gemacht, und Zurssen forderte eine horrende Entschädigung? Hat Thore Zurssen bestohlen? Die Familienkasse aufgebessert?«, fragte Hennes harsch dazwischen.

Sunny starrte ihn wutfunkelnd an. »Nein, das hatten wir nicht nötig!«

»Was auch geschehen ist: Als Sie vor einigen Wochen hörten, dass Zurssen wieder hier wohnt, machte Fred sich auf, diese alte Rechnung zu begleichen.«

Die alte Dame stieß einen kehligen Schluchzer aus. »So war es nicht. Fred wollte Zurssen nichts antun, bestimmt nicht. Gewalt war ihm fremd.« Sie begann zu weinen.

Eine Schwester wollte eintreten, aber Liv hielt sie mit einer schroffen Geste auf. Sie kniete sich neben Sunny, um ihr besser in die Augen sehen zu können, und nahm ihre Hand. »Sagen Sie uns endlich, was damals geschehen ist. Erleichtern Sie Ihr Herz.«

Tränenbäche rannen nun Sunnys faltige Wangen hinunter. Liv reichte ihr ein Taschentuch, und die Dame tupfte sich die Tränen ab. Sie wirkte vollkommen zerrüttet. Schließlich seufzte sie schwer. »Es war in diesem Jahr, als …«

Die Gischt sprühte ihm ins Gesicht, und Wind und Wellen ließen seinen Motorsegler auf der Meeresoberfläche tanzen, aber das machte ihm nichts aus. Er hatte keine Angst. Nichts konnte ihm etwas anhaben, nichts ihn aufhalten. Die Sturmwarnung war sogar gut für ihn. Je widriger das Wetter, desto mehr hatten Zoll und Rettungskreuzer mit anderen Dingen zu tun. Außerdem waren weniger von diesen lästigen Hobbyskippern auf See.

Er fuhr näher an das Frachtschiff heran, als sicher war. Hoch ragte der Meeresriese neben ihm auf. Er war ein Winzling gegen den Frachter, aber ein Winzling, der eine Mission hatte. Eine illegale Mission.

Für einige Sekunden öffnete sich eine Klappe am verrosteten Heck des Schiffs, und drei Pakete wurden hinausgeschleudert. Dunkelgrau und mit Luftkammern verschweißt, würde sie kaum jemand in den Wellen ausmachen können. Mit einem Bootshaken zog er sie an Deck, mit seinem nagelneuen Springmesser schlitzte er die Verpackung auf. Zufrieden verschloss er sie wieder.

Das hier war der Freifahrtschein für ein neues Leben. Jetzt könnte er endgültig alle Brücken hinter sich abbrechen. Kaum konnte er es erwarten, zum letzten Mal auf Sylt zur Tat zu schreiten.

Laub klatschte an das Fenster des Pflegeheims. Im Wäldchen vor ihnen bogen sich die Tannen gefährlich im Wind. Sunny sah unverwandt hinaus.

»Sie können das vermutlich nicht verstehen. Heute ist alles so klar. Kinder sind Kinder. Aber damals … Thore war so pflegeleicht. Er lief immer mit uns Erwachsenen mit. Schlief in jedem Haus, fremdelte nie. Wir mussten nie ein Auge auf ihn haben.«

»Thore war also selbst schuld an seinem Schicksal, wollen Sie sagen?«, mischte Hennes sich ein.

»Nein … natürlich nicht.« Sunny schniefte. Ein wenig stieß ihr Selbstmitleid Liv ab. Sie wollte jetzt endlich wissen, was damals geschehen war! »Aber dann, nach einer Party bei Armin nässte Thore auf einmal wieder ein. Ich schimpfte mit ihm, wollte ihn waschen, aber dann … klagte er über Schmerzen am Unterleib, und ich sah …« Sie brachte es nicht über sich, es auszusprechen.

»Was sahen Sie?«

»Risse, Wunden, blaue Flecken. Thore konnte nicht sagen, was ihm passiert war. Ich dachte, er hätte sich beim Spielen verletzt, würde sich aber schämen, es zu erzählen. Doch das Einnässen blieb, er träumte schlecht, und ein paar Wochen später wiederholte sich das Ganze, wieder nach einem Besuch bei Armin.« Immer tiefer schien Sunny vor Scham in sich zusammenzusinken.

Livs Fingernägel bohrten sich in die Handballen. Sie war angeekelt und wütend zugleich. Es war manchmal furchtbar, mit einer Ahnung richtigzuliegen. Armin Zurssen hatte Thore sexuell missbraucht. Wie sehr musste das Kind gelitten haben! Und seine Eltern hatten ihm nicht geholfen! »Sie haben also beim ersten Mal nichts unternommen?«, fragte sie möglichst gefasst.

Stumm schüttelte Sunny den Kopf.

»Wie haben Sie beim zweiten Mal reagiert?«

»Ich bekam sofort Migräne. Fred war sehr wütend. Er sprach Armin darauf an, und der leugnete es nicht einmal. Er sagte, das …«, Sunny zog beschämt die Schultern hoch, »das schade Kindern nichts, solange es … einvernehmlich geschehe. Derartige Erfahrungen seien wichtig für die Befreiung der kindlichen Sexualität.«

»Jeder Sexualkontakt zwischen Erwachsenen und Kindern ist sexualisierte Gewalt. Er ist eine Form des Machtmissbrauchs und kann schwerwiegende und möglicherweise lebenslange Folgen für die Betroffenen haben«, sagte Liv mühsam beherrscht.

Sunny starrte auf ihre Hände, wo sie den Ehering ihres Mannes neben dem eigenen trug. »Fred und Armin stritten heftig. Ich wollte nichts davon wissen, das muss ich zu meiner Schande gestehen. Einige Tage später war Armin verschwunden. Es hieß, er hätte wegen irgendwelchen wichtigen Geschäften fortgemusst. Fred und ich waren erleichtert.«

»Und Thore?«

»Wir haben ihn zu Doktor Schiefelbein geschickt.«

»Hat Ihrem Sohn die Behandlung geholfen?«

»Das weiß ich nicht. Thore hat nicht mit uns darüber gesprochen. Unser Verhältnis war seitdem nicht mehr ... das beste.«

»Aber er war doch vor ein paar Tagen bei Ihnen.«

»Ja, kurz. Darüber habe ich mich auch gefreut, denn es war das erste Mal seit Langem. Schade, dass Fred und er ... Sie redeten nie viel miteinander.«

Liv fand es nur zu verständlich, dass Thore sich von seinen Eltern distanziert hatte. Sie hatten ihn im Stich gelassen. Ihn ausgeliefert. »Dass Ihr Mann sich an Herrn Zurssen gerächt hat, schließen Sie aus, das haben Sie schon gesagt. Aber was könnte Fred dann in Zurssens Haus gewollt haben?«

Sunnys Stimme war nur noch ein Hauch. »Armin hatte damals eine zweideutige Bemerkung gemacht, die uns bis heute verfolgt: Die Fotos mit Thore seien ihm die liebsten. Wir wissen nicht, ob es wirklich stimmt, aber der Gedanke, dass Armin unseren Sohn während des Missbrauchs fotografiert hat, hat uns keine Ruhe gelassen. Wir dachten, wenn der Nachlass gesichtet wird, kommt alles ans Licht. Dann kommt unsere Schande ans Licht.« Völlig erschöpft sah die alte Dame die Kommissare an. »Aber Fred hat wohl ... die Fotos nicht gefunden. Glücklicherweise ist ja jetzt alles verbrannt, oder?«

Liv konnte den Ausbruch von Ekel und Wut mühsam unterdrücken, bis sie das Zimmer verließen. Doch kaum war die Tür hinter ihnen zugefallen, stürmte sie aus dem Pflegeheim und trat gegen eine Mülltonne, die einige Schritte weit flog. Das Scheppern wurde von den Hauswänden zurückgeworfen. Windböen trieben den Müll über den Parkplatz und den kleinen Park, der sich neben dem Pflegeheim befand. Es war eine gepflegte Grünfläche mit Blumenrabatten und Bänken. Liv bereute ihren Ausbruch und beeilte sich, alles wieder einzusammeln.

»Die ganze Zeit über hat Sunny geschwiegen! Sie wollte ihren Fred schützen – aber dass sie uns damit die Ermittlungen schwergemacht, dass sie sogar Freds Leben gefährdet hat, daran hat sie nicht gedacht!«, brach es aus ihr heraus. Denn das hatte die alte Frau noch reuig hinzugefügt: Sie habe nicht gewollt, dass Fred schlecht dastehe. Es wäre ihm doch immer so wichtig gewesen, was die anderen über ihn dachten. »Haben wir derartige Fotos am Tatort gefunden?«

Hennes verneinte. Auch ihm schien das Geständnis zuzusetzen. »Alle Fotos, die da waren, haben wir auch gesichtet, und da war kein perverser Schweinkram dabei. Die externen Festplatten von Zurssen sind allerdings durch das Löschwasser beschädigt worden. Die IT-Experten arbeiten noch an der Rekonstruktion.«

Zwei Coffee-to-go-Becher purzelten über den Grünstreifen. Liv hastete ihnen nach und sammelte auch sie ein. »Ob die Fotos das waren, wonach der Fremde gesucht hat? Das, was Fred an sich genommen hat? Aber wem könnten diese Fotos etwas nützen? Wem könnten sie schaden?«

»Nur Thore selbst. Wer sollte sich jetzt noch für Zurssens Ansehen interessieren?«, sagte Hennes. Eine Plastiktüte wehte an ihnen vorbei. »Vermutlich werden wir es nie erfahren. Wir kennen Freds Versteck noch immer nicht.« Er wollte die

Tüte aufheben, die sich inzwischen an den Beinen einer Holzbank verfangen hatte. Während er daran zerrte, sah Liv das Schild, das die Bank schmückte: »Zur Erinnerung an Hilde, die hier manche heitere Stunde verbracht hat«. Es war eine schöne Tradition, fand Liv, auf diese Art und Weise Orte und Menschen dauerhaft zu verknüpfen. Selbst wenn jemand längst gestorben war, vergaß man ihn nicht, sondern erinnerte sich im Zweifel bei jedem Spaziergang gerne an ihn. Fred und Sunny hatten ebenfalls eine besondere Bank gehabt. Aber an sie würde kein Schild erinnern. Vielleicht war es auch gut so. Die Erkenntnis durchzuckte Liv wie ein Stromstoß.

»... was meinst du?«, fragte Hennes gerade.

Sie hatte nicht zugehört. »Wie bitte?«

»Was wir jetzt machen wollen?«, wiederholte ihr Kollege etwas genervt.

Während das Adrenalin durch ihre Adern schoss, sah sie ihn an: »Wir heben jetzt eine Bank aus.«

Hennes' ungläubiger Blick war unbezahlbar.

Sie holperten über den Wander- und Radweg, der glücklicherweise meist breit genug für den Dienstwagen war. Der Himmel drückte schwarzgrau auf die Heide, der Scheibenwischer lief im Akkord. Im Radio brachten sie eine Unwetterwarnung.

Die Kippe im Mundwinkel knurrte Hennes: »Schnapsidee, Lammers. Du erklärst Bente, warum wir uns den Unterboden aufgerissen haben, wenn's so weit ist.«

»Wir hätten ja Rad fahren können«, entgegnete Liv.

»Sehr lustig.«

Sie hielten neben der Bank. Zwei Spaziergänger, die dem Wetter trotzten, wiesen mit erhobenem Zeigefinger auf das

Verbot des Autofahrens im Naturschutzgebiet hin und suchten erst das Weite, als Hennes seinen Ausweis zeigte. Die Bank sah heruntergekommen aus. Ihre Schuhe fanden kaum Halt auf den morschen Brettern des Podestes.

»Wo soll man denn hier bitte schön etwas verstecken?«

Sie hatte sich richtig erinnert. Die Bank war aus Planken gefertigt und mehrfach ausgebessert. Liv ruckelte und zerrte am Holz, doch kein Balken bewegte sich. War es wirklich eine Schnapsidee? Gab es hier wirklich keinen verborgenen Hohlraum? Hennes sog ungeduldig an seiner Zigarette, die sich im Regen immer weiter bog. Hier musste doch irgendwo … Das Podest!

Liv kniete sich auf die feuchte Erde und leuchtete mit ihrer Taschenlampe unter das Holz. Nur Sand und Halme. Sie zog ihre Gummihandschuhe an und tastete rundherum die Bretter ab – nichts. Plötzlich fiel ihr auf, dass einige Schrauben im Podest blanker als andere waren – alle in einem Brett. Mit Hennes' Schweizer-Messer entfernte sie die Schrauben. Das Brett saß so fest, dass sie es mit der Schneide herauskippeln musste. Darunter lag eine Plastiktüte. Die Fotos!

Doch es waren keine Fotos. Halb enttäuscht spürte Liv dünnes Papier zwischen ihren Fingern. Ein einfaches Schulheft, verblichen und eng beschrieben. Anscheinend ein Tagebuch. Der Wind riss an den dünnen Seiten. Sie packte Heft und Tüte in einen Asservatenbeutel und flüchtete – gefolgt von Hennes – ins Auto. Dort blätterte sie das Schulheft vorsichtig noch einmal auf. Eine enge, hochgeschossene Handschrift, als würden die Buchstaben sich ineinander verbeißen. Die Eintragungen setzten in diesem Frühjahr ein. Armin Zurssen war anscheinend gerade auf die Insel zurückgekehrt.

28. April

Und die Pforte ist eng, und der Weg ist schmal, der zum Leben führt; und wenige sind ihrer, die ihn finden. Matthäus

Die Reise war eine Strapaze, aber da ich wusste, dass es meine letzte sein würde, habe ich sie stoisch ertragen. Mein Lebenskreis schließt sich. Die Kate ist kleiner als in meiner Erinnerung und vollgestellt mit Dingen, die ich längst vergessen hatte. Ich begreife nicht, warum Großvater sie damals überhaupt gekauft hat. Für mich war diese Kate nach dem Verkauf meiner Villa kaum mehr als ein Abstellraum. Das eine oder andere Stück werde ich zu Geld machen können, wenn es meine Behandlung erforderlich macht.

Ich habe mir redlich Mühe gegeben, das Erbe meines Vaters unter die Leute zu bringen. Ein echter big spender, das war ich, und darauf bin ich stolz. Ich bereue nur, nicht noch mehr für Weine, Yachten oder Sex ausgegeben zu haben. Gerade für Sex. Jetzt, wo mein Körper nicht mehr mitmacht, sind es nur noch die Erinnerungen, die mich am Leben halten, und der Wunsch, das wenige auszukosten, was mir geblieben ist. Was würde ich dafür geben, die Zeit zurückzudrehen. Noch einmal einen Jahreslauf auf Sylt zu erleben mit Neujahrsschwimmen, Biikenbrennen, Eierwerfen zu Ostern, Ringreiten, Strandleben, Krebsessen, Heideblüte, der Jöölboomzeit und den Winterstürmen, mit Treibeis auf dem Lister Tief und Schnee auf den Wanderdünen!

Unwillkürlich fühlte Liv sich für einen Augenblick mit Zurssen verbunden, schließlich teilten sie die Erinnerungen an die

Sylter Traditionen. Besonders die gewaltigen Biikefeuer im Februar mit dem traditionellen Grünkohlessen und dem anschließenden Ferientag hatte sie geliebt. Doch der nächste Satz ließ sie vor Abscheu erstarren.

Ich erinnere mich daran ebenso gut, wie ich mich an die schneeweiße Haut der Knaben erinnere, die ich mir kaufte.

Es gab eine Zeit, da war die Welt ein Selbstbedienungsladen für mich. 24/7, worldwide. Jetzt bleibt mir nur noch dieses Haus. Zwei Räume, ein Keller und eine schwindende Erinnerung, die ich mit Post its und diesem Tagebuch zu besiegen hoffe. Die Chemikalien, die den Krebs bekämpfen sollen, töten die Zellen in meinem Hirn. Chemo-Brain nennt mein Arzt, dieser Schinder, dieses Phänomen. Meine Haushälterin heißt übrigens Opahk, das darf ich nicht vergessen. Neben dem Schinder wird sie meine einzige Verbindung zur Außenwelt sein.

Liv überflog die nächsten Zeilen. Die Scheibe neben ihr beschlug schon. Sie blickte zu Hennes hinüber und erklärte: »Jetzt kommen nur Aufzählungen von Medikamenten und Krankheitssymptomen, von Gedächtnisstörungen und Zusammenbrüchen. Immer wieder verdreht er Helene Opahks Namen.«

»Vermutlich war sie nie so wichtig für ihn, wie sie glaubte. Steht da nichts über Thore oder Fred? Oder meinetwegen auch über Raffel?«, fragte Hennes. Er startete den Wagen und hieb den ersten Gang ein. Egal, was das Tagebuch noch bringen würde – sie mussten ins Kommissariat.

Zeile um Zeile übersprang Liv halbgelesen. »Hör mal, hier, etliche Monate später:

5. Juni.

Es ist schlimmer denn je. Pastor Casabione spricht mir Trost zu, er ist mir eine wahre Stütze und vertrauenswürdig noch dazu.

»Lies weiter!«, konnte Hennes seine Ungeduld nicht länger zügeln.

»Am 14. September stehen die üblichen Aufzählungen von Medikamenten und gesundheitlichen Ausfällen, die immer gravierender werden, aber hier erwähnt er auch Thore.« Vor Erregung wurde Livs Stimme eine Oktave höher.

Am Abend schellte jemand. Ich stellte mich tot, was mir ja nicht sonderlich schwerfällt. Aber dann hörte ich jemanden meinen Namen rufen. Es schien dringend zu sein. Glücklicherweise schaute ich nach. Es war Thore – Thore Vatberg. Bei der Erinnerung schwanden mir beinahe die Sinne – der kleine, süße Thore. Rotlockig, mit zarter Haut und feinen Sommersprossen selbst auf dem niedlichen Arsch.

Liv stockte angewidert.

»Dieses Schwein!«, platzte Hennes heraus.

Liv musste sich zwingen weiterzulesen:

Im nächsten Atemzug die Angst: Was wollte er von mir? Aber ich konnte nicht widerstehen, ich musste ihn wiedersehen. Die Fotos mit ihm sind mir noch heute die liebsten in meiner Trophäensammlung.

»Es gibt sie also doch, diese Fotos!«

Je mehr Liv vorlas, umso bitterer kroch der Ekel ihre Kehle hoch.

Thore war reserviert. Bat mich um ein Gespräch. Es war klar, dass er um den heißen Brei herumredete, aber mir gefiel es, ihn um mich zu haben. Zur Feier des Tages trank ich mit ihm einen Jahrgangscognac. Immer wieder schoben sich die Bilder in meinem Gedächtnis über den Anblick des erwachsenen Mannes, der jetzt vor mir saß. Das nackte Kind, unschuldig und willenlos von den Valiumtabletten, die ich ihm mit der Cola eingeflößt hatte. Nicht, dass ich je Skrupel gehabt hätte. Für die Befreiung der kindlichen Sexualität ist früher Verkehr unbedingt notwendig. Ich habe Thore damals gewissermaßen einen Gefallen getan. Er scheint sich jedoch nicht daran zu erinnern. Ich wusste doch, dass Fred und Sunny damals ganz umsonst die Pferde scheu gemacht haben.

Nach einer Stunde etwa ging er. Hat Thore erfahren, was er wissen wollte? Wie hat er mich überhaupt gefunden? Und, am wichtigsten: Wird er wiederkommen?

Livs Sympathien waren klar verteilt: Zurssen war ein Verbrecher gewesen, der sich an kleinen Kindern vergangen hatte, und Thore sein Opfer. Der Widerspruch zwischen ihren Emotionen und dem polizeilichen Auftrag zerriss sie fast. Wieder las sie quer. »Zurssen hat anscheinend Erkundigungen über Thore eingeholt. Hier, eine Woche später heißt es:

Die Detektei hat erste Ergebnisse geliefert. Offenbar ist Thore ein ebenso brillanter Loser wie Fred. Im Beruf gescheitert, Ehe zerbrochen, Vater eines Sohnes – ob der genauso reizend ist wie Thore als Kind? – und ständig pleite. Verdient sein Geld mit dubiosen Segeltörns. Nun weiß ich, wozu ich Thore befragen, welche Informationen ich aus ihm herauskitzeln kann, damit er mir das gibt, wonach meinen geschundenen Sinnen noch immer gelüstet …

22. September

Thore war wieder da. Er kommt zu mir, treu wie ein geschlagener Hund. Ich lese in seinem Gesicht, dass er ahnt, dass etwas zwischen uns steht – aber er erinnert sich nicht. Er kommt zu mir, weil er die Wahrheit wissen will, wissen muss. Verständlich, und auch vergnüglich für mich, weshalb ich keine Eile habe. Wir umkreisen uns mit Fragen, immer weiter wandert er zurück in die Vergangenheit. Er scheint nichts mehr zu wissen von unseren Vergnügungen – ein Jammer. Ich würde ihn gerne daran erinnern – nur, um zu sehen, wie er darauf reagiert. Stattdessen versuche ich, aus Thore Details über seine Segeltouren und seinen Sohn herauszukitzeln. Da er mir Letzteres zu meinem Kummer verweigert, weiß ich nun, womit er sein Geld verdient. Die Segeltörns mit Touristen bringen nur Peanuts ein, dafür fährt Thore häufiger für einen Sylter Gastronomen namens Kendiksen, und der scheint spendabel zu sein – aber warum? Niemand macht etwas umsonst, das war die erste Lektion, die mir mein Vater erteilte.

Bei unserer Erinnerungsreise in die Vergangenheit erwähnte ich heute erstmals unsere gemeinsamen Touren mit dem Rolls-Royce. Thore wurde bleich und floh. Es war belebend zu sehen, wie sehr ihn der blinde Fleck in der Erinnerung verwirrt. Es wird mir ein Vergnügen sein, ihm die Wahrheit zu enthüllen, wenn er mir im Gegenzug seinen Sohn gibt.

Liv musste tief durchatmen, um ihre Beklemmung zu lockern. Sie durchfuhren inzwischen den Nordrand von Westerland.

Ich fühle mich so gut wie lange nicht mehr. Dieses Mal hat es nur zwei Tage gedauert, bis Thore wieder zu mir kam. Er wirkt zerfahren. Das Gespräch über seinen Sohn verweigert er. Aber ich weiß nun, was er für Kendiksen transportiert: Drogen. Thore ist in meiner Hand, wieder einmal, hilflos wie damals. Wenn er nächstes Mal kommt, werde ich ihm seine ersten sexuellen Erlebnisse ins Gedächtnis rufen und mich an seiner Reaktion weiden. Und das Schöne ist: Selbst wenn er mich verurteilt, wird er mir nichts antun können.

Liv konnte ihre Erregung kaum bezwingen. Thore hatte sich um das Gespräch mit ihnen gedrückt, und nun wussten sie auch, warum. Was sie erfahren hatten, war mehr als ein Motiv für nur einen Mord. Ihr schwirrte der Kopf. Jeder der Beteiligten hatte viel zu verlieren gehabt – und hatte es noch.

22

Westerland, 13:18 Uhr

Sie berieten sich kurz mit Bente, dann berief der Teamleiter eine Besprechung ein. »Wir haben Volker Raffel nach allen Regeln der Kunst verhört, aber er leugnet nach wie vor, mit dem Mord an Fred Vatberg zu tun zu haben«, verkündete Bente sichtlich gestresst. »Raffel behauptet, den Schuppen bei Braderup schon Jahre nicht mehr zu nutzen. Das Messer habe er nie gesehen – dabei ist dieser Messertyp auch bei Gärtnern beliebt, und er hat sogar ein Exemplar dieser Marke. Im Schuppen konnten mit forensischem Equipment Blutspuren festgestellt werden, die allerdings noch nicht abschließend analysiert sind. Wir müssen uns gedulden, bis die weiteren Ergebnisse der KTU eintreffen. Wenn wir Pech haben, läuft es auf einen reinen Indizienprozess gegen Raffel hinaus.«

Bente sah in die Runde und fuhr dann fort: »Immerhin ist Liv und Hennes gestern ein interessanter Fund geglückt, der Zurssens Tod tatsächlich in Verbindung mit Drogengeschäften und auch mit Thore Vatberg bringt. Der Millionär führte Tagebuch – offenbar um seine Erinnerung zu bewahren. Er litt wohl unter Chemo-Brain, Vergesslichkeit nach einer Chemotherapie. Wir werden sein Tagebuch spurenkundlich untersuchen und inhaltlich auswerten. Ich habe bereits die Wasserschutzpolizei gebeten, nach Thore Ausschau zu halten, damit wir ihn schnellstmöglich vernehmen können, aber es gibt ja keine Möglichkeiten, ein Privatschiff zu orten.«

»Haben die Segler kein GPS oder sonstige Sender, durch die sie geortet werden können? Müssen sich die Skipper nicht bei jedem Hafen anmelden, den sie anlaufen?«, wollte Liv wissen.

»Identifikationssysteme sind nur für die gewerbliche Schifffahrt vorgeschrieben, Gleiches gilt für das Hafen-Informations-System. Bleibt also nur die Möglichkeit, Thore Vatbergs Handy zu orten oder ihn auf See zufällig zu entdecken. Aber Vatbergs Handy ist anscheinend aus«, sagte Hennes.

Sie diskutierten weitere Ermittlungsergebnisse und verteilten Aufgaben. Was Liv und Hennes zu tun hatten, stand allerdings fest.

Zum Mittagessen bestellten die Kollegen Pizza. Liv hingegen hatte so lange vor ihren Papieren gesessen, dass sie dringend weite Sicht und frische Luft brauchte. Sie rief Sanna an, und als sie hörte, dass ihre Tochter mit Jan im *Café Extrablatt* war, entschied sie sich, während der Pause dazuzustoßen. Es würde ihr guttun, das Stück zu laufen.

Der Wind trieb die Touristen durch die Fußgängerzone. Ein einsamer Straßenmusiker versuchte mit *Ich war noch niemals in New York* sein Glück, und als Liv an ihm vorbeigepustet wurde und ihn anlächelte, weil er bei diesem Wetter nicht aufgab, rief er lachend »Machen wir!«.

Leider hatte sie kein Kleingeld in der Tasche.

Sanna und Jan saßen auf der Terrasse unter Heizpilzen und redeten angeregt. Es tat Liv gut zu sehen, dass beide froh waren; auch Jan hatte eine schwere Zeit durchgemacht. Trotzdem fragte sie sicherheitshalber noch einmal nach, ob Sanna auch ganz bestimmt nicht unter Kopfschmerzen oder Übelkeit als Folge des Autounfalls leiden würde. Ihre Tochter beantwortete diese Frage mit einem beinahe entrüsteten Nein.

Beim Essen ließ Liv sich von Jans Konzert und den Erlebnissen des Tages erzählen. Fröstelnd wickelte sie sich die bereitliegende Wolldecke um die Hüfte. Sanna schien nicht zu frieren. Livs Blick blieb an dem burgunderroten Parka ihrer Tochter hängen. Das konnte nicht das Teil sein, für das Sanna ihr gesamtes Taschengeld ausgegeben hatte. Selbst wenn sie jahrelang gespart hätte, hätte sie sich dieses Stück nicht leisten können, das erkannte Liv an dem Designernamen.

»Woher hast du denn den Parka?«, fragte Liv unschuldig und las sogleich an Sannas Gesichtsausdruck ab, dass sie ins Schwarze getroffen hatte.

»Gekauft.«

»Nie und nimmer von deinem Geld. Der Parka ist von *Miu Miu.*«

Trotzig sah Sanna sie an. »Tante Annika hat ihn mir geschenkt.«

Der Bissen blieb Liv im Halse stecken, und sie hustete derart, dass Jan ihr auf den Rücken klopfen musste.

»Annika hat zwischendurch angerufen und gefragt, wo wir sind. Ich konnte sie nicht davon abhalten, die Jacke für Sanna zu kaufen«, sagte Jan zerknirscht.

»Dafür kannst du ja nichts. Aber Sanna und ich hatten eine Abmachung.«

»Tante Annika wollte mir eine Freude machen. Sie war nett.«

Liv legte ihr Besteck weg. Der Appetit war ihr vergangen. Natürlich war Annika nett. Sie wollte ja Sanna auch auf ihre Seite ziehen. »Du hast mir etwas versprochen.«

Sanna sprang auf. Auf ihrem Gesicht zeichneten sich hektische Flecken ab. Liv sah den Ausbruch der gefürchteten

Teenagerwut kommen, konnte ihn aber nicht verhindern. Sie mochte sich noch so oft vornehmen, sich nicht provozieren zu lassen, es gelang ihr nicht.

»Jetzt tust du wieder so, als ob das meine Schuld wäre!«, fauchte Sanna. »Dabei ist das doch nicht schlimm, wenn meine Tante mir etwas schenkt!«

Die benachbarten Gäste starrten sie schon an.

»Du verstehst das nicht!«

»Wie denn auch? Wenn du es mir nicht richtig erklärst!«

»Du wirst die Jacke zurückgeben!«

»Ich denke nicht daran!«

»Gib sie mir!«, forderte Liv. Empört funkelte Sanna sie an. »Sofort!«

Das Mädchen zog die Jacke aus und warf sie ihrer Mutter hin. »Du bist schrecklich!«, schrie sie und stürzte durch den Strandaufgang davon.

Jan wollte ihr nach, aber Liv hielt ihn auf. »Sie beruhigt sich schon wieder.«

Aufgewühlt legte sie den Parka zusammen. Sannas Vorwurf traf sie. Andererseits verstand sie gut, dass ihre Tochter sich nicht mit dürren Erklärungen abgeben wollte. Dass sie nicht nachvollziehen konnte, was sie nicht selbst erlebt hatte. Jan begriff schon eher, was Liv fühlte. So langsam verrauchte ihre Wut. Hatte sie überreagiert?

»Keine Sorge, ich erwarte nicht, dass du Annika die Jacke zurückgibst. Ich schicke den Parka per Post«, versuchte sie, Jan zu beruhigen. Er wirkte erleichtert, nicht noch weiter in die Auseinandersetzung hineingezogen zu werden. »Und du, wie kommst du klar?«, fragte Liv, um von Sanna abzulenken.

Jan strich sich mit dem langen Daumennagel, den er fürs Gitarrespielen pflegte, über die Oberlippe. »Es geht. Ich gehe

Annika und Großvater so weit wie möglich aus dem Weg. Es gefällt Annika nicht, dass du hier bist. Dass wir uns sehen. Sie redet oft mit Ocke darüber.«

Der Gedanke, dass ihre Schwester und ihr Vater über sie sprachen, gefiel Liv ganz und gar nicht.

»Ich lasse mir nicht mehr viel von ihnen sagen«, fuhr Jan fort. »Aber du weißt ja, was dann kommt: Annika droht mit dem Internat, und Opa …«

»Schlägt er dich noch?«

»Im Moment nicht.«

Im Moment. Heiß kochte Livs Zorn auf. Sie hatte schon ein paar Mal in stillen Stunden mit Jan über ihre Gewalterfahrungen gesprochen. Nur Sanna wusste nichts von der Prügel. Jan schämte sich zu sehr, es zuzugeben. Noch etwas, das Liv wütend machte. »Was sagt dein Vater dazu?«

»Was soll er schon dazu sagen? Enno ist ja nie da. Der macht es sich leicht. Ein Leben auf Geschäftsreise.«

»Hast du nochmal darüber nachgedacht, Ocke anzuzeigen?«

Jans lange Wimpern flatterten. »Darüber haben wir doch schon so oft geredet! Das könnte ich nicht. Außerdem schaffe ich es inzwischen, ihm aus dem Weg zu gehen.«

»Vielleicht wäre das Internat nicht die schlechteste Lösung. Auch ich war eine Zeit lang auf dem Internat. Dann bist du wenigstens nicht mehr in ihrer Reichweite.«

»Ich wäre von meinen Freunden weg, von meiner Band, könnte nicht reiten, nicht surfen, nicht Polo spielen.«

Auf vieles davon hatte auch Liv damals verzichten müssen. »Das wäre es wert.«

Jan hob unschlüssig die Schultern.

»Da kommt Sanna!« Liv konnte es kaum ertragen, ihren Neffen weiterhin in Ockes Nähe zu wissen. Was hielt ihn nur zu Hause? Oder bedeutete ihm der Reichtum der Familie so viel, dass er die Einschränkungen fürchtete?

Liv ging Sanna entgegen und schloss sie fest in die Arme, doch ihre Tochter versteifte sich und erwiderte die Umarmung nicht. Irgendwann würde sie Sanna auch diesen Teil ihrer Geschichte erzählen müssen, damit Sanna sie verstand. Irgendwann, aber nicht jetzt.

Jan verabschiedete sich, er wurde in Morsum erwartet. Am Abend würden seine Eltern seinen Geburtstag im Söl'ring Hof feiern. Sannas Platz an der Geburtstagstafel würde leer bleiben. Liv brachte ihre Tochter zum Bahnhof; Sanna war lange genug auf Sylt gewesen.

Im Revier nahm Liv sich Zurssens Tagebuch und weitere Unterlagen vor. Sie hatte ihr Werk beendet, als Hennes sie abholte.

Monika Nüller wohnte in einem riesigen Appartementblock in Wenningstedt, der zwischen einem Wäldchen und einer Kriegsgräberstätte aufragte. Ihre Wohnung befand sich im Erdgeschoss und war, von Bäumen beschattet, eher dunkel. Auf den Schränken standen Bilderrahmen mit Fotos, die allesamt ihren Sohn zeigten. Kinderspielzeug war im ganzen Wohnzimmer verteilt. Es sah aus, als sei eine Bombe eingeschlagen. Die Kommissare mussten Bücher und Puzzleteile beiseiteschieben, bevor sie sich auf das Sofa setzen konnten.

Liv überlegte, wie sie es am geschicktesten anstellen konnte, Monika Nüller auf das Sexualverhalten und eventuelle Traumata ihres Ex-Mannes anzusprechen. Ihr Blick fiel auf den kleinen Ole, der kniend ein Legoboot über den gemusterten Teppich schob.

»Geht es um Thore?«, fragte Monika Nüller unvermittelt.

»Wie kommen Sie darauf?«, fragte Hennes.

»Ich weiß auch nicht.« Die Zeugin sah ihr Kind an, dann die Kommissare. »Es geht um ihn, oder?«

Liv nickte schweigend.

Monika Nüller wandte sich an ihren Sohn. »Willst du nicht in deinem Zimmer eine CD hören, Spatz? Wir haben doch aus der Bücherhalle noch *Käpt'n Blaubär.*« Gehorsam tuckerte der Junge mit dem Boot aus dem Wohnzimmer. Erst als die Tür zu war, sprach sie wieder. »Thore hat sich verändert. Es ist so schwierig geworden mit ihm. Mir ist manchmal richtig unheimlich, wenn wir mit ihm zusammen sind.«

»Inwiefern unheimlich?«, fragte Liv.

»Sein tagelanges Schweigen, die Albträume, die plötzlichen Wutausbrüche – das konnte ich nicht mehr ertragen.«

»Worauf führen Sie diese extremen Seelenzustände zurück?«

»Ich habe keine Ahnung – er hat ja nie mit mir darüber gesprochen.«

»Wie hat er darauf reagiert, dass Sie die Beziehung beendet haben?«

»Als ich ihm sagte, dass ich mich trennen will, hat er das so hingenommen. Er wollte wohl verhindern, dass ich ihm den Kontakt zu Ole verbiete.«

»Warum hätten Sie das tun sollen?«

Monika Nüller räumte Spielzeug von einem Platz auf den anderen. Schämte sie sich für das, was ihr durch den Kopf ging? »Mir hat Thore immer gefallen – seine Kraft, seine Disziplin, seine Zukunftsträume. Als wir uns kennenlernten, hatte er einen sicheren Job, verdiente gutes Geld. Es war nicht die große Liebe, aber ich war schon über vierzig und wollte unbedingt Kinder. Er war leidenschaftlich und gab mir das Gefühl, das Wichtigste in seinem Leben zu sein. Aber als Ole geboren wurde, veränderte Thore sich. Er bekam Stimmungsschwankungen, war an manchen Tagen aufgedreht, dann aggressiv und plötzlich wieder trübsinnig. Dabei dachte ich, nur Frauen bekommen eine Schwangerschaftsdepression.« Sie stieß einen erstickten Laut aus. »Und sein Umgang mit unserem Sohn … Erst mochte Thore seinen Sohn gar nicht anfassen, und dann konnte er gar nicht genug davon bekommen. Bis es sich irgendwie nicht mehr richtig anfühlte. Das konnte ich nicht ertragen. Ole ist doch mein Ein und Alles.«

Liv wurde flau im Magen. Opfer von Kindesmissbrauch fühlten sich tragischerweise als Erwachsene oft selbst von Kindern angezogen, aber sie hatte noch nie mit so einem Fall zu tun gehabt. Sie wollte diesen Verdacht Thores Ex-Frau auch nicht in den Mund legen. Wenn es so war, musste sie es selbst aussprechen. »Was meinen Sie damit: Es fühlte sich nicht richtig an?«

Heftig blinzelnd sah Monika Nüller auf. »Ich habe Thore ein paarmal erwischt, wie er die Hand zwischen Oles Beinen hatte. Aber nicht so, wie man sein Kind normalerweise da berührt … um es sauberzumachen oder so.«

Livs Übelkeit verstärkte sich. »Was haben Sie getan?«

»Ich habe Thore rausgeworfen. Ihm gedroht, dass ich ihm das Kind entziehe. Dass ich es seinen Eltern sagen werde. Aber … Thore ist kein schlechter Mensch, wissen Sie. Sein Leben ist nur irgendwie aus dem Ruder gelaufen, und als ich ihn kennenlernte, ahnte ich nicht, wie sehr. Eine Weile waren wir wirklich glücklich miteinander. Selbst als er seinen Job verlor, dachten wir, wir könnten es zusammen schaffen. Aber dann war auf einmal die Abfindung weg, ich weiß nicht, wie.

Als ich ihn darauf ansprach, hat er nur geschwiegen. Seine Segeltouren sind ja nett, bringen aber weniger ein, als das Boot kostet. Und dass er so etwas macht wie mit Ole…«

»Haben Sie versucht, Ole darauf anzusprechen?«

Monika Nüller schüttelte heftig den Kopf. »Ole liebt seinen Vater über alles. Nie würde er etwas Böses über ihn sagen.«

»Kennen Sie einen gewissen Ralf Mölker?«, mischte Hennes sich ein.

»Ralle? Ein unangenehmer Kerl. Thore konnte ihn nicht leiden, aber ab und zu hatten sie beruflich miteinander zu tun.«

Liv spürte ein Prickeln in ihrem Nacken. Das Bild fügte sich zusammen. »Inwiefern beruflich?«

»Das weiß ich auch nicht so genau. Hatte irgendwas mit Thores Boot zu tun.«

»Und wie ist Thores Verhältnis zu seinen Eltern?«

»Kühl. Das hat mir immer sehr leidgetan, weil ich sie wirklich sehr mag … sehr mochte. Thore sagte mal, seine Eltern hätten immer nur Augen füreinander gehabt – ihn hätten sie nie wirklich gesehen.«

Liv spürte, wie sich kalter Schweiß zwischen ihren Schulterblättern sammelte.

Aus sicherer Entfernung sah er zu, wie die Altenpflegerin Sunny das Essen und ihre Tabletten hinstellte. Kein Bulle war mehr in Sicht. Freie Bahn also. Sobald die Pflegerin am Ende des Ganges verschwunden war, konnte er problemlos in das Zimmer gehen.

»Ach, Herr Vatberg?« Er erstarrte. Die Pflegerin wieder.

»Ich wollte nur schnell nach meiner Mutter sehen«, sagte er entschuldigend.

Die Pflegerin wollte etwas sagen, wusste aber offensichtlich nicht, wie. »Die Polizei war hier. Die Kommissare meinten, ich soll Ihnen ausrichten, dass sie dringend mit Ihnen sprechen möchten«, brachte sie schließlich heraus.

Er zeigte ein überraschtes Lächeln. »Das wusste ich nicht. Ich war auf See. Natürlich werde ich mich sofort mit der Polizei in Verbindung setzen. Danke, dass Sie mir das ausgerichtet haben. Sie sind wirklich sehr aufmerksam«, er sah auf ihr Schild, »Schwester Agnes.«

Zu aufmerksam für seinen Geschmack. Schon nach wenigen Minuten verließ er Sunnys Zimmer wieder und versäumte nicht, Schwester Agnes einen schönen Abend zu wünschen.

Wütend beendete Klaas von Kendiksen das Telefonat und pfefferte den Tontopf gegen die Wand seiner Showküche; fast hätte er seinen Koch getroffen, der gerade den nächsten Versuch unternahm, Queller zu fermentieren. Als typische Sylter Pflanze bot sich der Queller für sein Restaurant an, doch die Zubereitungsmöglichkeiten des Meeresspargels waren begrenzt. Der Tontopf mit dem fermentierten Fisch war zerbrochen. Sofort hatte sich übelkeiterregender Gestank ausgebreitet.

Kendiksens Nackthund kläffte hysterisch. Es war erstaunlich, dass ein so zartes Wesen wie dieser Terrier eine solche Lautstärke erreichen konnte. Der Koch starrte seinen Chef erschrocken an. So viel Impulsivität war er von dem Mann gar nicht gewohnt. Fermentierter Fisch war ohnehin wegen der entstehenden Faulgase explosiv – und dann noch so fahrlässig damit umzugehen ... Nicht umsonst war der schwedische Surströmming, faulig gereifter Fisch, wegen seiner Explosionsgefahr bei einigen Fluggesellschaften verboten. Aber gerade deshalb war er auch für die experimentelle Gourmetküche so reizvoll. Wenn Kendiksen in seinem Lokal auch keine fermentierte Soße aus pürierten Grashüpfern servieren ließ, wie es im dänischen Sternerestaurant Noma vorkam.

»Mach die Sauerei weg!«, zischte Kendiksen, steckte sein Handy ein und nahm seinen Hund auf den Arm, um in die Dünen zu flüchten. Mit Küssen und Leckerli versuchte er, seinen zitternden Liebling zu beruhigen. Ihm selbst ließ der Zorn die Wangen erglühen. Das hatte man nun davon, wenn man mit Amateuren arbeitete! Seit sein früherer Handlanger im Gefängnis saß, hatte er es nur noch mit Trotteln zu tun! Von Anfang an hatten seine Leute alles falsch gemacht. Den Erpressungsversuch des Tattergreises hätten sie gleich im Keim ersticken sollen. Sie hätten ihn nicht sterben lassen dürfen, bevor er sein Versteck verraten hatte. Und jetzt war das verräterische Schriftstück tatsächlich bei der Polizei aufgetaucht. Diese Lammers hatte es gefunden, natürlich – die verdammte Schlampe. Er wünschte, er könnte sie mal in die Finger bekommen. Besser gesagt: Er wünschte, seine Leute könnten sie in die Finger bekommen und er könnte dabei zusehen. Mit ihr hatte er ohnehin eine Rechnung offen. Eine große Rechnung. Gigantisch geradezu. Diese Lammers hatte schon mehr als genug Unheil in seinem Leben angerichtet.

Mühsam beruhigte Kendiksen sich. Erst gab es Wichtigeres zu tun. Thore würde in ein paar Stunden im Hafen ankommen, und dann mussten die Drogen unauffällig weggeschafft werden. Er selbst würde ein Auge auf die Transaktion haben müssen. Ralle war im Moment keinesfalls zu trauen – wenn er an dessen letzten Patzer dachte, brodelte es nur noch mehr in ihm. Und das Beweisstück gegen ihn musste auch verschwinden. Wie gut, dass er wenigstens einen zuverlässigen Mitarbeiter hatte, der sich darum kümmern würde. Einen einzigen. Ausgerechnet bei den Bullen …

Der Regen malte Silberfäden in die Luft. In Thores Einzimmerwohnung in Hörnum reagierte niemand auf ihr Klingeln; auch durch die Fenster war kein Mensch zu sehen. Dabei hatte Thore das Pflegeheim schon wieder verlassen, das hatte die Pflegerin, die ihnen versprochen hatte, jeden Besuch bei Sunny zu melden, am Telefon erzählt. Ein Durchsuchungsbeschluss für Thores Wohnung war bereits beantragt. Auch Doktor Schiefelbein war schon für den nächsten Tag zu einem Gespräch einbestellt worden, um mit ihm darüber zu sprechen, was er über den Missbrauch an Thore Vatberg wusste.

Liv dachte laut, als sie ihr Telefonat beendet hatte: »Vatbergs Schiff ist nach Aussage des Hafenmeisters nicht im Hafen. Wie ist Thore also nach Sylt gekommen? Und was hat er vor?«

»Mit uns reden jedenfalls nicht«, erklärte Hennes trocken, der neben ihr stand. »Wenn er wirklich mit uns reden wollte, hätte er es längst getan.«

Liv nickte. »Was plant er also?«

Thore Vatberg kletterte im strömenden Regen am Rankgitter zum ersten Stock des Pflegeheims hoch. Im Zimmer seiner Mutter brannte nur noch die Leselampe. Vorsichtig stieß er das Fenster auf, das er vorhin von innen geöffnet hatte, und zog sich geräuschlos hinein. Sie döste inmitten alter Fotos. Der Anblick brachte ihn ebenso zum Rasen, wie es vor ein paar Tagen bei seinem Vater der Fall gewesen war. Thore packte das Kopfkissen und stieß Sunny an, damit sie aufwachte. Sie schrak auf und starrte ihn an, als sähe sie einen Fremden. Das war er immer für sie gewesen – fremd. Ein Eindringling. Überflüssig. Sie irrte sich. Noch einmal sah er in die Augen der alten Frau und senkte dann den Stoff auf ihr Gesicht. Sie wehrte sich erbittert, was seinen Triumph nur noch vergrößerte. Nach dem Beweis gegen Kendiksen fragte er Sunny nicht mehr. Ihm konnte ohnehin kein Beweis der Welt mehr etwas anhaben.

Im Revier herrschte helle Aufregung. Während Bente und Andreas noch immer Volker Raffel bearbeiteten, war Thore Vatberg zur Fahndung ausgeschrieben worden. Die Kommissare telefonierten herum, um zu erfahren, ob etwas gegen Vatberg vorlag, und versuchten herauszufinden, was er in den letzten Tagen getan hatte, indem sie verschiedene Häfen abtelefonierten. Mitten in diese hektische Betriebsamkeit platzte der erneute Anruf des Pflegeheims, in dem Sunny versorgt wurde.

Liv und Hennes eilten mit ihren Kollegen die Stufen zum Pflegeheim hoch. Die sichtlich geschockte Pflegeleiterin nahm sie an der Tür in Empfang.

»In dem Zimmer von Frau Vatberg hat das Fenster geklappert. Als meine Mitarbeiterin eintrat, um es zu schließen, entdeckte sie die Tote«, sagte sie verstört. »Ich verstehe das nicht – vorhin war mit Frau Vatberg noch alles in Ordnung.« Sie stockte. »Es sieht nach einem plötzlichen Herzstillstand aus. Was soll es sonst gewesen sein?«

Liv musterte die Pflegeleiterin. Ihr Tonfall klang, als würde sie selbst an ihrer These des plötzlichen Herztods zweifeln, wolle es aber nicht wahrhaben.

»Es ist gut, dass Sie uns angerufen haben. Die Spurensicherung ist auch schon auf dem Weg. Auch der Rechtsmediziner ist bereits angefordert worden«, erwiderte Liv.

»Aber wir haben nicht … bei uns ist wirklich alles in Ordnung. Unser Pflegeheim wird regelmäßig überprüft.«

»Das glaube ich. Machen Sie sich deswegen keine Sorgen. Mein Kollege hier wird Ihre Aussage aufnehmen.«

»Ach, Frau Lammers, noch etwas ist merkwürdig«, hielt die Leiterin sie auf, »das Kopfkissen von Frau Vatberg ist verschwunden.«

In Schutzkleidung betraten die Kommissare das Zimmer. Der Anblick war für Liv ein Schock. Sunny lag ausgestreckt im Bett, auf dem Boden vor ihr waren Fotos verstreut, die sie offenbar kurz vor ihrem Tod noch betrachtet hatte. Das Gesicht der alten Dame war verzerrt. Nach einfachem Herzstillstand sah das ganz und gar nicht aus.

Rabia begann zu fotografieren, während Liv und Hennes die Tote und das Zimmer näher in Augenschein nahmen. »Die punktförmigen Einblutungen sind mit bloßem Auge zu erkennen. Ich würde meinen Arsch verwetten, dass Sunny Vatberg erstickt wurde. Das Tatwerkzeug – das Kissen – finden wir mit ziemlicher Sicherheit im nächsten Gebüsch.«

Liv machte sich große Vorwürfe. Hätte sie mehr für Sunny tun können? Hätte sie die alte Dame besser schützen müssen? »Thore Vatberg hatte nach Auskunft von Schwester Agnes das Haus schon vor längerem verlassen. Oder ist er über den Balkon noch einmal in das Zimmer eingedrungen? Die Fensterrahmen und die Fassade müssen genauestens auf Spuren untersucht werden. Wir müssen außerdem Ralle überprüfen.

Vielleicht hat er einen erneuten Versuch unternommen, sich Sunny vorzuknöpfen, der dieses Mal jedoch tatsächlich tödlich endete«, überlegte sie laut.

Liv trat ans Fenster und blickte auf den Garten hinaus, wo Polizisten bereits die Grünanlage absperrten.

In den vergangenen Minuten waren mehrere Nachrichten auf ihrem Handy eingegangen. Sie klickte sich durch. Doktor Gerlich und das Spurensicherungsteam waren bereits unterwegs. Als sie weiterklickte, poppte ein Foto auf dem Display auf, bei dessen Anblick ihr kurz der Atem wegblieb. Sanna zwischen Annika und Ocke Lammers!

Sie studierte das Bild genauer: Annika und Sanna waren in die Hocke gegangen, um den Rollstuhlfahrer nicht zu überragen. Livs Vater hatte besitzergreifend die Hand auf Sannas Schulter gelegt. *Die Familie vereint.* ☺ *Gruß Annika*, stand darunter.

Liv rang um Fassung. Nicht das auch noch! Sanna hatte offensichtlich nicht den Zug nach Flensburg genommen. Verdammt – sie war davon ausgegangen, dass sie sich auf ihre Tochter verlassen konnte! Ihre Wut wurde jedoch schnell von einer Welle von Besorgnis weggeschwemmt. Ihre Tochter musste vor ihrer Familie gerettet werden – sofort! Mehrmals versuchte sie, Sanna anzurufen. Keine Antwort, niemand ging dran. Frustriert steckte Liv das Handy weg. Für mehr war jetzt keine Zeit. In Gedanken formulierte sie die heftigste Standpauke, die Sanna je bekommen hatte.

Thore blickte durch die regennasse Scheibe des Wohnzimmerfensters. Er fürchtete nicht, entdeckt zu werden. Vor den dicht stehenden Bäumen war er nur ein weiterer Schatten. Wasser lief ihm über das Gesicht. War das der Regen, oder waren es etwa Tränen? Aber es gab nichts, um das er trauerte. Alles, was er getan hatte, hatte ihn befreit. Endlich entdeckte Ole ihn. Thore winkte und legte schnell den Zeigefinger an die Lippen. Dann gab er seinem Sohn das vereinbarte Zeichen.

Jetzt würde es sich auszahlen, seinem Kind die Zeichensprache beigebracht zu haben, wenn sie beide allein gewesen waren. Wenige Sekunden später öffnete der Kleine die Balkontür. Monika war nicht zu sehen, aber die Gerüche aus der Küche verrieten, dass sie kochte; wie immer, wenn sie aufgewühlt war.

»Machen wir heute den Ausflug, den du mir versprochen hast, Papa?«

In der Ferne waren Martinshörner zu hören. Auch das beunruhigte Thore nicht. Sie würden direkt zum Hafen fahren und dann von dieser unseligen Insel verschwinden. Alles, was sie brauchten, war auf seinem Boot. Vor allem aber eine solche Menge an Drogen, dass er von dem Verkauf auf irgendeiner kleiner Karibikinsel jahrelang würde leben können. Kendiksen würde erst in ein paar Stunden mit ihm rechnen. Thore hatte seinem Geldgeber verschwiegen, dass die Übergabe schon in den frühen Morgenstunden stattgefunden hatte.

Er reichte seinem Sohn die Hand. Zart schmiegte sich die Kinderhaut an seine.

»Ein Ausflug?«, sagte Thore. »Ja, den machen wir.«

23

Wenningstedt, 18:49 Uhr

Rund um den Wohnblock in Wenningstedt durchkämmten Polizeibeamte und Freiwillige Wald und Straßen, durchsuchten Keller und Garagen. Fast die gesamte Polizei und die Feuerwehr auf Sylt waren im Einsatz. Dazu kamen viele Bewohner, die Suchtrupps gebildet hatten.

Hennes und Liv nahmen die Aussage von Monika Nüller auf. Die Nachricht, dass Ole verschwunden war, hatte die Kommissare im Pflegeheim erreicht. Sie hatten die dortigen Ermittlungen an Andreas und Rabia übergeben und waren sogleich losgeeilt. Ein Kind wurde vermisst – jeder wusste, dass keine Zeit verloren werden durfte, zumal ihr Gespür ihnen sagte, dass Thore Vatberg mit der Entführung zu tun hatte. Liv fühlte sich wie beim Rennen von dem Hasen und dem Igel – was sie auch taten, sie kamen zu spät. Jetzt mussten sie alle Aufmerksamkeit auf Thore Vatberg richten. Inzwischen wussten sie so viel über ihn, da musste es doch möglich sein, seine nächsten Schritte zu antizipieren.

Frau Nüller war halb hysterisch, aber ihre Angaben waren klar: Sie hatte gekocht und regelmäßig nach Ole gesehen. Auf einmal sei er fort gewesen. Dass der Fünfjährige aus Abenteuerlust allein verschwunden sei, glaubte sie nicht, aber gesehen oder gehört hatte sie niemanden. Keinem der Nachbarn war ein Fremder aufgefallen, der das Kind entführt haben könnte.

Vor dem Eingang des Wohnblocks musste Liv erst einmal durchatmen. Hennes neben ihr rauchte gierig.

»Denken wir dasselbe?«, fragte Liv. »Thore hat erst seine Mutter umgebracht und nun sein Kind entführt. Jetzt will er verschwinden. Eigentlich kommt für ihn nur der Seeweg infrage. Was ist mit der Wasserschutzpolizei?«

»Schon unterwegs. Die Kollegen von der Wasserschutzpolizei haben sofort ihre Unterstützung zugesagt. Die brauchen aber von Husum hierher mindestens zweieinhalb Stunden, eher dreieinhalb. Autozug, Fähre und Bahn werden kontrolliert«, meinte Hennes.

Diese Informationen beruhigten Liv. »Was würdest du tun, wenn du Thore Vatberg wärst?«

Ihr Kollege überlegte. »Ein Mann wie Thore würde nie sein Schiff zurücklassen, so viel steht fest. Es gibt nur zwei tideunabhängige Häfen auf Sylt, von denen aus man auch bei Ebbe lossegeln kann. In Hörnum liegt Thores Boot normalerweise. Dort kennt man ihn aber zu gut und würde ihn für uns festhalten. Ich würde meinem Schiff einen falschen Namen und falsche Papiere …« Schon hatte Hennes sein Smartphone gezückt und suchte die Nummer des Lister Hafenmeisters heraus. »Wir suchen einen Motorsegler mit Außenborder. Folgende Eckdaten habe ich für Sie …«

Nachdem er den Anruf beendet hatte, wandte Hennes sich Liv zu. »An der Mole in List liegt ein baugleicher Segler. Er heißt *Ekke Nekkepenn.*«

»Das ist der Name eines chronisch rachsüchtigen Meergeistes. Wie passend! Sag dem Hafenmeister, er soll den Besitzer aufhalten. Wir sind auf dem Weg!«

Thore parkte seinen Motorroller hinter der alten Bootshalle

am Lister Hafen. Er hob Ole vom Sitz und nahm ihm den Helm ab. Der Junge legte die Hände an den Kopf. »Mir ist kalt, Papa. Die Ohren tun mir weh.«

»Wir sind gleich auf dem Schiff, dann mache ich dir einen Kakao.«

Ängstlich sah Ole sich um. »Ist der Ausflug bald vorbei? Mir ist unheimlich. Ich möchte zurück zu Mama.«

Thore nahm seinen Sohn an der kleinen, kalten Hand und zog ihn am Büro des Hafenmeisters vorbei und auf das Hafenbecken zu. »Wir machen jetzt eine Bootsfahrt. Das wird lustig.«

»Aber es stürmt so. Ich habe auch Kraki gar nicht dabei.«

»Dein Kuscheltier holen wir nach.«

Der Junge stemmte die Füße in den Boden. »Ohne Kraki will ich aber nicht Boot fahren.«

Thore ignorierte die Bemerkung und hob seinen Sohn schwungvoll auf den Arm. Die Wange des Kindes streifte seine. Ob sie Sunnys Leiche schon entdeckt hatten?

Vom Hafenmeisterbüro näherte sich ein Schatten. »'n Abend, Skipper. Momentchen, ich habe wichtige Informationen zur Wetterlage. Die Unwetterwarnung …«

Thore setzte Ole ab und beugte sich zu ihm hinunter. Fest umfasste er die Oberarme des Jungen und sah ihm in die Augen. »Bleib an diesem Fleck, egal, was passiert«, flüsterte er.

Der Junge sah zu ihm auf. Tränen sammelten sich in seinen Augen, und die blaugefrorenen Lippen bebten. »Ist das eines unserer Spiele?«

»Genau. Du bist ein kluges Kerlchen.«

Die Schritte kamen näher. Thore wandte sich dem Mann zu und tastete nach dem Messer, das er am Gürtel trug. Die Wetternachrichten interessierten ihn nicht die Bohne.

Sie rasten die Listlandstraße hinauf. Der peitschende Regen ließ die Scheibenwischer Schwerstarbeit verrichten. Als sie den Lister Hafen erreichten, wirkte er wie ausgestorben. Sie fuhren links an der Alten Tonnenhalle vorbei und kamen mit quietschenden Reifen vor dem Büro des Hafenmeisters zum Stehen.

Im Hafenbecken fielen zunächst die größeren Schiffe ins Auge: das Forschungsschiff *Mya II* und die Ausflugskutter *Rosa Paluka* und *Gret Palucca*, Letzterer erinnerte an die Ausdruckstänzerin der Dreißigerjahre, die gerne auf Sylt geurlaubt hatte. Der Platz des Seenotkreuzers *Horst Heiner Kneten* war leer; der Sturm hatte anscheinend erste Schiffe in Seenot gebracht. Leise hörte Liv ein Motorgrollen. Sie riss den Kopf herum und sah weit hinter der Hafenausfahrt einen Schemen verschwinden. War das Thores Motorsegler? »Er fährt aufs Meer hinaus, dieser Irre! Mit einem Kind an Bord – bei dem Sturm!«

In diesem Augenblick trug der Wind den Ruf zu ihnen. Vor dem Hafenschuppen lag ein Körper, daneben kniete jemand und winkte sie heran. Sofort rannten sie hin. Der Hafenmeister war blutbedeckt.

»Ich konnte den Kerl nicht … aufhalten! Er hat … das Kind auf seinem Segler. Gerade ist er … weg«, presste er hervor.

Wir hätten den Hafenmeister nicht unnötig in Gefahr bringen dürfen, schalt Liv sich. »Das haben wir befürchtet. Sie hätten trotzdem nichts riskieren sollen. Bleiben Sie ruhig, wir holen Hilfe.«

Sie sah, dass der andere Mann die Wunde bereits abgebunden hatte. »Er ist nicht lebensgefährlich verletzt, denke ich. Hatte Glück, dass ich zufällig aus meinem Segelboot geguckt habe. Ich habe schon 110 gerufen«, sagte er.

Liv und Hennes dankten dem unbekannten Helfer und verschafften sich einen Eindruck vom Zustand des Verletzten. Dann packte Liv ihren Kollegen am Arm und zog ihn mit sich.

»Wir müssen Thore Vatberg hinterher!«

Hennes stieß einen heiseren Laut aus. »Wir? Bist du wahnsinnig?!«

»Wir nehmen ein schnelles Boot und verfolgen ihn. Auf keinen Fall dürfen wir zulassen, dass er mit dem Kind entkommt.«

»Die Wasserschutzpolizei ist sicher bald da.«

»Dann kann es zu spät sein! Wer weiß, was Thore mit dem Jungen vorhat. Er hat vermutlich zwei Menschen umgebracht. Ihm ist alles zuzutrauen – womöglich tötet er Ole auch noch!«

Sie zerrte ihren Kollegen zum Hafenbecken. »Los, du bist der Experte – welches Boot nehmen wir?«

Hennes sträubte sich. »Ich setze keinen Fuß auf irgendein Schiff.«

Liv konnte es nicht fassen. »Aber du warst doch Seemann!«

»Sehr richtig: Das war ich. Früher mal.«

Jetzt erst bemerkte Liv, dass Hennes blass geworden war. Die dünnen Haare klebten nass an seinem Schädel. Sie wandte sich von ihm ab und rannte los. »Dann fahre ich eben alleine.«

»Bei dem Sturm? Du bist doch irre!«

Liv konnte zwar ein wenig segeln, aber lange nicht so gut wie surfen. Mit rasendem Puls scannte sie die Schiffe. Würde sie überhaupt einen der Motoren kurzschließen können? Sie wollte gerade auf eines der heftig schaukelnden Boote springen, als sie hinter sich Schritte hörte.

»Das hier doch nicht!« Hennes kletterte auf ein älteres Motorboot, das auf Liv wenig vertrauenerweckend wirkte. Sogleich machte er sich an der Maschine zu schaffen, und der Motor heulte auf. Sie sprang an Deck und suchte nach Rettungswesten, eine reichte sie Hennes. Fahlgesichtig pickte Hennes die Lifelines ein. Auch Liv machte die Sicherheitsleinen an Weste und Reling fest.

Das Boot schaukelte gewaltig, als sie den Schutz des Hafenbeckens verließen. Eine Hand für den Mann, eine für das Schiff, wiederholte Liv bange die alte Seglerregel. Wie würde es erst sein, wenn sie auf die offene See hinauskamen? Entschlossen schob sie Zweifel und Angst zurück. Wieder waren Nachrichten auf ihrem Smartphone eingegangen. Hoffnung keimte in ihr auf: Vielleicht war dies eine falsche Fährte, und ihre Kollegen hatten Ole woanders gefunden? Ein Foto öffnete sich. Es zeigte Sanna mit Ocke an einem festlich gedeckten Restauranttisch. Liv wurde so wütend, dass sie das Handy am liebsten ins Meer gepfeffert hätte. Warum musste ihre Tochter ihr das antun?! Und gerade jetzt! Konnte Sanna nicht ein einziges Mal auf sie hören! Mit Sicherheit würde Ocke seine Enkelin benutzen, um sich an Liv zu rächen. Und seine grausamen Methoden kannte sie ja …

Liv wurde übel, was nicht nur an dem ruppigen Seegang lag. Eins nach dem anderen, versuchte sie sich zu beruhigen. Aber alles schien auf einmal auf sie einzustürzen, und selbst das Meer erklang heute fortissimo.

Grauschwarze, chaotische Wirbel umtosten sie. Von allen Seiten prasselte das Wasser auf sie ein. Das Salz brannte auf ihrer Haut und in ihren Augen. Hennes hielt das Steuerruder umkrallt und versuchte, per Funk Kontakt zu Thore Vatbergs Motorsegler aufzunehmen. Das Schiff war nur ein schwankender Punkt am Horizont, der quälend langsam größer wurde. Sie kreuzten eine Welle. Ihr Boot wurde hochgeschleudert und knallte derart hart auf, dass es Liv von den Füßen riss und sie sich den Oberschenkel prellte. Nur mit Mühe drängte sie Panik und Übelkeit zurück. Sie klammerte sich an die Reling und fixierte das Meer. Vatbergs Schiff war verschwunden!

»Wo ist es, verflucht?«

»Bei dem Sturm ist es schwierig, den Kurs zu halten. Wir sollten umdrehen!«, rief Hennes.

Liv hörte, wie er einen Notruf absetzte. Die Wellen spielten mit ihnen Pingpong, Liv wusste nicht, wie lange. Hatten sie Vatberg verloren? War der Motorsegler vielleicht untergegangen? Dann wäre es ihre Pflicht, nach den Havarierten zu suchen, so gerne sie auch wieder festen Boden unter den Füßen hätte. Sie konnte ihre Übelkeit nicht länger bezwingen und übergab sich in die brodelnde See. Als sie sich keuchend wieder aufrichtete, erkannte sie Lichter über den Wellenkämmen. Näher als zuvor. War das Vatbergs Schiff?

»Da ist er! Wir müssen ihn rufen, versuchen, mit ihm Kontakt aufzunehmen!«, schrie sie.

»Vielleicht ist unter Deck ein Megafon.«

Liv tastete sich in die Kajüte vor. Unter Deck erschien ihr das Stampfen des Bootes noch fürchterlicher. Sie konnte kaum suchen, weil sie sich fürchtete, ihren Klammergriff um die Haltegriffe in der Kajüte zu lösen. Endlich fand sie ein antik wirkendes Gerät in einer der Seekisten. Als sie an Deck zurück war, zeichnete sich Vatbergs Schiff klarer in der aufspritzenden Gischt ab. Sie drückte die Knöpfe und Regler. Das Gerät stieß ein schrilles Pfeifen aus.

»Geben Sie auf, Thore! Hier spricht die Polizei! Wir haben Sie gleich! Die Wasserschutzpolizei ist ebenfalls unterwegs«, rief Liv durch das Megafon und hoffte, dass ihre Stimme trotz des Sturms auf das andere Schiff getragen wurde.

Hennes brachte ihr Motorboot noch näher an den Segler. Niemand war an Deck zu sehen. »Ole, bist du an Bord? Geht es dir gut?«, rief Liv.

Erst als sie so nah waren, dass die Gefahr bestand, dass sie den Segler rammten, bemerkte sie eine Bewegung. Ole taumelte aus dem Steuerstand und umklammerte die Reling. Er lebte noch! Da kam auch schon Thore hinterher und packte das Kind.

Liv rief in das Megafon, doch es gab nur ein schrilles Zischen von sich, also warf sie es weg und schrie gegen den Wind an. »Lassen Sie Ole gehen! Wir nehmen Ihren Sohn an Bord und bringen ihn zurück an Land. Bringen Sie Ihr Kind nicht unnötig in Gefahr! Er kann nichts für die Leiden, die Sie erdulden mussten!«

»Was wissen Sie … denn schon?«, glaubte sie durch den Sturm zu hören.

»Noch viel zu wenig. Sagen Sie uns, was passiert ist! Was zu dieser Tragödie geführt hat!«, schrie Liv.

»Niemals! Hauen Sie ab! Ole und ich … bleiben zusammen … für immer.«

Langsam, aber sicher näherten sie sich dem Motorsegler längsseits. Es war ein gefährliches Manöver, denn die Boote konnten jederzeit zusammenkrachen. Oles Gesicht glänzte nass, das erkannte Liv jetzt. Und nun sah sie auch das Messer in Thores Gürtel. Würde er seinem Sohn lieber etwas antun, als von ihm getrennt zu werden? Sie musste ihn aufhalten – irgendwie! Und jetzt war die Gelegenheit! Sie nahm Anlauf.

»Liv – nicht!«, hörte sie Hennes' Brüllen im Tosen des Sturms.

Zu spät. Sie sprang, krachte schmerzhaft gegen die Reling des Seglers und rutschte dann am glitschigen Holz ab. Schon konnte sie das eiskalte Wasser an ihren Beinen spüren. Während sie wild strampelte, schnappte sie krampfhaft nach Luft. Nun nur nicht an die Nordsee denken, die sich tief und gewaltig unter ihr erstreckte. Nicht an den Meeresgrund, der bestimmt vierzig Meter unter ihr lag. Nicht an die niedrige Temperatur der See, die ihr schon nach wenigen Minuten jegliche Lebenskraft rauben würde.

Liv fasste nach, rutschte erneut ab. Ihr Körper war so schwer! Endlich fand sie Halt und zog sich keuchend an Deck. Kaum stand sie mit den Füßen auf den Planken, wollte sich Thore auch schon auf sie stürzen. Aber Ole begann vor lauter Panik zu brüllen, und Thore hatte alle Mühe, ihn zu bändigen. Krampfhaft hielt er seinen Sohn fest. Gleichzeitig wanderte seine andere Hand zum Messer.

Liv wandte sich direkt an das Kind. Sie war so fokussiert, dass sie die eisige Kälte, die sich auf ihre Haut gelegt hatte, kaum wahrnahm. »Möchtest du zurück zu deiner Mutter?«, fragte sie in der Hoffnung, dass Ole ihr die Hand entgegenstrecken würde. »Sie sucht dich und ist sehr traurig, dass du nicht bei ihr bist. Wir können dich zu ihr bringen.«

»Mir ist schlecht«, jammerte der Junge. »Ich musste schon spucken.«

»Du bist sehr tapfer. Mir ist auch übel. Wir können dich wieder an Land bringen, wenn du …«

In diesem Moment entwand sich Ole dem Griff seines Vaters und rannte auf sie zu. Liv hatte das Gefühl, ihr Herz würde stehenbleiben. Was, wenn der Kleine ins Meer fiel? Die Schwimmweste würde ihn kaum retten. Auch Thore Vatberg bekam es mit der Angst zu tun, denn er lief seinem Sohn hinterher. Da brachte ein Brecher den Motorsegler zum Schwanken und spülte über das Deck. Liv sah, wie der Fünfjährige von der Welle mitgerissen wurde, und schrie auf. Sie löste den

Rettungsring gewaltsam und stürzte zur Reling, bereit, sich in die Fluten zu werfen, um das Kind zu retten. Die Wasserwand zerstob in einen Sprühregen. In der nächsten Sekunde hatte sie wieder freie Sicht. Ole und Thore waren an der Kajütentreppe. Der Junge hing leblos in den Armen seines Vaters. Das Gesicht des Kindes war blutüberströmt, der Brecher musste Ole mit dem Kopf gegen das Steuerhaus geschleudert haben. Thore versuchte, die Blutung der Stirnwunde zu stillen. Langsam trat Liv näher.

»Verschwinden Sie!«, schrie Thore hasserfüllt.

Beschwichtigend hob sie die Hände. »Ich will Ihnen nur helfen! Ihr Sohn ist verletzt!«

»Das schaffe ich allein! Ist nur ein Kratzer! Ich habe immer alles allein geschafft!«

Sie senkte ihre Stimme, soweit es das tosende Meer zuließ. »Das müssen Sie aber nicht! Lassen Sie zu, dass man Ihnen hilft!« Als Vatberg nicht reagierte, setzte sie hinzu: »Sie haben Schlimmes durchgemacht. Ihre Eltern haben Sie im Stich gelassen, als Zurssen sich an Ihnen verging.«

Thore Vatberg strich über das Gesicht seines Kindes, das noch immer ohne Bewusstsein war. Er funkelte sie erneut an. »Sie haben doch keine Ahnung!«

»Dann helfen Sie mir, Sie besser zu verstehen.«

Liv trat einen Schritt näher. Unauffällig, wie sie hoffte. Doch nicht unauffällig genug. Thore fuchtelte mit seinem Messer. »Hauen Sie ab oder ich werfe Sie über Bord!«

Das Herz schlug Liv bis zum Hals. »Wollen Sie wirklich, dass Ihr Sohn Sie so erlebt? Ole könnte jeden Augenblick aufwachen.«

Thore Vatbergs Augen loderten. Seine Stimme war jetzt so leise, dass Liv sich anstrengen musste, um ihn überhaupt zu verstehen. »Ich tue das alles doch nur für Ole. Für ihn opfere ich alles. Das hat nur niemand verstanden, am wenigsten Monika. Sie will ihn mir wegnehmen!«

»Ich verstehe, dass Sie das erbittert. Wenn Ihre Frau erst begreift, was Sie alles für Ihr Kind auf sich genommen haben…«

Thores Messer war nur wenige Zentimeter vom Gesicht seines Sohns entfernt. »Uns wird niemand trennen, niemand!«

Liv war jetzt so nah, dass sie die Hand nach dem Kind ausstrecken konnte. Ein wenig noch, dann würde sie Ole packen und retten können. Aus dem Funkgerät im Steuerhaus des Motorseglers drang ein weiteres Krächzen. Die Stimme und ihr herablassender Tonfall kamen Liv bekannt vor. Noch während sie darüber nachdachte, schoss etwas auf sie zu – sie wich aus. Der Fender, denThore Vatberg geworfen hatte, verfehlte sie nur knapp. Sie schluckte. Also machte Thore jetzt ernst. Gleich darauf war er bei ihr angelangt und drückte das Messer in die weiche Haut an ihrer Kehle. Seinen Sohn hatte er an Deck abgelegt. Von der schlaffen Haltung, die Thore an Land ausstrahlte, war nun nichts mehr zu sehen, plötzlich bewegte er sich kraftvoll und geschmeidig. Er sah furchteinflößend aus, ein wenig so, wie Liv sich tatsächlich den rachsüchtigen Meergeist Ekke vorstellte.

»Genug gequatscht«, zischte Thore Vatberg. »Kendiksen wird Verdacht schöpfen, wenn ich nicht antworte und gleich am Kai bin.«

Uwe öffnete die Toilettentür, streckte vorsichtig den Kopf durch den Spalt und lauschte. Im Kommissariat war nichts zu hören. Alle waren ausgeflogen, endlich. Es war aber auch eine extreme Situation: ein weiterer Mord und ein verschwundenes

Kind an einem einzigen Abend. Besser hätte er es nicht einfädeln können.

Unter dem Hemd zog er das alte Schulheft hervor. Kurz glitt er mit dem Daumen über die Seiten. Eigentlich war es eine Schande, es einfach so zu vernichten. Dieses Heft war eine kostbare Lebensversicherung, aber Kendiksen verstand nun mal keinen Spaß – nachdem der Prozess gegen ihn noch immer nicht abgewendet war, weniger denn je.

Der Kommissar ging zum Waschbecken hinüber, nahm das Heft und zündete die untere Ecke an. Das billige Papier entflammte sofort.

Absurd, dachte Uwe. Da ist man schon Millionär und leistet sich noch nicht einmal anständige Tagebücher. Aber jeder nach seiner Fasson. Eines war jedenfalls klar: Wenn er sich mit seiner Beamtenrente und dem kleinen Zusatzeinkommen frühpensionieren ließ, würde er sich nie mit billigem Tand begnügen.

Die Hitze schlug hoch an seine Finger, und er ließ den Rest des Papiers ins Waschbecken fallen. Hektisch wedelte und pustete Uwe den Qualm aus dem Fenster, damit nicht irgendwo ein Rauchmelder ansprang.

Klaas von Kendiksen bellte einen Befehl in das Funkgerät. Warum reagierte Thore nicht? Niemand war bei diesem Wetter auf dem Lister Hafengelände zu sehen, kein Boot war unterwegs – perfekt für den Schmuggel der illegalen Substanzen, die nicht unerheblich zu seinem Cashflow beitrugen.

In Wenningstedt waren jede Menge Blaulichter zu sehen gewesen. Auch auf dem Weg nach List waren ihm ein Krankenwagen und ein Polizeiauto im Einsatz entgegengekommen, aber sein Informant hatte sich nicht gemeldet, also betrafen ihn die Aktivitäten nicht. Gut, dass er sich wenigstens auf einen verlassen konnte.

Wahre Sturzbäche prasselten auf das Dach seines schwarzen Jaguars F-Pace. Ralle neben ihm schniefte – ekelhaft.

»Verpiss dich nach draußen«, zischte Klaas von Kendiksen.

»Aber Boss, der Regen …«

»Raus!«

Ralle schob sich aus dem SUV. Der Nackthund wachte von dem satten Schmatzen der Tür auf und kläffte. Kendiksen tätschelte seinen Terrier, während Ralle vergeblich Schutz im Windschatten des Autos suchte. Bei diesem Wetter gab es keinen Windschatten.

Noch einmal nahm Kendiksen das Funkgerät zur Hand. »Thore, wo bleibst du denn? Melde dich – aber sofort!«

Liv bog sich geistesgegenwärtig weg, dennoch ritzte die Klinge ihre Haut. Im Zurückweichen fiel sie über einen Stapel Plastikballen, die so dunkelgrau waren, dass sie sie auf dem Deck übersehen hatte. Schon blitzte das Messer erneut über ihr auf, und Thores Finger krallten sich in ihre Haare. Adrenalin jagte durch ihren Körper. Mit der Kraft der Verzweiflung riss sie das Knie hoch und traf ihren Angreifer in der Nierengegend. Thores Griff ließ etwas nach, gerade so viel, dass sie sich ihm entwinden konnte. Doch das half ihr wenig, denn schon stach Thore erneut zu. Geistesgegenwärtig konnte Liv sich zur Seite werfen, und das Messer landete in dem Ballen.

Während Thore noch die Schneide aus dem Plastik zog, nutzte sie ihre Chance und versetzte ihm wieder einen Tritt. Sie traf ihn nicht richtig, Thore wankte kaum, aber sie hatte Glück: Ihr Fuß glitt gegen seine Hand – das Messer klirrte auf

Deck. *Jetzt! Das ist der Moment, von dem alles abhängt!* Liv wollte auf die Füße springen, doch Thore war schneller. Er drückte sie zu Boden, fixierte ihre Arme mit seinen Knien. Mit beiden Händen umfasste er ihren Kopf und presste seine Daumen auf ihre Augenhöhlen. Lichtblitze durchzuckten sie. Der Schmerz war unbeschreiblich. Liv schrie gellend. In diesem Augenblick wurde der Motorsegler von einem heftigen Stoß erschüttert und geriet in Schieflage. Thores Druck ließ abrupt nach.

»Ole?« War der Junge nun doch noch über Bord gegangen? »Ole, ich wollte nicht…« Thore Vatbergs Stimme klang schrill. Liv sah verschwommen, dass er Richtung Heck schwankte, wo sich der Körper des Kindes in den Drähten der Reling verfangen hatte. Vatberg griff nach seinem Sohn und presste den schlaffen Körper des kleinen Jungen an seine Brust.

»Lassen Sie ihn uns an Land bringen … ins Krankenhaus«, brachte Liv heraus. Doch Thore Vatberg reagierte nicht. Stattdessen verschwand er wortlos in der Kajüte.

Liv stemmte sich hoch. Eigentlich hätte sie fliehen müssen. Sie war Thore nicht gewachsen. Dieser Erkenntnis zum Trotz taumelte sie ihm nach. Sie musste das Kind retten! Der Bordfunk krächzte aus dem Steuerstand. Irgendetwas an dieser Stimme kommt mir bekannt vor, dachte Liv erneut. War es Kendiksen, der da sprach? Liv glaubte die Wörter »List« und »Anleger« zu verstehen. Mühsam hangelte sie sich weiter. Thore Vatberg musste unschädlich gemacht werden – jetzt! Doch da war er schon zurück. Sein Gesicht war eine hasserfüllte Fratze, als er sich mit gezücktem Messer auf sie warf.

»Du bist schuld, dass Ole beinahe ins Meer gestürzt wäre! Du hältst uns auf! Und dafür wirst du jetzt bezahlen! Niemand wird uns je trennen!«

Sie wich aus, die Klinge traf ihren Oberarm; sie hatte Glück, dass ihre Jacke aus festem Stoff war. Liv geriet ins Wanken und wäre beinahe von Bord gekippt. Jetzt erst bemerkte sie, wie nah das Motorboot mit Hennes noch immer war. Die Wellen brodelten zwischen den Schiffsrümpfen hoch. Ihr Herz raste. Wenn sie noch einmal gegeneinanderkrachten, würden beide Schiffe womöglich leckschlagen und untergehen. Sie alle würden sterben. Wo blieben denn nur der Rettungskreuzer und die Wasserschutzpolizei? Verzweifelt rang sie mit Thore. Aber sie hatte keine Chance gegen ihn. Er war einfach zu stark. Ihre Kräfte ließen immer mehr nach. Die Messerspitze näherte sich gefährlich ihrer Haut.

Plötzlich ein Knall. Etwas schlug hinter ihnen ein. Hennes hatte geschossen! Noch einmal rumsten die Schiffe ineinander. Der Motorsegler bekam Schlagseite. Thore wankte zu einer festgezurrten Box. Auch er hatte nun eine Waffe, die er auf Hennes richtete. Ohne über die Gefahr nachzudenken, fiel Liv ihm in den Arm. Aber es war zu spät. Im selben Moment spürte sie bereits den Rückstoß des Schusses. Auf einmal war alles funkelnd hell und heiß. In ihren Ohren pfiff es. Lichtblitze auf ihrer Netzhaut. Thore hatte die Signalpistole abgefeuert, die Segler für Notfälle an Bord hatten. Im giftgrünen Schein des Leuchtsignals erkannte sie schemenhaft, wie Hennes zum Motor herumfuhr. War der Leuchtsatz in den Ersatztank eingeschlagen? Grüne Signalmunition bedeutete »Alles in Ordnung« – das war es ganz und gar nicht!

»Spring, Hennes!«, schrie Liv.

Da explodierte der Tank schon in einer gleißenden, ohrenbetäubenden Welle. Metallsplitter und glühende Funken brannten sich in Livs Haut und schlugen überall um sie herum ein. Ein Glitzerregen ging aufs Meer nieder – es sah aus, als würde die Gischt brennen.

Die Druckwelle riss Liv zu Boden. Benommen fand sie sich kurz darauf auf Deck wieder. Alles tat ihr weh. Mühsam kam sie auf die Füße, suchte das Meer und das, was von dem gekaperten Motorboot übrig war, ab. Hennes war verschwunden! In diesem Augenblick spürte sie, wie etwas Metallisches, Kaltes sich in ihre Wange bohrte. Thore Vatberg hatte die Leuchtpistole auf sie gerichtet. Keine noch so schnelle Reaktion konnte sie jetzt retten.

Uwe wusch sich die Hände und spülte dabei auch noch die letzte Asche weg. Mit einem Bündel Toilettenpapier polierte er die Oberfläche des Seifenspenders, der Mülltonne und sogar die Türgriffe. Zufrieden sah er sich um – alles in Ordnung. Da blieb sein Blick an dem Fremdkörper hängen, der an der Ecke der Trennwand angebracht war. An dieser Stelle war doch sonst nie etwas gewesen! Heiß überlief es ihn. War das etwa eine Minikamera? Er riss sie ab. *Verdammte Axt!* Gerade wollte er die Kamera im Klo hinunterspülen, als die Tür hinter ihm aufflog. Bente stürzte herein. Angewidert sah der K1-Kommissar seinen Sylter Kollegen an.

»Ausgerechnet du …«

Kendiksen spürte eine Woge der Erleichterung, als der Motorsegler sich aus der meerschäumenden Dunkelheit schälte und auf die Lister Hafenmole zusteuerte. So bequem der Jaguar auch war, er hatte genügend Zeit in diesem Käfig zugebracht! Und was erlaubte Thore sich, ihn eineinhalb Stunden warten zu lassen! Wenn es nicht um so viel Geld gegangen wäre, hätte er nie und nimmer so mit sich umspringen lassen.

Als das Schiff anlegte, steckte er seinem Schoßhund ein

Leckerli zu, ließ das Fenster hinunter und gab Ralle ein Zeichen, der sich unter das Dach von *Harrys Hafenbasar* geflüchtet hatte. Tropfnass stapfte sein Handlanger auf den Anleger zu. Kendiksen wendete den Wagen und ließ den Jaguar rückwärts auf das Hafenbecken zurollen. Neben ihm dümpelte die Fähre, lauernd wie ein schlafendes Tier. Als sie die Hafenkante erreicht hatten, holte Ralle die Sackkarre aus dem Kofferraum. Der Motorsegler legte an. Der Wind ließ Ralles Jackett auffliegen, sodass das Springmesser sichtbar wurde. Dass Ralle sich keine anständige Waffe zulegen konnte! Tja, dachte Kendiksen. Es war vermutlich keine gute Idee gewesen, Ralle zu befördern. Aber auf lange Sicht würde er ihn ohnehin loswerden müssen, genau wie Thore.

»Immer gibt es nur Schwierigkeiten mit dem Personal«, seufzte Kendiksen und freute sich, als sein Hund zustimmend jaulte. Wenigstens einer, der ihn verstand.

Der Motorsegler hatte den Kai angesteuert, noch schäbiger als sonst sah er aus. Unter einer fest verzurrten Plane lagen die dunkelgrauen Pakete. So war letztlich doch noch alles gutgegangen. Aber warum hatte Thore dieses Mal die Pakete nicht mit Fischen oder Hummern getarnt? Jetzt sprang Ralle an Bord und versuchte, ein Paket hochzustemmen, schwankte aber unter dem Gewicht.

»Thore soll dir helfen!«, schrie Kendiksen aus dem Fenster. Wieso war der Skipper noch immer nicht zu sehen? Kendiksen seufzte tiefer. Er hätte sich schon längst einen zuverlässigeren Lieferanten gesucht, aber auf Sylt jemanden zu finden, der ein ausgezeichneter Segler war und gleichzeitig die nötige kriminelle Energie mitbrachte, war schwierig. Ralle kämpfte allein weiter, um die Kisten von Bord zu bringen. Was war denn nur los? War hier etwas faul?

Kendiksen spähte über das Hafengelände. Nichts. Er

fluchte. Wie viel Zeit sollte er noch hier verbringen, bevor er endlich nach Hause fahren konnte? Zornig holte er seinen Regenschirm von Yves Saint Laurent vom Rücksitz und stieg aus dem SUV. Sogleich wurde der Schirm von einem Windstoß umgeklappt und ihm beinahe aus der Hand gerissen. Wütend schleuderte er ihn in den Wind, wo der Schirm Purzelbäume schlug und schließlich von den Regenschleiern verschlungen wurde. Der Regen war so heftig, dass er sofort jeglichen Stoff durchdrang. Der Sturm peitschte das Meer die Hafenmole hinauf.

Unwirsch sprang Kendiksen auf Deck. »Thore – komm gefälligst her, und fass mit an!«, brüllte er.

In diesem Augenblick sah er die Gestalten, die sich auf dem Anleger zwischen ihn und den Jaguar schoben.

24

»Was hat das zu bedeu–«, fragte Klaas von Kendiksen empört, als Liv aus der Kajüte an Deck kam. Sie war durchnässt, und jeder Zentimeter ihres Körpers schmerzte, dennoch versuchte sie, Haltung zu bewahren. Ihre Waffe war auf die Männer gerichtet.

Ralle wollte seine Hand unter das Jackett schieben.

»Das würde ich dir nicht raten«, sagte Liv, als ihr drei Kollegen der Wasserschutzpolizei beisprangen, die sich ebenfalls unter Deck verborgen hatten.

Kendiksen konnte seine Erbitterung bei Livs Anblick kaum verbergen. Beschwichtigend hob er die Hände und meinte mit gebleckten Zähnen: »Es muss sich um ein Missverständnis handeln. Ich warte eigentlich auf eine Ladung Fisch, die Herr Vatberg mir liefern wollte.«

»Bei diesem Wetter, um diese Zeit – sicher«, entgegnete Liv ironisch.

»Ich habe mich auch darüber gewundert, aber …«

Liv belehrte die beiden Männer über ihre Rechte und sah zu, wie sich die Handschellen um Kendiksens und Ralles Handgelenke schlossen, erst dann gab sie ihren weichen Knien nach und ließ sich auf einen Hafenpoller sinken. Das war eine knappe Nummer gewesen.

Gerade noch rechtzeitig war das Polizeischiff angekommen. Gerettet hatte sie jedoch eigentlich Ole. Der Junge war aus seiner Ohnmacht erwacht und hatte in dem Augenblick nach seinem Vater gerufen, als Thore Vatberg sie mit der Leuchtpistole erschießen wollte. Liv hatte dem Mann die Waffe aus der Hand schlagen können und sich so eine Galgenfrist verschafft. Während Thore und sie noch kämpften, waren die Polizisten an Bord gekommen und hatten ihr geholfen, den Mordverdächtigen zu überwältigen. Thore Vatberg war mit Handschellen unschädlich gemacht worden. Ole hatte sich völlig aufgelöst an Liv geklammert, und sie hatte Mühe gehabt, das Kind zu beruhigen. Gleichzeitig war ihr klar gewesen, dass sie bei der Suche nach Hennes mithelfen musste. Während Ole medizinisch erstversorgt wurde, hatten die Polizisten und sie festgestellt, dass der Kollege mit seinen Lifelines noch am Motorboot hing und halb bewusstlos in der Rettungsweste zwischen den Wellenbergen trieb. Aus dieser Entfernung und bei dieser Witterung hatte sie nicht erkennen können, wie schwer Hennes verletzt war. Panik hatte sie ergriffen. War er etwa tot? Bei so einer Explosion konnte jeder Splitter das Leben kosten! Auch die Meereskälte konnte tödlich sein.

Sie schluckte. Hätte sie Hennes doch nur nicht dazu gedrängt, das Schiff zu besteigen! Die Polizisten vom Wasserschutz hatten Hennes geborgen und ihr zugerufen, dass er am Leben sei. Der Rettungskreuzer sei schon ganz in der Nähe. Auch Liv sollte medizinisch versorgt und die Reste des Motorboots sollten gesichert und angeleint werden. Doch Liv hatte ihre Kollegen zur See aufgehalten. Sie war zu Thore Vatberg gegangen und hatte ihn auf Kendiksens Funksprüche angesprochen. Vatberg hatte wie ein Häufchen Elend in der Nähe seines Sohnes gekauert, der hysterisch geweint und überhaupt nicht begriffen hatte, was geschehen war.

Liv hatte Thore Vatberg die Vorteile klargemacht, die seine Kooperationsbereitschaft haben würde. Es war schwierig gewesen, zu ihm durchzudringen; ganz als ob er in die Tiefen seiner Seele abgetaucht wäre. Schließlich hatte Vatberg matt bestätigt, dass Kendiksen auf ihn am Lister Hafen wartete, um Drogen in Empfang zu nehmen. Liv hatte sich mit den Kollegen der Wasserschutzpolizei beraten, und gemeinsam hatten sie alles Nötige in die Wege geleitet, um Kendiksen auch noch dingfest zu machen; die Gelegenheit war einfach zu günstig.

Das Heulen der Sirenen riss Liv aus ihrer Rekapitulation der Ereignisse. Die Polizei- und Rettungswagen fuhren auf dem Hafengelände ein. Vom Meer näherten sich nun auch der Rettungskreuzer und das Schiff der Wasserschutzpolizei, Letzteres hatte das von Hennes und Liv entwendete und halb zerstörte Motorboot im Schlepp, ein Fall für die Versicherung. Der Sylter Szenegastronom und sein Handlanger wurden in Handschellen abgeführt.

Liv hatte sich wieder ein wenig gefangen und ging zu den Lister Einwohnern und Skippern, um sich zu bedanken, dass diese Kendiksen und Ralf Mölker vor dem Eintreffen der Polizei den Rückweg versperrt hatten.

Bente war aus dem Dienstwagen gesprungen und stürmte auf sie zu. »Was hatte ich befohlen? Das war ja wohl mehr als risikoreich!«

Liv erkannte, dass seine Erleichterung die Wut überwog. Trotzdem schossen ihr Tränen in die Augen. Mit einem Mal war die Anspannung verschwunden, die sie so lange aufrecht gehalten hatte, und die Gefährlichkeit ihres Einsatzes wurde ihr vollends bewusst. »Hennes hat Verbrennungen davongetragen. Bei der Explosion haben ihn etliche Splitter getroffen. Außerdem ist er unterkühlt. Er muss schnellstmöglich ins Krankenhaus!«, brach es aus ihr heraus. Sie schlug die Hand vor den Mund, um ein Schluchzen zu ersticken.

Bente legte einen Arm um ihre Schulter, aber Liv machte

sich sogleich los. Sie musste ihre heftigen Gefühle mit sich allein ausmachen.

»Und der Junge?«, fragte Bente.

»Ole ist nur leicht verletzt, auch die Gehirnerschütterung ist wohl nicht gravierend. Wie er allerdings den Schock verkraftet, werden erst die nächsten Tage zeigen.« Unter Aufbringung ihrer gesamten Konzentration gab sie Bente einen Kurzbericht.

Als sie sah, dass der Rettungskreuzer am Kai festmachte, eilte sie zur Mole zurück. Auf einer Trage wurde Hennes von Bord gebracht. Er lag auf dem Rücken und war bereits mit Schläuchen und Pflastern versehen. Halb betäubt murmelte er etwas. Liv musste sich zu ihm beugen, um ihn zu verstehen.

»Sag jetzt nicht, Lammers ... dass ich noch länger auf Sylt bleiben muss ... obwohl wir den Fall aufgeklärt haben.« Seine Mundwinkel zuckten.

Wider Willen musste Liv lächeln, während gleichzeitig Tränen ihre Wangen zu überschwemmen drohten. Als Monika Nüller an ihr vorbei an Deck stürzte, machte Liv Platz. Frau Nüller wollte ihren Sohn in die Arme schließen, aber auch das Kind war auf einer Trage befestigt. Unbeholfen stützte die mollige Frau sich über es, lachte und weinte gleichzeitig. Ein beinahe tierisches Heulen mischte sich in das Sturmtosen. Ein Mensch schrie. Aber wer?

In diesem Augenblick kam Bente wieder in ihr Blickfeld. »Was hast du Thore Vatberg angetan? Hast du ihn gefoltert, oder was? Ich dachte, ihr hättet ihn einfach nur dingfest gemacht!«, blaffte er sie erzürnt an.

Liv ließen die unfairen Vorwürfe aufbrausen: »Was denkst du denn von mir?! Er hat mich angegriffen und wollte mich umbringen – das habe ich dir doch erzählt! Wieso – was hat er denn?«

»Einen Nervenzusammenbruch, meint der Sani. Scheint schwerst traumatisiert.«

Schon wurde der Verdächtige von den Sanitätern zum Krankenwagen transportiert. Thore Vatberg zuckte wild grimassierend auf der Trage und schrie, dass es trotz des Sturms weithin zu hören war.

Für Liv kam diese heftige Reaktion vollkommen unerwartet. »Dem ging es eben noch gut – vielleicht simuliert er nur. Sieh zu, dass er auf jeden Fall unter Beobachtung bleibt. Vatberg ist und bleibt brandgefährlich.«

»So gefährlich wirkt er jetzt aber nicht. Wir dürfen uns nicht nachsagen lassen, dass wir Vatberg misshandelt haben«, meinte Bente besorgt und ging dem Festgenommenen hinterher.

Liv entdeckte Momke und Rabia, die halfen, die Spuren zu sichern. Sie blieb stehen und wischte sich grob über das Gesicht. Es war gut, ein Team um sich zu wissen. Menschen, auf die sie sich verlassen konnte. Bilder blitzten in ihr auf. Die letzten Stunden, zusammengefasst in einer schwindelerregenden Slideshow. Hatte sie unter dem Druck der Ereignisse richtig gehandelt? Ole war in Sicherheit und Thore Vatberg in Gewahrsam, das war es, was für sie zählte. Aber die Nacht war trotzdem noch nicht vorbei.

Liv zog sich ein paar Schritte zurück und betrachtete das letzte Foto, das Annika ihr aufs Handy geschickt hatte. Sie versuchte, Sanna anzurufen, aber anscheinend hatte ihr Smartphone auf dem Motorsegler einen Wasserschaden davongetragen. Was hatte Sanna noch gesagt, wo sie Jans Geburtstag feiern wollten?

Unvermittelt stand ein Rettungsdienstler vor ihr. »Sind Sie Frau Lammers? Ich soll mich um Sie kümmern. Auch Sie sollen im Krankenhaus durchgecheckt werden.«

»Ich komme später nach«, entgegnete Liv und wollte zu den Polizeiwagen gehen.

»Sie können in diesem Zustand nicht Auto fahren.«

Jetzt erst nahm sie ihre Verfassung wirklich wahr. Noch immer war sie wackelig auf den Beinen. Ihre Muskeln protestierten schmerzhaft bei der kleinsten Bewegung, und überall an ihrem Körper fanden sich Prellungen und Platzwunden. Gezwungenermaßen folgte sie dem Pfleger und ließ sich verarzten. Vor dem Rettungswagen wollte sie sich ein Taxi rufen, sah aber, dass der Sani mit Bente sprach.

Gleich darauf hielt der Teamleiter sie auf. »Was hast du vor? Wo willst du hin?«

»Familienangelegenheit.«

»Liv, aber …«

»Ich brauche ein Taxi.«

Bente runzelte die Stirn, sagte jedoch: »Ich finde schon jemanden, der dich fährt. Aber du gehst heute noch ins Krankenhaus, versprich mir das.«

»Ich komme auf jeden Fall ins Krankenhaus. Ich muss ja wissen, wie es Hennes geht.«

Momke hatte offenbar nichts dagegen einzuwenden, bei dem Unwetter den Hafen zu verlassen und Liv durch die Gegend zu kutschieren. Einen Vorteil hatte der Sturm: Weder Schaulustige noch Presseleute behinderten bislang die Polizeiarbeit.

»Wohin darf's denn gehen, gnädige Frau?«, meinte Momke mit einem halben Lächeln, als sie im Dienstwagen Platz nahmen.

Glücklicherweise war es Liv wieder eingefallen. *»Söl'ring Hof.«*

Momke zog die Augenbrauen hoch. »Nobel, nobel. Ich

dachte, auf so was stehst du nicht. Aber dein Aufzug dürfte nicht dem Dresscode entsprechen.«

Liv klappte den Spiegel herunter. Ihr Gesicht war von den Sanitätern teilweise verpflastert worden, ein Schnitt in der Augenbraue war verklebt, Augenlider und die Haut über den Wangenknochen schwollen bereits an. Die Haare wirkten strohig, ihre Kleidung war klamm und von weißen Salzwasserrändern gezeichnet. Nicht zu ändern.

»Besser, als mit zerschossenem Kopf auf dem Grund des Meeres zu treiben.« Eine Gänsehaut zog über ihren Rücken, als sie an Freds Leiche dachte. Hatte Thore Vatberg seinem Vater wirklich die Augen ausgestochen? Wie hatte er ihn so grausam quälen können? Und wie hatte er es über sich gebracht, seine eigene Mutter zu ersticken? Sie konnte es kaum erwarten, Thore zu vernehmen, und hoffte, dass er reinen Tisch machen würde.

»Übrigens: Wir haben den Maulwurf«, sagte Momke beiläufig. »Uwe ist es.« Er hob die Hand zu einem High-Five.

»Yeah!« Liv spürte, wie ein Lächeln der Erleichterung über ihr Gesicht huschte, und sie schlug ein.

»Uwe hat Zurssens Heft in der Toilette verbrannt«, berichtete Momke.

»Die Kopie von Zurssens Heft.« Die Arbeit hatte sich gelohnt. Stunden hatte Liv damit zugebracht, in Schreibwarenläden nach einem alten Schreibheft zu suchen und Teile des Tagebuchs abzuschreiben.

»Ja, das habt ihr geschickt gemacht. Aber ihr hättet mich ruhig ins Vertrauen ziehen können.« Ein wenig eingeschnappt war Momke schon. »Ihr wusstet doch, dass ich nicht der Maulwurf bin.«

»Hennes war sich da nicht so sicher. Wegen deiner schönen Anzüge und der teuren Hochzeit.«

»Hennes, pff…«

Liv verteidigte ihren Kollegen: »Ohne ihn hätten wir Ole sicher nicht retten können.«

»Wollte Vatberg seinem Sohn wirklich etwas antun?«

Sie hob unschlüssig die Schultern. Auch das würde vermutlich erst die Vernehmung ans Licht bringen. Sie schwiegen, während sie über die leergefegten Straßen der Insel fuhren.

»Ich werde nie begreifen, wie jemand seiner eigenen Familie…« Er winkte verlegen ab. »Ach, ist vielleicht gerade nicht der richtige Zeitpunkt…«

Glücklicherweise hat er es selbst erkannt, dachte Liv erschöpft. Bei der Fahrt nach Rantum nickte sie immer wieder ein.

Einladend strahlten die Lichter des luxuriösen Reetdachhofs in die Dünen, als sie auf dem Parkplatz hielten. Der *Söl'ring Hof* war eines der Sternerestaurants auf Sylt. Preislich lag er weit über ihren Möglichkeiten. Aber wer bin ich, dachte Liv, dass ich meiner Tochter diesen Genuss verwehren darf? Andererseits war es ihre Aufgabe, Sanna vor Ocke Lammers zu schützen. Viel zu oft schauten Erwachsene weg. Viel zu oft kamen Eltern ihrer Verantwortung gegenüber ihren Kindern nicht nach. Der Grund dafür waren meist Bequemlichkeit und Konfliktscheu. Fred und Sunny Vatberg waren das beste Beispiel dafür. Auch sie selbst hatte sich viel zu lang vor der erneuten Auseinandersetzung mit dem Vater gedrückt.

Momke ging schräg hinter ihr, als fürchte er, dass sie jeden Augenblick zusammenklappen könnte.

Die Empfangsdame des Hotels musterte Liv abweisend. »Brauchen Sie Hilfe?«

»Ich suche die Geburtstagsfeier der Familie Lammers.«

»Gehören Sie zur Familie?«

Kaum kam Liv die Bestätigung über die Lippen. »Ich will meine Tochter abholen«, sagte sie und ging ungeduldig vor zum Restaurant.

»Sie können nicht einfach …« Die Empfangsdame verstummte, als Momke seine Polizeimarke zeigte.

Das Restaurant war schon leer, nur an der letzten Tafel saßen noch Gäste. An die zwanzig Menschen wurden zu Jans Geburtstag hier bewirtet – außer Sanna ist aber vermutlich keiner dabei, den Jan einen Freund nennen würde, dachte Liv bitter. Bei derartigen Feiern ging es aus Annikas Sicht sicher auch darum, Verbindungen zu High Performern zu festigen, die ihrem Sohn später nützlich sein könnten.

Ein nagelneuer Vespa-Mofaroller mit knallroten Schleifen und Luftballons glänzte seitlich der Tafel. Annika und ihr Mann Enno saßen vor ihren Desserts und wirkten abgelenkt, als ob sie Smalltalk machten, aber mit einem Ohr bei einem anderen Gespräch wären. Vor den Fenstern befand sich, mit dem Rücken zu Liv, Ocke Lammers in seinem Rollstuhl. Sein beinahe kahler Schädel wirkte greisenhaft, die Gesichtszüge selbst in der Spiegelung hochmütig und hart. Allein der Anblick ihres Vaters bohrte sich direkt in Livs Eingeweide. Sanna und Jan standen vor ihm. Sanna schien ihrem Großvater zu lauschen, aber ihr finsterer Blick sprach Bände. Jan hingegen wirkte, als wünschte er sich fort. Mit einem Mal platzte Livs Brust beinahe vor Mutterstolz: Ihre Sanna würde sich nicht einfach so einwickeln lassen!

»Du wolltest mein ganzes Leben lang nichts von mir wissen, und ich werde mir jetzt ganz sicher nicht von dir sagen lassen, was ich zu tun oder zu lassen habe!«, fauchte Sanna ihren Großvater an und nahm Jan an die Hand, um ihn wegzuziehen.

Nun kam Bewegung in die Gesellschaft. Annika sprang auf, Enno zückte sein Smartphone. Jan machte sich von Sanna los und blieb zurück. Liv sah sofort den Verband um seine linke Hand. Heiße Wut erfasste sie. Ocke hatte schon immer gerne mit seinem Stock auf Handrücken geschlagen.

Sanna musterte Liv erschrocken und warf sich in ihre Arme. »Mam, was ist passiert? Entschuldige, dass ich nicht auf dich gehört habe, aber ich wollte so gerne …«

Liv drückte ihrer Tochter mit tränenblindem Blick einen Kuss auf die Stirn. »Schon gut.«

Es wäre leicht, jetzt einfach zu gehen. Zu leicht.

Liv verschränkte ihre Finger mit Sannas und ging entschlossen auf ihren Vater zu; auf dem Weg griff sie auch noch nach Jans Hand, doch ihr Neffe wich zurück.

»Die verlorene Tochter, was für eine Überraschung.« Ocke Lammers lachte spöttisch. »Du solltest deiner Tochter besseres Benehmen beibringen. Aber was will man erwarten? Immerhin konntest du trotz aller Bemühungen nicht den erfreulichen Verkauf von Zurssens Anwesen verhindern. Es ist eine Schande, dass wir uns nicht nur gegen unliebsame Mitbewerber, sondern auch noch gegen die eigene Familie behaupten müssen. Wobei … Dich zur Familie zu zählen ist im Grunde viel zu viel der Ehre – das bist du nicht wert. Sieh dich nur an! Ein Gossenkind. Immer wieder ziehst du unsere Familie in den Dreck. Mit etwas härterer Hand …«

Liv konnte seine Rede kein Wort länger ertragen. »Du wirst kein weiteres Leben zerstören!«

»Weiteres? Für deinen Niedergang bist du ganz allein verantwortlich.«

»Ich meine unsere Mutter. Ich habe die Fotos aus der Zeit vor eurer Hochzeit gesehen. Sie war so eine lebenslustige junge Frau, voller Pläne. Du hast sie …«

Ockes Gesichtszüge schienen sich zu verhärten. »Rosa hat sich selbst zugrunde gerichtet. Sie war halsstarrig, wollte nicht, dass ich sie zu einem besseren Menschen mache.«

Das war seine eigene, verquere Wahrheit. Jeder Mensch musste nach seinen Vorstellungen geformt werden, musste sich so verhalten, wie Ocke Lammers es wollte. Und er wusste seine Ziele zu erreichen: mit subtilen Gemeinheiten, mit permanenter Entwürdigung, mit Härte, mit Schlägen.

»Nie haben wir ein Foto aus der Zeit zu sehen bekommen, nie hat sie darüber geredet – das spricht doch schon Bände. Ich erwarte, dass du dich von meiner Tochter fernhältst …«

»Sanna ist freiwillig gekommen. Sie will mein kleines Mädchen werden.«

Livs Magen krampfte sich bei diesen Worten zusammen. Das hatte sie selbst oft genug gehört. Nie wieder sollte ihr Vater über diese Macht verfügen!

»Und wer würde nicht kommen, wenn der Luxus ruft? Jeder will doch zur Hautevolee gehören.«

Beinahe hätte sie vor lauter Ekel gelacht; eine klassische Übersprunghandlung. So sah er sich also: zugehörig zur feinen Gesellschaft, zur Snobiety Sylts.

Sie atmete tief ein und sagte mit fester Stimme: »Ich erwarte, dass Jan in ein Internat kommt, damit du ihm nie wieder ein Haar krümmen kannst. Verstehen wir uns? Wenn seine Eltern nicht für sein Wohl sorgen, dann werde ich es eben tun.« Die anderen Familienmitglieder erstarrten, nur Enno sprang jetzt auf.

Jan machte sich los, aber Sanna war sofort bei ihm. Das Entsetzen stand ihr ins Gesicht geschrieben. »Er schlägt dich? Warum hast du mir nicht gesagt …?«, wollte sie wissen, aber Jan rannte hinaus, bevor sie den Satz beendet hatte.

Ocke lachte, als betrachte er ein amüsantes Schauspiel.

»Jetzt hast du die zarten Bande, die du zu deinem Neffen geknüpft hattest, zerrissen. Jan wird sich niemals gegen mich stellen. Zu sehr liebt er die Annehmlichkeiten des Reichtums. Und was willst du schon gegen mich tun?«

»Glaub mir, ich bin Polizistin und habe meine Mittel. Wir werden uns dir niemals fügen. Außerdem werde ich deinem Treiben ein Ende bereiten. Ich schaue nicht mehr weg.«

Liv ging mit ihrer Tochter hinaus. Jan war verschwunden.

»Was ist denn nur passiert? Bist du angegriffen worden? Habt ihr den Mörder endlich gefangen?«

Liv schob sich neben ihre aufgeregte Tochter auf die Rückbank. Schmerzen und Müdigkeit machten ihre Glieder schwer. Momke hatte sich bereit erklärt, sie auch noch zum Krankenhaus zu fahren. Liv bewegte die Worte in ihrem Mund. Sie musste sich sehr beherrschen, ihrer Tochter nicht gleich eine Standpauke zu halten.

Sanna nahm ihre Hand. »Gib zu – du hast ihn endlich gefangen! Er hat dich angegriffen, aber du hast nicht aufgegeben, bis du ihn unschädlich gemacht hast!« Die Bewunderung, die aus den Worten ihrer Tochter sprach, tat Liv gut. Sie hatten einen Mörder dingfest gemacht und ein Kind befreit, davon war sie überzeugt. Sie waren die Guten. Dennoch fiel es ihr schwer, die Zweifel außer Acht zu lassen. Sie hatten so überhastet handeln müssen, dass vieles noch nicht geklärt war.

Als sie noch immer nicht sprach, ergriff Momke das Wort: »Natürlich dürfen wir dir nichts über unsere Ermittlungen verraten, Sanna«, sagte er gewichtig. »Nur so viel: Deine Mutter und Hennes haben einen Mann aufgehalten, der ein Kind entführt hat. Der Irre ist bei diesem Sturm mit dem Jungen hinausgesegelt, stell dir das mal vor! Er dachte, mit dieser lebensmüden Aktion könnte er entkommen. Allerdings konnte er nicht ahnen, dass Liv und Hennes genauso irre sind.«

»Bei dem Sturm bist du hinaus auf See? Du hättest ertrinken können! Hast du denn gar nicht an mich gedacht? Ich wäre Waise gewesen! Auch Oma wäre nie darüber hinweggekommen!« Sanna hatte es so klar erfasst, dass Liv nichts übrigblieb, als ihren Blick zu senken.

Liv wollte nicht, dass Momke Zeuge ihrer Auseinandersetzung wurde, aber kindlicher Trotz regte sich in ihr, den sie nicht unterdrücken konnte. »Ich bin aber nicht ertrunken. Außerdem bin ich diejenige, die sauer sein sollte – und zwar deinetwegen! Du hast mich belogen und nicht auf mich gehört!«

»Ich finde, es besteht ein kleiner Unterschied dazwischen, unerlaubt eine Familieneinladung anzunehmen und das eigene Leben aufs Spiel zu setzen!«, platzte Sanna heraus.

»Wo sie recht hat, hat sie recht«, hörte Liv Momke vom Fahrersitz aus murmeln.

Liv seufzte. Warum hatte sie ihre Tochter bei dem Vorhaben unterstützt, dem Debattierclub ihrer Schule beizutreten? Argumentativ würde Sanna sie schneller überflügeln, als ihr lieb war. »Dieser Mann musste aufgehalten werden«, sagte sie knapp.

Glücklicherweise hatten sie die Klinik inzwischen erreicht. Momke brachte sie bis in die Notaufnahme. »Falls du nicht zur Beobachtung bleiben musst, soll ich dir ausrichten, dass Bente dich auf keinen Fall vor Mittag im Revier sehen will. Schlaf dich erstmal richtig aus, hörst du!« Momke hätte anscheinend am liebsten weiter auf sie aufgepasst, aber Liv gelang es, ihn mit ein paar Dankesworten hinauszukomplimentieren.

Als sie eine der Schwestern erblickte, erkundigte Liv sich nach Hennes, doch der war noch nicht zurück auf Station. Noch immer wurden ihm Splitter aus dem Fleisch operiert. Soweit man es beurteilen konnte, war jedoch keiner tief eingedrungen oder hatte Organe verletzt. Dem Hafenmeister, der versucht hatte, Thore aufzuhalten, ging es hingegen so gut, dass er nach Hause transportiert worden war. Beide Nachrichten beruhigten Liv sehr.

Zurück im Warteraum setzten sie und Sanna sich auf zwei der Plastikstühle. Während sie auf Livs Untersuchung warteten, berichtete ihre Tochter Liv von dem Familienessen.

Zunächst war ja alles noch aufregend gewesen, erklärte Sanna. Das Brimborium im Feinschmeckerrestaurant hatte ihr gefallen. Das Essen war ihr zu fischlastig gewesen, aber das Roseneis war super, nur viel zu teuer! Liv schmunzelte – ihre bodenständige Tochter! Dann hatte Ocke allerdings begonnen, Sanna immer intensiver auszufragen und an ihr herumzumäkeln. Wie sie denn aussehe, ob sie sich nicht besser benehmen könne, ihre Schulleistungen ließen ja wohl zu wünschen übrig und so weiter. Handball sei kein angemessener Sport für eine Lammers, ihre Frisur sei unmöglich, und die Kleidung erst! Schließlich hatte er ihr auf die Finger gehauen, als sie den Käse mit der Hand in den Mund stecken wollte, was Sanna sich natürlich nicht hatte gefallen lassen. Überhaupt wollte sie sich nicht den Mund verbieten lassen – auch nicht von ihrem reichen Großvater, weshalb sie sich verbal zur Wehr gesetzt hatte; höflich natürlich, wie sie eilig betonte.

»Daraufhin ist Ocke richtig biestig geworden – aber glücklicherweise bist du ja dann gekommen«, schloss Sanna. Sie rollte sich müde auf den Krankenhaussitzen zusammen und legte den Kopf auf den Schoß ihrer Mutter. Liv konnte kaum noch die Augen aufhalten. Warum dauerte das denn so lange? Zärtlich kraulte sie Sannas Rücken. »Ich kann nicht fassen, dass er Jan schlägt. Dabei hätte ich es mir denken müssen…«, sagte Sanna schläfrig.

»Wie meinst du das?«

»Ich habe beim Surfen schonmal Striemen auf Jans Rücken gesehen. Aber als ich ihn darauf angesprochen habe, meinte er, dass er vom Pferd gefallen ist. Wir müssen etwas dagegen tun«, murmelte Sanna.

»Das müssen wir«, sagte Liv.

25

Westerland, 23. Oktober, 9:30 Uhr

Als Liv am nächsten Morgen im Gästehaus der Polizei aufwachte, saß Sanna an ihrem Bettrand und sah sie an. Livs Schädel dröhnte, als drohe er zu bersten. Der Arzt hatte sie zur Beobachtung im Krankenhaus behalten wollen, aber sie hatte sich geweigert. Nun suchte sie die Hand ihrer Tochter. Wie ein kleines Mädchen kroch Sanna zu ihr unter die Decke und kuschelte sich an sie.

»Bist du noch sauer auf mich?«

Livs Wut war längst verpufft. Sie legte den Arm um Sannas Schulter. »Ich dachte, ich könnte mich auf dich verlassen.«

Ihre Tochter hob den Kopf, um ihr in die Augen zu sehen. »Das kannst du auch!«

»Ja, ich weiß, eigentlich schon. Aber dieses Mal nicht.«

Sanna schwieg, aber ihre Reue war deutlich. Liv gab ihrer Tochter einen Kuss auf die Stirn. »Ich bin empfindlich, was das angeht. Du weißt doch: Wir müssen zusammenhalten.«

»Ich war nur so neugierig. Du verschweigst mir so viel. Ich wusste nichts von Jan, von Annika. Bis vor ein paar Monaten wusste ich nicht mal etwas über meinen Vater«, sagte Sanna vorwurfsvoll.

»Ich habe es dir aus gutem Grund verschwiegen.«

»Weil du Boy für einen Verbrecher gehalten hast.«

»Oh, bitte, Sanna!« Liv versteifte sich unwillkürlich. Sie würde Boy niemals verteidigen können, und ihre Tochter würde vielleicht nie erfahren, warum. Deutlich spürte sie nun die Prellungen von den Schlägen, die Thore Vatberg ihr verpasst hatte, und durch ihre Augenhöhlen sickerte Schmerz. Sie versuchte, sich zu sammeln, was ihr schwerfiel. Jetzt war nicht der richtige Moment für eine Grundsatzdiskussion. Immerhin war vergangene Nacht die ärztliche Untersuchung schnell beendet gewesen. Der Arzt hatte angemerkt, dass Liv großes Glück gehabt hatte, indem sie Thore Vatbergs Versuch, ihre Augäpfel einzudrücken, schnell genug unterbunden hatte, sodass Sehstörungen und Schwellungen nur temporär sein würden.

Sanna rückte ein wenig von ihr ab. »Und wenn du schon weißt, dass Großvater Jan wehtut, warum hast du nicht längst etwas dagegen getan? Du bist doch sonst eine so tolle Polizistin!«

Eine berechtigte Frage, der sie nicht ausweichen durfte, fand Liv. »Jan hat mir versichert, dass er sich Ocke entziehen kann. Dass es ihm gutgeht. Dass er nicht will, dass ich mich einmische.«

»Du hörst doch sonst auch auf niemanden, der dich von etwas abhalten will.«

»Stimmt.« Unwillkürlich runzelte Liv die Stirn. War sie als Teenager auch so anstrengend gewesen? Auf jeden Fall. Anstrengender vermutlich. »Können wir nicht ein andermal darüber sprechen?«

Sanna setzte sich auf und umschloss die Knie mit den Armen. »Immer vertröstest du mich! Hast nie Zeit für mich! Weißt du überhaupt, was letzte Woche los war?!«

»Oma hat …«, wollte Liv einwenden.

»Ach, Oma. Hier geht es um mich!«

»Wir haben doch in Flensburg geredet …«, versuchte Liv, sich zu verteidigen.

»Du wolltest mit Oma reden und hattest überhaupt keinen

Kopf für mich!« Bingo. Wieder ein Treffer. War sie wirklich eine so schreckliche Mutter? Liv setzte sich ebenfalls auf und wollte Sanna wieder umarmen, doch ihre Tochter machte sich unwirsch los.

»Was war denn letzte Woche?«

»Ich hatte Streit mit Chiara. Seit sie mit diesem Typen geht, ist mit ihr nichts mehr anzufangen.«

Sannas beste Freundin machte ihr also Kummer. Automatisch wurde Liv hellhörig. »Was für ein Typ?«

»Aus der Parallelklasse. Ich weiß gar nicht, was die an dem findet. Voll ätzend, der und seine Clique.«

Gut, dachte Liv. Immerhin stand Sanna nicht auch auf einen der Jugendlichen dieser Clique. »Chiara kriegt sich bestimmt bald wieder ein, du wirst schon sehen. Am besten machst du im Moment etwas mit deinen anderen Freundinnen.« Sie legte die Hand auf Sannas Arm. »Ich weiß, dass ich nicht alles richtig mache oder richtig gemacht habe«, gestand sie ein. »Was meinst du dazu: Wenn der Fall vorbei ist, dann unternehmen wir etwas Schönes, nur wir zwei. Und dann reden wir in Ruhe über alles, was du willst.«

Sanna zupfte an einer Haarsträhne. »Aber wir fahren nicht wieder mit dem Bulli irgendwohin, wo es regnet.«

Liv lachte. »War es wirklich so schrecklich in Schottland?«

»In Schottland nicht – aber der viele Regen, das ging gar nicht.«

»Du darfst dir aussuchen, was wir machen.«

»Versprochen?« Als Liv nickte, legte Sanna ihr die Arme um den Hals und drückte sich strahlend an sie. »Super, Mam.«

Liv schwante, dass sie vielleicht doch etwas zu großzügig gewesen war. Worauf hatte sie sich eingelassen?

Sanna winkte noch einmal aus dem Zugfenster. Dieses Mal würde ihre Tochter wirklich nach Flensburg fahren, davon war Liv überzeugt. Sie ging an der Bahnhofsbuchhandlung vorbei. Die Schlagzeilen der Tageszeitungen beschäftigten sich mit den Schäden, die der Sturm angerichtet hatte. Die Festnahme war erst nach Redaktionsschluss erfolgt, aber der Großeinsatz auf See und im Lister Hafen hatte sich inzwischen garantiert herumgesprochen. Die Onlineausgaben würden vermutlich schon voll von ihrem Fall sein, und ganz sicher würden Bente und der Staatsanwalt heute eine Pressekonferenz geben. Was würden die beiden der Presse erzählen?

Liv hatte kurz im Kommissariat angerufen, war aber abgewimmelt worden; sie solle sich auf jeden Fall noch ein paar Stunden erholen. Auch bei Jan hatte sie angerufen, er war aber nicht ans Telefon gegangen – nicht einmal, als Sanna es bei ihm probiert hatte, also hatten sie ihm eine SMS geschickt. Liv machte sich Sorgen und hoffte, dass ihr Neffe nichts Dummes tun würde.

Mit dem VW-Bus fuhr sie in Richtung Wenningstedt, machte aber einen kleinen Abstecher zu einem Bäcker, dessen Schild im Schaufenster verkündete »Kuchenstücke unter 300 Gramm sind Kekse«, was Liv ein Lächeln entlockte. Trotzdem kaufte sie für Hennes keine Torte, sondern Croissants und frisch gepressten Orangensaft.

Am Empfang der Klinik fragte sie nach Hennes' Zimmer. Auf dem Weg dorthin dachte sie an ihren letzten Besuch bei Sunny in diesem Krankenhaus. War die alte Dame wirklich von ihrem eigenen Sohn ermordet worden? Ob die Spusis Hinweise auf dem Balkon oder am Fenster gefunden hatten, dass Thore Vatberg es gewesen war? Oder an dem Kissen, mit dem Sunny vermutlich erstickt worden war?

Endlich fand sie Hennes' Zimmer. Eine Frau mit helmähnlicher Frisur saß am Bett ihres Kollegen.

»Ich wollte nicht stö–«, begann Liv, stutzte aber dann. »Frau Hasselbrecht?«

Ihre Chefin wandte sich um. Hilke Hasselbrecht sah wie immer topgepflegt aus, lediglich ein abgespannter Zug um Augen und Mund ließ ahnen, wie sehr ihr die Sorge um ihren kranken Mann, den sie seit Wochen pflegte, zusetzte. Zu ihrem schicken Kostüm trug sie Turnschuhe in Neonrosa; sie wirkte wie eine elegante Kreuzfahrtpassagierin, die zu einem Städtetrip aufbrach.

»Liv, gut Sie zu sehen! Als gestern die Lage eskalierte, rief Bente mich an. Ich kann doch mein Team in dieser schweren Stunde nicht alleinlassen, schon gar nicht, wenn meine Mitarbeiter verletzt werden«, sagte Hasselbrecht. »Allerdings muss ich mit Ihnen bei Gelegenheit mal über Ihr Risikoverständnis sprechen. Hennes hat zwar behauptet, es sei seine Idee gewesen, nicht auf Verstärkung zu warten, sondern selbst mit dem Motorboot rauszufahren, aber so ganz glaube ich ihm nicht.«

Liv wandte sich Hennes zu. Er hatte sie tatsächlich in Schutz genommen? Weil ihr Kollege bäuchlings lag, wirkte sein Gesicht aufgewellt und faltig. Als sie den Mund öffnete, grinste er gequält. »Sagen Sie jetzt nichts, Fräulein Lammers.«

Sie zog sich einen Stuhl neben den ihrer Chefin. »Wie könnte ich es wagen! Die Splitterwunden auf deiner Kehrseite bringen dich in diese Lage, nehme ich an?«

»Und leichte Verbrennungen.«

»Du hast Glück gehabt, dass du dich so geistesgegenwärtig ins Meer gerettet hast.«

Wieder lächelte er. »Wenn die Reaktionsfähigkeit nachlässt, bleibt uns alten Hasen immerhin noch der Instinkt.«

Sein Humor dämpfte ihr schlechtes Gewissen. »Ich hätte dich nicht zwingen dürfen, das Motorboot zu besteigen…«

»Du hast mich nicht gezwungen – schon vergessen?«

»Aber ich dachte, du als alter Seebär…«

Hennes unterbrach sie erneut und wies auf die Papiertüte in ihrer Hand: »Was hast du mir mitgebracht?«

Sie stellte ihre Mitbringsel auf seinen Nachttisch. »Nervennahrung.«

Ihr Kollege griff sogleich zu. Eine Weile redeten sie über den Einsatz, doch dann wurden Hennes' Lider schwer.

Die K1-Leiterin erhob sich. »Ich habe mit Liv noch etwas zu besprechen. Wir sehen uns in Flensburg, Hennes. In alter Frische.«

»In alter Frische, Chefin.«

Liv war nicht scharf auf eine Standpauke, aber sie wollte andererseits die Gelegenheit nutzen, sich mit Hasselbrecht über den Fall auszutauschen. Draußen schlug ihre Chefin den Kragen hoch. »Kommt man hier nicht auch zum Meer? Gehen wir ein Stück.«

Sie hatten die Nordseeklinik durch den Hintereingang verlassen. Der Sturm war weitergezogen, aber der Wind war noch stark und schlug ihnen, sobald sie den Schutz der Dünen verließen, ins Gesicht.

»Ich bin froh, dass Sie alle auch ohne mich so gut klarkommen; das zeichnet ein Team aus«, sagte Hasselbrecht.

»Ehrlich gesagt, gab es schon ein paar Spannungen zwischen Hennes und Bente. Aber das wissen Sie ja wohl«, sagte Liv und erinnerte sich daran, dass Bente die Chefin um Hilfe gebeten hatte. Was hatte Hasselbrecht wohl zu Hennes gesagt, dass der sich von da an kooperativer gezeigt hatte?

»Widerspruchsgeist und kritisches Denken sind bei der Polizei durchaus erwünscht, nur sollte stets der Respekt voreinander gewahrt bleiben. Wir tolerieren fremde Ansichten und bemühen uns um einen Konsens, aber manchmal entscheidet eben auch der Ermittlungsleiter«, sagte Hasselbrecht salbungsvoll; beinahe wirkte sie auf Liv wie ein wandelndes Handbuch für Kriminalethik.

»Diese Ansicht muss Hennes wohl überzeugt haben, denn er zeigte sich nach dem Telefonat mit Ihnen kooperativer«, deutete Liv an.

Hasselbrecht rückte eine Strähne ihrer sonst erstaunlich wetterfesten Frisur zurecht. »Das war es nicht, was ich am Telefon zu ihm gesagt habe. Ich habe ihm stattdessen angekündigt, dass Bentes Einsatz nur noch von kurzer Dauer sein wird. Ich kehre in den Dienst zurück.«

Liv lächelte ihre Chefin von der Seite an. »Es freut mich, dass es Ihrem Mann besser geht.«

Hasselbrecht kraxelte den Dünenweg neben der Strandbar hoch. Das Meer kam in Sicht. Schweigend sahen sie auf den aufgewühlten Wellenteppich. Vereinzelt hatte der Sturm Strandgut angeschwemmt; als Kind wäre Liv sofort losgestürmt, um diese Schätze zu bergen.

»Es geht meinem Mann leider nicht besser«, riss Hasselbrecht sie aus ihren Überlegungen. »Die Ärzte können nichts mehr für ihn tun. Sie haben ihn zum Sterben nach Hause geschickt.«

Erschüttert blinzelte Liv in die Ferne, wo die Wolken den Windpark Butendiek noch immer verborgen hielten. »Das tut mir sehr leid. Aber wollen Sie denn nicht aussetzen, bis … Zeit mit ihm verbringen …«

»Und jeden Tag darauf warten, dass er stirbt? Oder einmal noch gemeinsam auf eine Kreuzfahrt gehen, den Mount Everest besteigen oder die Südsee sehen? Nein. Diese Klischees über die letzten Wünsche Sterbender überlassen wir anderen.

Wir haben beschlossen, zum Alltag überzugehen.« Hasselbrecht hob tapfer die Mundwinkel. »Wir wollen den Tod überlisten, ihn einfach ignorieren, vielleicht zieht er dann nochmal weiter.«

»Das wünsche ich Ihnen wirklich«, sagte Liv berührt.

»Ich weiß. Sie haben ein großes Herz. Eben deshalb wollten Sie Nadja Raffel und Ole Vatberg retten, statt die Situationen genau zu durchdenken und logische Schlüsse zu ziehen – wie beispielsweise das MEK einzuschalten oder auf die Wasserschutzpolizei zu warten. Ihr Mitgefühl mit den Opfern hat Sie auf falsche Fährten geführt.«

Liv begann, sich wortreich zu verteidigen. Hasselbrecht hob abwehrend die Hände: »Bente hat mir regelmäßig Bericht erstattet. Verstehen Sie mich nicht falsch: Ich bin beeindruckt von der Ermittlungsleistung des Teams, aber oft ist professionelle Distanz vonnöten. Ich habe mich weitgehend aus den Ermittlungen herausgehalten. Nur im Fall des Maulwurfs habe ich interveniert und den Sylter Polizeichef beschwichtigt, der sein Team verteidigen wollte.«

»Was sagt er nun dazu, dass Uwe enttarnt wurde?«

»Noch kann er es nicht so ganz glauben. Und Uwe Brigleb leugnet bislang alles, was wir ihm nicht beweisen können. Allerdings haben wir bei Brigleb, bei Mölker und bei Vatberg baugleiche Handys festgestellt; alte Knochen, die offenbar zur Kommunikation mit Kendiksen und dessen Handlangern dienten. Ich hoffe, dass uns die Auswertung der Funkdaten genügend Beweise für ihre Verstrickungen liefert.«

Für Liv waren diese Informationen neu, und sie freute sich darüber. Anscheinend war der Zugriff jedes Mal so überraschend erfolgt, dass keiner der Verdächtigen sein Zweithandy entsorgt hatte.

»Den Haftbefehl gegen Volker Raffel hat der Staatsanwalt

dagegen heute Morgen wieder aufgehoben«, fuhr Hasselbrecht fort. »Abgesehen davon, dass er Fred Vatberg kurz vor seinem Tod sprach und ihm der Schuppen gehörte, in dem die Tatwaffe gefunden wurde, liegt nichts gegen Raffel vor.«

»Und wie hat der Staatsanwalt über Thore Vatberg entschieden?«

»Vatberg sitzt wegen dringenden Tatverdachts in einer Zelle im Polizeirevier Kirchenweg und soll demnächst vernommen werden.«

»Ich möchte ihn nachher mit Bente vernehmen.«

Hasselbrecht musterte sie kritisch. »Sind Sie diesem Gespräch wirklich gewachsen?«

Liv ließ diese Frage einen Augenblick sacken. »Es geht mir gut«, sagte sie schließlich. »Thore Vatberg hat gehandelt, als könne niemand ihm etwas anhaben, als bräuchte er niemanden zu fürchten. Er war leichtsinnig, und das nicht aus Dummheit, sondern aus Arroganz. Ich will ihm beweisen, dass er mit seinen Gewalttaten nicht durchkommt. Außerdem kenne ich den Fall besser als jeder andere hier. Schließlich habe ich einen Teil von Zurssens Tagebuch Wort für Wort abgeschrieben.«

»Ich werde mich mit Bente besprechen, mal sehen, was er davon hält«, sagte Hasselbrecht diplomatisch. »Derzeit ist Thore Vatberg allerdings nicht vernehmungsfähig, das behauptet zumindest sein Arzt.«

»Vatberg war gestern Abend im Vollbesitz seiner Kräfte. Er brach erst zusammen, als seine Lage aussichtslos war.«

Die K1-Chefin musterte sie erneut. »Warum sind Sie eigentlich so sehr davon überzeugt, dass Thore Vatberg ein Mörder ist? Ist es mehr als ein bloßes Gefühl, das Sie antreibt?«

Liv wusste, dass die Bemerkung eine Provokation war,

trotzdem konnte sie sich nicht zurückhalten und erwiderte: »Natürlich! Die Beweise gegen Volker Raffel wirken auf mich fingiert – ich bin sicher, dass Uwe oder Kendiksen ihre Finger im Spiel hatten. Thore Vatberg hat ein Motiv, er hatte die Gelegenheit, und es gibt Beweise, die gegen ihn sprechen. Ich bin davon überzeugt, dass er planvoll und heimtückisch vorgegangen ist.«

»Welche Rolle spielt Vatbergs Sohn?«

»Eine große. Die Bindung zu Ole ist die einzige, an der Thore Vatberg wirklich etwas liegt«, war Liv überzeugt.

»Also müssen wir ihm deutlich machen, dass sich ein umfassendes Geständnis strafmildernd auswirken wird. Wenn Vatberg jemals wieder seinen Sohn außerhalb des Gefängnisses sehen will, muss er reden.«

Noch nie hatte Liv einen Fall erlebt, bei dem so viel vom Geständnis des Verdächtigen abhing. Umso wichtiger war es, dass sie bei der Vernehmung die richtigen Fragen stellten. Der Tathergang der drei Morde stand Liv klar vor Augen. Wenn es sich bewahrheitete, was sie annahm, würde Thore Vatberg eine hohe Strafe erwarten; möglicherweise gekoppelt mit Sicherheitsverwahrung, denn die brutale Entfernung der Augäpfel schien Ausdruck einer psychotischen Störung zu sein. Darüber hinaus hatte Thore sein Kind entführt und den kleinen Ole in Lebensgefahr gebracht. Trotzdem verspürte sie Mitleid mit ihm, schließlich war auch Thore Vatberg ein Opfer.

»Wäre es nicht fairer, mit offenen Karten zu spielen? Vielleicht wird Vatberg den Rest seines Lebens hinter Gittern verbringen. Er wird vermutlich nie wieder ein normales Familienleben führen«, sagte Liv.

»Empathie gut und schön, aber Vatberg hat vermutlich drei Menschen getötet. So einer kann kein Mitleid erwarten«, sagte Hasselbrecht.

»Und trotzdem hat er ein Anrecht auf die Wahrheit.«

Die K1-Chefin sah sie an. Liv wartete gespannt: Würde Hilke Hasselbrecht sie an der Vernehmung teilnehmen lassen, wenn sie sich nicht fügte?

»Bente ist der derzeitige Teamleiter«, sagte Hasselbrecht schließlich diplomatisch. »Er hat die Verantwortung. Ihr müsst die Strategie unter euch ausmachen. Ich kann nur von meinen Erfahrungen berichten.« Noch einmal sah sie auf die Nordsee hinaus, dann trat sie den Rückweg an. »Trotzdem möchte ich eines ganz klar sagen, Liv: In Zukunft sollten Sie Ihre Emotionen mehr hinterfragen. Setzen Sie sich auf Ihre innere Tribüne und atmen Sie tief durch, bevor Sie handeln. Und noch etwas, Liv: Die Einsatzpläne beruhen auf langer Erfahrung und sind aus gutem Grund entstanden. Sie werden sie von jetzt an berücksichtigen und nicht mehr Hals über Kopf handeln. Anderenfalls muss ich leider jenen Leuten beipflichten, die meinen, dass Sie noch zu jung und zu unerfahren für die Mordkommission sind.«

Gemeinsam fuhren sie in die Wache. Hasselbrechts Worte hingen Liv noch nach, als sie die Stufen zum Kommissariat hochstieg. Die Mordkommission war ihre Berufung. Sie wollte zu keiner anderen Abteilung wechseln, sondern nur noch besser werden in dem, was sie tat. Und dass sie noch viel zu lernen hatte, war ihr klar. Ein Paragrafenreiter würde sie nie werden, aber vielleicht würde es ihr gelingen, die Grenzen des Erlaubten besser auszuloten.

Im Kommissariat herrschte konzentrierte Betriebsamkeit. Trotzdem war etwas anders. Liv brauchte einen Augenblick, bis ihr klar wurde, dass es daran lag, dass kaum geplaudert und nirgendwo gelacht wurde.

Hasselbrecht besprach sich kurz mit dem Staatsanwalt Roman Leipoll und Bente und rief dann die SOKO zusammen. Die K1-Chefin sah in die Runde. Sie hatte im Auto die Turnschuhe gegen Stiefeletten getauscht, und ihre helmartige Frisur saß so perfekt, als habe sie auch nie nur einen Hauch Nordseewind erlebt.

»Sie wundern sich sicher, mich zu sehen«, begann Hasselbrecht. »Ich bin nur kurz auf Sylt, Bente wird die Ermittlungen wie geplant zu Ende bringen. Ich möchte Ihnen lediglich mitteilen, dass ich beeindruckt von Ihrem Einsatz bin. Sie haben bestes kriminalistisches Handwerk bewiesen und die Verdächtigen in Gewahrsam genommen.«

Leipoll ergriff das Wort: »Es wird nun darum gehen, den Verdacht zu erhärten und gerichtsfest zu machen. Ich weiß, es liegt viel Arbeit vor Ihnen. Aber denken Sie daran: Ihnen ist es zu verdanken, dass die Welt, dass Sylt wieder ein Stück sicherer geworden ist. Seien sie stolz darauf!«

Das Klopfen vieler Fingerknöchel auf Holz verriet, dass die Polizisten die Anerkennung zu schätzen wussten. Doch die gedrückte Stimmung hellte auch diese Ansprache nicht auf. Hasselbrecht führte einige weitere Gespräche in kleiner Runde und verabschiedete sich dann. Liv hatte sich inzwischen an ihre Berichte gemacht. Es war eine lästige, aber nötige Arbeit, weil das schriftliche Festhalten der Ermittlungen manche Zusammenhänge klarer machte. Jetzt kam Bente zu ihr. Er trug Sorgenfalten auf der Stirn und war nachlässig rasiert.

»Kommst du mit zum Mittagessen?«

»Ich habe doch kaum angefangen zu arbeiten«, wunderte Liv sich. Trotzdem hatte sie Hunger – vermutlich war der Strandspaziergang der Grund dafür.

»Ich möchte mit dir sprechen, und ich brauche dringend etwas zu essen – der Morgen ist mir auf den Magen geschlagen.« Er senkte die Stimme. »Die halbe Sylter Polizei hat mir eine Szene gemacht, von wegen falscher Verdächtigungen und so. Erst als wir Ihnen die Videoaufnahmen gezeigt haben, auf denen Uwe das Asservat vernichten will, sind die Kollegen verstummt, was aber die Stimmung auch nicht besser macht. Außerdem hat mir Vatbergs Anwalt stundenlange Vorträge über den Gesundheitszustand seines Mandanten gehalten.«

Liv schloss das Dokument auf ihrem Computer und begleitete Bente ins benachbarte Restaurant Amadeus. Während Bente sich sein Tatar mit Eigelb, Kapern und Sardellen anrührte und Liv einen Salat aß, berichtete er von den Vernehmungen des Tages. »Kendiksens Anwalt bombardiert uns mit Beschwerden, weil wir Haus und Gut seines Mandanten auf den Kopf stellen. Jetzt will der Anwalt auch noch den richterlichen Beschluss der Durchsuchung anfechten. Gelohnt hat sich die Durchsuchung allerdings: Wir haben in seinem Getränkelager größere Mengen Kokain, Cannabis und die gleichen Drogentütchen gefunden, die auch bei Zurssen lagen. Kendiksen haben wir auf jeden Fall an der Angel. Für Ralles Vernehmung warten wir auf die Ergebnisse der Kriminaltechnik. Und was diesen alten Fall betrifft: Schiefelbein behauptet, sich nicht daran erinnern zu können, dass er Thore Vatberg nach dem Missbrauch untersucht hat, die Patientenunterlagen habe er bereits entsorgt.«

Liv fluchte innerlich. So blieb der Missbrauch an Thore, der als Tatmotiv eine wichtige Bedeutung hatte, eine Behauptung. War es überhaupt denkbar, dass Vatberg diese Misshandlung einfach so vergessen hatte?

»Was Uwe angeht«, fuhr Bente fort, »der ist eine harte Nuss.« Der enttarnte Maulwurf schien entschlossen, nur das zuzugeben, was er wirklich musste. »Glücklicherweise sind die Anruflisten seines Zweithandys aufschlussreich. So wie es aussieht, hat Uwe bei Volker Raffel angerufen und dafür gesorgt, dass der Gärtner Fred bei dem Geldautomaten antraf. Vermutlich hat Uwe auch das Messer im Gärtnerschuppen versteckt. Eine klassische falsche Fährte, auf die wir ja auch prompt reingefallen sind.«

»Wir nicht«, sagte Liv eine Spur selbstzufrieden.

Bente nickte zerknirscht. »Stimmt, Hennes und du nicht.«

»Wissen wir schon etwas über Uwes Motiv?«

»Vermutlich Gier. Er hat auf den Namen seiner Frau ein fettes Appartement an der Costa del Sol gekauft. Sie dachte, er hätte im Casino gewonnen. Anscheinend ist es noch nicht ganz abbezahlt…«

»Und was steht jetzt an?«

»Wir warten auf eine Kinderpsychologin, die dabei sein wird, wenn wir Ole Vatberg vernehmen. Es ist nur eine Hypothese, aber wenn es um Kindesmissbrauch geht, ist…«

»…besonderes Fingerspitzengefühl nötig, schon klar. Ist der Junge denn schon wieder so weit fit, dass er befragt werden kann?«

»Seine Mutter sagt, Ole tobt schon wieder herum. Die Gehirnerschütterung war also wohl nicht so schlimm. Allerdings spielt er mit seinen Lego-Booten die ganze Zeit Schiffsuntergang.«

»Darf ich bei der Vernehmung dabei sein?«

»Lieber nicht. Du warst gestern mit auf dem Boot und trägst deutliche Kampfspuren. Das könnte den Jungen einschüchtern. Schau dir parallel die Aufnahme des Gesprächs an, und wenn dir etwas auffällt, gibst du uns eine Frage rein.« Liv nahm die Entscheidung hin. Hauptsache, sie durfte Thore Vatberg mit vernehmen.

Sie gingen ins Revier zurück. Die Befragung des fünfjährigen Kindes war eine heikle Angelegenheit, aber die Psychologin und Bente machten ihre Sache gut. Am schwierigsten war es gewesen, Monika Nüller zu erklären, dass sie bei dem Gespräch nicht dabei sein durfte, um Ole nicht zu beeinflussen. Am Ende gab es keinen Hinweis auf einen sexuellen Missbrauch durch den Vater. Liv war erleichtert, dass Thore Vatberg sich an seinem Sohn anscheinend nicht vergangen hatte – ob er es vorgehabt hatte, würden sie vielleicht nie erfahren. Monika Nüller war ohnehin entschlossen, ihrem Ex den Umgang mit Ole zu verweigern.

In einer Kaffeepause rief Liv bei ihrer Großmutter an, die eine Nachricht auf der Mailbox hinterlassen hatte. Sanna war in Flensburg eingetroffen, und Elise wollte sich nun selbst vergewissern, dass es Liv auch wirklich gut ging. Anschließend trafen weitere Ergebnisse der Spurensicherung ein. Bente bat Liv, mit Momke die Vernehmung von Ralf Mölker vorzunehmen. Noch einmal sondierte Liv die Unterlagen; sie wusste, wie viel von Ralles Aussage abhing. Das Gespräch war zäh, aber sehr aufschlussreich. Als sie fertig waren, machten die ersten Kollegen bereits Feierabend.

»Wo ist Bente?«, wollte Liv von Rabia wissen, die gerade in ihre Jacke schlüpfte.

»Der hat sich mit Thore Vattberg und dessen Anwalt zurückgezogen. Wir sind ihm wohl nicht gut genug für die Vernehmung«, sagte die Sylter Kommissarin kühl.

Warum hatte Bente ihr nicht Bescheid gesagt? Die Enttäuschung traf Liv ebenso wie Rabias ungerechte Vorwürfe. »Das ist doch Quatsch, und du weißt es.«

Die dunklen Augen der Deutsch-Syrerin schienen finster. »Weil ich ein paar Kreuzfahrtkataloge in der Tasche habe, bin ich gleich ein Maulwurf, was?«

»Ich habe nie geglaubt, dass du etwas damit zu tun hast. Uwe …«

»Uwe hat gute Arbeit geleistet.«

»Aber er hat sich auch schmieren lassen.«

»Das glaube ich erst, wenn es wirklich bewiesen ist.« Rabia machte eine wegwerfende Handbewegung. »Wie auch immer – ihr seid ja ohnehin bald wieder weg, und wir können endlich in Ruhe weiterarbeiten. Ach ja: Ich soll dir sagen, dass du Schluss machen kannst. Du wirst hier heute nicht mehr gebraucht.«

Ohne einen weiteren Gruß ging Rabia hinaus. Liv konnte die Enttäuschung der Kommissarin nachvollziehen, gleichzeitig war sie erleichtert, den Verräter endlich gefasst zu haben. Hoffentlich konnten sie genügend Beweise zusammentragen, damit auch Uwes Kollegen restlos von seiner Schuld überzeugt wären. Vielleicht schon morgen würde die K1-Gruppe nach Flensburg zurückreisen und von dort aus die Ermittlungen abschließen.

Liv freute sich auf ihre Familie und ihr eigenes Bett, andererseits kam ihr die Rückkehr falsch vor – der Fall war noch lange nicht aufgeklärt. Das Konzert ihrer Band hatte sie verpasst. Und dass Bente sie bei Vatbergs Vernehmung übergangen hatte, ärgerte sie maßlos. Sie beschloss, für den Abend jeden weiteren Gedanken an den Fall im Keim zu ersticken. Glücklicherweise war heute die Verabredung mit ihrer Freundin Katharina. Bei ein paar Cocktails, gutem Essen und einem angeregten Gespräch würde es ihr hoffentlich leichtfallen, den Kopf freizubekommen.

Sie trafen sich in einem neuen Lokal am Keitumer Kreisel, das allseits gelobt worden war. Katharina erzählte von ihrem neuen Freund, von ihrer psychologischen Praxis, die sich auf Coaching spezialisiert hatte, und von den speziellen Sorgen ihrer steinreichen Familienmitglieder. Liv hielt sich mit

Informationen über den Fall zurück; weder durfte sie darüber sprechen, noch wollte sie ihre Freundin damit belasten.

»Ich bin so glücklich mit Dominik! Du solltest auch wieder jemanden in dein Leben einladen, Liv. Wir sind zu jung, um lange allein zu sein.«

»Ich bin nicht allein.«

»Nur Sex ist auch keine Lösung.«

»Aber auch nicht schlecht.« Liv lächelte. Sie bevorzugte unkomplizierte Kurzbeziehungen, und das wusste Katharina auch ganz genau. »Außerdem ist es nicht so leicht, etwas Festes aufzubauen, wenn man Zwölf-Stunden-Schichten hat und eine pubertierende Tochter.«

»Sanna hätte nichts dagegen, wenn es wieder einen Mann in deinem Leben gäbe«, meinte Katharina verschmitzt.

»Ihr habt über mein Liebesleben gesprochen?«

»Was denkst du denn?! Bei euren Besuchen auf Sylt waren Sanna und ich ja auch mal allein unterwegs. Und natürlich denkt man in dem Alter auch über das andere Geschlecht nach. Kannst du dich etwa nicht mehr daran erinnern?«, stichelte Katharina freundschaftlich.

Liv lachte. »Oje, natürlich!«

»Na also. Du hast dir in Liebesdingen eine dicke Haut zugelegt, das ist ja auch verständlich. Vergiss aber nicht, dass die dich nicht nur schützt, sondern auch tiefe Gefühle verhindert. Wenn es dir nicht allein gelingt, das Trauma deiner Vergangenheit zu bewältigen, solltest du dir eben professionelle Hilfe suchen – das ist doch keine Schande.«

Da sprach die Psychologin! Liv sah ihre Freundin an und grinste. »Ich glaube, ich kann mir deine Dienste nicht leisten.«

Katharina lachte. »Ich möchte dich auch nicht therapieren,

es sei denn, du willst den Beruf wechseln. Beim Job-Coaching bin ich richtig gut.«

»Auf keinen Fall!« Liv zeichnete aus dem feuchten Kreis, den ihr Glas auf dem Tisch hinterlassen hatte, eine Sonne. »Was Beziehungen angeht, bin ich nun mal ein gebranntes Kind. Wenn ich an die Ehe meiner Eltern nur denke, wird mir übel…« Sie berichtete ihrer Freundin von diesem Aspekt ihrer Ermittlungen und beschrieb die Fotos, die sie entdeckt hatte. »Ich möchte verstehen, was damals mit meiner Mutter geschehen ist«, sagte sie nachdenklich.

»Und ich würde die Fotos gerne mal sehen. In meiner Erinnerung ist deine Mutter verschwommen, wie ein Schatten, nie wirklich anwesend. Was du über ihr Verhalten erzählt hast, lässt mich an Depressionen denken, die durchaus auch körperliche Ursachen haben können. Aber um mir wirklich ein Urteil zu erlauben, müsste ich mehr wissen.«

Livs Gedanken wanderten nun doch zu ihrem Fall zurück. »Wie lange muss man als Arzt Patientenakten eigentlich aufbewahren?«

»Mindestens zehn Jahre. Aber viele Ärzte tun sich schwer damit, sie zu entsorgen. Warum fragst du? War deine Mutter damals in Behandlung bei einem Psychiater?«

»Nicht, dass ich wüsste.« Ihre Wissenslücken über ihre Mutter waren tatsächlich gewaltig. Unauffällig suchte Liv an den Handgelenken der Menschen in ihrer Umgebung nach Armbanduhren. Noch war es nicht zu spät …

»Wer ist da?«

»Lammers. Öffnen Sie bitte.«

»Wissen Sie eigentlich, wie spät es ist?«, klang es dumpf durch die Tür.

»Bitte! Es dauert nur ein paar Sekunden.«

Tatsächlich ging die Tür einen Spalt weit auf. Doktor Schiefelbein trug einen altmodischen Schlafanzug. Sie hatte es einfach nicht mehr im Restaurant ausgehalten, und Katharina hatte Verständnis gehabt, als sie ihr Beisammensein beendet hatte.

»Es geht noch einmal um Thore Vatbergs Patientenakte«, sagte Liv jetzt.

»Ich habe Ihren Kollegen doch schon mitgeteilt, dass ich sie nicht mehr habe.«

»Es ist wirklich wichtig, dass wir sie zu sehen bekommen.«

»Ich habe Ihnen alles gesagt, woran ich mich erinnere. Halten Sie mich etwa für einen Lügner?!«

»Das nicht, aber die Erinnerung kann täuschen …«

»Mein Gehirn funktioniert noch ausgezeichnet. Und jetzt verschwinden Sie, aber sofort, sonst werde ich mich über Sie beschweren!«

»Denken Sie daran, dass es um Mord geht!«, rief Liv noch, doch da wurde die Tür schon vor ihrer Nase zugeworfen.

Statt ins Gästehaus der Polizei zog es Liv noch einmal in den Kirchenweg. Was hatte Bente bei dem Gespräch mit Thore Vatberg erreicht? Gab es bereits ein Gesprächsprotokoll oder eine Aufnahme? Sie sah an der Backsteinfassade des Polizeireviers hoch. Nur noch ein Fenster im Kommissariat war erleuchtet. Als sie auf dem Flur war, hörte sie eine leise Stimme.

»… bin froh, dass es unserer Kleinen wieder besser geht. Ja, morgen komme ich nach Hause. Spätestens übermorgen … Ich werde sehen, was sich tun lässt, das verspreche ich.

Ich weiß, was du in der letzten Woche auf dich genommen hast, aber … Natürlich, Liebling.«

Liv wollte nicht länger lauschen und machte sich an der Bürotür bemerkbar. Bente stand am Fenster und wandte sich zu ihr um. Sein Hemd war einige Knöpfe weit auf, die Ärmel waren hochgekrempelt, und er war barfuß. Auf dem Schreibtisch lag ein elektrischer Rasierapparat. Die Regentropfen auf den Fensterscheiben reflektierten die Lichter der den Kirchenweg passierenden Autos. »Ich muss Schluss machen. Ja, ich dich auch, Liebling. Godnat.« Bente steckte das Handy ein und bemerkte im gleichen Augenblick Liv.

»Hej, was machst du denn hier? Hast du kein Zuhause?«, begrüßte er sie. »Ich schon, und meine Frau findet es gar nicht lustig, dass ich so lange weg bin.«

»Ist eure Tochter noch immer krank?«

»Zwischenzeitlich war sie schon wieder in der Krippe. Aber wie es so geht: Dort hat sie sich gleich den nächsten Virus eingefangen.«

Liv lehnte sich gegen die Tischkante und verschränkte die Arme vor der Brust. Jetzt, wo sie vor Bente stand, wallte ihre Verärgerung wieder auf. Innere Tribüne, ermahnte sie sich. Also: Welchen Grund könnte er gehabt haben, sie nicht zu Vatbergs Vernehmung zu rufen? War sie durch den Vorfall auf See etwa zu nahe dran?

»Wie ist es gelaufen?«, fragte sie etwas ruhiger.

»Mit seinem Sohn wollte Thore Vatberg nur eine Bootstour machen. Ansonsten will er niemandem etwas angetan haben – weder Zurssen noch seinen Eltern. Das Einzige, was ihn interessiert, ist sein Sohn. Jedes zweite Wort ist ›Ole‹.«

»Hast du Vatberg schon mit den Beweisen konfrontiert?«

»Das wollte ich, aber er klappte zusammen, und wir mussten die Vernehmung abbrechen. Morgen soll es weitergehen.«

»Lass mich mit ihm sprechen. Gerade durch den Vorfall auf See hat er eine Verbindung zu mir. Er dürfte wütend auf mich sein, weil ich seine Pläne vereitelt habe. Vielleicht lockt ihn das aus der Reserve.«

Skeptisch sah Bente sie an.

26

Westerland, 24. Oktober, 7:20 Uhr

Karin Schiefelbein passte Liv am nächsten Morgen vor dem Polizeirevier ab. Sie wartete neben ihrem Hollandrad, von Kopf bis Fuß in Ölzeug gehüllt, die Wangen und die Nase knallrot von der kalten Luft und dem feinen Sprühregen.

»Frau Lammers?«

»Ja?«

Liv hatte sie erst gar nicht erkannt. »Ach, Sie sind es. Wollen Sie nicht mit hineinkommen?«

Die Arztfrau winkte ab. »Lieber nicht. Ich …«

Der Regen lief langsam Livs Belstaffjacke hinunter und weichte ihre Jeans ein. Sie war nicht scharf darauf, nass im Büro zu sitzen. »Kommen Sie doch – ich mache uns einen Kaffee.«

»Nein, danke!« Nervös tupfte Karin Schiefelbein einen Regentropfen von der Nase. »Sie dürfen nicht vergessen, dass wir Kinder unserer Zeit waren«, sagte sie dann unvermittelt. »Die sexuelle Befreiung, für die wir kämpften, hat auch Ihr Leben freier gemacht. Stellen Sie sich vor, erst 1974 wurde der Kuppeleiparagraf abgeschafft. Bis dahin machten sich Hausbesitzer strafbar, wenn sie an Unverheiratete vermieteten. Es war also nicht alles schlecht.«

»Worauf wollen Sie hinaus?«

Karin Schiefelbein nestelte an ihrem Rucksack. Sie holte ein Bündel heraus, das doppelt und dreifach in Plastik gewickelt war, und reichte es Liv. »Ich weiß nicht, ob mein Mann damals etwas übersehen hat, aber er grämt sich sehr deswegen, das steht fest.«

Wie ein Häufchen Elend saß Thore Vatberg im Vernehmungszimmer. Die strähnigen Haare hoben sich von seinem leichenblassen Gesicht ebenso deutlich ab wie die dunklen Balken unter seinen Augen. Die Beine hatte er übereinandergeschlagen und die Arme verschränkt. Sein Blick fixierte seine Kniespitze. Vatbergs Anwalt wirkte wachsam, ganz so, als warte er nur darauf, das Gespräch wieder abzubrechen.

»Schön, dass wir unser Gespräch fortsetzen können, Herr Vatberg. Ich habe heute eine Kollegin mitgebracht. Sie kennen Frau Lammers ja schon«, begrüßte Bente den Verdächtigen.

Bei der Erwähnung von Liv zuckte Thore Vatbergs Oberlippe beinahe unmerklich, doch als er seinen Blick hob, war dieser ruhig und seine Stimme leise, ein Flüstern nur. »Haben Sie mit meinem Sohn gesprochen, Herr Kommissar? Haben Sie Ole von mir gegrüßt, wie Sie es versprochen hatten?«

Liv bemühte sich, ihr Erstaunen nicht zu zeigen. Bente hatte Vatberg etwas versprochen?

»Leider habe ich Ihren Sohn gestern nicht mehr gesehen.«

»Aber Sie hatten es versprochen!«

»Nein, ich hatte gesagt, ich würde es möglicherweise tun. Das ist etwas anderes. Ich darf Ihnen gar keine Versprechungen machen, selbst wenn ich es wollte.« Bente klappte die Akte auf. Liv legte ihren Ordner vor sich hin, schaltete die Kamera ein und gab die Grunddaten für die Vernehmung an. Noch einmal stritt Thore Vatberg alle Anschuldigungen ab. Liv suchte den Blick des Verdächtigen.

»Sie lieben Ihren Sohn sehr. Gestern auf See sagten Sie mir,

Sie hätten das alles für Ole getan. Können Sie uns erklären, was Sie damit meinten?«, begann Liv die Vernehmung.

Stille breitete sich aus. »Herr Vatberg, haben Sie mich verstanden?«, fragte sie.

Eine Minute verging, zwei, fünf, zehn Minuten. Die Kommissare vertieften sich noch einmal in die Akten.

Bente verlor als Erster die Geduld. »Wir haben etliche Beweise gegen Sie in der Hand. Eine hohe Haftstrafe kommt auf Sie zu. Möglicherweise wird das Gericht eine zusätzliche Sicherheitsverwahrung anordnen. Wenn Sie jemals Ihren Sohn außerhalb des Gefängnisses wiedersehen wollen, sollten Sie kooperieren. Ein Geständnis kann sich strafmildernd auswirken.«

Vatberg umschlang seine Ellenbogen; seine Finger waren schlank und die Nägel abgekaut. Hatte er mit diesen Fingern das Kissen auf das Gesicht seiner Mutter gepresst, bis ihr Todeskampf nachgelassen hatte? Liv schob den Gedanken weg. Sie sollte sich ganz auf das konzentrieren, was der Verdächtige ihr mitteilte, nicht auf das, was sie zu wissen glaubte.

»Ich will mit meinem Sohn sprechen. Ihm alles erklären. Ihm sagen, dass ich ihn liebe.« Wieder sprach er Bente direkt an. »Bitte, es bedeutet mir so viel. Sie haben doch auch Kinder und wissen, dass eine Trennung einem das Herz zerreißt. Habe ich Ihr Wort, dass Sie mir helfen?«

»Das darf ich Ihnen nicht geben, Herr Vatberg, das sagte ich doch schon. Aber je exakter wir jetzt die Geschehnisse aufklären und je ehrlicher Sie sind, umso höher ist die Wahrscheinlichkeit, dass Sie selbst mit Ihrem Sohn sprechen können«, entgegnete Bente freundlich.

»Wo wollten Sie gestern mit Ihrem Sohn hin? Was hatten Sie mit ihm vor?«, forschte Liv nach.

»Das habe ich doch gestern schon erzählt!«

»Dann habe ich es anscheinend nicht richtig verstanden. Bitte erzählen Sie es nochmal.«

Vatberg seufzte. »Ich wusste, dass Monika mir das Kind wegnehmen will, deshalb bin ich ihr zuvorgekommen. Ich wollte Ole in Sicherheit bringen.«

»In Sicherheit? Wovor?«

Vatberg schwieg.

»Sie sind mit ihm trotz Sturmwarnung auf die offene See gefahren. Ich hatte den Eindruck, Sie haben Ole nicht in Sicherheit, sondern in Lebensgefahr gebracht«, hielt Liv fest. »Wenn ich mich recht erinnere, haben Sie mit dem Messer in der Hand verkündet, dass Sie nicht zulassen würden, dass man Sie und Ihren Sohn trennt. Das hörte sich ziemlich gewalttätig an.«

»So habe ich es aber nicht gemeint!«

»Wie dann?«

»Ich ... ich war einfach so verzweifelt, dass ich nicht wusste, was ich tat.« Thore setzte einen störrischen Gesichtsausdruck auf und schwieg.

»Außerdem hatten Sie eine nicht unerhebliche Menge Drogen an Bord. Halten Sie das für kindersicher?«

»Mit den Drogen habe ich nichts zu tun.«

»Ach nein? Ich zitiere aus dem Geständnis von Ralf Mölker: ›Thore Vatberg nahm die Drogen auf See in Empfang und brachte sie Klaas von Kendiksen. Dafür wurde er in hohen Eurobeträgen entlohnt.‹«

Thores Blick wanderte in die linke Zimmerecke. »Ralle lügt.«

»Jeder Richter wird bei den vorliegenden Sachbeweisen und der Aussage auf schuldig plädieren. Allein auf Drogenschmuggel in nicht geringer Menge steht eine Freiheitsstrafe von fünf bis fünfzehn Jahren. Ich an Ihrer Stelle würde alles tun, um mich kooperativ zu zeigen«, sagte sie.

Diese Einschätzung schien Vatberg nachdenklich zu machen. »Wird es sich strafmildernd auswirken, wenn ich mich kooperativ zeige?«

»Davon ist auszugehen«, sagte Bente. Vatbergs Anwalt bestätigte diese Einschätzung.

Stockend machte Thore Vatberg zum Ablauf der Drogengeschäfte einige Angaben, die aber ausschließlich Kendiksen und Mölker belasteten. »Ich bin nur zweimal für Kendiksen gefahren. Ralle und Kendiksen haben die Drogen jedes Mal gemeinsam in Empfang genommen.«

»Worum handelte es sich bei den Ladungen?«

»Das weiß ich nicht. Hauptsächlich Kokain, denke ich. Ralle hat das Dealen übernommen.«

Die Kommissare fragten weiter nach, mussten aber Vatberg jedes Detail aus der Nase ziehen.

Liv wollte das Gespräch nun einem anderen Punkt zuwenden und Thore Vatberg dazu zunächst zum Reden bringen. »Sie sind eigentlich Statiker, nicht wahr? Ein interessanter und verantwortungsvoller Beruf. Was hat Sie daran gereizt?«, fragte sie interessiert.

»Was hat der Beruf meines Mandanten denn mit den absurden Anschuldigungen zu tun, die Sie gegen ihn erheben?«, warf der Anwalt ein.

»Ich möchte Ihren Mandanten gerne besser kennenlernen, um ihn besser einschätzen zu können. Ich denke, das ist nur in Ihrem Sinne«, erwiderte Liv ruhig.

Vatberg sah sie misstrauisch an. Irgendwann schien er aber doch zu dem Schluss zu kommen, dass ihr Interesse ehrlich war. Daraufhin zeigte er sich erstaunlich auskunftsfreudig: »Tragwerksplaner ist die korrekte Berufsbezeichnung. Viele halten die Architekten für die wichtigsten Menschen im Bauwesen, aber das stimmt nicht. Wenn ein Gebäude keinen Halt hat, hält es nicht – so einfach ist das. *Die Kunst der Planung besteht darin, den Schwierigkeiten der Ausführung zuvorzukommen,* lautet ein alter Statikerspruch. Mir gefällt es, dass meine Arbeit wichtig ist, aber nicht im Vordergrund steht. Ich verleihe dem alltäglichen Leben Stabilität.«

»Warum gehen Sie Ihrem Beruf nicht länger nach, wenn Sie ihn so schätzen?«

»Mein Körper hat nicht mehr mitgemacht.« Thore Vatberg legte ruckartig den Hals schief, woraufhin ein unangenehmes Knacken ertönte. »Ich habe allerdings ebenso lange davon geträumt, ein Schiff zu haben. Von der Abfindung habe ich mir das Boot gekauft.«

»Und Sie sind nach Sylt zurückgekehrt.«

»Hat sich zwangsläufig so ergeben.«

»Viele träumen davon, auf der Insel zu leben. Sie hingegen haben Sylt freiwillig verlassen und lange gemieden. Gab es dafür einen besonderen Grund?«

»Die Arbeit.«

»Aber Tragwerksplaner werden doch auch hier gebraucht.«

»Mich haben immer schon die größeren Objekte interessiert, keine Villen.«

»Ihr letzter Arbeitgeber berichtete von häufigen Ausfällen durch Krankheiten; Sie hätten sich auch in psychiatrischer Behandlung befunden. Schließlich wollte er die vielen Ausfälle nicht mehr hinnehmen und hat Sie finanziell abgefunden. Ein Golden Handshake sozusagen. Was war der Grund für Ihre Therapie?«

»Darauf müssen Sie nicht antworten«, wies der Anwalt hin. Vatberg schüttelte stumm den Kopf.

Bente wechselte das Thema. »Wie haben Sie Kendiksen kennengelernt?«

»Durch Zufall.«

»Ralf Mölker gab an, dass Sie im *WTF* regelmäßig Kokain kauften und dabei mit Kendiksen ins Gespräch kamen.«

»Das ist eine Lüge.« Vatberg verschränkte die Arme wieder vor dem Bauch. »Könnte ich bitte einen Kamillentee bekommen, mein Magen schmerzt.«

»Sind Sie in der Lage, das Gespräch fortzusetzen?«, wollte der Anwalt wissen. Thore Vatberg nickte. Liv bat ihre Kollegen um eine Tasse Tee und vermerkte das im Protokoll; auf keinen Fall durfte ihnen ein Formfehler unterlaufen. Der Beschuldigte hatte das Recht, bei einer längeren Vernehmung einen Tee oder einen Kaffee zu bekommen, und durfte auch rauchen, es musste jedoch im Protokoll festgehalten werden.

»Wie würden Sie das Verhältnis zu Ihrem Sohn beschreiben?«, fragte sie, nachdem der Tee gebracht worden war.

»Ich liebe Ole abgöttisch. Nichts sonst ist mir so wichtig wie er.« Thore Vatberg tunkte den Teebeutel ins Wasser und drückte ihn mit den Fingern aus. Liv sah Dampf aufsteigen; Thore schien wenig schmerzempfindlich zu sein.

»Haben Sie Ole gewickelt, als er ein Baby war?«

»Ja.«

»Gewaschen?«

»Natürlich.«

»Schlafen Sie mit ihm in einem Bett?«

»Manchmal schon. Ich lege ihn in sein Bettchen, aber nach einer halben Stunde kriecht er zu mir unter die Decke. Das ist doch ganz normal, oder?« Er schnaubte. »Was wollen Sie damit sagen? Wollen Sie etwa behaupten, ich hätte ihn angefasst, unsittlich, meine ich?«, fragte Vatberg empört. Seine Ohren waren knallrot vor Wut geworden.

»Ole zumindest hat uns keinen Anlass zu dieser Vermutung gegeben, als er gestern von uns in Anwesenheit einer Kinderpsychologin befragt wurde«, sagte Liv ruhig.

Thore Vatbergs Augen wurden groß. Mit einem Mal wirkte er ganz wach. Er stützte sich mit den Ellenbogen auf dem Tisch ab und beugte sich vor. Die Fingerknöchel seiner verschränkten Hände schimmerten weiß. »Wie können Sie es wagen, diesen Gedanken in Oles unschuldiges Gehirn zu pflanzen?«

»Wir haben ihm keinen Gedanken eingepflanzt. Die Befragung war sachlich und ging nicht von Mutmaßungen aus«, beruhigte Bente ihn.

»Weiß Monika schon von diesem Ergebnis?«

»Wir haben sie darüber informiert.«

»Dann wird sie also zulassen, dass ich Ole sehe?«

»Das wissen wir nicht«, sagte Bente ehrlich.

Es ist Zeit für einen direkten Vorstoß, entschied Liv. Sie stützte nun ebenfalls die Ellenbogen auf den Tisch und beugte sich vor. »Ich kann gut nachempfinden, dass der Gedanke, für einen Sexualstraftäter gehalten zu werden, Sie quält. Wir wissen, welches Unrecht Armin Zurssen Ihnen angetan hat«, sagte sie und forschte in Vatbergs Gesicht nach einer Reaktion, doch nur ein leichtes Blinzeln war erkennbar.

»Ich kenne keinen Armin Zurssen.«

Bente blätterte seinen Ordner weiter auf. »Ich glaube, das tun Sie sehr wohl. Sie haben im August eine Detektei in Niebüll beauftragt, Zurssen zu finden. Hier liegt uns die Aussage des Privatdetektivs vor. Sie haben ihn zwar bar bezahlt, aber er hat Sie auf dem Handy angerufen, wie wir wissen.« Momke hatte erst heute Morgen mit dem Schnüffler telefoniert.

»Ach, diesen Zurssen meinen Sie. Ich interessierte mich für seine Reetkate. War ein interessanter Bau.«

»Ich dachte, nur größere Objekte reizen Sie?«

»In diesem Fall war es anders.«

Liv zog die Seiten von Zurssens Tagebuch hervor, die sie kopiert hatte. »Armin Zurssen hat in seinem Tagebuch seine Gedanken und Gefühle ausführlich festgehalten. Ich zitiere den Eintrag vom 14. September: ›Am Abend schellte jemand ... der kleine, der süße Thore. Rotlockig, mit zarter Haut und feinen Sommersprossen selbst auf dem niedlichen Arsch.‹« Vatbergs Blinzeln nahm zu, als Liv fortfuhr: »›Ich habe Thore damals gewissermaßen einen Gefallen getan. Er scheint sich jedoch nicht an seine Entjungferung zu erinnern.‹« Ihr Gegenüber sog scharf die Luft ein. Thore Vatbergs Haare klebten inzwischen auf seiner feuchten Stirn.

»Was soll das?«, mischte sich der Anwalt ein.

Bente hob beschwichtigend die Hand.

»Das ist das Geschwätz eines kranken Hirns. Zurssens ganzer Körper war vom Krebs zerfressen, er muss mit Medikamenten komplett vollgedröhnt gewesen sein«, stieß Thore Vatberg heiser hervor.

»Soll das heißen, Armin Zurssens Behauptung ist eine Lüge?«, hakte Bente nach.

»Ja.«

»Für Doktor Schiefelbein stellte sich die Lage anders dar.« Liv holte die Patientenakte hervor, die ihr die Frau des Arztes am Morgen gebracht hatte. »Ein Eintrag aus dem Sommer 1969.

Familie Vatberg kam am Morgen zu mir. Thore macht einen verstörten Eindruck. Er hat nachts eingenässt und klagt über Unterleibsschmerzen. Bei der Untersuchung stellte ich blaue Flecke an den Oberschenkeln und leichte Analfissuren fest. Thore behauptet jedoch, er könne sich nicht daran erin-

nern, wie es dazu gekommen ist. Handelt es sich um extreme Formen frühkindlicher Onanie oder sexuelle Experimente?

Während sie vorlas, sank der Verdächtige in sich zusammen und verbarg sein Gesicht in den Händen. Als er die Hände schließlich sinken ließ, erkannte Liv, dass er weinte.

Sie ließen ihm Zeit. Irgendwann holte Vatberg tief Luft: »Ich erinnere mich an nichts. Nicht wirklich. Und doch ...«

Während er sprach, schlug er sich immer wieder die Knöchel gegen die Stirn. Es war schwer, dabei zuzusehen, und Liv hoffte, dass er diese Selbstbestrafung bald einstellen würde, sonst müssten sie eingreifen.

Schließlich brachen die Wörter aus ihm hervor, als würde er sie erbrechen: »Es war wie eine schwärende Wunde auf der Seele. Ich war nie ganz heil. Hatte immer das Gefühl, dass mit mir etwas nicht stimmt. Überall eckte ich an. Ich hatte Panikattacken, Selbstmordabsichten.« Er presste die Fäuste auf die Augen und schluchzte auf. Als sein Anwalt ihm die Hand auf den Arm legen wollte, stieß Vatberg ihn schroff zurück.

Wieder dauerte es, bis er sich gesammelt hatte, dann aber sprudelten die Worte weiter: »Mir kam es vor, als würde ich die Welt nur durch eine Glasscheibe sehen. Ich brauchte lange, bis ich einigermaßen mit mir ins Reine kam. Als dann Ole geboren wurde, brach meine Seelenwunde wieder auf – und ich hatte keine Ahnung, warum. Ich war so glücklich über meinen Sohn. Dieses winzige Wesen, das nur mir gehörte. Meine eigene kleine Familie. Mein Wunsch, ein guter Vater zu sein. Ich wollte nicht wieder zu diesem Wrack werden, das ich gewesen war. Doch ich kam gegen meine Angstzustände nicht an, fiel immer öfter bei der Arbeit aus, schämte mich zu sehr, um Monika davon zu berichten. Also begann ich eine Therapie.«

Die Kommissare lauschten aufmerksam, entschlossen, nichts zu tun, was Vatberg unterbrechen könnte. »Wir gingen in der Therapie mein Leben durch und landeten bei diesem Punkt in meiner Kindheit, an dem irgendetwas geschehen sein musste. Ich hatte mich damals von einem Tag auf den anderen wieder in einen Bettnässer verwandelt, hatte eine Autophobie, obgleich ich Autos doch so sehr geliebt hatte. Als Kind hatte ich immer ein Matchboxauto dabei.« Vatberg verstummte.

Liv fiel ihr Fund in der Brandruine ein, das geschmolzene Spielzeugauto. »Das muss furchtbar beunruhigend und auch beängstigend gewesen sein«, sagte sie mitfühlend. »Haben Sie mit Ihren Eltern über diese Zeit gesprochen?«

Vatbergs Züge verschlossen sich wieder ein wenig. Er sah Bente aus rot geäderten Augen an. »Das kam für mich nicht infrage. Ich wagte nicht, mit jemandem sonst darüber zu sprechen«, sagte er leise.

»Aber irgendwann erinnerten Sie sich an Armin Zurssen.«

»Zunächst an seinen Rolls-Royce, dann erst an ihn. Irgendetwas dabei erfüllte mich mit Abscheu, ohne dass ich den Finger darauflegen konnte. Mein Therapeut hielt diese Erinnerung für einen großen Fortschritt, aber mir ging es seitdem immer schlechter.«

»Also beauftragten Sie den Detektiv.«

»Ich bezahlte ihn mit einem Teil meiner Abfindung. Er sicherte mir Vertraulichkeit zu. Ich wusste nicht, was ich bei Zurssen zu finden hoffte.«

Vatberg bat um eine Zigarette, doch seine Finger zitterten so sehr, dass er sie nicht selbst anzünden konnte, also half Bente ihm. »Erst als ich Zurssen wiedersah, wusste ich, dass ich auf dem richtigen Weg war.« Nach ein paar hastigen Zügen beschrieb er jetzt, wie Zurssen ihn bedrängte, wie er ihm nur Informationen gegen Auskünfte über Thores eigenes

Leben gab, wie er unter der Nähe des Millionärs gelitten und ihn dennoch immer wieder aufgesucht hatte. »Aber als ... aber als«, wieder brach seine Stimme, »als Zurssen nach Ole fragte, konnte ich es kaum ertragen. Es war schwer, so schwer! Ich wusste doch, dass er kein guter Mann ist. Und dann ...«

Vatberg weinte, ließ achtlos Tränen und Schnodder über sein Gesicht laufen. Die Zigarette war so weit heruntergebrannt, dass der Geruch angekokelter Fingerhärchen die Luft erfüllte; Thore Vatberg schien es nicht zu bemerken.

Liv nahm ihm vorsichtig die Zigarette ab und drückte sie aus, dann reichte sie ihm ein Taschentuch.

Geräuschvoll schnäuzte er sich und fuhr schließlich fort. »Dann, eines Abends, zeigte Zurssen mir seinen Rolls-Royce. Alles in mir rebellierte. Ich wollte fliehen – und wusste doch, dass wir uns jetzt dem Kern der Sache näherten. Wir setzten uns hinein, und er erzählte mir genüsslich ...«, kaum konnte Vatberg mehr weiterreden, »wie er mich mit ... Valium betäubt und vergewaltigt hatte. Und das nicht nur einmal, sondern ... mehrfach.« Er presste sich die Hand auf den Mund und schien in die Haut zu beißen, doch seine Gefühle ließen sich nicht unter Kontrolle bringen, und so bebte und weinte er haltlos. Noch nie hatte Liv einen Mann so weinen sehen.

»Herr Vatberg, wollen Sie abbrechen?«, fragte der Anwalt besorgt. Sein Mandant ruckte mit dem Kopf. »Sie müssen sich nicht so quälen.«

»Ich will es ... hinter mich bringen«, sagte Thore Vatberg leise und wandte sich an die Kommissare. »Es ist alles zu viel für mich. Der Scheidungskrieg, diese grauenvolle Begegnung mit Zurssen und der Verlust meiner Eltern ... Ich stehe im Moment wirklich neben mir.«

»Natürlich haben wir Verständnis für die Belastung, der

Sie ausgesetzt sind. Einige Fragen haben wir allerdings noch«, sagte Bente.

»Was taten Sie, nachdem Zurssen Ihnen erzählte, dass er Sie als Kind missbraucht hat?«, kam Liv auf die Geschehnisse zurück.

Vatberg sah sie mit brennendem Blick an. »Was glauben Sie denn? Ich floh, das sagte ich doch bereits. In meinem Zustand … ich war völlig von der Rolle.«

Liv hielt seinen Blick fest. Jetzt hatten sie neben Thores Fußabdrücken im Staub – er war derjenige mit Schuhgröße 43 gewesen – auch sein Geständnis, dass er dort gewesen war. Eines fehlte jedoch noch. »Wie kamen denn die leeren Drogentütchen mit Ihren Fingerabdrücken in Zurssens Rolls-Royce?«

Botersen-Evers hatte die Fingerabdrücke damals in der Brandruine gesichert, sodass er sie zügig mit Vatbergs abgleichen konnte. Das Ergebnis dieses Abgleichs war eines der vielen gewesen, die der oberste Spurensicherer ihr am Telefon durchgegeben hatte.

»Drogentütchen?«, echote Vatberg.

»Sie enthielten Spuren von Kokain. Mit Ihren Fingerabdrücken darauf«, bestätigte Liv.

»Ich habe keine Ahnung.«

»Seltsam, in dem Blut, das wir Ihnen nach der Verhaftung abnahmen, fand sich ebenfalls Kokain.«

Das leichte Erschlaffen von Vatbergs Mundwinkeln verriet Resignation. »Ab und zu nehme ich etwas. Das ist ja an sich auch nichts Schlimmes. Es gibt viele, die täglich ein wenig koksen und prima im Alltag funktionieren.«

Liv ließ diese Rechtfertigung zunächst unwidersprochen stehen. »Haben Sie bei Herrn Zurssen auch gekokst? Haben Sie Ihre Drogen mit ihm geteilt? Oder haben Sie ihm Kokain verabreicht?«

»Warum sollte ich?! Die Tütchen müssen mir aus der Tasche gefallen sein.«

Liv wusste, dass der Mord an Zurssen der schwächste Punkt in ihrer Beweisführung war. »Beschreiben Sie doch bitte genauer Ihre Gefühle, als Sie von dem Missbrauch erfuhren.«

»Ich wollte nur noch weg aus diesem Haus. Bin rausgefahren mit dem Boot, wollte allein sein.«

»Es ist schwierig, aber ich versuche, mich mal in Ihre Situation hineinzuversetzen. Sie haben lange unter psychischen Störungen gelitten, haben Ihre Arbeit verloren, Ihre Ehe ist gescheitert. Sie investierten viel Zeit und Geld in die Erforschung Ihrer Probleme. Und dann stoßen Sie auf diesen Mann, einen Millionär, der Ihnen erzählt, dass er sich an Ihnen vergangen hat, der sich an Ihrem Schmerz weidet und sich auf unanständige Art und Weise für Ihren Sohn interessiert. Zurssen war der Meinung, er hätte Ihnen mit diesem Missbrauch sogar einen Gefallen getan. Kein bisschen Reue hat er verspürt. War da keine Wut in Ihnen, kein Hass?«

Vatberg schlug die Beine wieder übereinander und klemmte den Fuß hinter das Stuhlbein. »Diese Gefühle kamen später, viel später. Da war Zurssen schon tot. Ich bin nicht stolz darauf, aber als ich von seinem Tod hörte, war ich wirklich froh.«

»Wann hörten Sie davon? Und wo?«, fragte Bente.

»Hab's in der Zeitung gelesen, nachdem ich wieder auf Sylt war.«

»Haben Sie nicht das Bedürfnis verspürt, mit jemandem über das zu reden, was Sie in Erfahrung gebracht haben? Haben Sie sich nicht gefragt, warum Ihre Eltern nie mit Ihnen darüber gesprochen haben? Warum Ihre Eltern diesen Missbrauch zugelassen haben? Fred und Sunny müssen doch schon durch die Untersuchung bei Doktor Schiefelbein von Zurssens Missbrauch gewusst haben.«

Thore Vatberg ließ die Augenlider sinken, als habe eine tiefe Erschöpfung ihn erfasst. »Sie können es sich vermutlich nicht vorstellen, aber es war mir peinlich. Unser Verhältnis war schon lange … abgekühlt«, sagte er matt.

Obgleich Liv die Angaben auswendig wusste, schlug sie eine neue Seite der Akte auf und fuhr mit dem Finger über einige Zeilen. Es hatte ihren Techniker einige Mühe gekostet, in der Kürze der Zeit die gelöschten Daten auf Vatbergs Handy wiederherzustellen. »Ihr Vater sah das anscheinend anders. Er hat am 14. Oktober insgesamt fünfmal versucht, Sie anzurufen. Haben Sie ihn gesprochen?«

»Nein.«

»Ihr Vater hat Ihnen sogar eine Nachricht hinterlassen.« Bente aktivierte ein Abspielgerät. Fred Vatbergs Stimme erklang in dem Vernehmungszimmer. Der Wind, der seine Worte verwischte, gab der Aufnahme etwas Gespenstisches. »Ich weiß von dem, was du mit Kendiksen treibst. Ich hoffe, du hast nicht noch mehr Dummheiten gemacht, Sohn. Deine Mutter und ich haben auch so schon genug Sorgen.«

Thore Vatberg hatte die Augen jetzt wieder weit geöffnet. »Ja, so war er. Mutter und er kamen immer zuerst«, sagte er bitter.

»Sie haben nicht darauf reagiert?«

»Nein!«

»Sie sahen Ihren Vater also erst in dem Schuppen in Braderup, in den Ralf Mölker ihn gebracht hatte?«

Thore Vatbergs Gesicht verlor für einen Augenblick alle Spannung und fiel förmlich in sich zusammen. »Ich weiß nicht, wovon Sie reden. Ralle spinnt. Der ist selbst sein bester Kunde«, sagte er heiser.

Die Vernehmung von Ralle war ein langwieriges Tauziehen gewesen. Erst nachdem sie ihn überzeugen konnten, dass Klaas von Kendiksen ihn fallengelassen hatte und sich ein Geständnis strafmildernd auswirken würde, hatte Ralf Mölker ausgepackt. Mölker hatte zugegeben, dass Kendiksen ihn in die Klinik geschickt hatte, um aus Sunny Vatberg das Versteck des Tagebuchs herauszuprügeln. Sunnys Entführung im Krankenhaus, die Liv vereitelt hatte, war aus einem drogenwirren Impuls geboren worden. Auch die Manipulation an den Dienstwagen ging auf Mölkers Konto. Ralle hatte außerdem erzählt, dass Fred Vatberg sich bei Klaas von Kendiksen gemeldet und ihn erpresst habe. Er wisse von den Drogengeschäften und besitze einen Beweis. Gegen die Zahlung von fünfzigtausend Euro werde er Kendiksen diesen Beweis überlassen. Klaas von Kendiksen hatte Ralle beauftragt, den Beweis an sich zu bringen und Fred eine Lektion zu erteilen. Ein Ort war vereinbart worden, an dem Ralle Fred Vatberg treffen sollte. Ralle hatte den alten Mann überwältigt und ihn dann in den verlassenen Schuppen in Braderup gebracht, von dem Kendiksen ihm erzählt hatte. Dort war Thore Vatberg hinzugekommen. Sie hatten Thores Vater bedroht, doch bevor Fred ihnen das Versteck verraten konnte, hatte der alte Mann einen Herzanfall erlitten und war gestorben. Mit einem der Firmenwagen hatten sie Freds Leiche auf Thores Schiff gebracht, um sie zu entsorgen. Eines war jedoch bei der Vernehmung auffällig gewesen: Ralle hatte die Verstümmelung der Leiche mit keinem Wort erwähnt.

Liv schob ihre Erinnerungen weg und konzentrierte sich wieder ganz auf Thore Vatberg. »Was fühlten Sie, als Sie Ihren Vater dort in dem Schuppen sahen, gefesselt und voller Angst?«, fragte sie.

Wieder der Blick nach links. »Ich war nicht dort, das sagte ich doch schon.«

»Es hat keinen Sinn zu leugnen, dass Sie in diesem Schuppen waren. Wir haben Beweise für Ihre Anwesenheit dort.« Zu den Handys, die sich zum Tatzeitpunkt am nächstgelegenen Funkmast eingewählt hatten, hatten auch Ralf Mölkers und Thore Vatbergs gehört.

Liv beugte sich erneut zu Thore Vatberg vor und sah ihm fest in die Augen. »Denken Sie an Ihren Sohn. Denken Sie an Ole. Machen Sie reinen Tisch, nehmen Sie die Strafe auf sich, und fangen Sie neu an. Sie wissen doch selbst am besten, wie sich Lügen und Vertuschungen auf die Psyche auswirken können.«

»Ich … es …« Thore Vatberg räusperte sich. Seine Stimme war kratzig, als er weitersprach, und er sprach so schnell, als wolle er es endlich hinter sich bringen. »Kendiksen zwang mich, zu dem Schuppen zu fahren. Ich wusste nicht, was mich erwartet, wirklich nicht. Ralle war schon halb durchgedreht, als ich ankam. Mein Vater lag an einen Stuhl gefesselt auf dem Boden. Ich wollte ihm helfen, aber Ralle ging mit dem Messer dazwischen. Er war voll drauf und faselte etwas von einem Versteck.«

»Hat Fred Ihnen verraten, was er in Zurssens Haus gesucht hat?«

»Vater hat die Fotos gesucht, die Zurssen angeblich von mir gemacht haben will. Aber sie waren weg. Vielleicht hat es sie auch nie gegeben.«

Das glaubte Liv kaum. »Hark Casabione hat Fred überrascht. Hat Ihr Vater erzählt, was dann geschah?«

»Nein. Mein Vater machte sich nur Sorgen über Sunnys Schicksal. Dabei hätte ich doch auch für sie da sein können! Aber mich hat er völlig ignoriert. Na ja, jedenfalls ließ ihm Ralle keine Ruhe. Bevor ich eingreifen konnte, starb er.« Vatberg raufte sich heftig die Haare, als wolle er sie ausreißen. »Es war alles zu viel für mich. Ich konnte das nicht ertragen.

Ich wollte verschwinden, aber Ralle zwang mich mit dem Messer, die Leiche meines Vaters wegzuschaffen. Ich weiß es nicht genau, denn in meiner Erinnerung verschwimmt alles so, aber ich muss mit meinem Boot rausgefahren sein und den Körper über Bord geworfen haben.«

»So kam also auch das Blut Ihres Vaters auf Ihr Boot – wie unsere Spurensicherer nachweisen konnten«, sagte Liv ruhig, als handle es sich um eine bekannte Tatsache. Botersen-Evers und sein Team hatten in der Kürze der Zeit ganze Arbeit geleistet. Jetzt hatten sie Thore beinahe dort, wo sie ihn haben wollten.

Thore Vatberg zögerte unmerklich. »Ralle hatte meinen Vater mit dem Messer verletzt.«

»Konnten Sie nicht gegen diese Grausamkeit vorgehen? Ich meine, diese Art der Verletzung ist abscheulich …«

Thore nickte heftig. »Ralle ist wirklich gestört. Aber jetzt verstehen Sie sicher, warum auch ich vor ihm Angst hatte. Wer einem alten Mann die Augen aussticht, ist zu allem fähig, dachte ich mir.«

Liv bemerkte, wie Bentes Körper sich neben ihr fast unmerklich anspannte. Täterwissen, da war es endlich. Dass sie die Information über Fred Vatbergs Verstümmelung zurückgehalten hatten, hatte sich ausgezahlt.

»Ralle hat Ihren Vater nur leicht verletzt. Sie waren es, der ihm die Augen ausgestochen hat. Wir fanden sein Blut am Griff Ihres Messers und an Deck Ihres Motorseglers. Zwischen den Ritzen konnten Reste nachgewiesen werden«, hielt Bente fest.

»Das ist eine Lüge!«

»Hat es Sie erbittert, dass Ihr Vater sein Versteck nicht verraten hat? Oder sind Ihnen bei Fred schlicht die Nerven durchgegangen?« Liv senkte die Stimme. »Das wäre nicht unverständlich. Ihre Eltern haben Sie schließlich im Stich gelassen, als Zurssen sich an Ihnen verging. Sunny und Fred haben weggeschaut. Nicht gesehen, was vor ihren Augen geschah. Sie wollten es nicht sehen. Haben Sie deshalb Ihren Vater auf diese Art und Weise gestraft?«

»Nein!« Thore Vatberg wischte sich fahrig den Schweiß von der Stirn.

»Sie waren eine Enttäuschung für Ihre Eltern. ›Ich hoffe, du hast nicht noch mehr Dummheiten gemacht, Sohn. Deine Mutter und ich haben auch so schon genug Sorgen.‹« Liv imitierte Freds Tonfall perfekt.

Jetzt sprang Vatberg auf: »Fred hatte immer nur Augen für meine Mutter. Und sie hatte nur Augen für ihn. Mich haben sie überhaupt nicht wahrgenommen. Aber als er da auf dem Boden lag, in dem verfallenen Schuppen, da … Ich konnte seinen Blick nicht ertragen. Ich wusste, dieser Blick würde mich bis an mein Lebensende verfolgen.« Er stieß einen heiseren Laut aus, während er sich zurücksinken ließ. »Es war auf dem Schiff … Ich war so fertig … konnte mich kaum auf den Beinen halten. Erst eine Line Koks brachte mich wieder zu Kräften. Aber dann … kann ich mich an nichts mehr erinnern.«

»Was haben Sie mit den Augen gemacht?«

Thore Vatberg schwieg.

»Mit den Augen Ihres Vaters«, bohrte Liv weiter. »Die Augen, deren Blick Sie bis an das Ende Ihrer Tage verfolgen würde?«

»Ich weiß es nicht mehr.« Wieder weinte Vatberg. Liv und Bente ließen ihm Zeit. Der Anwalt wirkte trotz aller Professionalität angewidert.

»Und Ihre Mutter?«, fragte Bente schließlich.

Vatbergs Blick wanderte zur linken Zimmerecke; dorthin hatte er immer gesehen, wenn er ausgewichen war.

»Wir haben das Kissen gefunden, mit dem Sie Ihre Mutter

erstickt haben. Reichlich DNA war daran«, bluffte Liv; nur Sunnys DNA war an dem Stoff gewesen.

»Ich war nicht bei Sinnen. Kann mich kaum daran erinnern. Mein Nervenzusammenbruch … er kam nicht ohne Grund.«

»Sie waren zuerst ganz offiziell zu Besuch bei Ihrer Mutter und haben dabei das Fenster geöffnet, um später dort einsteigen zu können.«

Er schüttelte heftig den Kopf. »Ich kann mich nicht mehr daran erinnern. Aber ich denke, Sunny wäre meinem Vater ohnehin bald in den Tod gefolgt.«

»Und da haben Sie lediglich ein wenig nachgeholfen, meinen Sie?« Liv war ganz und gar nicht davon überzeugt, dass Sunny Vatberg ihrem Mann bald nachgefolgt wäre. Vermutlich hätte sich die alte Dame um Freds fotografisches Werk gekümmert.

»Das haben Sie gesagt«, meinte Thore Vatberg matt. »Bitte … sind wir jetzt endlich fertig? Ich habe Ihnen alles gesagt. Alles, an das ich mich erinnern kann. Aber so vieles ist verschwommen. Ich … kann nichts dafür.«

»Sie geben also zu, dass Sie Rache genommen haben an Zurssen, an Ihrem Vater und an Ihrer Mutter«, fasste Bente zusammen.

»Zurssen habe ich nichts getan«, beharrte Thore Vatberg. Er schien genau zu wissen, dass sie ihm den Mord an Zurssen niemals würden nachweisen können. Noch einmal sah er Bente an. »Helfen Sie mir. Mir ist Furchtbares widerfahren. Ich will meine Strafe ja auf mich nehmen, aber helfen Sie mir, damit ich Ole bald wiedersehen kann. Bitte!«

Die Schultern gebeugt, als sei er ein alter Mann, ließ Thore Vatberg sich schließlich zurück in die Zelle im Keller der Westerländer Polizeistation bringen. Am nächsten Tag sollte er nach *Schloss Rotenstein*, wie die Justizvollzugsanstalt Flensburg im Volksmund genannt wurde, überführt werden. Liv und Bente suchten in stillem Einvernehmen die Kaffeemaschine auf und teilten sich, während ihre Espressi durchliefen, einige Riegel Schokolade. Smoothies gab es nicht mehr, Rabia schmollte noch immer.

»Das hört sich wirklich nach einer traumatischen Erfahrung an«, brach Bente schließlich das Schweigen. »Wir werden einen forensischen Psychiater hinzuziehen müssen, um Vatbergs Schuldfähigkeit zu beurteilen.«

Liv wog den Gedanken ab. »Ich glaube kaum, dass Paragraf 20 oder 21 des Strafgesetzbuches bei ihm zum Tragen kommt.«

Bente schnalzte missbilligend mit der Zunge. »Bist du dir da sicher? Das könnte durchaus ein Fall von Schuldunfähigkeit oder verminderter Schuldfähigkeit wegen seelischer Störung sein. Schau dir Vatberg doch an – er ist ein Wrack. Bist du vielleicht doch befangen, weil er dich angegriffen hat?«

»Nein, natürlich nicht. Aber die Fakten sprechen dagegen. Vatberg hat planvoll und heimtückisch gehandelt.«

Bente stürzte seinen Espresso hinunter. »Ich bin froh, dass wir nicht darüber entscheiden müssen. Wir haben unser Bestes getan, um die Beweise zusammenzustellen und ihn zu befragen, den Rest müssen Staatsanwalt und Richter übernehmen.«

Liv schwieg. Es war durchaus möglich, dass Vatberg unter einer Borderline-Persönlichkeitsstörung oder einer anderen psychischen Erkrankung litt. Es war aber auch möglich, dass er simulierte, um eine Strafminderung zu erreichen.

Wie auch immer die Wahrheit lautete, eines wusste Liv genau: Thore Vatberg würde alles tun, was nötig war, um seinen Sohn baldmöglichst wiederzusehen.

Am Nachmittag erreichte Liv endlich den forensischen Psychiater des LKA.

»Ich habe schon von Ihrem neuen Fall gehört. Verstümmelung der Augen, wie interessant. Dieses Fenster der Seele zu entfernen und an sich zu bringen könnte vielfach gedeutet werden.«

Liv hatte Xavier Hansen noch nicht persönlich kennengelernt, aber bei ihren bisherigen Telefonaten hatte er eine geradezu ungesunde Begeisterung für blutige Sachverhalte an den Tag gelegt. Sachlich berichtete sie ihm von der Vernehmung.

Hansen verkündete, dass er sich schon sehr auf das Gesprächsprotokoll freue. »Ein Gutachten kann ich erst nach ausführlicher Sichtung der Unterlagen und Gesprächen mit dem Verdächtigen erstellen, dafür haben Sie sicher Verständnis.«

»Natürlich«, versicherte Liv ihm. »Mich interessiert aber auch, wie Sie die Frage der Erinnerungslücken einschätzen. Ist es möglich, dass Thore Vatberg sich nicht an den Missbrauch erinnerte? Und dass das Wiederauftauchen dieser Erinnerung ihn außer Kontrolle gesetzt hat?«

»Wir wissen aus der Forschung, dass eine dissoziative Störung als Folge sexuellen Missbrauchs im Kindesalter häufig vorkommt. Diese ist oft mit amnesischen Erinnerungslücken verbunden.« Der Forensiker referierte noch eine Weile über diesen Sachverhalt und posttraumatische Belastungsstörungen im Allgemeinen, wobei Liv immer wieder versuchte, das planvolle Verhalten Vatbergs ins Spiel zu bringen. Liv hatte zwar Mitleid mit Thore, wenn sie jedoch daran dachte, dass er davonkommen könnte und wieder Zugang zu Ole hätte, wurde ihr ganz schlecht.

»Ein Jammer, dass Sie die Augen nicht gefunden haben. Es wäre sehr aufschlussreich zu wissen, ob Vatberg sie als Trophäe behandelt und ob er sie aufbewahrt hat«, sagte Hansen, als Livs Ohr schon vom Telefonieren schmerzhaft platt war. »Bitte behalten Sie das unbedingt im Auge – wenn Sie mir dieses geschmacklose Wortspiel verzeihen mögen.« Er räusperte sich. »Wie geht es Ihnen eigentlich dabei? Wenn Sie über den Fall sprechen möchten …«

Liv unterbrach ihn höflich. »Nein, vielen Dank. Sie wissen ja sicherlich, dass ein Polizeiseelsorger in Eutin für uns bereitsteht«, wies sie sein Angebot zurück. Sie fürchtete, dass der Psychologe zu tief in ihre Familiengeheimnisse eintauchen würde. Da hielt sie es für produktiver, sich eingehender mit dem Fall zu beschäftigen. Thore Vatberg war ihr ausgewichen, als sie bei der Vernehmung den Verbleib der Augen angesprochen hatte. Hatte er die blutigen Organe einfach weggeworfen? Oder hatte er sie verwahrt? Aber welcher Ort könnte ihm sicher erscheinen? Liv griff noch einmal nach dem Telefon.

In dem abgetrennten Bereich der Winterhalle des Seglervereins List brannte noch Licht. Botersen-Evers und sein Team untersuchten Thore Vatbergs Motorsegler nach allen Regeln der Spurensichererkunst.

Bei ihrem Anblick machte der oberste Spurensicherer einen Augenblick Pause. Er zog seine Schutzkleidung aus, trank etwas und verschlang eine große Menge Gummibärchen, die in einer Schale bereitstanden. Nachdem er die Spannung bewusst ein paar Augenblicke lang gesteigert hatte, erklärte er schließlich: »Sie waren unter den Planken, Ihre Vermutung stimmte.«

Liv atmete auf und beobachtete – während sich Erleichterung und Erschrecken in ihrem Inneren vermengten –, wie sein Atem in der Eiseskälte der Halle aufstieg.

»Früher oder später hätten wir das Schiff ganz auseinandergenommen. Ihnen haben wir zu verdanken, dass wir das früher getan haben.« Botersen-Evers wies auf eine Box und öffnete eine Dose Eistee. Es war, als benötige er nach dieser Anstrengung Unmengen an Zucker als Treibstoff.

Kein Wunder, dass er etwas ungesund aussieht, dachte Liv, bevor sie einen vorsichtigen Schritt nach vorne tat.

Alles in ihr sträubte sich dagegen, an die Box zu treten und hineinzusehen. Aber sie musste es tun.

Thore Vatberg war schon fast auf dem Hof, da bat er darum, die Toilette der Wache aufsuchen zu dürfen. Der Transport nach Flensburg sei ja lang, und eben in der Zelle habe er noch nicht gemerkt … So dringlich sprach er, dass die Beamten seinen Wunsch nicht abschlagen mochten.

Umso besser, dachte Thore. Mitleid war das, was er jetzt am dringendsten brauchte. Wenn er die aufgeschnappten Gesprächsfetzen richtig gedeutet hatte, hatten die Polizisten sein Versteck inzwischen entdeckt, was seine Lage noch einmal verschlechtern würde. In der Toilette klatschte er sich einige Handvoll Wasser ins Gesicht, stützte die Hände auf das Waschbecken und ließ die Stirn gegen den Spiegel sinken. Ein Stöhnen entrang sich seiner Kehle.

»Können Sie mich einen Augenblick allein lassen … bitte?«, sprach er leise den Polizisten an, der ihn in die Toilette begleitet hatte. Der junge Mann kam seiner Bitte nach; Thore hörte, wie sich die Schritte entfernten. Er atmete tief aus, sodass die Spiegelfläche vor ihm beschlug. Nachdem er über die Kondenströpfchen seines Atems gewischt hatte, starrte er sich an. Diese verdammte Lammers! Nicht nur, dass sie seine Flucht verhindert und ihn beim Verhör aus der Reserve gelockt hatte! Jetzt hatten sie auch noch die Augen gefunden.

Er spürte, wie die Wut in ihm immer größer wurde. Als er es nicht mehr aushalten konnte, hämmerte er den Kopf gegen den Spiegel, bis dieser splitterte. Scherben schnitten ihm in die Haut, ließen das Blut in seine Augen und in seinen Mund strömen. Der Schmerz tat ihm gut, ließ Scham und Enttäuschung verblassen. Er hörte eilige Schritte. Wieder schlug er den Kopf in das, was vom Spiegel übrig war. Nochmal und noch einmal, bis starke Arme ihn zu Boden rissen.

Thore brüllte wie irre. Die Morde an seinen Eltern würden sie ihm anhängen, da konnte er nur noch die Mitleidstour abziehen oder den Zerrütteten spielen. Zurssen jedoch … Im letzten Moment konnte er das Lächeln unterdrücken, das sich auf sein Gesicht stehlen wollte. Mit dem Mord an seinem Peiniger würde er davonkommen.

Er hatte Zurssen die Luft abgepresst, bis dieser ihm endlich verraten hatte, wo er die Missbrauchsfotos versteckt hatte. Als Thore sie gesehen hatte, war sein Hass ins Unermessliche gestiegen. Am liebsten hätte er Zurssen mit bloßen Händen die Eingeweide herausgerissen, hätte ihm den Schwanz abgeschnitten oder ihn sonst wie zerfleischt, aber er hatte gewusst, dass er nicht noch mehr Spuren hinterlassen durfte. Also war er auf die Idee mit dem Drogen- und Medikamentencocktail gekommen. Mit einer Hand hatte er Zurssen den Mund aufgeklemmt und ihm mit der anderen das Gesöff eingeflößt. Es war ein viel zu sanfter Tod gewesen …

Während die Polizisten ihn fixierten und sich sein Blut auf den Toilettenfliesen verteilte, dachte Thore Vatberg an seinen Sohn. Ole war der einzige Mensch, der ihm überhaupt etwas bedeutete. Zu ihm würde er zurückkehren – bald. Auch wenn das bedeutete, dass er eine Zeit lang den Zerrütteten spielen musste.

Immer wieder ließ Ole die Lego-Boote gegeneinanderkrachen. Die kleinen Plastikmännchen stürzten in den hohen Flor des Teppichs. Nur einer blieb an Deck des Plastikbootes stehen.

»Ole, Schatz, der Milchreis ist fertig.« Seine Mutter kam aus der Küche ins Wohnzimmer. Sie kniete sich neben ihn und zog ihn an sich. »Ist der Sturm nicht langsam weitergezogen? Willst du die Lego-Männchen nicht allmählich mal wieder ihrer normalen Arbeit nachgehen lassen? Sie müssen doch Fische fangen.«

Der Fünfjährige schlang die Arme um die Taille seiner Mutter. »Wo ist Papa?«, fragte er leise.

»Darüber haben wir doch schon gesprochen. Papa wird jetzt geholfen. Wir werden ihn ganz lange nicht wiedersehen.«

Ole krabbelte auf ihren Schoß und schmiegte sich an sie. Wie weich seine Mama war, und wie gut sie roch. Tief vergrub er seinen Kopf an ihrem Hals. Er hatte Angst, dass sie verschwinden würde, so, wie Oma und Opa und auch sein Papa verschwunden waren. Seine Mutter drückte ihn fest an sich. Die Tränen stiegen in Ole auf, und er umklammerte sie fester.

»Möchtest du mir etwas erzählen?«

Das fragte seine Mutter immer, seit er mit der Ärztin ohne weißen Kittel und dem Polizisten gesprochen hatte. Ole löste sich etwas und steckte seinen Daumen in den Mund, was ihn sofort tröstete. Mama mochte das nicht, aber sie schimpfte dieses Mal auch nicht mit ihm. Eine Weile genoss er ihre kuschelige Nähe.

»War ich böse?«, nuschelte er schließlich.

Seine Mutter lachte leise. »Was hast du gesagt, mein lieber Ole? Ich kann dich nicht verstehen, wenn du den Daumen im Mund hast.«

So schwer es ihm auch fiel, er ließ das Nuckeln sein. »Oma, Opa, Papa … sind alle weg, weil … weil ich böse war, Mama?«

»Ach, Ole!« Ganz fest wurde er gedrückt. Das tat gut. Dann sah seine Mutter ihm in die Augen. »Das darfst du nie denken, hörst du. Du hast nichts falsch gemacht. Gar nichts. Du bist ein toller Junge.«

»Aber auf dem Schiff…« Er wusste nicht, warum, aber er musste weinen.

Lieb wischte seine Mutter die Tränen ab. Sie roch so süß nach Essen. »Papa hat das auf dem Schiff gemacht. Du warst nur dabei. Und jetzt wird Papa geholfen.«

»Wird er wieder heil?«

»Bestimmt.«

Er spürte, dass Mama nicht ganz die Wahrheit sagte. Das kannte er schon. Manchmal behauptete Mama auch, dass die Schokolade alle war, obgleich er wusste, dass noch etwas im Schrank versteckt war. Aus Trotz stieß er auch noch die letzte Lego-Figur vom Boot.

Seine Mutter sah ihn an, dann nahm sie die Figur des Kindes, die im Teppichmeer schwamm, und stellte sie auf ein Kissen. Daneben setzte sie die Figur der Meerjungfrau. »Schau mal, die beiden wollen auch Abendbrot essen. Mmh, Milchreis, lecker.«

Mama stand auf und hob ihn hoch, obwohl er doch eigentlich zu groß war, um getragen zu werden. Ole machte sich los und ließ sich auf den Teppich plumpsen. Er klaubte die Figur des Kapitäns auf und setzte ihn zu den beiden anderen. So gefiel es ihm besser. Dann nahm er Mamas Hand.

»Ich hab auch Hunger«, sagte er.

27

Friedhof Morsum, 25. Oktober, 12:07 Uhr

Ihre Haare waren noch nass, als sie bei Sankt Martin aus dem VW-Bus stieg, weshalb sie eine Beanie aufsetzte. Erst vor einer Dreiviertelstunde war Liv vom Brett gestiegen. Auch Ende Oktober konnte man auf Sylt noch ausgezeichnet surfen, wenn man über genügend Erfahrung verfügte und nicht zimperlich war. Heute würde sie nach Flensburg zurückfahren. Die Ermittlungen auf der Insel waren weitestgehend abgeschlossen, der Rest ließ sich von Flensburg aus machen.

Die Kirche lag am Ende des Dorfes, gegenüber von Kindergarten und Marschwiesen. Sankt Martin gehörte zu den ältesten Kirchen auf Sylt und wurde oft von Touristen aufgesucht, die vor allem das tausend Jahre alte Weihwasserbecken und die Pesttafel aus dem Dreißigjährigen Krieg bestaunten.

Liv ließ das weiße, turmlose Gebäude links liegen. Sie musste einige Minuten suchen, bis sie das Grab ihrer Mutter fand; seit Jahren war sie nicht mehr hier gewesen. Die Grabstelle war gepflegt. Ein kleines Schild verriet, dass sich eine Friedhofsgärtnerei darum kümmerte. Liv suchte eine Vase für die Purpurglöckchen, die sie gekauft hatte. Eigentlich wusste sie nicht so recht, was sie hier wollte. Vermutlich, dachte sie, meinen Frieden machen mit Mutter. Dieser Fall – so schlimm er auch war – hatte immerhin dazu geführt, dass sie ihre Mutter ein wenig besser kennengelernt hatte. Trotzdem würde sie

sie nie verstehen. Aber ihr verzeihen, das vielleicht irgendwann schon. Es war anstrengend, immer einen Groll zu hegen. Dieser Groll band Kräfte, die sie besser für andere Dinge einsetzen konnte. Zum Beispiel indem sie in ihrem Gedächtnis nach positiven Erinnerungen an Rosa Lammers suchte.

Liv sah über den Morsumer Geestrücken hinaus. Es waren aufreibende Tage gewesen. Sie hatten Beweise zusammengetragen, Gespräche geführt, Akten aufbereitet. Geholfen hatte ihnen erstaunlicherweise ein großer Zeitungsbericht. Auf zwei Seiten hatte die Zeitung den Fall noch einmal aufgenommen und mit Fred Vatbergs Fotografien bebildert; das hätte Sunny gefallen. Nach dem Erscheinen des Artikels hatten sich einige neue Zeugen gemeldet, unter anderem ein Mann, der Uwe am fraglichen Abend gesehen hatte, als dieser etwas in den Gärtnerschuppen gebracht hatte. Bei anderen Beteiligten hatte der Bericht frische Wunden wieder aufgerissen. Eine dieser Personen war Carla Casabione. Die Pfarrwitwe und ihre Kinder mussten nicht nur ihre Trauer bewältigen, sondern sich völlig neu in ihrem Leben einrichten. Volker Raffel hingegen hatte geschäftlich zu kämpfen; viele Kunden mieden nach den Ermittlungen seine Gärtnerei. Immerhin hatte Propst Tückmantel entschieden, dass die Krippe zwar von Zurssens Erbe gebaut werden sollte – ohne jedoch den Namen des Spenders zu verewigen. Außerdem würde einem Verein für die Opfer sexuellen Missbrauchs ein Teil des Nachlasses von Armin Zurssen gespendet werden; es war die einzige gute Tat, die dem Grauen dieses Falles entsprang.

Immer wieder hatte Liv in der letzten Zeit über Thore Vatberg und Armin Zurssen nachgedacht, deren Schicksale durch eine Untat verbunden gewesen und deren Lebenskreise Jahrzehnte später wieder durch die Folgen dieser Untat zusammengeführt worden waren. Hatte Thore Vatberg überhaupt die Chance gehabt, auf normalem Wege sein Trauma zu überwinden?

Die Herbstkälte kroch ihr die Beine hoch. Es war merklich ruhig auf der Insel geworden. Bald würden nur noch Einwohner und hartgesottene Sylt-Fans hier anzutreffen sein. Sie jedoch würde schon bald wieder zurückkommen. Sanna hatte sie an ihr Versprechen erinnert und sich gewünscht, dass sie gemeinsam ein Beautywochenende auf Sylt verbringen würden – mit Wellness, Kosmetikbehandlung und allem Drum und Dran. Liv sah sie schon beide vor sich: in Bademäntel und flauschige Tücher gehüllt, mit Schönheitsmasken im Gesicht. Bei diesem Gedanken wusste sie nicht, ob sie eher lachen oder Fluchtinstinkte entwickeln sollte. Andererseits war es großartig, Sanna dabei zu begleiten, wie sie neue Erfahrungen machte – und noch besser, diese mit ihr zu teilen. Sie dachte an Jan, zu dem der Kontakt derzeit vollständig abgerissen war. Aber vielleicht würde die Dame vom Jugendamt, mit der Liv gestern telefoniert hatte, ihrem Neffen helfen können.

Auf einmal trieb es sie, den Friedhof und das Dorf zu verlassen. Der Fall und seine Begleitumstände waren ihr nahegegangen, zu nahe. In diesem Augenblick kam ihre Schwester durch die Friedhofspforte.

Annika erstarrte, als sie Liv bemerkte. Aber dann kam sie auf Liv zu.

Anmerkung und Dank

Das Verhältnis von Fakten und Fiktion ist für mich stets aufs Neue eine Herausforderung. Für *Brennende Gischt* habe ich viele Hintergrundgespräche geführt. Ich danke den Mitarbeitern der Mordkommission Flensburg und der Kripo Sylt sowie Anja Hufnagel für ihr Vertrauen. Außerdem möchte ich mich bei Matthias Glamann von der Polizeidirektion Flensburg, Wolfgang Boe und Thomas Löwenberg, Wasserschutzpolizeistation Husum, sowie Maren Jessen und Alexander Römer von dem Verein Söl'ring Foriining e. V. bedanken, der sich in besonderer Weise um Sylter Mundart und Kultur verdient macht. Mein Dank gilt darüber hinaus dem Lübbe-Verlag und seinen engagierten Mitarbeitern, insbesondere meiner Lektorin Dr. Stefanie Heinen sowie Stefanie Kruschandl, die für die Außenredaktion verantwortlich zeichnete, und meiner Agentin Petra Hermanns.

Trotz aller Recherchen ist *Brennende Gischt* ein fiktionales Werk. Ereignisse und Figuren sind frei erfunden. Ähnlichkeiten mit lebenden Personen und realen Ereignissen sind rein zufällig und nicht beabsichtigt. Für etwaige Fehler entschuldige ich mich, sie sind allein mir zuzuschreiben.

Hintergründe zur Pädophiliedebatte der Siebziger- und Achtzigerjahre finden sich u. a. in *Die Grünen und die Pädosexualität: Eine bundesdeutsche Geschichte* von Fritz Walter, Stephan Klecha und Alexander Hensel, worin auch die kriminellen Auswüchse in anderen Parteien und Organisationen Erwähnung finden. Einen guten Überblick verschafft Christian Füller in seinem Sachbuch *Die Revolution missbraucht ihre Kinder*, in dem er sexuelle Gewalt von der griechischen Antike bis zum Internetzeitalter untersucht. Erwähnt habe ich in diesem Krimi außerdem Anja Röhls Biografie *Die Frau meines Vaters – Erinnerungen an Ulrike Meinhof* sowie Bettina Röhls Familiengeschichte und Gesellschaftsporträt *So macht Kommunismus Spaß! Ulrike Meinhof, Klaus Rainer Röhl und die Akte Konkret*. Bezug genommen wird auch auf *Kriminalistik* von Robert Weihmann. Interessant für die Gesellschaft zu dieser Zeit auf Sylt ist u.a. *Mein Leben* von Gunter Sachs; ob dessen Ehefrau Brigitte Bardot übrigens je auf Sylt war, steht nicht fest. Wer mehr über König Bröns und Ekke Nekkepenn erfahren möchte, dem empfehle ich *Sylter Sagen und Erzählungen* von C. P. Hansen. Die Dichtung *Die Heide ist Braut* schuf der Sylter Heimatdichter Jens Mungard auf Nordfriesisch, ich zitiere auch die Nachdichtung von Nils Århammar aus *Sylt, Geschichte und Gestalt einer Insel*, herausgegebenvon Margot und Nico Hansen. Mungard gilt als herausragender Dichter der nordfriesischen Sprache. Er wurde 1885 in Keitum geboren und starb 1940 im KZ Sachsenhausen bei Berlin. In der Gedenkstätte Sachsenhausen erinnert eine Tafel an ihn, und an seinen letzten Wohnort auf Sylt gemahnt ein Stolperstein, zudem wurde 2011 in Keitum der Jens-Mungard-Wai eingerichtet. Einige seiner Werke kann man in *Jens Mungard. Gedichte*, herausgegeben von Ingo Laabs im Auftrag des Nordfriisk Instituut, nachlesen. Die Weisheit *Die Kunst der Planung besteht darin, den Schwierigkeiten der Ausführung zuvorzukommen* stammt von Luc de Clapiers, Marquis de Vauvenargues. Das Kirchdorf Eidum befindet sich heute in den Tiefen des Meers vor Westerland; als Schauplatz eines Krimis eignete es sich meiner Ansicht nach gerade deshalb ausgezeichnet.